中宣部 2020 年主题出版重点出版物选题
中国作家协会脱贫攻坚题材报告文学创作工程

大别山上

潘小平 ———— 著

时代出版传媒股份有限公司
安徽教育出版社

图书在版编目（CIP）数据

大别山上 / 潘小平著. —合肥：安徽教育出版社,2020.11(2023.12 重印)
ISBN 978-7-5336-9248-3

Ⅰ.①大... Ⅱ.①潘... Ⅲ.①报告文学-中国-当代 Ⅳ.①I25

中国版本图书馆 CIP 数据核字（2020）第 218969 号

大别山上
DABIESHAN SHANG

出 版 人:费世平
策划编辑:费世平　何　客
责任编辑:费世平　何换生　金　雯
装帧设计:王莉娟
美术编辑:张鑫坤
技术编辑:陈善军

出版发行:安徽教育出版社
地　　址:合肥市经开区繁华大道西路 398 号　邮编:230601
网　　址:http://www.ahep.com.cn
营销电话:(0551)63683012,63683013
排　　版:安徽时代华印出版服务有限责任公司
印　　刷:安徽联众印刷有限公司

开　本:710 mm×1010 mm　1/16
印　张:22
字　数:326 千字
版　次:2020 年 11 月第 1 版　2023 年 12 月第 3 次印刷
定　价:68.00 元

（如发现印装质量问题,影响阅读,请与本社营销部联系调换）

第一次去安徽省金寨县进行脱贫攻坚主题创作的采访，是在2019年10月9日。当时举国上下，仍然沉浸在庆祝中华人民共和国成立70周年的喜庆氛围中。地处大别山腹地的金寨小城，五星红旗迎风飘扬，"八月桂花遍地开"的旋律循环往复，在大山深处回荡，渲染出老区所特有的气氛。

大片高饱和度的绿色，覆盖了大别山的山野。

大别山位于湖北、河南、安徽三省交界处，呈东南往西北走向，为长江与淮河的分水岭，主峰白马尖海拔1777米。大别山东视南京，西隔武汉，具有重要的军事价值，是红四方面军、红二十五军、红二十八军的重要发源地，我国著名的革命老区之一。而地处大别山腹地的金寨县，是一个集老区、山区、库区于一体的国家级贫困县。

2011年，按照《中国农村扶

贫开发纲要（2011—2020年）》，大别山区和六盘山区、秦巴山区、武陵山区、乌蒙山区、滇桂黔石漠化区、滇西边境山区、大兴安岭南麓山区、燕山—太行山区、吕梁山区、罗霄山区等11个地区是中国集中连片特殊困难地区。金寨县被列为大别山区域扶贫集中连片开发重点县，全县人民开始向贫穷宣战。历经坎坷，砥砺奋进，2015年，金寨县由区域扶贫转变为精准扶贫，这片红色的土地终于获得了新生，进入壮丽的新时代。

　　有太多太多的人物，让我感动；有太多太多的故事，值得书写。

目　录

第一章　有多少人倒在了长征路上 / 001

　　第一节　隐秘的家族史 / 003
　　第二节　一切都变了样子 / 022

第二章　晴朗的夜空中为什么滴下露珠 / 033

　　第一节　万里难过得说不出话来 / 035
　　第二节　共和国没有忘记 / 046
　　第三节　三个"10万"让人动容 / 053

第三章　大湾村的脱贫样本 / 059

　　第一节　在陈泽申的小院 / 061
　　第二节　大湾村的媳妇们 / 068
　　第三节　在绿色脱贫之后 / 077

第四章　不是党的政策好，人早就没了 / 085

　　第一节　贫困户再不怕看不起病 / 087
　　第二节　啃下这块"硬骨头" / 099

第五章　将军百战碎铁衣 / 107

第一节　老将军的"洪氏家风" / 109
第二节　"六星上将"的传奇人生 / 117
第三节　大畈村的"乡村治理" / 122
第四节　就是要用数字说话 / 131
第五节　农耕有年华 / 140

第六章　红军田里好耕田 / 145

第一节　张功国的"野心"真大啊 / 147
第二节　红军小路与红军公田 / 162
第三节　一片叶子成就一个产业 / 166

第七章　在那些"闹红"的日子里 / 171

第一节　扶贫先扶志 / 173
第二节　立夏节起义的枪声 / 188
第三节　希望的种子 / 197
第四节　乡村的新文明时代 / 206

第八章　永久沉没在水下 / 215

第一节　被淹没的繁华三镇 / 217
第二节　老移民的今与昔 / 230
第三节　高高的抱儿山 / 241

第九章　八月桂花遍地开 / 253

第一节　罗先平的红色家谱 / 255
第二节　"一村一品"成气候 / 262
第三节　詹谷堂的铁骨 / 277
第四节　罗银青的笑容 / 283

第十章　弄潮儿向涛头立 / 289

第一节　融入互联网 / 291
第二节　以列宁的名义 / 304
第三节　腾空而起 / 320

结　语　老区不老 / 329

附录一　主要采访笔记 / 337
附录二　主要参考资料 / 340

后　记 / 343

第一章
有多少人倒在了长征路上

在金寨，我收集并记录在册有红色背景的贫困户，一共是 158 户，而实际上，有红色背景的贫困户数量要远远大于这个数字。

所谓"红色背景"，是指他们的亲人，在革命战争年代，为革命事业付出了生命。

金寨是中国革命的重要策源地，人民军队的重要发源地。第二次国内革命战争时期，金寨境内爆发了著名的立夏节起义，组建了 12 支主力红军队伍，曾有 10 万名子弟参加红军。他们有的活到了革命胜利的那一天，其中有的成为共和国的将军，而更多的人却死在了革命的路上，他们没有留下后代，甚至没有留下姓名……之所以一切革命，都是以红色为底色，是因为那是鲜血的颜色，一切革命都需要流血，需要牺牲，需要献出宝贵的生命。

有一种红叫"金寨红"，那是 10 万人的鲜血所染成。

而他们的后人，在很长一个历史阶段，都仍然生活在贫困之中。

第一节　隐秘的家族史

听说过"滴血入墓"吗
在大别山区
有多少人是通过"滴血入墓"
魂归故里

一

现在，我就坐在他的对面。

是上午的9点来钟，风静的一刻，大别山冬日的阳光，甚至有些耀眼。

76岁的冯纪耐沉默地坐着，右目深陷。

这只右眼，在他很小的时候就已经失明了，"是因为生病吗？"我问。

他摇了摇头，没有回答，似乎是不想触及这个话题。之后他用手指了指对面的山坡，说："喏，就在那面坡上，就在那边哩。"

他指给我看的，是他养父的坟墓，年年清明，他都带着他的儿孙，去到养父的坟上添土。一年一年添下来，坟头已经很高了，在树木茂盛的夏季，没膝的蒿草，完全把碑上的字迹掩盖了。

"我看得见哩，"老人擦了擦深陷的眼窝，有些赌气地说，"我看得见！"

我眯起眼睛，看了一眼对面的山坡，冬季的大别山草木凋零，一片衰白。大别山群峰巍峨，雄踞淮甸，绵延数百里，坐落于鄂豫皖三省交界处，其腹地大部分是在安徽省境内。大别山脉与西部的秦岭山脉，横亘于我国中部，是中国南北水系的分水岭。

这个名叫西山的小山村，坐落在大别山深处，周遭群山环围。因为九房、黄龙二水在此交汇，故小镇得名双河；境内九条突起的山脉犹如腾飞的巨龙，古称九龙攒珠之地。这也是一片红色的土地，早在1928年春，中共双河特支就在双河镇大庙成立，特支书记冯玉玺，和冯纪耐同属于当地的冯氏家族。

"冯"是当地的大姓，当年，有很多冯氏子弟参加了红军。冯纪耐的养父冯伦奎，1930年3月参加中国工农红军，1932年冬随红四方面军进入四川，从此杳无音信。

冯伦奎走的那一年，才十六七岁，还没有成亲。不过婚事是早就订下来的，女方是双河西南十多千米外的南溪镇人，名叫黄守群。大别山革命史上，具有重要意义的立夏节起义，就发生在南溪镇丁家埠大王庙，南溪因为打响了大别山立夏节起义第一枪而赫赫有名。

南溪也是著名"左联"诗人蒋光慈早期开展革命活动的地方，1924年夏，蒋光慈从苏联回国后不久，就从老家白塔畈来到南溪镇，发展他的小学老师詹谷堂加入了中国共产党。说起詹谷堂，那更是一位在大别山革命史上熠熠生辉的人物，十多年前我拍摄大别山革命系列专题片时，曾在他牺牲的地方久久徘徊。

冯伦奎走后不久，黄守群就来到了冯家，虽然没有和男人拜堂成亲，但她作为冯家媳妇的名分，是早已定下来的。按照大别山的婚俗，她从娘家出门时，腋下挟了一捆干柴，名为"抱柴"，寓意给夫家带去"财"气。"晚拜堂"时，也就她一个人，在静悄悄的午夜里，由几位族中的长辈主持，她对着大门一拜天地，二拜祖宗牌位，最后象征性地完成了夫妻对拜。她没有觉得委屈，因为很多人家的子弟，都跟着红军走了，很多人家娶回来的媳妇，也都和她一样，是自己和自己拜的堂。她才十五六岁，正是花一样的年纪，还不知世事的艰难，也无法预料自己一个人的日子，会有多长。

那时候的黄守群，是多么鲜亮、多么活泛啊：细细的腰肢，黑亮亮的头发，砍柴、喂猪，准备一日三餐，伺候公婆，从清晨一直忙到晚上。一个人在山上干活的时候，她有时会直起腰来，眺望远处的大山。大山重重叠叠，一直铺到天际。她想她男人冯伦奎，不知在哪里，也不知什么时候，能够回家来呢。

山外的世界她想象不出，也不敢想。

而山里的日子，是越来越让人提心吊胆了，"白狗子"时常闯进村来，抓走红军家属，将他们关进"难民所"。听说仅在双河镇方圆不到10里地内，就设了两个"难民所"，一个是双河镇双河街上的"大庙难民所"，一个是双河镇鹤塘村的"白坟子难民所"，专门关押红军家属，周边村里的很多人，都被关进去了。民团头子顾敬之，每到一处就大喊大叫，说是要开"人肉寨子"，听说在汤家汇周围百十里地范围内，包括双河地区，被他用铡刀铡死的苏维埃干部和红军家属，就不计其数。

死人的事情天天发生，有些就是婆家族里的人。共产党员冯长泰父子俩，就被冯国梁的民团兵抓去杀害了，黄龙附近两个小庄子，有13个苏维埃干部被抓去砍了头，尸体就扔在河滩上，没人敢去收尸。公婆一家日夜胆战心惊。那时的黄守群，不懂什么叫"白色恐怖"，也不知道啥叫"革命"，她只知道自打红军走了以后，婆家的日子是越来越艰难了，不仅要忍饥挨饿，还要时刻提防着有"白狗子"找上门。

1932年红四方面军战略转移以后，蒋介石下令"清剿"留下的红军和游击队，双河镇土豪劣绅冯国梁随即组织了保安队，自任双皂乡民团大队长。当时还乡团提出"驻尽山头，宰尽猪牛，见黑（人影）就打，鸡犬不留"的口号，进一村烧一村，进一庄杀一庄。据不完全记载，在红军走后的3个月时间内，国民党军第八十三师等部队，就枪杀和活埋了3500多名苏区干部和红军家属，为此，他们在金家寨挖了一个5里多长的大坑，专门用来掩埋尸体。

外面发生的一切，黄守群都不敢听，更不敢去看。她常常半夜爬起来，一个人站在门外，对着远处的大山发问："大奎子啊大奎子，你到底在哪儿呢？"

松涛阵阵，夜色墨一样深。

这让我想起一首名为《映山红》的歌曲：

夜半三更哟盼天明
寒冬腊月哟盼春风
若要盼得哟红军来
岭上开遍哟映山红
……

这是电影《闪闪的红星》的插曲，饱含深情的歌词，柔美的旋律，倾诉着大别山人民对红军的思念和不舍之情。

《闪闪的红星》取材于1932年红军撤出大别山后的一段历史，具体地说，故事的发生地在鄂豫皖革命根据地麻城。《闪闪的红星》改编自著名军旅作家李心田的同名小说，很多人都以为是描写井冈山革命根据地的故事，但作者李心田在接受《中国广播报》记者采访时明确表示："我小说里潘冬子的原型是鲍声苏，鲍声苏系湖北麻城籍开国中将鲍先志将军的儿子。"

映山红又称杜鹃花，花色艳丽，每年春季开花，四五月份进入盛花期。漫山遍野的映山红开放时如霞如火，如同革命。大别山是中国映山红最多最美的地区，其野生映山红之多堪称中国之最，因此被称为"野生杜鹃的王国"。

在红军主力撤出大别山之后，有多少妻子、多少母亲，像黄守群一样，一个人默默伫立在屋外，"夜半三更盼天明"，盼着亲人红军回来。在那些提心吊胆的日子里，黄守群度日如年，但一年一年，日子也这么熬过来了。吃糠咽菜不怕，提心吊胆也不怕，只要自家的男人还活着，不就有了奔头吗？公婆一天天老了，小叔子也一天天长大，过门之前，黄守群是没见过她男人面的，不知道小名"大奎子"的冯伦奎是高是矮，是胖是瘦，不知道他长得什么样，话多不多、脾性好不好。都说小叔子长得像他二哥，婆婆说了："小四这身条，这脾性，真和他二哥一模一样！"

每当这时候，黄守群都忍不住在心里喊一声："大奎子，大奎子，你到底在哪儿呢？"

公婆相继去世以后，黄守群也一天天老了，脸色不再活泛，手脚也不再灵活，干活越来越慢了。她每天守着老屋，守着冯伦奎媳妇的名分，等着她男人回来。当年跟着红军走的那么多人，不是都有了音信吗？有的还当了大干部，把村里的媳妇接到城里，享福去了。当然也有那丧了良心的，进了城就忘了本，不认乡下的媳妇，可那到底是少数。

"俺男人可不这样，"黄守群在心里念叨，"俺男人仁义着呢，咋会干那样丧良心的事呢！"

公婆活着的时候，常和她说些大奎子小时候的事情，说他怎么怎么仁义，怎么怎么有孝心，"见了大闺女小媳妇，脸一红，扭头就跑，可是个文腼的孩子。"

想起这些，黄守群的心里，好受多了。

也不是没有人劝她再往前走上一步："你年纪轻轻的，就这么空守着，啥时候是个头啊？又没个一男半女，你守什么守嘛！"黄守群不爱听，她说："你这说的叫啥话啊？俺男人又没死，俺怎么能再往前走一步？再说了，我要是拍拍巴掌走了，俺公公婆婆咋办？谁来伺候他们哪？"

几十年的岁月，公婆早已成了爹娘，黄守群不忍心将他们丢下。再说了，冯伦奎是死是活，谁也不知道，说不定哪一天，他就回来了！

都说她傻：这么些年没音信，要是活着还能不回来啊？早死在外头了！

当然，这话人家是不会当着她的面说的，可大家背地里都说她死心眼。太阳落了又升，草木青了又黄，说话就到了1980年，改革开放了，山里的日子好过一点，能吃饱饭了。这一年，黄守群已是60岁出头的年纪，掰着手指头算算，从1932年嫁到冯家至今，已经整整过去了48年。

她的头发白了，眼也花了，走路开始蹒跚。她看上去，已经完全是一个老人了！

这一天，有人跑来告诉冯伦奎的大哥冯伦升："你知道吗？双河街上的林团长还活着，在江西呢，当了大官了！"

林团长指的是林家大小子林乃清，大奎子当年，就是和他一起走的。冯纪耐一听，猛地站起身来，拔腿就往双河街的方向跑，他身后跟着的，是他的婶娘黄守群。

二

现在来说一说林乃清。

查《六安党史》，有林乃清的词条，而在"金寨县当代人物专题"中，则有他更为详细的资料。

1916年，林乃清出生于金寨县双河镇双河街一个贫苦农民家庭，1930年3月参加中国工农红军，1931年加入中国共产主义青年团，1932年转入中国共产党。在大别山鄂豫皖革命根据地，林乃清参加了第二、三、四次反"围剿"斗争。这一时期的林乃清，历任第三十军通信队排长，八十九师二六五团支书，军政治部组织部党务科科长，红四方面军骑兵师一团连政治指导员、团政治委员。1932年秋，第四次反"围剿"失败后，林乃清随红四方面军战略转移，在西进川陕的途中，参加了枣阳、新集、土桥铺、子午镇等一系列重要战役。

虽然我们无法知道冯伦奎的情况，但可以肯定的是，这一时期的冯伦奎，一直和林乃清在一起。

1935年3月，为配合中央红军在川南、黔北的活动，红四方面军发起强渡嘉陵江的战斗。林乃清所在的二六五团作为第一梯队，突破嘉陵江后，迅速向纵深发起进攻，一举占领了敌人所谓易守难攻的剑门关。5月，林乃清随红四方面军开始长征。

不知道这一时期的冯伦奎，是不是仍然和林乃清在一起。

没有人知道，也永远不会有人知道，这一时期的冯伦奎，具体在哪一团、哪一营、哪一连；打过哪些仗，负没负过伤，最后又是怎么牺牲的。他虽然第二次走出了草地，但他没有到达陕北，而只有活下来的人，才有可能讲述自身经历，或是被后人记录——在1936年1月或2月间，冯伦奎牺牲了，他没有看到最后的胜利。

现在我们能够参照的，只有林乃清的生平。

我们无法知道冯伦奎走出大别山之后，到过什么地方，打过哪些仗，有过什么经历。1936年4月，林乃清所在的红四方面军，第三次走过了草地，而这时候的冯伦奎，应该已经牺牲了。

多年以后，我坐在大别山深处，一个名叫西山的小村子里，于冬日的阳光下，展开一封林乃清从江西寄出的信。薄薄的两页纸，字迹已经模糊。信中称冯纪耐为"纪鼐"，这应该是他在族谱里的名字。

纪鼐：

　　来信收悉。你好，全家好，今年农业收成还好吗？
　　关于冯伦魁同志的事，是这样的。
　　一九三二年冬季红四方面军进入四川之后，打了德胜山战役后，部队整训之机，我到红三十军军部开会，碰见了他的。那时伦魁同志在三十军政治部任组织部长的工作。一九三四年冬至一九三五年，四方面军回（会）合之后，到四方面军第二次过雪山草地进入甘南地区战斗，到红四方面军又组织一部过黄河西进之后，由军政治部调到三十军九十师二五七团任政委时，与敌作战牺牲的。时间是一九三六年一、二月份，在甘肃倪家银子战斗中牺牲的……

这封信十分简短，有很多地方语焉不详，而且不知为什么，冯伦奎的"奎"被写成了"魁"。冯纪耐很小心地取走那两页纸，很小心地折好，很小心地把它装进信封。信封也已经很黄很脆了，从1980年秋季，收到它的那一天起，它就被无数次地打开、收起；在漫长的39年光阴里，它眼看着身边的这个男人，从青壮走进了暮年，由青丝变成了白发，但每一次取出它时，都是那样的小心翼翼。

即便是一张纸，它也感到了疼痛。

回到招待所，我立即上网搜索"德胜山战役"和甘南"倪家银子"战斗，没有发现任何线索。"倪家银子"也许是"倪家郢子"的误记。那一路上红四方面军打过很多仗，经历了大大小小无数次战斗或战役，这两个地名，早已淹没在了历史的烟尘里。1936年10月，红军三大主力会师以后，遵照中央军委和红军总司令部的命令，林乃清所在的红四方面军红三十军、红九军、红五军和直属骑兵师、特务团、教导团、妇女独立团等部21800多人西渡黄河，改称西路军。他们在河西走廊孤军奋战，但林乃清总算活着走了出来。

1955年中国人民解放军第一次授衔时，林乃清被授予大校军衔，荣获二级八一勋章、二级独立自由勋章、二级解放勋章。1964年，晋升为少将军衔。

给冯纪耐写回信的时候，林乃清刚从江西省军区副司令员任上退下来，转任江西省军区顾问，那一年，他已是一个64岁的老人了！

林乃清一生打过很多仗，负过很多次伤，他从枪林弹雨中穿过，最终儿孙满堂。冯纪耐的来信，让林乃清回忆起自己少年时的同伴，那个和自己一起参军、一起战斗的小老乡。他究竟是牺牲在一月还是二月呢？他牺牲时才刚满20岁，那么年轻，那么机敏，他如果还活着，会怎样？

想来给冯纪耐回信的那个夜晚，林乃清很是惆怅。

太阳一点点升高，阳光铺满了整个山谷，冯家屋檐下吊着的大南瓜黄澄澄的，像是一个大灯笼。冯家的小院收拾得干干净净，屋前的老树都落尽了叶子，很苍劲的样子。这是板栗树，一种高大的落叶乔木。板栗是金寨县的传统经济作物，栽培历史可追溯到清代同治年间，直到今天，梅山镇船冲、徐冲、白塔畈一带的许多村庄里，仍分布有成片的老栗子园。梅山镇龙湾村塘湾的河滩上，百年以上的老栗树就有200多株。

冯家门前的这片板栗树，是1988年，县里大力发展山场经济后种下的，是他们家一项重要的经济来源。据2013年公布的数字，金寨县现有板栗50万亩，共1800多万株，年创产值在亿元以上，产量位居全国第一。

阳光照进堂屋，把屋里照得亮堂堂暖洋洋一片，我起身进屋。这是三间大瓦房，坐北朝南，传统江淮民居式样，能看出房子新装修不久。原来为了迎接新中国成立70周年，县里为军烈属家庭拨了一笔专款，为他们的住房统一做了粉刷和整修。雪白的墙上，贴着国家领导人的画像，和城市住房装修一样，地上铺着瓷砖，顶上吊着天花板。屋里有彩电、洗衣机，还有电饭锅、电磁炉等家用电器。陈设很简单，但宽敞整洁，窗明几净。

"怎么没有冰箱啊？"我问。

"咳！冰箱在咱这里没用，山里早晚凉快得很！"老人解释说，"就是洗衣机，也没啥大用，可家家都有，咱不也得置办一个吗？"

他说的倒也是实情，我们就都笑了。冯家的厨房收拾得异常干净，桌是桌，凳是凳，瓢是瓢，锅是锅。灶台上方的横梁上，吊着一个小饭篮，里面是一碗锅巴，上面罩着一块洗得雪白的纱布。

山里人吃饭，喜欢把锅巴留下来，放到竹篮里晾干，以备不时之需。这是兵荒马乱的年月留下的生活痕迹。19世纪以来，中国大地上战争、饥荒、离乱、瘟疫不断，人民饥寒交迫，颠沛流离。"跑反"和逃荒的路上，锅巴是最便于保存和携带的食物，汪曾祺在他的小说中，对此曾有过相关的描述。

我小的时候，常听我奶奶说："出门看你头和脚，进门看你瓢和锅！"这是说一户人家日子过得怎么样，女人勤快不勤快，有没有奔日子的心劲，看这几样就知道了。冯纪耐虽说没了老伴，孩子们也不在跟前，但里里外外收拾得很干净，过日子的心劲很足。

冯家是2016年摘掉贫困户帽子的，老人说："现在的日子，虽说不敢和你们城里人比，但也吃穿不愁，有酒有肉，身上穿的，头上戴的，都是儿子们从山外的大商场里买回来的，可不便宜呢！"

冯纪耐的老伴，早几年去世了，两个儿子，大儿子在江苏盛泽工作，小儿子在省城合肥工作，平常都不大回来。但每年的清明和春节，是一定要转回来的，也不单单是为了团圆，还因为冯纪耐要带上他们，到他们爷爷的坟上去添土。

对面的山坡上亮晃晃的一片，太阳已经升得很高了。隔着十几里路的距离，我无法判断冯伦奎的坟墓在哪里，我想就是冯纪耐自己，也未必看得到。那座墓立于1980年冬季，接到林乃清来信后不久。原先的一切希望，一切幻想，都破灭了，冯伦奎他死在了外面，死在了甘南一个名叫"倪家银子"的地方，他再也回不来了！

黄守群把自己关进屋里，不吃不喝，哭了整整一天。她不知道老天爷为什么要和她过不去，难道她守了48年，等来的就是这个？她想不通，也不甘心，她一个劲地掉眼泪，怎么也止不住。一家人都沉默着，不知道该怎么劝，过了好一会儿，大哥冯伦升才闷声道："不是还有纪耐吗？让纪耐给你当儿子，给他二叔顶承香火！"

听了这句话，黄守群的心里，好受多了。

大别山的规矩，一个成年男子，是不能没有"后"的，不管你活着时过得怎么样，死时都不能没有人给你"摔老盆"，不能没有人在你坟上烧纸添土。

现在好了，现在冯伦奎有了"后"了，接下来要办的事，就是为他"滴血立牌"，"招魂入墓"。

三

双河冯氏的宗族字派，是"仁浦德泽常，伦纪克登文"，按照这个顺序，冯纪耐被"写"给冯伦奎，承继他的香火。现在，在双河冯氏宗谱中，在冯伦奎的名字下，就写着"冯纪耐"三个字："也算对得起他了！"

这是大事，由族中有名望的长辈主持，先立过继文书，然后向着养父死去的方向跪拜，再接下来，是在对面的山坡上选一块墓地，插上一块木牌，写上"先父冯伦奎之墓"几个字。坟头下面，没有骸骨，也没有衣冠，十六七岁出门，冯伦奎没有给家里人，留下任何一点可作念想的东西。好在这个不重要，重要的是继子冯纪耐的中指已经刺破，中指上的一滴血，滴在了木牌上。这样，冯伦奎的在天之灵就会知道，他不再是孤魂野鬼，他有"后"了！

伏在坟前的黄守群，号啕大哭。

这在当地叫作"招魂入墓"。血代表"血亲"，也含有"血食"的意思。"血食"寓意着家族繁衍，子孙绵延，是中国传统社会血缘亲情的体现。

一开始，我希望县扶贫开发办公室的同志，为我提供的有"红色背景"的贫困户是"亲子"而不是"继子"关系。他们很为难，说有是有，但是很难找到。我很不理解。我也知道，革命战争年代牺牲的人太多太多，难道他们的后代，都找不到了吗？那时我还不知道，他们根本没有后代，他们牺牲的时候太年轻了！他们死在爬雪山过草地的路上，或炮火纷飞的战场，只能通过"滴血"的方式，由他们的继子为他们"招魂入墓"！

我不知道这是不是"迷信"，刚听说这件事时，我不是感到不可思议，而是感到震惊，感到心痛。唐代张籍有《征妇怨》诗："九月匈奴杀边将，汉军全没辽水上。万里无人收白骨，家家城下招魂葬。"在大别山区，有多少农家子弟参加了红军？有多少人没能活着回来？有多少人的死讯，是在他们死去几十年后，才为他们的家人所知？又有多少人是通过"滴血入墓"的"招魂葬"，才最终魂归故乡？

没有人知道。

为养父冯伦奎"招魂入墓"，是在1980年的冬天。那一年冯纪耐37岁，已经结婚生子，大儿子冯克强，也已经上小学了。虽然山外的人家给孩子起名字，多数都不再按照字派，但金寨双河的冯姓人家，仍然严格按照"仁浦德泽常，伦纪克登文"的排序，给孩子起名。

漫天大雪，下了一天一夜，山山岭岭，沟沟壑壑，全都被大雪覆盖了。冯纪耐拉着儿子冯克强，一步一滑地来到坟前。天地白茫茫一片，肃穆极了。

"跪下，跪下！"

他把大儿子冯克强，摁在坟前的雪地上："给你爷爷磕头！"

21年后，2001年，冯纪耐的养母黄守群去世，她走的时候很安详，她活着的时候有儿有孙，享受到了天伦之乐。她在冯家过了一辈子，从青春年少到垂垂老妪，仿佛一晃就过去了。

在她去世后的第3年，2004年年初，双河镇政府出资修建了双河烈士纪念园，园区坐落在双河镇九龙村洪湾村民组，210省道东侧。纪念园规模不大，占地20亩，但松柏常青，庄严肃穆。在这座纪念园里，长眠着为建立新中国英勇献身的烈士 1500 多名，其中有名有姓者 620 名，无名无姓者 900 多名，冯伦奎的墓碑也在里头。

立碑的时候，镇里负责此事的干部，希望冯纪耐能够提供一张他养父的照片，冯纪耐想了想，把他四叔的照片交了上去。养父冯伦奎生前没有留下照片，那时候穷，山里穷人家的孩子，有谁照过相啊？长征的路上艰难险阻，更不可能有照片留下来。四叔也是长脸，面容清瘦，和养父冯伦奎长得十分相像。现在他们再扫墓的时候，都是去洪湾村的烈士纪念园，但清明前后，冯纪耐还是习惯一个人到山上去，在为养父"招魂入墓"的坟头前，一坐就是半天。

冯纪耐养的一条小狗，名叫花花，总在我脚前转来转去。一群小鸡崽叽叽喳喳，一会儿跑过来，一会儿跑过去。因为闹鸡瘟，5 元钱一只买回来的小鸡苗死了 11 只，把老汉心疼死了。剩下的这一二十只，养大他也不打算卖了。不是专门有人出高价，上门来收小土鸡，卖给城里的大饭店吗？这几年小土鸡的价格一年年往上涨，城里人的嘴是越吃越刁了！老汉说，留着过年杀了吃，过年的时候人多，儿子媳妇，女儿女婿，孙子孙女，加上老弟兄几个，都从城里回来了。小儿子说不定还会带他新谈的对象回来，到时候该吃吃，该喝喝，一年累到头，不就图个团圆嘛！

冯纪耐说着，转身进了屋，拿出一摞小本本，有扶贫手册、烈属证、烈属补贴、残疾证、残疾补贴、养老保险等，全都递给我。对扶贫手册，他们有一个专门的说法，叫"钱袋子"。我说不是 2016 年就已经脱贫了吗？还留着它干什么？镇里陪同的工作人员解释说："脱贫不脱政策，脱贫不脱帮扶，潘作家你翻翻看，这是 2019 年的新本。"

小狗花花不时地跑过来，对着我们作揖，它把我也认成镇里的扶贫干部了。冯家的情况特殊，冯纪耐不仅是烈属，本人还有残疾，镇里的扶贫工作人员就时常上门来，看看有什么困难，需不需要帮助。门前的光伏板，一年能有 3000 块钱的收入，一季子生姜，也是重要的经济来源，再加上七七八八，各项政策补贴，一个人够花了！"我一个老头子，能吃多少，喝多少啊？就是小儿子还没结婚，得给他攒点钱，到时候别管多少，总是我当老人的，该尽的一点责任嘛！"

陪我过去的储扬波说，老人之前还养了好几头猪，结果前一阵子闹猪瘟，死的死了，杀的杀了，一头也没剩下。储扬波是镇扶贫办干部，是90后。

"啊？"我吃了一惊，"那不是损失很大吗？"

"不怕，有政府呢，政府给买了保险。保险公司已经受理，就这几天吧，他们就该上门来了。"

"政府不光给上了猪险，"冯纪耐指了指门前的光伏板说，"还有光伏发电、茶叶、毛竹、生姜什么的，政府也都给上了保险了。"

冯纪耐家的光伏板，正冲着堂屋的大门，蓝天白云下，看上去十分显眼。

四

采访期间，几乎在每一个贫困户的门前，我都看见了这样的光伏板。

县扶贫局副局长曾和我说，在脱贫攻坚战中，要说金寨县有什么创新，那最大的创新就是光伏扶贫，从金寨走向了全国。光伏发电技术成熟，投资回报率较高，一次性投资，可长期受益，特别适用于因残、因病致贫的家庭。入户采访的过程中，发现差不多的贫困户家庭，都把光伏发电算作一项重要的经济来源。

"只要是晴天，你就坐在屋里头，等着收钱好了！"储扬波说。

这个扶贫项目的准确表述，叫作"分布式光伏发电"。安装一户光伏发电，需要投入24000元，其中政府投资8000元，企业捐赠8000元，贫困户自己投资8000元。如果贫困户拿不出钱，可以由保险公司提供信用保险进行贷款，还款从每月光伏发电收入中自动扣除。

虽说操作简单，但到底也是高科技。这一块块发电板，就这么无遮无挡，安装在屋外头，一年365天，天天日晒雨淋，要是坏了，钱不是白投了？

"这个不存在，"储扬波赶紧解释，"2017年，金寨油坊店乡面冲村贫困户詹史成家的发电板，一下子坏了4块。后来人保财险通过核实后，每块赔付给他1070元，合计赔付了4280元。"这件理赔案，经媒体报道后，算是给全县的光伏发电户，吃了一颗定心丸。

人保财险作为主承保单位，仅在2016年一年，就承保光伏发电8674户，其中贫困户7794户、一般户880户、村集体218个，总保额2.0846亿元。全县共建成光伏扶贫电站20.11万千瓦，总投资14.78亿元，已实现综合收益5.48亿元，助力11.95万贫困人口脱贫、71个贫困村出列，将全县的贫困发生率降至0.31%。

有一点我很困惑，那就是这些分散在一户户人家院里屋外的光伏板，发的电是怎么并入大网的，最后又是怎么结算？贫困户留守在家里的，多是一些病残老人，接连问了几户，也没谁说得清楚。

回到镇里，专门询问了负责该项目的同志，才知道原来是根据山区电网的特点，户用光伏电站采取220伏就近并网，村集体光伏电站采取380伏就近并网，联村光伏电站通过升压接入10千伏和35千伏线路。一开始，上网收益是按照自发自用、余电上网的模式，现在已经转变为发用分离、全额上网。"不用你自己操心，每天发多少度电，该有多少钱的收益，有专门的人给你计算！"

金寨县地处大别山主脉北坡，三省七县二区接合部，境内多崇山峻岭，地形地势多变。因此建站模式也多样化，因户因村制宜。

概括起来说，金寨的光伏扶贫电站建设大致有四种模式：一是户用式光伏扶贫电站。对具备光照、承压、方位等条件的，在贫困户屋顶或房前屋后空地，建设户用光伏扶贫电站，产权归贫困户所有。全县共建成7803户、每户3千瓦独立户用光伏扶贫电站。二是村集体式光伏扶贫电站。从2015年开始，每村投入74万元，全县30个贫困村，建成了3141千瓦村级光伏扶贫电站，产权归村集体所有。三是联户式光伏扶贫电站。2016年，对没有安装条件的贫困户，采取乡镇、村协调选址安装联村光伏扶贫电站方式，总装机规模14.5万千瓦，产权归县级所有。发电收入除去相关费用，净收入用于贫困户入股分红，覆盖了全县1.8万个贫困户。四是集中式光伏扶贫电站。2017年，在综合考虑土地资源节约利用和贫困户光伏受益面扩大，县财政投入1亿元，争取银行政策性优惠贷款5.9亿元，依托荒山集中建设10万千瓦集中式光伏扶贫电站，发电效益由县级统筹用于扶贫事业。

作为"精准扶贫"的一项重要举措，为使光伏扶贫项目的实施规范化，金寨县首先在选择扶持对象环节上，就进行了严格把控。按照优先照顾有重大疾病、残疾、丧失劳动能力家庭的原则，通过贫困户申请、村级评议公示、乡镇核查、县组织抽查等程序，确保贫困户优先享受光伏扶贫政策。冯纪耐不仅身有残疾，而且是烈士后代，所以提出申请后，在各个环节上都顺利通过。

光伏扶贫由县"3115"脱贫计划指挥部统一组织实施。"3115"脱贫计划是2016年，金寨县委县政府出台的脱贫攻坚实施意见。"3"是指实现"人脱贫、村出列、县摘帽"这3个脱贫攻坚目标；"11"是指实施精准脱贫10大举措、推进脱贫攻坚10大工程；"5"是指强化5项保障措施，到2019年年底，完成8.34万人的脱贫销号任务，实现"两不愁、三保障、一高于、一接近"目标。在光伏扶贫电站建设工程中，投融资主体的明确最重要。20万千瓦光伏扶贫电站建设，金寨汇金投资有限公司为投融资主体；分布式（联户型）光伏扶贫电站建设，金寨县扶贫开发投融资有限公司为投融资主体；村级光伏电站扩容工程，村集体经济实体"创福公司"为投融资主体。为了确保运营维护长效化，全县投入资金522万元，搭建了4个服务云平台，保障光伏扶贫电站持续平稳运行。同时开通运维热线，建立短信服务平台，第一时间发现并及时解决电站运行中出现的各类问题。虽然留守在家的老人们不懂这些高科技，但他们在外打工的孩子们，在手机上可以随时接收到平台发布的相关信息。

远超我的经验，也远超我的想象，中国乡村的变化，翻天覆地。中国乡村从未像今天这样，迸发出如此巨大的智慧，爆发出如此巨大的创造力。

为了综合利用，延伸光伏产业链条，金寨县还探索出了好几种互补模式,大力发展"板下经济":"养光互补"是把部分高支架光伏电站免费提供给贫困户,让他们在光伏板下养殖皖西白鹅、生态土鸡、小龙虾等,户均年增收3000～5000元;"药光互补"是把光伏电站的朝阳与灵芝的喜阴特性结合起来,在光伏电站板下种植灵芝,这既增加了灵芝的产量,又提高了土地利用率,实现了土地的集约、节约、高效利用;"林光互补"是在光伏板下空地套种红叶石楠苗木,这既可以通过光伏发电帮助贫困户增收,又能够通过苗木种植增加贫困村集体经济收入,实现光伏发电和苗木种植两不误。

五

冯纪耐大儿子的房子,就在冯家老宅边上,是一栋新式的二层小楼。平常,都是冯老汉给他照看,隔几天过去给他把门打开,晒晒太阳,通通风,打扫打扫。春节前后,不光大儿子一家要回来住,女儿一家来了,也都住在这里。冯纪耐的女儿嫁到了金寨县城,日子过得也不错。我和他约定,正月里过来采访时,再到他家里来,他说:"好好好!最好是赶上闹元宵!"

没想到,一场突如其来的新冠肺炎疫情,把我闷在了家里,原先制订的采访计划也无法实现了。打电话过去询问,双河镇扶贫办的储扬波说,打从年初二开始,冯纪耐就发扬烈属家庭的光荣传统,坚守在村组卡点的值班岗位上,在村民中起到了很好的带头作用。

又过去了一年,冯纪耐今年,已经77岁了。

他没有想到,自己能活到这个岁数。一想到养父死去的那一年,才刚刚21岁,他就想流眼泪,养父死的时候,实在是太年轻了!

在大别山革命老区,有多少冯纪耐家这样的家庭,有多少"招魂入墓"的坟头,没有人能说得清楚。有太多太多的人,他们活着时没有音信,死去没留下尸骨,他们的亲人,也不知道他们是死是活。在双河镇,除了政府修建的洪湾村烈士纪念园内,有900多名无名烈士外,在河东村栗树湾还有一座无名烈士墓，据说是苏维埃时期留下的。当时有一支红军的队伍，从河南商城前往金家寨，途经双河镇钱家楼子时，一名战士突然昏倒在河埂上，随即身亡。当时部队正在急行军，匆忙间把后事委托给了当地的老百姓。钱家楼子村的汪乃举、汪乃顺、余道银、余道阔这 4 位村民，把战士的遗体抬到狮子岭的岭头上，葬在了一户汪姓村民的屋后头。

钱家楼子即今天的栗树湾村。

时令已是深秋，收割尽庄稼的山地，在目力所及的前方起伏跌宕，看不见尽头。夕阳照在狮子岭岭头，为这片寂静的土地，涂抹上一层童话般的金色。

埋在狮子岭岭头的这个人，不知道叫什么名字，不知道是哪里人氏，不知道多大年纪，也不知道属于哪支队伍。只知道他是红军，死在前往金家寨执行任务的途中。

金寨虽是一个闻名全国的革命老区，但它的建县时间很晚，在 1932 年以前，是没有金寨县的，那时候的金寨县，只是一个名叫"金家寨"的山区集镇。新中国成立以后，这座无名烈士墓由汪乃举老人包坟管护，汪乃举去世以后，由他的儿子汪光纯继续管护至今。汪光纯当了多年的村干部，在村里的威信很高，每逢年节，他都带着自己的儿孙，前往狮子岭岭头祭扫。

这里是革命老区，群众的觉悟很高，对红军很有感情。刘邓大军挺进大别山时，有一个伤员在双河镇长冲村掉了队，被当地的反动民团杀害了。长冲村的老百姓偷偷将他的尸骨，掩埋在村外的一块山地里。新中国成立至今，这么多年过去了，每逢过年过节，村里人都扶老携幼，带着香烛果品来给他上坟。改革开放以后，村子里程超群等创业成功的人士，还捐出一笔钱来，砌拜台、树墓碑、植松柏，使这座无名先烈的墓地，更加庄严肃穆。

在中国共产党百年的历史上，在中国革命战争的各个阶段，都有金寨儿女的奉献与牺牲。

金寨地区有着几大特点：马克思主义传播早、党组织建立早、革命武装起义早、红军队伍诞生早、革命根据地开辟早。

"五四运动"以后,金寨境内就有了新文化、新思想的传播。早在1920年,燕溪小学校长徐守西,就成立了马克思主义学习小组。1921年,中国共产党诞生后,金寨一批具有共产主义思想的知识分子如蒋光慈、袁汉民、詹谷堂等,就先后加入了中国共产党。1924年8月,詹谷堂来到笔架山农校,以讲学为名,发展学生李梯云、周维炯、漆德玮等人入党,建立了金寨第一个党组织。接着,南溪、斑竹园、金家寨、燕子河、白塔畈等地,都相继建立了党组织。1929年5月,爆发了著名的立夏节起义,建立了豫东南革命根据地,成立了红色苏维埃政权。在短短两年的时间里,豫东南、鄂东北和皖西三大革命根据地就连成了一片,总面积达4万平方千米,人口约350万,成为仅次于中央革命根据地的全国第二大革命根据地。

以地理位置而言,大别山地区北指黄河,南控长江,西扼武汉,东窥宁沪,对国民党统治形成巨大的威胁,蒋介石因此对鄂豫皖苏区发动了大规模的"围剿"。

1932年5月,国民党在武汉组建豫鄂皖三省"剿匪"总司令部,蒋介石亲任总司令。他调动30万大军,分左、中、右三路向鄂豫皖革命根据地进攻,中路第六纵队指挥官为卫立煌。三路大军中,除左路军更多针对湘鄂边区外,中路和右路共计24个师5个旅,对鄂豫皖苏区形成包围之势。1932年8月,蒋介石为了达到彻底歼灭鄂豫皖红军的目的,不惜发布悬赏令,明令各纵队谁先占领金家寨,即由镇改县,并用最先占领者的名字命名。8月上旬,卫立煌、陈继承两个纵队全力攻向黄安、七里坪,攻占了麻城。9月18日,卫立煌、陈继承分两路攻打金家寨,20日,卫立煌部突入金家寨,在几路人马中,抢先一步。

1932年10月12日,红四方面军主力两万余人,被迫撤离大别山革命根据地,越过平汉线,西去川陕。1932年11月12日,鄂豫皖三省各派员会同武汉"剿总"委员,以及边界各县的县长,在金家寨按照地图,依山脉、河流、自然形势,以江淮分水岭为界,划出了3322平方千米的土地,以卫立煌之名,设立了"立煌县"。12月,勘定立煌县界,并绘制出了地形疆域图。

　　立煌县初属河南省第九行政督察区，1933年4月改属安徽省。国民党安徽省政府于是重新向已任命的立煌县县长严尔艾，颁发了委任状。为了加强对境内红军和苏区的"清剿"，首任县长严尔艾、三任县长刘茂恩、四任县长武庭麟均为少将军衔，同时兼任"豫鄂皖三省剿匪总司令部"军法官。

　　1947年秋，刘邓大军挺进大别山，以摧枯拉朽之势，连续解放了20多座县城。立煌县也于1947年9月2日解放，随军南下的年轻干部白涛，被任命为新政权的县长。白涛认为以"立煌"为县名不妥，和县委书记张延积商量后，决定改为"金寨县"，在征得地委同意后，白涛挥笔写下了《金寨县民主政府布告》，张贴全境。

　　自此，金寨以新县名载入史册，1955年5月，县城由金家寨移至梅山镇至今。

第二节　一切都变了样子

詹家的门前有一小片竹林
冬日里依然青翠
晨起的太阳
在每一片竹叶上闪耀

一

双河镇河西村小河口的詹广生，也是以继子的身份，通过"滴血入墓"的方式，顶承了他二叔的香火。

2019年11月21日，我入户采访的时候，詹广生81岁，距离他二叔死去的1939年，已经整整过去了80个年头。

二叔詹成富牺牲的那一年，詹广生刚出生没几天。长大以后听家中的老人说，二叔是民国三年生人，和开国上将洪学智同岁，洪学智也是小河口人。民国三年是1914年，也就是说，他二叔牺牲的时候，年仅25岁。

多么年轻的生命。

1939年已是抗战全面爆发的第三年，詹成富牺牲在"余四门子"战斗中。这个地名，采访时我一个字一个字认真核对了三遍，以防记录错误。余四门子战斗不知是一次什么样的战斗，也不知具体发生在什么时候。回来后我上网搜索，不出所料，同样是一无所获。在中国的大地上，在中国人民反帝反封建的斗争中，发生过多少场战斗啊，那也许是一场很小很小的遭遇战，小到在任何文字中都没有记录。一个大别山的穷苦子弟，一个年仅25岁的八路军战士，在这次战斗中失去了生命。

我们因此无法还原詹成富的经历，连他的家人对他走后遭遇的一切，也无从知晓。当年小河口有很多人参加了红军，但没有几个人活着回来，他们的名字连同他们的生命，都在纷飞的战火中湮灭了。

但詹成富应该是1929年5月，和洪学智一起加入的商南游击队。立夏节起义胜利后，小河口的贫苦子弟，掀起了一股参军的热潮。他应该也是和洪学智一起，于1932年10月随红四方面军撤出的大别山，并最终于1936年10月，在会宁地区与红一方面军胜利会师。这之后不知他是不是随"西路军"单兵西进，也不知他所属的部队是红四方面军第五军、第九军还是第三十军；更不知道他若西进，最终是随李先念转战祁连山，在陈云的接应下辗转新疆返回的延安，还是随王树声、李聚奎分散游击绕回的延安，这些我们都不知道。

我们现在唯一可以知道的是，1937年8月，衣衫褴褛、九死一生的詹成富，站在红四方面军或是红二十九军的队伍里，被整编为八路军第一二九师，投入到抗击日本侵略者的伟大战争中，在一场名为"余四门子"的战斗中，他牺牲了。

中国文化传统上，一向以子嗣为重，民间有"不孝有三，无后为大"的说法，所以在大别山革命老区，红军后代中很多人都是以继子的身份顶承香火。詹广生的生父詹成焕，是和他二叔一起参加的红军，在红二十五军二二四团，后来也牺牲了。

生父和养父牺牲的时候，詹广生才刚出生不久，他完全不知道他漫长的一生，会遭遇什么。

二

詹广生的大儿子在盛泽打工，全县有近10万人在盛泽打工，光是他大儿子打工的那个地方，就有2万多名金寨人，所以虽说是在异乡，但其实和在家乡差不多。

盛泽属于江苏省苏州市吴江区，地处江苏省的最南端，长江三角洲的中心地带，东临上海，西濒太湖。这个镇子，是中国重要的丝绸纺织品生产基地和产品集散地，历史上以"日出万匹、衣被天下"而闻名于世。早在 2014 年，盛泽的丝绸市场交易额就实现了超千亿元，在全国中小城市百强镇排行榜上，盛泽高居第 13 位。说起这一点，在盛泽打工的金寨人，很是骄傲。

大儿子在盛泽什么厂子里打工，打的什么工，詹广生一概说不清，只知道一年干下来，挣得不少。但具体挣多少，他也不知道。大儿子应该是在纺织厂打工。盛泽镇有各类纺织企业 2500 多家，13 万多台无梭织机，年产各类纺织品 100 多亿米，拥有 325 多万吨纺丝能力，30 亿米印染产能，4 个中国驰名商标，2 个国家级行业商标。大儿子在老家建的房子，平常也是由詹广生照看。房子建得很漂亮，瓷砖、地板、抽水马桶、家用电器，样样和城里一样，样样都不少。"回来，当然回来！过年就开车回来，大儿子也有了孙子，我重孙子都好几岁了！"

说到这里，詹广生仰起头来，"呵呵"地笑了。

詹广生自己的房子也很敞亮，中堂挂着"光荣之家"的牌子。原先的老屋只一间，泥墙草顶，还是"土改"那会儿分的，几十年下来，早已摇摇欲坠。政府给盖的这套新房，二层四开间，明晃晃的大玻璃窗，"比城里人的房子，也差不多少！"

我起身看看，中堂下面的条桌上，一溜排放着好几瓶酒，条桌下面是码放得整整齐齐的酒精炉，数一数，总共有十好几个。我说："怎么这么多的酒精炉啊？是要开饭店吗？"詹广生说："不多，不多！这哪算多啊，过年孩子们都回来了，得坐满满两大桌！咱这里过年，是也不蒸，也不煮，也不炸，也不炒，管它鸡鸭鹅兔，香菇木耳，豆腐青菜，通通都放进'锅子'里紧它'咕嘟'！"

大别山地区高寒，过去一入了冬，家家户户的饭桌上，都垛一只炭火炉子，当地称作"锅子"，荤素一锅熬。热腾腾的锅子，红通通的炭火，为大别山饮食的一大特色。大别山林木丰茂，盛产木炭，山里人家无论是炊食还是取暖，用的都是木炭。冬季是上山砍柴烧炭的最好季节，木炭卖到山外，是一笔重要的家庭收入。记得前几年，我还曾托金寨的朋友，给我捎来一篓子木炭，没想到这延续多年的生活习惯，现在也改变了。

"不是环保嘛，如今都烧酒精了。"詹广生笑着解释说。

生活每天都在变化，就在我们身边，就在生活的细微处。

詹家的房前屋后，有好几块菜地。"一畦子葱，一畦子蒜，三畦子小青菜，"詹广生一畦一畦指给我看，"青菜萝卜，都不用买，现拔现吃，新鲜！油也不用买，镇里慰问军烈属，一年还有 6000 块钱补助！"

顺着他指的方向看过去，廊檐底下放着三大桶菜籽油，看样子詹广生的小日子过得挺滋润。据他说，他现在是一天两喝："又不是喝不起，不喝干什么？"

"一顿多少？"我试探着问，"二两吗？"

他不屑道："嘿！那也叫喝啊？我是一顿半斤，一天一斤！"

我说："酒还是要少喝，你老人家怎么说，也是 80 多岁的人了！"他听了直摆手，说："不存在，不存在！酒能活血，再说，你看我像 80 多岁的人吗？"

那倒也是，詹广生看上去，确实不像 80 多岁的人。他的身量很高，身板很直，腿脚很利索，引我往菜地里去，几步就抢在了我前头。穿戴也很整洁，脚上的双梁老式布鞋，黑是黑，白是白，院子也是刚刚才打扫过。詹家的门前，有一小片竹林，冬日里依然青翠，晨间的阳光，在每一片竹叶上闪耀。

三

詹广生所在的河西行政村，是农业农村部指定的 2013 年全国"美丽乡村"创建示范村，2014 年通过验收。河西不仅红色文化底蕴深厚，还是全国森林村庄、安徽省卫生村、六安市生态村，环境优美，森林覆盖率高，山清水秀。"美丽乡村"建设是 2005 年 10 月，党的十六届五中全会提出的建设社会主义新农村重大历史任务，具体要求是"生产发展、生活宽裕、乡风文明、村容整洁、管理民主"。怪不得一进村，感觉就不一样，平整的街道顺山势蜿蜒，路面一尘不染，几乎看不见落叶，穿着橙红色保洁服的保洁员，正在路上打扫。家家户户都是二层小洋楼，白墙红顶，统一的风格和外饰，在山坡上高低错落。

　　河西村总面积约8平方千米，辖12个村民组，1700多人，429户人家。自"美丽乡村"建设开展以来，河西村注意挖掘当地的优势资源，创新发展，科学谋划，以打造"生态宜居村庄美、兴业富民生活美、文明和谐乡风美"的秀美山村为目标。为此村委会整合项目资金1000万元，其中群众自筹资金140多万元，重点投入到基础设施、村庄整治、公共服务配套设施建设中去，让山更绿，水更清，村更美，路更平。为完善基础设施，村里新修了8条水泥路，3条沙石路，整修了10口当家塘，清理疏浚了1200米长的沟渠，新修了500米长的河堤。所谓"当家塘"，是指用于蓄水救田、洗衣洗菜、牲畜饮水、浇田灌溉的水塘，可以存储天然雨水，与群众的生产生活密切相关。为应对1997年的东亚金融风暴，国家于1998年提出加强基础建设投资，20多年来投入了一两百万亿元的基础设施建设资金，其中很大部分投向农村基础建设，包括"五通进村"和整治河道、修理桥涵。

　　河西村民居呈现出统一建筑风格，一律是"白墙红瓦坡顶"，有的是新建，而有的则是危旧房改建，这大大出乎我的意料。常言道，"富而思洁，富而思美"。若是还像前些年那样，吃不饱穿不暖，谁还能顾得上这个？村里的保洁区，有明确的划分，保洁员责任到人，有专人进行考核。近一二十年，大量弃用农家肥后，村子里的生活垃圾，都是在路边沟边、房前屋后随便倾倒，蚊虫孳生，造成严重的环境污染。为了处理日常的生活垃圾，河西村投入30万元，建了1座垃圾焚烧站、2个垃圾中转房、6个垃圾池，还购置了180个垃圾桶和3辆手推垃圾车。

　　这是冬日里一个难得的响晴天，太阳很好，山村的空气新鲜极了。为了保持村容村貌的整洁，村委会制定了理事会监督管理、村规民约、门前三包、检查评比、保洁员职责与管理等一系列制度，为建设宜居、宜业、宜游的美好乡村提供了制度保障。而且，村里的公共服务设施如村小学、幼儿园、卫生室、便民超市、邮政所、金融服务点、公交站、垃圾收集点等也都配备齐全，公共服务中心、生态长廊、护栏、景观桥、凉亭等公共设施完善，村民们可以像城市居民一样，拥有丰富的公共资源，晚饭后在村里走一走，散散步，分享改革开放和美丽乡村建设的成果。

进入 21 世纪之后，在"三农"问题持续受到关注的背景下，我国的农业政策发生了积极的转变：从城乡分离的发展理念，转变为城乡统筹、城乡一体化和城乡融合。国家推出了新农村建设、乡村振兴等战略，并不断辅以各种惠农政策。

河西村地处大山深处，其规划理念也充分体现出"科学合理、生态优先"的原则，突出森林覆盖率高的特点，注重历史沿革和自然人文景观保护，一山一水、一草一木，力求自然和谐，彰显生态特色。相关数字显示，全国约有 61.3 万个行政村，覆盖我国农村广大地区，是党在农村直接组织群众、服务群众、管理社会的基层组织单位，是国家治理体系在农村的基层环节，也是决定国家治理能力的重要因素。领着我四处参观的村主任，颇有些自豪地对我说："你别看我河西村只是一个 1700 多人的行政村，我们还有一个农业示范园呢！"

这可让我吃惊不小，这些年我走过很多产业园区：国家级、省市级、区县级，一个小小行政村，有一个产业园，这可是第一次听说。据他说，围绕"四有"目标，河西村委会重点培育特色产业，壮大主导产业。"四有"是指有产业合作社、有稳健的主导产业、有规模以上产业基地、有农业龙头企业。河西村具有山场大、水面资源丰富的优势，通过土地流转，实行"公司＋基地＋农户"模式，已经发展油茶基地 1000 亩、中药材基地 800 亩，培育养殖大户 5 户、专业合作社 2 家，初步走上了规模发展的道路。

在改革开放后很长的一段时间里，河西村都处在小农经济、自然经济的状态，上世纪 80 年代发展桑蚕，90 年代发展板栗和茶叶，而现在他们的特色农业，是生姜、油茶、中药材和黑毛猪。

"要不是前一阵子闹猪瘟，猪都杀了，我就带你去一家养猪大户看看，"

村主任惋惜道,"潘作家你没亲眼见过我们金寨的黑毛猪,你别看长得不咋俊,在合肥、上海这些大城市,可受欢迎了!"

四

之所以说黑毛猪"长得不咋俊",是因为金寨黑毛猪的脸上皱皱巴巴,脸正中皱成一个"川"字形,看上去一副愁容满面的样子。金寨黑毛猪属于霍寿黑猪,是我国优良地方品种淮南猪的一个主要品系,产于大别山东麓淮河上游支流的淠河、史河流域。霍寿黑猪以繁殖力高、耐粗饲、抗病力强和肉质鲜美而著称,是上世纪 80 年代之前的当家品种。改革开放后,随着外来猪的大量侵入和混交乱配,霍寿黑猪品种退化,品种性状繁杂,几乎濒临灭绝。

近几年,随着绿色养殖业的兴起,金寨黑毛猪因其"丑而萌"的一张猪脸,不仅成为"网红猪",还上了央视节目。金寨属北亚热带湿润季风气候,适宜黑毛猪的养殖,在自然经济时期,金寨农户长期饲养黑毛猪,积累了丰富的养殖经验。虽一度被国外引进的长白猪、大约克夏、杜洛克、汉普夏等"洋猪"所取代,但最近这几年,金寨黑毛猪的行情见涨,照河西村主任的说法:"城里人的嘴,又都吃回去了!"

金寨黑毛猪的养殖方式,一是散养,一是洞养,以传统养殖方式,来确保"土猪"的品质。饮食上的"由洋返土",是近年来的一种普遍现象,不仅是出于口味和健康方面的考虑,还是一种文化上的回归和认同。利用大别山特有的丘陵地形,沿坡体挖砌穴洞,冬暖夏凉的穴洞,非常适合黑毛土猪居住。由于散养的山场大,黑毛猪的活动范围大,大小便都在山上,不像圈养的猪那样有圈腥气,味道很好。

行走在大别山深处,常能看见路边的山坡上,密布着一个个小洞穴,里面洞养着一头头黑毛猪,见有人走过,它们就探头探脑。临近中午时分,伴随着饲养员的哨声响起,猪们鱼贯而出,统一进食,之后便散向山间野坡,哼哧哼哧地拱地,或是悠闲地散步。太阳真的很好,山野的空气清新自然，猪们都很享受的样子。金寨黑毛猪养殖企业，在合肥、南京、上海、无锡等地都开设了黑毛猪肉直销专卖店，以绿色、生态、健康、安全为号召，受到城市高端消费人群的追捧。我们家附近的菜市场，就有金寨黑毛猪专柜，小喇叭循环播出的广告词是："睡山间土洞，吃青草杂粮，金寨黑毛猪，山林放养！"

金寨黑毛猪的口感，要比普通猪肉好很多，因此肉价也比普通圈养的猪要贵。为了更加有力地推动黑毛猪养殖业的健康快速发展，金寨县出台了包括"能繁母猪"保险、补贴，标准化养猪场建设项目等一系列优惠政策，《金寨县"十二五"特色养殖业发展规划》也明确将黑毛猪养殖作为全县四个重点产业之一。

2013年，金寨县黑毛猪养殖协会申报"金寨黑毛猪"为中国国家地理标志，获得核准。目前，金寨已有40多家黑毛猪合作社，2000多户农户参与养殖。金寨县黑毛猪养殖协会为了扩大金寨黑毛猪肉的品牌影响力，通过直营连锁店、电子商务平台以及大客户群等多种平台，拓宽销售渠道。为了帮助想发展养殖业的贫困户，金寨"鑫农开发有限公司"采取有效措施，实施精准产业扶贫，选择为有一定劳动能力的贫困户建档立卡，免费发放纯正霍寿黑猪苗，并实行5个统一，即统一品种、统一防疫、统一管理、统一饲料、统一销售，彻底解决了贫困户发展黑毛猪养殖的所有难题。公司拥有一整套完整的产业链条，权威的专家支持，严谨的管理体系和优秀的销售团队，还拥有"寨里黑""鑫家寨"两个黑毛猪商标。黑毛猪养殖成为金寨扶贫的一个重要抓手。

五

彭涛出生于金寨县汤家汇镇，由于家庭贫困，初中毕业后不得不放弃学业，到上海打工。经过十多年打拼，彭涛在上海创立了两家公司。2016年，响应政府号召，他返乡创业，成立了安徽金寨黑毛猪食品开发有限公司。

公司成立后，彭涛把服务扶贫作为企业发展的一个重要方向，每天早出晚归，深入贫困户家中收购黑毛猪。他还根据贫困户家庭不同的情况，制订不同的帮扶计划，安排专人建立贫困户联系卡，方便贫困户随时联系公司。对于贫困户养殖的黑毛猪，他以高于市场的价格，有多少收多少，最大限度地让利于贫困户。

汤家汇镇豹迹岩村的贫困户雷学志，借助电商扶贫超市信息平台，卖了7头猪，一次性收入2万多元，成为第一批脱贫的贫困户之一。这是彭涛以"电商＋订单农业"为突破口，打造的一个电商扶贫平台。豹迹岩村、银山畈村、金刚台村，都是汤家汇地处深山老林的村寨，道路崎岖，人迹罕至。通过这个平台，200多户以黑毛猪特色农产品为主打产品的贫困户，与彭涛签订了保价包销合同。受疫情影响，部分养殖户担心肉价下跌，彭涛看在眼里，急在心里。他深知一头猪在一个贫困家庭里的分量，所以疫情期间，他不断与贫困户进行沟通，安排公司及时调整收购计划，多方筹措资金，提前收购贫困户猪肉，让贫困户放心大胆地养猪。他还聘请专业人员，开发App和小程序，借助农村淘宝等网络平台，培养有知识、有技能的志愿者，带动养殖户实现自我提升，通过微信朋友圈、微商等多种渠道，自己开发市场。

为了更好地开发市场，彭涛跑遍了江浙两省和北上广等一线城市，了解市场需求，确立了"先找市场、再抓生产、产销挂钩、以销定产"的特色订单合作模式。2018年11月，安徽金寨黑毛猪产品招商推介会在合肥粤海酒店举行，全省50多家著名餐饮企业、10多家媒体到场，一场活动下来，彭涛签下了近300万元的订单。金寨贫困户家的黑毛猪肉入驻稻香楼、省政府食堂等一批高端餐饮企业，产品销量大增，确保金寨贫困户养殖的黑毛猪不愁销路。

2018年，彭涛的公司共收购贫困户黑毛猪肉7万多斤，使2100户农民家庭增收700多万元，带动1100多户贫困户走上了脱贫致富之路。

六

蹚着没膝的蒿草,我前往双河镇洪湾村烈士纪念园。

900多名无名烈士,就长眠在这里,而有关他们的一切,都消失在了岁月深处。

他们的生命,曾是那样的蓬勃,他们的脚步,曾是那样的矫健,他们的脸庞,曾是那样的青春洋溢。而我们却不知道他们姓什么、叫什么、来自于哪里,他们的生命,在最青春烂漫的年纪突然定格,他们永远年轻。

然而周遭万物生长,山花怒放,他们的生命,已经融入了这片绵延的大山,这片蓬勃的草木之中。生而为英,死而为灵。当战争的硝烟渐渐散去,英烈们的面容,竟是如此的栩栩如生,虽然,我不知道他们叫什么名字。

正是采茶的季节,一群背着茶篓的农妇从我跟前走过,消失在无边的春天里。她们的衣着都很鲜艳,笑容都很甜美,脚步都很轻盈。漫山遍野的茶园,以及漫山遍野的山花,都沐浴在春光之下,战争和革命,都已成为遥远的过去。

是无数人的牺牲,换来了今天的安宁。

周边,皖西茶谷、江淮果岭、西山药库……在我看不见的山野间环绕,成为这片革命老区摆脱贫困和乡村振兴的有力支撑。但一直到1978年年底,金寨县仍有贫困人口54万,占总人口的99%。也就是说,在新中国成立以后,近30年的时间里,为革命做出了巨大牺牲与奉献的老区人民,仍然生活在贫困之中。

2014年以来,随着脱贫攻坚的推进,金寨县每一年,每一月,甚至每一天,贫困人口的数量都在减少,2019年,金寨县实现6873户、13705人贫困人口脱贫,仅剩的4个贫困村全部出列,全县的贫困发生率降至0.31%。老区的面貌一天天变化,老区人民的生活一天天富裕。按照"长短结合,以短为主,以长带短,以短促长"的发展思路,金寨县突出发展茶叶、中药材、生态养殖、蔬菜等主导产业,通过精准实施到户的特色农业脱贫、光伏脱贫、百村千户旅游脱贫、易地搬迁脱贫、电商脱贫、就业脱贫、教育脱贫、健康脱贫、生态保护脱贫、社保兜底脱贫等"十大脱贫举措",68万老区人民在成功脱贫之后,正以更加昂扬的步伐,更加饱满的精神,向着乡村振兴的高地发起冲锋。

太阳渐渐升高了,大山一片静谧,静下心来,能听见万物生长的声音。截至目前,全县累计建成的有机茶、有机稻、猕猴桃、中药材等特色产业已经超过了100万亩。远望大山,一重一重,一垄一垄,绿野千仞,万木生金。山坡上有牛羊在吃草,还有一些鸡群、鸭群和鹅群,圈养在深茂的山林中。全县规模养殖的家畜家禽,目前已超过了550万头,全县71个重点贫困村,实现了扶贫示范基地全覆盖,整个老区六畜兴旺,虎跃龙腾。村里一群老太太,穿戴得干干净净,收拾得利利落落,从我面前挤上了通往县城的公交车,笑得十分开心。2016年以来,金寨县共建设乡村公路2700多公里,城乡客运一体化工程投入资金2亿多元,沿途村组的村民们,和城里人一样,抬脚就上了公交车,想赶集就赶集,想进城就进城。每天54列高铁,从金寨县境呼啸而过,2019年全县旅游人数突破1200万人次,是本地人口的十多倍。

"后脱贫时代"的新金寨跃然而出,一切都变了样子。

第二章

晴朗的夜空中为什么滴下露珠

在金寨历史上,曾有过三个10万:10万人参军,10万亩土地被淹没,10万人成为"水库移民"。

土地革命战争时期的金寨,人口不足25万,参军参战的却有10万儿女。历经战火,他们中的绝大多数都壮烈牺牲,只有少数人,看到了全国解放。新中国成立后,为了响应毛主席"一定要把淮河修好"的号召,修建梅山、响洪甸两大水库,金寨人民舍小家、为大家,淹没了3个当时最繁华的经济重镇、10万亩良田和14万亩经济林,10万群众离开故土,成为水库移民。战争留下的创伤和大面积沉入水底的土地,使金寨人民长期生活在贫困之中。

中国共产党领导下的新政权,该如何报答这片土地,报答这片土地上的人民?

第一节　万里难过得说不出话来

全省 28 万多个生产队
只有 10% 的生产队能维持温饱
67% 的生产队人均年收入低于 60 元
40 元以下的约占 25%
这让新上任的安徽省委书记万里
十分忧虑，十分痛心

一

1977 年 11 月 7 日，刚上任不久的安徽省委第一书记万里，在六安地委副书记、地区革委会主任徐士其的陪同下，到金寨县视察灾情。

1977 年 6 月 20 日，中央决定由万里担任中共安徽省委第一书记、省革委会主任、省军区第一政治委员。这之前，1977 年 5 月，刚刚复出的万里，被中央派到湖北省当"第二把手"，协助另一位老同志工作。作为邓小平的老部下，行前万里去看望邓小平，并向他辞行。

据万里后来回忆，邓小平知道他要去湖北后，劝他不要急于赴任，提出要他到安徽去："万里是一个解决难题的能手，让他到湖北，不如到安徽，安徽是一个老大难。"一个月后，万里来到安徽，担任省委第一书记。

在金寨县城，听取了县委有关情况的汇报后，万里坚持要到乡镇去看看。县里的领导很为难，但也没有人敢阻拦。

第二天，在当时的县委书记、县革委会主任张宏祥陪同下，万里一行到了燕子河公社。燕子河位于金寨县西南部，湖北、安徽两省，金寨、罗田、英山三县交界处，离金寨县城 92 千米，交通极为不便。燕子河地势落差也大，海拔 200～1100 米，当年六霍暴动总指挥部闻家店大庙、红四方面军西进会议遗址刘家老庄，都在燕子河境内。

当然是先在公社听汇报。万里听着听着就有些不耐烦，中途一个人离开了。大家都以为他出去方便去了，而且他有自己的警卫员，所以也没有人跟出去。

看见前面不远处的山坡上，住着一户人家，万里就径直走了进去。

这户人家，是燕子河有名的贫困户，兄弟二人，只有一人娶了老婆。当时只有一个老汉在家，万里进去时，他正在院子里干活。万里打招呼说："老乡，你好啊！"

老汉头都不抬地说："好什么！饭都吃不饱！"

万里有些尴尬，进了屋，发现家徒四壁，床上一堆破棉絮，大冬天里，还铺着一领破芦席。这时张宏祥和区里的同志也都跟过来了，万里不满道："这么冷的天，老乡的床上，怎么连个垫子都没有啊？"

他坚持要再到几户红军烈属家去看看。当时的大别山区，已是天寒地冻，山路很难走，车子开不进去，万里就下了车，徒步上山。翻过大山，看见几幢房子，歪歪倒倒地散落在向阳的山坡上，负责带路的县委办王主任用手一指说："前面就是，靠近那棵大树的那家，就是一户老红军。"

一位老人家正歪在门口晒太阳，破衣烂衫。王主任走上前去说："老人家，省里的万书记看你来了，快起来、快起来！"

老人慢慢坐了起来，面无表情。

王主任有些尴尬，但也不好说什么。

万里俯下身子问："老人家，你们村里的红军烈属，有几户啊？"

老人回说有 7 家。

"你家是吗？"

老人说："我爹死的时候，我才 13 岁，收尸时他的一条大腿，还被狗吃了。"

"现在家里有几口人吃饭啊？"

老人说:"有4口,我和我屋里头的,还有两个没出门子的闺女。"

大别山区,把老伴叫作"屋里头的"。

万里想了想,问:"那你家里现在,一天是吃几顿饭?"

"一顿。"老人回答得很干脆。

"你吃了没有啊?"老人点点头,说是吃过了。

望着老人蜡黄的面孔,万里缓缓地站起来说:"我要进去,看看你的家。"

万里进了屋,一看也是家徒四壁。一边是锅,一边是床,母亲和两个闺女蜷在床角,瑟瑟发抖,身上的被子已经露出了棉絮。

万里转到灶台旁,揭开锅盖,看见里面是黑乎乎的野菜稀饭,发出一股呛鼻的酸气。

万里紧锁着眉头,从这户人家走出来,一路上一言不发。

他坚持要再看一家,王主任无奈,只好又把他领到另一户老红军的家里。这位老红军姓陈,14岁参加红军,膝下无儿无女,已经71岁了,与小他7岁的老伴相依为命。两位老人骨瘦如柴,手臂上的青筋暴起得老高,脸瘦得像干核桃似的。

万里不忍再看,转身出屋时,已是泪流满面了。

走出茅屋,万里长叹一声:"中央把我派到这个省,我万里也有责任呵!想想我们解放都快28年了,老区还是这样穷,我们对不起老区人民,我们问心有愧呀!过去只听说大别山区还很穷,但是怎么也想不到,竟然穷到这种地步!"

二

万里上任后,在3个月的时间里,几乎跑遍了安徽全省的农村,在不少村庄,他看到的都是土墙土炕,一根横在墙上的竹竿,搭着一家老小冬棉夏单的全部衣服;在铁路线上,他看到成群结队的农民,在凛冽的寒风中拖儿带女,扒火车外出逃荒;在大别山老区,他看到很多人家都是一无所有，一贫如洗。后来回忆起这一段工作经历，他说："我刚到安徽的那一年，全省28万多个生产队，只有10%的生产队能维持温饱；67%的生产队人均年收入低于60元，40元以下的约占25%。这让我这个第一书记，心里怎能不犯愁！"

1977年11月，安徽省委召开农村工作会议，万里在会上动情地说："中国革命在农村起家，农民支持我们，母亲送儿当兵，妻子送夫上前线，为的是什么？一是为了政治解放，推翻压在身上的三座大山；二是为了生活，为了有饭吃。现在进了城，有些人把群众这个母亲忘掉了，忘了娘了，忘了本了！我们有愧啊！"

他的这番话，他的情绪，对参加会议的干部触动很大。

可以说金寨之行，给了万里很大的刺激，也是他决心打破人民公社管理体制，实行土地承包责任制改革的思想起因。1977年11月，在万里的推动下，安徽省委出台了《关于当前农村经济政策几个问题的规定》，主要精神是尊重生产队的自主权，落实按劳分配政策，允许农民搞正当的家庭副业，生产队可以实行定任务、定质量、定时间、定工分的责任制。这是粉碎"四人帮"后，安徽省第一个关于农村改革的文件，当时简称"省委六条"。

安徽农民对这份文件做出了热烈的响应。社员们听了一遍不过瘾，让干部们再讲一遍，再讲一遍，一遍又一遍地听。一个60多岁的老大爷，从别人口里听到了文件的内容，带上干粮跑了60多里路，专门到县革委会去询问。农民兄弟们高兴地说："省委咋就像到我们队里看过一样，条条讲到我们的心坎里。"

1978年，安徽出现百年一遇的大旱，土地严重抛荒。万里召开省委紧急会议，果断做出"借地度荒"的决定。所谓"借地度荒"，就是给每一个农民三分地用于种小麦，对超产部分不计征购，归自己所有；利用荒山湖滩种植的粮油作物谁种谁收，国家不征公粮，不派统购任务。"借地度荒"的政策一出台，就极大地调动了广大农民生产自救的积极性，全省一下子增加秋种面积1000多万亩。不仅如此，肥西县山南公社还由"借地"转为

"包地"，把集体全部的小麦、油菜包户去种，由此开启了中国农村"包产到户"的实践；凤阳县梨园公社小岗生产队召开秘密会议，干脆把田分到了社员手里，实行"交足国家的，留够集体的，剩下全归自己的"，也就是后来人们所说的"大包干"。

这是中国农村改革的源头。

1978年12月，中共十一届三中全会召开，但一时还无法触及到农业根深蒂固的问题。会议仍然坚持"不许包产到户，不许分田单干"，不久，《人民日报》头版头条刊登了署名"张浩"的读者来信，在编者按中，对当时有些地方悄悄实行的"包产到组"，提出了"上纲上线"的批评。

"上纲上线"四个字，今天已经很少有人知道了，所谓"上纲上线"就是把所有的问题，都提到阶级斗争、路线斗争的高度来认识和分析。万里听到广播后，赶紧给各个地区打电话，气愤地说："不要听那一套！对生产负责的是你县委，对农民秋后生活负责的是你县委。如果这个变了，影响了生产，农民没有饭吃，是跟你县委算账，还是跟《人民日报》要饭吃啊？"

真敢说！

虽然1978年5月开始的真理标准问题的大讨论最终确立了"实践是检验真理的唯一标准"，但"左"倾思潮依然在中国占据重要地位；而"包产到户"也依然是一个非常敏感的争议问题。在1980年9月，中央召开的省市区第一书记座谈会上，主张包产到户的贵州省委书记池必卿，与坚持集体经济的另一个省的书记在会议上顶了起来，以致说出这样的话："你走你的阳关道，我过我的独木桥，我们贫困地区没有阳关道可走，只好走独木桥了！"

这也成为概括会议气氛的一句名言，《人民日报》记者吴象随后发表了一篇题为《阳关道和独木桥》的文章，对当时的争议有详细描述。波澜壮阔的中国改革发源于安徽农村，是农民在饥饿的绝境中的自发创造，同时也是党的干部体察民情、顺应民意的主动选择。1980年年初，万里从北京带回最新消息：在胡耀邦的主持下，将原来农业政策中"不许包产到户"中的"不许"二字，改为"不要"。一字之差，却为中国农村改革打开了一条门缝，在万里主持的安徽省委扩大会议上，当时的凤阳县委书记陈庭元，终于大着胆子，说出了小岗村的秘密。

会议一结束，万里就直奔凤阳县小岗村。

三

以党的十一届三中全会为标志，中国的改革开放走过了40多年的光辉历程。40多年来，中国的改革波澜壮阔，变化翻天覆地，世界为之震撼，而这场伟大变革的起点，是安徽中部一个名叫"小岗"的小村庄。这个偏僻的小小村落，究竟蕴藏着怎样神秘的力量，让它在历史的关头脱颖而出，成为中国农村改革的发源地呢？

小岗村所在的滁州市凤阳县，地处江淮之间，是明朝开国皇帝朱元璋的"龙兴之地"。凤阳鼓楼坐落在凤阳县城的中央，门楼上"万世根本"四个石绿大字，是朱元璋亲笔所书。对于大明王朝来说，凤阳的地位极其崇高，而"万世根本"更深一层的含义，是民以食为天，国以农为本。

明朝开国之初，人民尚未从连年战乱中缓过气来，朱氏父子就在凤阳、盱眙、南京和北京，修建了三都三陵。南宋之后，黄河神龙摆尾，不断夺淮，淮河两岸生态环境遭到严重破坏。明朝仅朱元璋在位的31年间，黄河就向南溃决11次。明中叶之后，淮河更是非旱即涝，十年九荒，帝乡凤阳田地荒芜，人烟稀少。

600多年前的"中都"凤阳，是一座巍峨壮丽的皇城，北京故宫以中轴线贯穿整个宫城的建制，就是以凤阳皇城为蓝本。而取名"中都"，是取"中天下而立"之意。为了扩充中都人口，朱元璋从江南富庶地带，强行移来20万编民。在朝廷和地方政府的控制下，凤阳府户籍只进不出，江浙移民想回乡祭祖，也只能是偷偷摸摸深夜潜行。明亡之后，原凤阳府及淮河两岸出现了移民大回迁。不堪忍受连绵不断的水旱蝗灾，灾民们在逃荒的途中，大唱控诉朱明统治的小调，于是，凤阳花鼓诞生了。

> 左手鼓来右手锣，手拿着锣鼓来唱歌，
> 别的歌儿我不唱，我只来唱首凤阳歌。
> 说凤阳、道凤阳，凤阳本是个好地方，
> 自从出了个朱皇帝，十年倒有九年荒。
> 大户人家卖骡马，小户人家卖儿郎，
> 奴家没有儿郎卖，身背花鼓走四方。
> ……

借唱行乞，冬出春归，在淮河两岸的许多县乡，渐渐成为一种习俗。打开《凤阳府志》，触目皆是"民大饥，人相食"的记载，清朝初年大臣魏裔介，因此而作《秧歌行》：

> 凤阳妇女唱秧歌，年年正月渡黄河。
> 北风吹雪沙扑面，鼕鼕腰鼓自婆娑。
> 衣衫褴褛帕在首，自言出门日已久。
> 前年寿州无雨泽，今岁泗州决河口。
> ……

魏裔介入阁为相时，年仅40余岁，"清初相业，无出其右者"，后人评价他条陈时事，"敢言第一"，这首《秧歌行》，写出了民间疾苦。而凄凉的凤阳花鼓，唱出了百姓的悲怨、明王朝的兴衰，成为明清以来的社会史、移民史、流民史。随着花鼓女的脚步走遍大江南北，凤阳成了人人都知道的中国最贫穷的地方，"花鼓女"也成为凤阳妇女的代名词。

如今，"明中都"那高大坚固的箭堞和城堞，早已成残垣断壁；曾经连绵不绝、金碧辉煌的宫殿群，也都坍塌成一片瓦砾了。落日照在残破的城门衰草之上，仿佛历史老人意味深长的目光。

而当历史再次在这里定格，已是1978年的冬季。

因为连续3年大旱，凤阳又是颗粒无收。凤阳老百姓不得不又一次身背花鼓，扶老携幼去逃荒。那是一个户籍制度极其严格的时代，大批不愿被遣返的凤阳外流人员，滞留在上海火车站，惊动了中南海。

当时的凤阳县梨园公社小岗村，是全县有名的"吃粮靠返销、用钱靠救济、生产靠贷款"的"三靠村"，全村 20 户人家，17 个男劳力，15 个当过生产队长，年年"算盘响，换队长"，换干部如同走马灯。眼看年关将至，又要换队长了，老支书严俊昌被逼无奈，只好和他的堂弟、生产队副队长严宏昌商量：与其年年出去要饭，不如干脆把地分了，包产到户！

这时离"文革"结束刚刚两年，思想禁锢仍然很深。分地单干，这在当时还是很严重的罪名，所以兄弟俩召集全村男人秘密集会，立下了一纸生死状。

冬季里的乡村，天黑得很早，远处偶尔传来一两声狗叫，门外北风呼啸。全村 20 户人家，来了 18 位户主，只有关友德和严国昌不在，他俩出门讨饭去了。"生死状"由念过高中的严宏昌执笔，写完以后，他把自己的名字写在了最上头。

在令人窒息的沉寂中，在昏黄如豆的灯火下，汉子们一个一个伸出手来，郑重地按下了自己血红的手印。没有到场的两个人，关友德的手印，由他叔叔关庭珠代按；严国昌的手印，由他儿子严立坤代按，而那一刻，中国大地受到了剧烈的震动。

这些明朝守陵卫士的后代，这些饥饿的庄稼汉，做梦也想不到，他们粗糙的手印连同他们的名字，日后会被载入历史。

小岗村的"秘密"，不久就被时任凤阳县委书记的陈庭元发现，他没有声张，而是和地委书记王郁昭、地委政研室主任陆子修一起，亲自到凤阳考察。

陈庭元是小岗村的坚实后盾，没有他的支持，小岗村的"大包干"说不定就中途夭折了。后来，陈庭元曾数十次前往小岗村，就连村里妇女小孩的名字，他都能叫得出来，而小岗人则亲切地称他"老元子"。2007 年冬，陈庭元去世，小岗村陷入巨大的悲痛之中，"大包干"发起人中 12 位健在的村民，代表小岗人到合肥送别老书记，这是后话了。

在当时，经过"十年动乱"的中国经济，已接近崩溃的边缘。而这一时期，正是世界经济的腾飞时期，不仅西德经济突飞猛进，战后一贫如洗的日本，也迅速成为一个经济强国，直接挑战美国的地位。

中国和世界的距离，正在越拉越大。

尽管如此，但"十年坚冰"正在消融，中国大地正在复苏。1978年3月，全国科学大会在北京隆重举行，这是"文革"结束后，中国科学界的一次盛会，明确提出了"科学技术是生产力"和"科技知识分子是工人阶级的一部分"。大会闭幕时，时年86岁的中科院院长郭沫若，发表了书面讲话《科学的春天》，著名播音员虹云当场诵读，激起一阵阵春潮般的掌声。

那是一个多么明媚的春季啊，百花盛开，满眼新绿，春风扑面而来。在接下来的5月11日，又有一件更大的事情发生，《光明日报》发表了题为《实践是检验真理的唯一标准》的特约评论员文章，由此引发了全国范围内一场关于真理标准问题的大讨论。文章发表当天，新华社即予以转发，无数人被唤起，无数人被鼓舞，无数人参与进来，共同推动这场伟大而深刻的思想解放运动。1978年10月，邓小平专程赴日，参加《中日和平友好条约》缔约换文仪式，在乘坐日本新干线列车时说："一个字，快！像是有人在推着我们跑，我们现在很需要跑。"这句话被海外媒体广泛引用，媒体解读为"下定了改革开放的决心"。

两个月后，1978年12月18日，党的十一届三中全会在北京召开，这是一个伟大的转折，意义深远。有一个历史细节值得注意，那就是和一般人想象的不同，全会通过的关于农业的两个文件，明文规定"不许分田单干"和"不许包产到户"。

这让40多年后今天的人们，再次体会到当时社会现实的复杂，和历史进程的艰难与曲折。

1979年的春天，寒意还未散去，分田到户的小岗人，已经在自家的地头忙活起来了。这一时期，小岗村的"分田到户"已经瞒不住了，以至在全国范围内，掀起了一场关于"大包干"姓"资"还是姓"社"的争论。

就在全国的争论声中，小岗村迎来了大丰收。"大包干"当年，小岗全村粮食总产 13.3 万斤，相当于 1955 年至 1970 年粮食产量的总和；油料总产 3.5 万斤，相当于过去 20 年的总和。当时国家给小岗村下达的全年粮食征购任务是 2800 斤，23 年来小岗村一直颗粒未交。1979 年秋，丰收后的小岗村一次性上交公粮 24995 斤，总算是扬眉吐气了！

当地群众编了顺口溜，歌唱"大包干"："大包干，就是好，干部群众都想搞。只要搞上三五年，吃陈粮，烧陈草。"时任凤阳县委书记的陈庭元，派人前往小岗村，写了一篇题为《一剂必不可少的补药》的调查报告，交到省委书记万里的手中，万里"像读小说一样，一口气读了两遍"。

万里很振奋，他决定亲自去看看。1980 年春节前夕，万里来到小岗村，挨家挨户看了一遍，发现各家各户的粮囤都装得满满的。万里非常高兴，全程满脸笑容。

两年后，小岗有 5 户人家盖起了大瓦房，得知家乡实行"包产到户"的消息，外出逃荒要饭的凤阳人纷纷返了回来。凤阳县城的九华山庙会，在沉寂多年之后，也开始重新红火。集市上人欢马叫，人山人海，各种物品琳琅满目。凤阳人终于结束了年年春荒外出讨饭的历史，过上了梦寐以求的"吃细粮，住瓦房"的日子，村子里办喜事的人家，也一天比一天多起来了。

就在小岗人忙着春耕的日子里，1979 年 4 月，邓小平要求广东划出一块地方搞经济特区，"杀出一条血路来"。很快，深圳这个默默无闻的小渔村，就以"深圳速度"让世界瞩目。

1979 年 7 月 11 日上午 8 时，一列火车驶进皖南山区的一个小站，邓小平神采奕奕地走下车来，他此行是来黄山休养。黄山之行期间，邓小平就小岗的"大包干"和万里做了深入的谈话，更加坚定了中国改革从农村改革开始的决心。

中国社会全面改革在即，急需一个突破口，而这个突破口，还没有被找到。

此时的小岗村，实际上已经担当起改革试验田的重任。

1980 年 5 月 31 日，邓小平在一次关于农村改革的讲话中说："'凤阳花鼓'中唱的那个凤阳县，绝大多数生产队搞了大包干，也是一年翻身，改变面貌。有的同志担心，这样会不会影响集体经济，我看这种担心是不必要的。"

1982年1月，中央首次发布"一号文件"，正式肯定了农民家庭联产承包责任制，"大包干"开始在中国公开化、合法化，"大包干"也从此成为我国农业生产最基本的方式。此后连续5年，中央的"一号文件"，都是关于农业的。

1982年秋季，安徽农村首次出现了"卖粮难"，农民们没有办法，只好采用"泥麦堆"的土法子，把大批卖不出去的粮食暂时储存起来。几千年来，中国农民一直是在温饱线上挣扎，而实施包产到户仅仅两年多的时间，就出现了大面积的"卖粮难"，这让很多人始料不及。全国实行"大包干"的1982年，我国粮食产量激增到4000亿公斤，民谣"要吃米，找万里"一时成为流行语。这一年国庆，凤阳的粮食冒尖户，登上了天安门城楼观礼台。此后"包"字进城，改革由农村向城市发展，中国社会进入全面改革阶段。到了1986年，全国超过99.6%的农户参加了"大包干"，中国几千年来始终不能解决的温饱问题，基本得到了解决。

那张印着18个红手印的"生死契约"，如今存放在中国革命博物馆，编号为"GB54563"。纸上没有具体日期，据说按完手印两天后有人到镇上赶集，看见代销社柜台的台历上，写着11月26日。如此推算，这个后来载入史册的日子，应该是1978年11月24日。

小岗就这样以一种农民的方式，猝不及防地进入历史，改变了14亿中国人的命运。

第二节　共和国没有忘记

邓六金流泪了，陈兰流泪了
难道我们流血牺牲
就是为了让我们的人民
过这样的生活

一

1982年12月，邓六金和陈兰两位老红军，主动从工作岗位上退了下来，这一年，她们都已年过七旬。

邓六金是国务院原内务部部长曾山的夫人，陈兰是国务院原副总理邓子恢的夫人，在革命战争年代，她们都是响当当的女英雄。本来，有关部门是准备安排她们去外地疗养的，毕竟从枪林弹雨中走过来，吃过很多苦，也多次负过伤，需要放松一下疲惫的身心。但她们表示，自己最大的愿望是回到当年战斗过的苏皖地区，看一看乡亲们生活得怎么样。

这么多年了，她们一直记挂着那片土地。

虽然苏有太湖，皖有黄山，处处湖光山色，但是两位革命的老妈妈，实在没有游山玩水的闲情。她们迫切希望见到当年的老房东，和当年舍出全部的身家性命支持革命的老区人民。

一路风尘一路行。虽然几乎所有文字资料都说她们是1982年到访金寨，但查阅二人的档案，发现两位老人同是1982年12月从国务院机关事务管理局的位置上离休的。因此她们前往苏皖地区，应该是1983年的五六月份，看她们在泾县与老房东一家的合影，穿的也是夏季单衣。

是的，1983年的春夏之交，她们进入皖西南的大别山腹地。初夏的大别山，是一年中最美的季节，每一片叶子都在阳光下展开，有一些不知名的鸟儿，在看不见的地方鸣唱，到处流动着葱茏的诗意。当年她们走过的崎岖山道，今天已经找不见了，顺着宽阔而平坦的大道，一直可以到达当年她们辗转露宿过的深山老林。

抗日战争时期，她们都曾转战于皖南、皖中和苏北一带，对这里的山山水水，一草一木，有很深的感情。

但一路走来，她们的所闻所见，所触所感，与她们的期望有很大差距。贫穷，难以想象的贫穷，让她们心情复杂，五味杂陈。她们晓行夜宿，路过每一个村庄都要停下来，走进老乡的土坯房，坐在摇摇晃晃、吱吱呀呀的光板床上，拉着大娘大嫂的手，询问她们的生活。晚间，她们听取地方领导的汇报，详细了解老区发展的困难，往往到十一二点都不休息。也乏，也累，也腰酸，也背痛，毕竟是70多岁的人了，但她们不肯停下来，也停不下来，她们万分焦愁，心急如焚。在金寨的桃岭乡，她们看到，虽然梅山湖碧波荡漾，百岛林立，一派和平安宁的景象，但老百姓的房屋却都破败得不成样子，很多老乡的家里，都是一贫如洗。桃岭乡地处梅山水库西北岸，是全县有名的库区，也是全县有名的革命老区。早在1926年，桃岭乡桐岗人杜昌甫，就在当地建立了农民协会，开始了抗租抗债和减租减息斗争。1929年5月，桃岭乡悬剑山下的新安村，以及西北的十多个村子，同时爆发了声势浩大的立夏节起义。在整个新民主主义革命时期，小小桃树岭参加红军和地方苏维埃政权的人数，高达5000多人，他们大多都血洒疆场，为国捐躯。中华人民共和国成立以后，授中将军衔的李耀、陈先瑞，授少将军衔的邬兰亭、李家益、余明、林乃清、赵遵康，都是桃岭人。

但让邓六金和陈兰想不到的是，解放这么多年了，她们所到之处，看到的仍然是缸里没有粮，碗里没有饭，孩子们光着身子，大人们衣不遮体。看见她们过来了，孩子们都远远地站着，怯怯的眼神，面黄肌瘦，脖子上暴起一条条青筋。当地干部对她们说，据不完全统计，金寨老区有近10万人还在挨饿，过年连顿年夜饭也吃不上。

正在吃饭的两位老人，难过得放下碗来，忍住眼中的泪水说："我们当年闹革命，流血牺牲，为的是什么？难道就是为了让我们的人民，过这样的生活吗？"

她们的热泪，至今感动着老区人民。

在一个多月的时间里，两位老人几乎走遍了当年所有她们战斗过的地方：歙县、岩寺、泾县、金寨、天长、宿县、泗洪、双沟、淮安、盐城……越走她们的心情越沉重。解放都30多年了，为什么为革命做出巨大牺牲的老区人民，至今仍然没有解决温饱问题！她们决心帮助金寨摆脱贫困，争取政府相关部门的政策扶持，加快老区建设的步伐，不能让老区人民再这样忍饥挨饿、缺医少药地生活下去！

两位革命的老妈妈，都是经历过大风大浪的人，枪林弹雨，九死一生，轻易不流眼泪，但离开大别山时，她们流泪了。除了自己身上穿的，她们把所有的衣物都留在了大别山，她们要尽快返回北京，尽快给中央写信，尽快让中央知道老区的情况，尽快解决老区的贫困问题！

二

回到北京后，邓六金和陈兰就如何才能改善老区群众的生活，如何才能尽快改变老区贫穷状况，反反复复地商谈，之后她们慎重地写了一份报告，呈送给胡耀邦总书记。

在这份报告里，她们给出了一条条建议：修水库要先妥善解决移民安置问题，然后再开工；对于告老还乡、居住乡村的老红军，要给予固定的生活费用，做到老有所养；要让失学的儿童重返校园，要重点解决老区人民的温饱问题；要关注当年对革命做出过贡献的老红军、老战士，让他们感到共和国没有忘记昨天，没有忘记他们这些有功之臣！

1983年6月27日，胡耀邦总书记、开国元帅徐向前看到了她们的报告，称赞道："两位老大姐不辞劳苦，深入老区考察，精神可嘉。"对于她们的建议，中央也给予了高度重视。

她们的《回乡见闻》（即递交中央的《报告》）还作为1983年的中央传阅文件，下发到了各个部委。为此，国务院专门成立了支援"老少边穷"地区办公室，国家计委、财政部、民政部、妇联、卫生部等单位分别派出工作组去实地解决问题；解放军总后勤部洪学智部长，用专列给金寨人民送去了军队换装后换下来的旧军服；山上的小窝棚陆续拆除了，库区移民们搬进了新建的房屋里；政府专门派来技术员指导群众开展生产自救、发展网箱养鱼；养蚕一条龙、茶叶一条龙，种植木耳、蘑菇、板栗，实行山货深加工……这些变化，也都反馈到两位老大姐的耳中。得知老区人民的生活条件有所改善，她们由衷地高兴。她们的调查汇报、她们的奔走呼吁，极大地促进了支持老区发展政策的出台，加快了支援老区建设的步伐，也唤起更多的离退休老同志，相继返回革命老区，为老区的建设和发展，解决了很多实际困难和具体问题。

三

除了邓六金和陈兰，1983年，还有几位金寨籍老将军对金寨县的早期扶贫，起到了很大的推动作用。

陈祥将军的老家在大别山腹地，他自小参加革命，对家乡人民有很深的感情。上世纪80年代初他回到金寨，发现家乡人民的生活仍然很贫穷，十分痛心。他和林维先、汪少川、夏云飞、朱国栋、徐其昌等6位金寨籍的老红军联名，于1983年3月20日给安徽省委省政府写了一封信，其主要内容如下：

> 不久前，我们读了省民政厅调查组李灏同志等写的一份《关于金寨县当前群众生产、生活情况和今后意见的调查报告》……我们从内心深处感到不安。当年的金寨人民为革命战争和民族解放战争付出过极大的牺牲，而如今，竟有"相当一部分群众的温饱问题还没有得到解决"。《报告》所分析的四条"长期贫困落后的主要原因"，是符合客

观事实的。因此调查组所提的"发挥山区特点和优势,把金寨生产搞上去"和"要求解决的问题"也是切合实际的。我们期望省委、省人民政府的领导同志,能笑纳忠谏,为革命老区金寨人民造福及早作出切实可行的措施,解决金寨人民长期贫困的问题。

陈祥原名邸银国,1916年12月出生于金寨县油坊店乡,1932年参加中国工农红军,1937年加入中国共产党。油坊店乡地处金寨县东南部、响洪甸水库上游西岸,有73万亩山场,仅有8000亩耕地。陈祥将军回到家乡后,在路上遇到一位衣衫破旧、步履蹒跚的老人。老人见到陈祥突然双膝下跪,陈祥赶忙将他搀起来,问清姓名后,不由得百感交集。他拉着老人的手说:"当年参加红军时,我还是你手下的'小鬼'呢!你领导过我!"目睹红军老战友一贫如洗的凄凉晚景,陈祥将军的心情久久不能平静。他想,应该想办法帮助老区人民,解决生产生活的难题。于是他挨家挨户调查访问,回京后由自己牵头,6位老将军联名向安徽省委、省政府反映老区人民生活上的困难。为了使这封信产生更大的影响,陈祥将军又请战争年代曾长期在皖西工作的郭述申和金寨籍中将陈先瑞两位老同志,将他们的这封信,转递给当时的党和国家最高领导人。而这两位老同志,也同时写了一封信:

> 今年三月,林维先、汪少川、朱国栋、陈祥、夏云飞、徐其昌等六位老同志,给安徽省委、省人民政府写了一封信,信中反映了他们对安徽省民政厅调查组《关于金寨县当前群众生产、生活情况和今后意见的调查报告》的看法和建议。这封信,体现了这些老红军战士对革命老根据地人民的关切。他们渴望老区人民在党和政府的关怀下,能够早日摆脱贫困,尽快开创山区建设的新局面。

万里和张劲夫在安徽省委书记任上时,对老区人民的生产生活都给予过很大的关注,但从《调查报告》提出的问题来看,要彻底解决金寨县人民的贫困问题，没有中央的支持和政策倾斜，三五年内很难完成。为此，郭述申、陈先瑞两位老同志建议：党中央、国务院请水电部、民政部及有关部门组成联合考察组，对《调查报告》所反映的情况进行核实，对报告中提出的合理建议予以支持。

时任中共中央总书记于1983年12月8日，将郭述申、陈先瑞两位老同志的信件批给国务院副总理田纪云。12月10日，田纪云又将此件批转给时任国家经委副主任的李瑞山，5天之后，李瑞山批示道：

告：农、林、水、财、民几个部，由经委农业局一个同志牵头，去安徽调查一下，抽时间召省地县同志来谈一谈。

在6位老红军、老将军给安徽和中央领导写信的同时，金寨籍的老将军林彬也于1983年5月25日，给时任国务院副总理万里、时任国务委员张劲夫，写了反映金寨情况的长信；金寨籍的老红军、时任长沙铁道学院党委书记的朱国栋，也于1984年2月16日，给安徽省委书记黄璜写了反映金寨情况并提出建设性意见的长信。金寨县的干部群众，把这些统统称为"将军上书"。

"将军上书"引起了省委、省政府领导和中央领导的高度重视，1984年2月，"国家及省、地赴金寨县调查组"到金寨进行考察，"基本摸清了（金寨）情况，并就老区贫困县应采取的生产方针、政策和解决群众生活问题的办法，同安徽省委、六安地委、金寨县委以及国务院有关部门进行了具体研究"，形成了一份长篇报告。田纪云批阅了这份报告后，很是兴奋，其中指出的金寨县的很多问题，后来都得到了有效的解决。

最早发起"将军上书"的陈祥将军，得知这一切后非常高兴，他亲自带领金寨县的干部群众，到河北迁西学习发展板栗生产的经验，促进了金寨板栗的大发展；到北京怀柔学习种植西洋参的技术和管理经验，帮助金寨办起了西洋参试验田，并在试种成功的基础上大面积推广，使之成为老区人民脱贫致富的特色产业；亲自协调专家帮助金寨开发竹编产业，增加一家一户农民的收入。凡是老区群众需要他帮助的事，他总是千方百计地去办，尽心尽力地办好。金寨要建国家级森林公园天堂寨，他为之多方奔走，沟通联络；皖西要建铁路，他为之向各部委争取，寻求帮助。1996年8月31日，金寨的同志得知陈祥将军生病住院，专程去北京军区医院看望他，这时他已经不能讲话了。但他坚持用笔在纸上与探病的同志交谈，询问家乡人民的生活情况，那天在场的人，全都落泪了。

第三节　三个"10万"让人动容

10万人参军参战

10万亩良田淹没、10万人迁离故乡

老区、库区加山区

加重了金寨的贫困

一

金寨之所以贫困，除受自然环境、区位条件等客观因素的影响外，还有特殊的历史原因，概括来说，就是"三次牺牲与奉献"。

第一是战争创伤。金寨是全国有名的革命老区、中国工农红军第一县、全国第二将军县，革命战争年代，金寨人民节衣缩食、积极奉献，"最后一把粮，拿去当军粮；最后一块布，拿去做军装；最后一个儿，送去上战场"，为中国革命胜利做出了巨大的牺牲与奉献。金寨全县共有10万名英雄儿女参军参战，最后幸存者仅有700余人。而金寨当时的人口不足25万，平均每5个人中就有2个人牺牲，而且牺牲的多是青壮年劳动力，留下来的多是孤寡妇幼。

第二是两库奉献。社会主义建设时期，为了响应毛主席"一定要把淮河修好"的号召，金寨修建了梅山、响洪甸两大水库，有10万名群众离开故土，移居山林。

第三是功能保护。改革开放之后，当工业立县、工业兴县的经济高速发展期到来时，金寨作为国家生态保护功能区，贯彻绿色发展理念，实施封山育林和退耕还林，坚持"刀斧不上山、青黄不下山"，导致很多群众

"守着金山银山、过着贫困生活"。可以说，3814平方千米的县域生态保护区，是新时期金寨人民做出的最大奉献与牺牲。需要特别说明的是，金寨是安徽省面积最大的县，这3814平方千米的保护区是它的总面积，而全县森林覆盖率72.75%，可耕地少得可怜。

既列为国家生态保护功能区，就必然有明确的产业准入负面清单。金寨县编入产业准入负面清单的共计32项，其中禁止类21项，限制类11项，涉及农林牧渔业、纺织业、金属冶炼业以及化学原料和化学制品制造等行业，这很大程度地限制了金寨县的经济发展。

金寨县为国家25片重点生态功能区之一、华东地区唯一的国家重点生态保护功能区，主体功能区为限制开发功能区，以保护和修复生态环境为首要任务。新常态下推进新型城镇化，需要处理好加快发展、脱贫致富与生态保护三者之间的矛盾。

而作为国家级生态保护功能区，其保护区内物种的丰富性、珍稀性、古老性、过渡性、特有性，又确实让人惊叹。

二

现在，我们仅以金寨天马国家级自然保护区为例：

天马国家级自然保护区地处湖北、河南、安徽三省交界地带的大别山腹地，是北亚热带向暖温带的过渡地域。区内崇山峻岭，峭壁悬崖，高峰迭出，最高峰天堂寨，海拔1729.3米。金寨天马国家级自然保护区还是淮河支流史河、淠河的发源地和下游梅山、响洪甸两大水库的水源涵养地。

天马国家级自然保护区总面积28913.7公顷，其中核心区5745.3公顷，缓冲区8118.6公顷，实验区15049.8公顷。国家级保护区于1988年8月18日经国务院批准，由安徽省政府1982年6月批建的马鬃岭保护区和1990年批建的天堂寨保护区合并而成。

该保护区保护了中国北亚热带残存的比较完整的天然阔叶林。

中国的亚热带在世界上有着特殊的地位，中国的北亚热带范围十分狭窄，此类地区其他地方的天然阔叶林破坏严重，只在天马保护区尚有幸存。保护区地处大别山腹地，是中国东部亚热带北缘向暖温带过渡地区，在动植物区系上是中国东西和南北物种交集汇聚的桥梁和纽带。保护区内生物资源丰富，区系成分复杂，多珍稀特有种类，是幸存的一处宝贵的生物基因库，是科学研究、教学实践的良好基地。

金寨天马国家级自然保护区地处亚热带向暖温带过渡区，既适宜某些北方物种的生长，又适宜某些南方物种的繁衍，植被类型处于亚热带常绿阔叶林向暖温带落叶阔叶林过渡，许多南方植物或亚热带植被类型以本区为分布北界。由于保护区地势陡峻，群峰林立，植被垂直分布规律明显：海拔 400～900 米为落叶、常绿阔叶林带；海拔 900～1300 米为落叶阔叶林带；海拔 1300 米以上，多为山地矮林、山地灌丛及黄山松林。

金寨天马国家级自然保护区有陆栖脊椎动物 22 目 61 科 185 种，分别占全省的 68.18％、62.16％、36.15％。保护区地处东洋界北缘，是一些古北界型动物分布的南限，同时又是不少东洋界型动物分布的北限，分布于南方的阔褶蛙、小弧斑姬蛙、小头蛇、烙铁头蛇等，这里为其分布北限；分布于华中西部山地高原亚区的秦岭雨蛙、黑点树蛙、隆虹蛙、金眶翁莺等，向东延伸侵入这里；有些动植物，仅在本保护区内发现。

再大的牺牲，也值得。

三

说到库区，就不能不说到金寨镇，说到麻埠，说到丁家埠和流波镇，而这些曾经在大别山历史上，久负盛名的古镇，早在 60 多年前，就已经永久地沉没于水下。

这个在后面的章节中，我们会有专门的叙述。

这都是为了修建响洪甸水库。响洪甸水库是淮河支流西淠河上的一座大型水库，1956 年 4 月开工建设，1958 年 7 月竣工，是以防洪灌溉为主，结合发电、城市供水、航运、水产养殖等综合利用的大型水利水电工程。

新中国成立之初，毛泽东曾在一年之中，4次批示"治淮"，并于1951年题词："一定要把淮河修好！"响洪甸水库就是新中国治理淮河水患的枢纽工程之一。

响洪甸水库位于西淠河上游段，水库大坝以上控制流域面积1431平方千米，占西淠河流域面积的21.36%。坝址以上有燕子河、青龙河（姜家河）、宋家河、乌鸡河、莲花河、三湾河、石家河7条支流以及数条溪流汇入。

淠河古称沘水，是淮河的主要支流之一，流经六安过正阳关入淮河。响洪甸水库就坐落在淮河支流淠河西源，齐云山畔，群山环绕。古人云："淠河不宁，六安不安。"响洪甸水库建成之前，淠河流域有雨即涝、无雨即旱，水来成河、水去成滩。据记载，1949年以前500年内淠河流域共发生涝灾185起，旱灾190起。1950年7月淠水泛滥，仅豫皖两省即淹没土地4000多万亩，受灾人口1300多万。

毛主席发出"一定要把淮河修好"的号召后，淮河水利委员会制定了一个从长远利益出发，立足于变水害为水利的治淮规划，把重点放在防洪除涝上。第一期治理工程，就是在淮河上中游山区兴建水库。

60年来，响洪甸水库锁扼奔腾不息的西淠河，先后为淮河拦蓄2500立方米/秒以上洪峰24次，年均防洪减灾效益超过2.5亿元，为保障人民的生命财产安全做出了重要贡献。其中，1969年大别山区发生百年一遇的大洪水，大坝一次拦蓄洪峰10200立方米/秒，削减洪峰99%；1991年淮河流域发生特大洪水，流域来水10.67亿立方米，占淮河洪峰总量的三分之一，大坝全部拦蓄。

而60年来，每当大旱之年，响洪甸水库都通过科学调度，为淠史杭灌区600多万亩良田灌溉保驾护航。1978年，安徽地区遇百年大旱，赤地千里，入夏后的淠、史两河14条主要支流全部断流，响洪甸水库累计供水8.8亿立方米，惠泽良田395.6万亩。1994年，安徽发生大旱，响洪甸水库全年出库水量13.53亿立方米，年灌溉农田281万亩。

据测算，60年来，水库因灌溉因素使粮食增产达100亿公斤以上，年均灌溉效益达1亿元，有效支撑了粮食安全。

对于金寨库区的人民来说，这是最大的安慰。

而这也使库区移民，成为贫困人群中的贫困人口。

四

俗话说，靠山吃山，广袤的大山是山区群众的生存之本。但因为整个金寨都在国家级自然保护区的范围之内，而梅山水库、响洪甸水库又都是重要的水源地，发展产业有很多禁区和"红线"，所以长期以来，金寨人守着"绿宝盆"，却鼓不起"钱袋子"。

一直到2014年，全县220个行政村、10个社区、71个贫困村，仍有4万户13万建档立卡贫困人口，贫困发生率22%，并且都是"硬骨头"，很难啃。多年以来，金寨的老百姓除了种点庄稼、采点茶叶、砍点竹木、喂点鸡鸭以外，基本上没有什么进项，生活贫困得很。唯一的挣钱途径，是进城打工，但也很难彻底摆脱贫困。

随着国家《大别山革命老区振兴发展规划》和《关于加大脱贫攻坚力度支持革命老区开发建设的指导意见》等一系列扶贫政策的先后出台，金寨迎来了前所未有的发展机遇。

2011年12月，国家又将六盘山区、大别山区、罗霄山区等区域的连片特困地区连同西藏、新疆，共计689个县，作为扶贫攻坚主战场，金寨县被列为大别山区域扶贫集中连片开发重点县；2015年，金寨由区域扶贫转变为精准扶贫，这片红色的土地终于获得了新生。

2016年4月24日，习近平总书记视察金寨，强调推进扶贫开发，关键是要做到精准识别、精准施策、精准帮扶、精准脱贫，并对建档立卡、产业扶贫、兜底扶贫、教育扶贫等，提出了明确的要求。

习近平总书记深情地说："无论是革命战争年代还是改革开放新时期，老区人民为党和国家作出了巨大贡献。老区人民对党无限忠诚、无比热爱。老区精神积淀着红色基因。在今天奔小康的路上，老区人民同样展现出了强烈的奉献奋斗精神。"他强调"打好扶贫攻坚战，要采取稳定脱贫措施，建立长效扶贫机制，把扶贫工作锲而不舍抓下去"，指出"因病致贫、因残致贫问题时有发生，扶贫机制要进一步完善兜底措施，在医保、新农合方面给予更多扶持"。习近平总书记的讲话，为金寨全面推进精准扶贫、精准脱贫、打赢打好脱贫攻坚战，增添了信心，提供了遵循。

　　晴朗的夜空中为什么滴下露珠？因为对大地的感激。

第三章

大湾村的脱贫样本

大湾村位于帽顶山下，平均海拔800米以上，全村37个村民组，928户，3348人，属于重点移民安置村和高寒山区村，也是金寨县最贫困的山村之一。2016年4月24日下午，习近平总书记来到金寨县花石乡大湾村，在村民陈泽申低矮破旧的小屋前，与乡亲们共商脱贫攻坚大计，强调大湾村的发展要搞成风景，不能搞成盆景。

经过几年的攻坚克难，大湾村以"山上种茶、家中迎客、红绿结合、茶旅融合"为发展思路，用"乡村旅游"这把金钥匙，打开了脱贫致富的大门。2018年，大湾村贫困发生率由2014年的28.34%，下降到1.3%，实现整村脱贫出列。2019年年底，大湾村贫困人口减到了4户8人，贫困发生率降至0.23%，村集体经济收入达到82.75万元，人均可支配收入达到14236元，成为大别山脱贫的一个样本。

第一节　在陈泽申的小院

穷改门，富迁坟
金寨贫困户的这扇穷门
到底应该怎么跨
且看陈老汉的"二改门"

一

沿着9千米长的红军大道前往花石乡大湾村，是早晨的7点多钟，天有些阴，天空铺着薄薄的云层。汽车穿过3229米长的将军岭隧道，进入绵延的群山，沿江高铁轨道飞架其上，悬若天桥。

前几天，这里刚刚进行过人工降雨，长期的干旱，造成松线虫肆虐，松树大面积枯死，令人触目惊心。时令已是深秋，蒿茅开始衰白，山野却依然苍翠，间或有一两声鸟鸣，分外警醒。

快到大湾时，天空渐渐放晴了，山里人家的窗玻璃，突然明亮起来，阳光下一闪而过。花石乡大湾村位于帽顶山下，平均海拔在800米以上，2008年行政区划调整，由原大湾村、帽顶村、桥边村三村合并而成。

直接就去了陈泽申老汉的家。2016年4月24日下午，习近平总书记视察金寨，在陈泽申的小院里，开了一场别开生面的座谈会。就是在这里，习近平总书记深情叮嘱，全面建成小康社会，一个不能少，特别是不能忘了老区。

陈家老屋在大湾村入口处一面高高的斜坡上。老人正在扫院子，看见有人上来，他放下手中的笤帚，快步迎了过来。老人上身穿一件藏青色的唐装，大红扣子十分抢眼，据说是茶场的工作服。

1950年2月出生的陈泽申，虽说已经70岁了，但看上去很硬朗，很精神。他如今是茶场的职工，但很多时候还是留在老宅里，负责这边的参观接待工作。座谈会之后，每天有很多人，从全国各地来到这里，听他讲述当天的情景。若是采茶季节，他就到茶厂的扶贫车间炒茶，一天工作8小时，每小时16块钱，一个茶季，20多天下来，能挣3000多块钱。

陈泽申的儿子陈长军，早年在上海打工，上班时突然晕倒在地，紧急送往医院，却没能抢救过来。那年陈泽申的儿子才31岁，孙子陈杰才4岁，一时间天塌地陷。一年以后儿媳妇改嫁，虽说就嫁在了花石乡本地，但从那之后，就没了往来。

"这都是十七八年前的往事了，"老汉有些感伤，也有些感慨，"我老伴过世，也有十个年头了！"

陈泽申的老伴，是2009年去世的，那一年，孙子刚上小学五年级。从那之后，陈泽申就拉扯着孙子，一老一小，相依为命。衣裳破了没人补，鞋子破了没人缝，吃没得吃，喝没得喝，出门一把锁，进门一盏灯。老屋也越发破败了，下雨漏雨，刮风进风。这几间老屋，还是1984年，改革开放之后建起来的，当年在村子里，也算好房子。

陈泽申兄弟7个，早年家里穷，都没怎么正经上过学，他认得的几个字，还是后来在部队学的，能看看报纸，但不能提笔写字。陈泽申1966年应征入伍，1970年退役回乡，1972年和妻子在老庙里草草结了婚。庙叫"五岳堂"，是汪家的家庙，"汪"是当地的大姓。1955年，国家修梅山水库，陈泽申一家9口从金家寨移民上来，没有地方住，就住在这座庙里。他还清楚地记得，爷爷奶奶故土难离，死活不愿意上来，留在了库区的山上。当时他才5岁，是跟在大人身后，一步一步走上来的。小的时候，陈泽申经常饿肚子，为了吃饱饭，生产队把山上的树全都砍光了，种上玉米，但他们仍然吃不饱。

日子是从 2014 年开始好起来的，这一年，政府为贫困户建档立卡，经过相关程序，陈泽申成为大湾村第一批建档立卡贫困户。也正好是那一年，孙子上了高中，县里的潘书记，亲自给校长打了电话，把 3 年的学费全免了，解决了大问题。接下来又给他爷孙俩办了低保，一人一月 316 元，日子就好过多了。这之前，家里的主要生活来源是水稻，陈泽申年纪大了，做不动了，收成不如人家的好。他又不能出去打工，挣不来钱，日子就这么一点一点，越过越穷了。

"现在？"老汉吃惊地看着我，似乎是嫌我问得多余，"现在当然不一样了！孙子也毕了业，上了班，一月能挣好几千块呢！"

陈泽申的孙子，从安徽涉外经济职业学院毕业以后，在合肥的网络公司上班，挣得不少。2017 年，陈泽申在自己的努力和各项脱贫政策的帮扶下，年收入达到了 3 万多元，顺利实现了脱贫。

门前的几只大公鸡，不停地啄啄觅觅，冠子鲜红，体态壮硕。据陈泽申说，他原先还养了不少黑山羊，自打到茶场上了班，就顾不上了。我注意到，老汉的老屋里，有一个商品柜，里面整齐地摆放着金丝黄菊、手工黄大茶、干豇豆等县里指定代销的金寨特色农产品。离开的时候，我用手机扫码，买了一袋将军菜、一袋干豇豆。

一辆从外省来的旅游车，在坡下停了下来，一群年轻人举着手机，涌进陈泽申家的小院。目前，陈家老屋已经成为大湾村一个著名的旅游参观点，门前的导游牌上，有中文、英文和韩文的景点说明。

2016 年享受易地搬迁政策之后，陈家老屋和院子里的一切，都保留了当年座谈会的原样，中间一匾子花生，周围一圈小板凳，很多参观者在院子里拍照留影。老屋的坡下，是陈家移民上来时住过的汪家老庙，如今开辟成了一个小型停车场，以方便越来越多的游客停车。

二

来大湾村的人，到了陈泽申的老屋前，一般都会上下左右，打量他家的房门，因为他们一般都听说过关于这扇门的故事，故事的名字就叫"二改门"。

陈泽申的老屋，是农村里常见的土坯房，但奇怪的是，房门并不朝向正南，而是向东南倾斜，看上去有明显的改动痕迹，和外墙不在一条线上。

这在农村十分少见，有悖于一般的风水观念。在我国传统民居的建造中，屋子的朝向说到底也就是门的朝向，是重中之重，"门朝南"不仅有风水方面的考虑，还有科学的依据。因为我国处于北半球欧亚大陆东部，大部分陆地位于北回归线以北，一年四季的阳光，都是由南方射过来，"门朝南"不仅便于采光，也利于避风。民间有所谓"穷不改门，富不迁坟"的说法。

但也有人反其道而言之，以"穷改门，富迁坟"为说辞骗取钱财，陈泽申就不幸遇见过这样一位风水先生。

十多年前，陈泽申痛失独子，儿媳留下4岁的孙子改嫁，老伴一病不起，看病吃药，欠下了4万多元的债务。一连串的打击让陈泽申手足无措，他想，这是咋的了啊？命运坎坷之时，人们往往容易迷信。于是陈泽申请来了这一片有名的风水先生，请他给看一看，到底是哪里出了问题？这风水先生到了陈家，里里外外，走走看看，而后故弄玄虚道："你这门的朝向有点问题啊，穷改门，富迁坟，你把这门改了，保你往后的日子，越过越顺！"陈泽申一听，立马就动手，花了两天的时间拆墙卸门，把门的朝向从正南改成了东南，算是除了一块心病。

但具有讽刺意味的是，生活并没有因为"改门"而有所改善，反倒是病了5年的老伴，"改门"不久就撒手人寰。家里只剩下60岁的陈老汉和未成年的小孙子，日子越过越艰难。

老陈家的这扇穷门，到底怎么才能跨过去啊？几经折腾的陈老汉，彻底丧失了生活的信心。

2014年，一场脱贫攻坚战在金寨打响，陈泽申被列为建档立卡贫困户后，大湾村第一书记、扶贫工作队队长余静和几个村干部，来到了他的家中。他们为他制订了精准脱贫的帮扶计划，把脱贫的门道，一条一条说给他听。

真有这样的好事？陈泽申将信将疑。但很快，帮扶干部就带人在陈泽申的院子里，搭起了光伏电板，如今靠"晒太阳"，老汉一年能挣3000元。金寨县为每个贫困户，争取到了分布式光伏电站建设资金1.6万元，但建一户分布式光伏电站，需要2.4万元，贫困户还需自筹资金0.8万元。2014年的陈泽申，手里拿不出这笔钱，村里就通过互助资金，给他贷了0.8万元，之后用光伏收入的一半，来偿还这笔贷款。

陈泽申所享受的脱贫政策，除"两不愁三保障"外，还有易地扶贫搬迁、产业奖补、公益性岗位、小额担保贷款等。金寨县规定，建档立卡贫困户愿意易地扶贫搬迁的，每人补助2万元，若该户为库区移民，每个移民人口补助1.5万元。对自愿腾退宅基地的，按照类别进行补助，易地扶贫搬迁所需住房，由村民理事会统一设计、统一建设。陈泽申从旧房搬到新居，享受易地扶贫搬迁补助4万元，库区移民易地搬迁补助3万元，宅基地腾退补助9.48万元，共计16.48万元；而由村民理事会统一筹建的两层楼房，成本只在12万元左右，还有4万多元的结余。

2017年，陈泽申搬进了沿溪而建的新居——大湾村易地扶贫搬迁安置点。这是一幢白墙灰瓦的徽式小楼，客厅里有空调，厨房里有自来水，卧室还铺上了木地板。安置点按照"美丽乡村"建设的要求，规范了猪舍、鸡舍等养殖场地，实行污水统一处理，在环境卫生方面做到房前屋后干净、窗户干净、屋内干净、厨房干净、厕所干净、个人卫生干净、生产生活用具摆放规范和村庄环境整洁有序。

陈泽申的弟弟陈泽平，前些年儿子车祸去世，老伴手有残疾，家中生活异常艰难。如今老哥俩一起光荣脱贫，也第一批搬进了安置点。当年习近平总书记来到陈泽申家，问他愿不愿意搬到山下去，他激动得手足无措，没想到这么快就告别住了50多年的破旧老屋，搬进宽敞明亮的小楼里来了。和所有的人家一样，屋里家具电器一应俱全，他特意在茶几上摆了两个鱼缸，养了两缸金鱼，寓意"年年有余"，把"脱贫光荣证"贴在客厅最醒目的位置。

2017年，陈泽申被聘为环境卫生保洁员，年收入6000元。在脱贫攻坚战中，金寨县设立了公路养护员、油茶管护员、光伏电站管护员、护林员、环境卫生保洁员等多个公益性岗位，聘请贫困户上岗，每月基本劳务报酬500元。全县有2066名贫困劳动力，在就业扶贫政策下创新开发的村级公益性劳动岗位上，实现了家门口就业。

"嘿！当初怎么就想起来去改门啊！"陈老汉无比感慨道，"风水先生的那一套，都是歪门邪道，政府的扶贫政策，才是脱贫致富的真门道呢！"

大湾村搞起"农家游"后，陈泽申家的"二改门"，成了游客必听必看的故事，陈泽申把自家种的天麻，和从山上打来的板栗，通过县相关部门统一定价后，卖给前来参观的游客，也是一笔不小的收入。为了方便大家付款，老汉还用上了微信，只是不大熟练，需要游客帮助才能完成。

三

看到陈泽申在大湾村扶贫车间炒茶的报道，是在2020年4月21日的中安新闻客户端上。照片上老汉戴着口罩，穿着那身显眼的唐装工作服，在一口大铁锅前忙活。他的身后，悬挂着"2020年六安瓜片传统工艺师带徒（蝠牌茶旅）"的大红横幅。陈泽申摘掉贫困户帽子，拿到"脱贫光荣证"以后，2017年，被安排到村茶场上班，成为一名茶场职工，一个月工资2000元。

这个村子以发展茶叶种植和加工为主，现有茶园3000来亩。陈泽申早上8点上班，晚上5点下班，平常就拾掇拾掇院子，干干杂活，没太多的事情。早饭是在家里吃，中饭和晚饭在茶场里吃，场里常年有16名职工，每顿饭三菜一汤的标准。每天，陈泽申都是茶场里到得最早、走得最晚的人。但这样清闲的日子，老汉实在是过不下去，他给自己定下脱贫后的新目标：学炒茶，成为一名炒茶技师！

自金寨实施产业扶贫以来，借助当地的地理和环境优势，大湾村坚持"生态茶乡"的定位，大力发展茶经济。在上级有关部门的支持下，大湾积极改造了1000多亩老茶园，新建了1500亩高标准密植茶园，形成了近3000亩的种植规模。

同时，在中央定点扶贫单位的帮助下，他们还合作发展了小规模精品有机茶园60多亩。为了打造茶产业链，村里引进了茶产业龙头企业"蝠牌茶旅"，采取"企业＋农户"模式，企业经销，农户务工。村里新建的一座占地6000平方米的茶厂，也出租给了蝠牌茶旅，作为产业扶贫车间，不少贫困户在这里，学习掌握了一技之长，成为专业的炒茶技师。

早在产业扶贫车间成立之初，陈泽申就把家里的鸡和羊"清了仓"，报名参加了村里举办的炒茶培训班。很多人不相信，说这是个技术活，老陈你都这么大年纪了，还能学得会吗？陈泽申不服这口气，为了用实际行动证明自己，他不会就学，不懂就问，比年轻人到得更早、走得更迟、花得功夫更多，更认真，更努力。生锅、二青锅、熟锅……时间、火候、手法……很快，陈泽申就熟练掌握了全套炒茶工艺。手把手教，包教包会，不少贫困户通过学习，和老陈一样成了具有一技之长的炒茶工人。每年采茶季，车间里像陈泽申这样靠炒茶赚钱的贫困户，还有几十位。成为扶贫车间的正式炒茶技师后，陈泽申每年增收2万元，家庭总收入比2015年，整整翻了10倍。

不仅如此，陈泽申还带了很多徒弟，其中大部分是贫困户。很多贫困户慕名而来，争着拜他为师，经过陈泽申的技术传授和"过筛子"，新手才能正式上岗。

如今，作为炒茶车间熟练技师的陈泽申，每天一身唐装，在车间里一边带徒授艺，一边给游客现炒新茶，名气越来越大。2019年，大湾村游客突破30万人次，陈老汉的年收入也第一次突破了4万元，他现在最大的心愿，就是攒钱给孙子在合肥买房，娶个孙媳妇。

第二节　大湾村的媳妇们

细雨农家
新云农家
都是外来的媳妇当家
穷山沟成富山沟
在娘家终于抬起了头

一

临近中午的时候,我到了"细雨农家"的大门口。

没有人,大门紧锁。趴在明晃晃的落地窗前往里看,能够隐约看见柜台上摆放整齐的土特产。耳边瓢勺叮当,响成一片,村庄的上空,飘浮着农家饭菜特有的柴火香味。

抬头看看,红底白字的"细雨农家"广告牌上,写有肖细雨的联系电话。

匆匆赶来的肖细雨一边道歉,一边笑着把我们往屋里让。客厅很大很敞亮,水磨地面,水晶吊灯,能看出是刚装修不久。2016年之前,大湾村有207户住房属于危房,其中18户人家的老屋有上百年的历史。住上新房子,是村民们一辈子的梦想。金寨县叠加使用易地扶贫搬迁、宅基地改革、移民避险解困、美丽乡村建设等政策,创造性地解决了重点贫困户的搬迁费用,大湾行政村新建的大湾组、方湾组、基湾组、中心村庄4个集中安置点,62户贫困户几乎不用自己掏钱就住进了新房。

肖细雨没嫁过来之前,就知道婆家穷,但怎么也没想到,丈夫杨习伦家居然是湾里最穷的一家，一家6口住在山坡下的3间破土屋里，摇摇欲坠不说，还四面透风。夏天一下大雨就半截淹在水里，要不是两个妹妹嫁出去了，都不知道该怎么住。肖细雨第一次到婆家来，是9月底的日子，刚好那天是她儿子满月。山外还是九九艳阳的天气，山里已经很凉了，刚回来一天，儿子就冻病了，发起了高烧。肖细雨又急又吓又心疼，也跟着病倒了，搂着刚满月的儿子，不停地掉眼泪。要说后悔，也就是那会儿有过一丝悔意，后悔千不该万不该，不该不听父母的话，嫁到这又穷又冷的大山里来。

肖细雨是湖北黄石人，自古"两湖熟，天下足"，江汉平原物产丰富，她黄石老家的日子，比大别山好过多了。她是2000年，20岁刚出头那年嫁过来的，丈夫杨习伦在黄石的砖厂里打工，两人在那里认识了，是自由恋爱。父母一听杨习伦是山里人，就坚决不愿意，母亲要死要活，又哭又闹，也没能把她的心给拉回来。还好，母亲当时只是觉得杨家穷，还不知道杨习伦的母亲有智力障碍，要是知道了，还不知会闹成什么样子呢。

结婚以后，夫妻俩就去了上海打工，肖细雨在一家名叫"时新家具"的厂子里上班，一个月工资1200元。丈夫没进厂子，在外面打打零工，一月能挣五六百块。说起来这收入在当时也不算少，但房租水电就要用掉150元左右，再加上一家4口的吃喝用度，就开销不起了，夫妻俩一商量，回到了大湾村。

那时候的大别山区，各方面都很落后，除了家里的几亩山场，几乎没地方挣钱。杨习伦就从山上的伐木场，替人往山下背树，说好给500元工钱，结果活干完了，一分钱没给。先是拖，说树还没卖出去呢，这边卖了树，那边就给你钱。后来就到处躲，干脆不露面了。500元啊，放在今天不算什么，可在那时候，那可是一家人的救命钱！儿子正在吃奶，肖细雨天天米饭就咸菜，哪来的奶水啊？儿子吃不饱，天天哭到半夜。提起那段以泪洗面的日子，肖细雨一言难尽，说着说着，眼眶就湿了起来。

可日子总得过下去，第二年春天，肖细雨就跟着村里的姑娘媳妇到山上去采茶，一天能挣15元。这15元拿回来，先给婆婆5元，自己留10元。"真是一分钱看得都比簸箩大，不敢乱花一分钱！"

　　肖细雨对她的婆婆没有一点嫌弃，她婆婆今年已经80多岁了，跟着这个外来的媳妇，糊里糊涂，懵懵懂懂，过得倒也安闲。因为奶水不足，儿子小时候瘦得很，像只小猫似的，路都走不稳。那时，村里的小卖部已经有"娃哈哈"卖了，一瓶1.5元。儿子特别想要一瓶，肖细雨手里攥着钱，就是舍不得给他买。儿子2岁多一点送到托儿所，学费一学期900元，一年1800元。为了挣够这个钱，肖细雨上山给人家种天麻，一分一分地攒，才算攒够了。

　　夫妻俩一直在攒钱盖房，但上有患病的两位老人，下有嗷嗷待哺的两个孩子，仅靠杨习伦在外打工，啥时候能攒够这个钱啊？肖细雨想起来就灰心。脱贫攻坚战打响之后，肖细雨到山上的茶厂炒茶，每个月工资2600元，年底还有分红；爱人杨习伦当上了公益护林员，因为老实勤快，村里新上马的一些建设项目总是找他干，每天踏踏实实能挣下200元；再加上光伏项目每年分红3000元，日子一天比一天富足。2016年，享受易地扶贫搬迁补助12万元，拆除老房宅基地腾退补助11万元，加上自己发展种养业的收入，肖细雨一狠心，花了近30万元，盖起了一座二层小楼。小楼是扶贫工作队队长余静帮她选的址，紧靠着村庄主干道，以后想做点生意也便利。2017年他们家脱贫以后，又依托大湾村旅游资源发展起农家乐。2019年房子又加盖了一层，三层楼加上装修，总共花了60万元。敞亮的落地窗是肖细雨的得意之作，农家乐开张之后，落地窗摇身一变，成了天然有机农产品的展示橱窗，自家做的干菜、粉丝、竹笋，成了店里的特色招牌。这两年，大湾村绿色产业和红色旅游搞得风生水起，2019年，细雨农家赶在国庆节前开业，一下子来了很多客人，把7个房间全都住满了，两口子天天忙得腿肚子疼。10月4日开始下雨，客人就陆续都走了，有老两口给肖细雨出主意，让她录炒茶的视频上传抖音，来吸引山外的游客。老夫妻俩走的时候，她给他们现煮了10个土鸡蛋，人家非得给20块钱，肖细雨说啥也不肯收。

"人都是人处的嘛，"肖细雨笑眯眯道，"一个合肥的老板临走时，还非得给我留下500块钱，让我给他发土鸡蛋，说以后他家吃的鸡蛋，就都在我细雨农家买了！"

所以接下来，肖细雨准备上电商平台，出售大别山土鸡蛋。

虽然这是杨习伦家的村子，杨习伦是户主，门上却挂着细雨农家的牌子，这让我稍稍有些意外，也对肖细雨更加佩服。肖细雨的湖北老家里，父母都不在了。过去穷，父母都不让她回去，说是回去一趟，七姑八姨，侄子侄女，没个2000块钱打发不了，你哪来这么些钱啊？所以结婚很多年，肖细雨基本没回过娘家。2019年，肖细雨新扩建的楼房刚一装修完毕，她就向老家的亲人们发出了邀请。鼠年的正月初六，下着大雪，肖细雨快20年没走动的娘家人，3部车16个人，浩浩荡荡赶过来，庆贺他们的乔迁之喜。5年前，娘家兄弟人都到了县城，肖细雨也没敢让他到村子里来，怕丢自己的人，是她赶到县城和哥哥见的面。她外甥在六安承包工程，好几次都要到小姨家里来看看，肖细雨怕他笑话，怎么也不肯把地址发给他。肖家兄弟姊妹5个，她是最小的一个，娘家的日子又比较富裕，都娇惯她。知道这边日子难过，母亲活着时，多次劝她回到黄石生活，肖细雨不愿意，因为丈夫听不懂那边的话，再说靠着娘家，面子上也不好看。

肖细雨好脾气，说话轻声慢语，脸上始终漾着笑意。她的大女儿在花石中学上初二，住校，一周回来一趟，享受"两免一补"政策，儿子也上了小学六年级，肖细雨对眼前的日子很满足。

在细雨农家一楼的展柜里，最显眼的位置上，摆着一个大奖杯，那是肖细雨在第三届六安瓜片手工制茶技能大赛上荣获的"金龙玉珠杯"铜奖。大赛之后，肖细雨把奖杯和证书都发到了抖音上，获得了很多点赞，黄石她娘家那边的亲戚，也都看见了。

二

不只肖细雨，在大湾，提起外来的媳妇，有名的还有王新云。村里的大人孩子，都能准确说出她家的位置——村头桥边，"新云农家小院"的大广告牌下，往里拐就是。

王新云出名，是因为她胆大，还没完全脱贫呢，就敢盖新房，做民宿。

王新云的娘家，在十万大山的贵州铜仁市松桃县，盘石镇下标山下。山很高很深，日子很苦，所以她很早就出来打工了。2015年，在外打工近20年的王新云，和丈夫一起回到大湾，看着眼前层层叠叠的大山，她的心都凉透了。原想着嫁出来，日子能好过一点，没想到大湾村的婆家和娘家一样穷。戴着"贫困户"的帽子，一家人挤在两间歪歪倒倒的破草房里，上有两个患病的老人，下有两个上学的孩子，家里的生活全靠丈夫一个人在外打工，王新云一家成了村里有名的贫困户。苦一点，累一点，王新云都心甘情愿，就是老人看病，孩子上学，处处事事要钱，让王新云发愁。"这苦日子，啥时候才是个头啊？"累了一天的王新云，常常一个人坐在床前，发愁找不到脱贫的门路。

2014年，王新云的婆家成为建档立卡贫困户后，日子有了好转，但光靠政策也不是个长久之计啊，王新云想，总得自己强，才能在人前抬起头。

2016年，习近平总书记视察大湾以后，王新云毅然决定借钱盖房，在大湾村五斗潭附近办一个农家乐，名字她都想好了，就叫新云农家小院，打她自己的牌子！都说她的胆子太大了，就连村干部都为她担心，但王新云怎么说？她说："好山好水，又有总书记的关心，我还怕什么？"

看她决心已下，村里也转变了态度，扶贫工作队队长余静天天往她家跑，看工程，看进度，生怕出什么差错。一年后，王新云的三层小楼盖了起来，农家乐的牌子也挂起来了。2017年10月，新云农家小院开业，王新云成了全村第一个开上农家乐、吃上旅游饭的贫困户，她也因此荣获当年大湾村的"脱贫之星"。

刚开始，新云农家小院接待的，基本上都是其他农家乐住不下，调节出来的客人，也就勉强能维持。但不久，事情就有了转机。为了发展乡村旅游，2017年金寨县启动了一个培养当地导游的培训项目，以提升导游人员的服务水平和服务质量，推动全县旅游产业发展，进而实现全域旅游的绿色发展目标。2018年3月14日，金寨旅游行业法律法规培训和全域旅游暨导游（讲解员）培训在天堂寨开班，大湾村推荐了王新云参加培训。"集中培训了3天，主要讲的是安全知识、简单的急救方法、法律知识和礼仪知识。"王新云回忆说。培训结束后，学员们参加了统一考试，通过后领取了县里统一发放的导游资格证书，这样，如果有外地旅行团到村里来，就能以"地陪"的资格，带团进行参观旅游，一天能赚200元。

好处还远不止这些。据王新云说，她每次陪团，都会带上自己的名片，分发给外地的游客，请他们再来金寨旅游时，随时联系她。时间长了，就有了很多回头客："有的是自驾游过来，有的是介绍朋友过来，都让我给安排吃住行，慢慢地，人气就上来了。"

2018年，到年底一算账，把王新云吓了一跳，居然净赚了3万多元。嫁过来这么多年，年年都是手掌心朝上，问丈夫要钱花，谁能想到有一天，自己能挣这么多钱啊！更让她高兴的是，她还获得了安徽省妇联"徽姑娘农家乐"创业项目扶持资金3万元，竖起了全村第一个电子广告屏。

"徽姑娘"三个字，让她想起自己的青春岁月。这一年，王新云已经年近不惑，嫁到大湾村，也快有20年了。

受疫情影响，2020年春节期间没有什么客人，可王新云也没闲着，她坐在自家堂屋的火盆前，忙着在微信里给游客朋友们拜年，脸颊被炭火烤得红通通的，看上去年轻了不少。旅游发展起来以后，竹笋、辣椒、玉米、花生、百花菜、干豆角……这些原本山里不值钱的土货，如今全都值钱了。这让王新云很是感慨，也让她看出了发展山区旅游的新门道。2019年五一，王新云家的网店上线了。网店里一部分卖的是县里指定代销的扶贫产品，一部分是自家种的农副产品：花生、天麻、葛根粉、竹笋、红薯粉……王新云说，这些东西城里人都喜欢得不得了。2019年，农家乐加上电商平台销售农产品，王新云家的毛收入接近20万，这个数字出来以后，又把她吓了一大跳。下一步，王新云准备在门口建个长廊，人多时家里坐不下，就在外面摆上几桌，支上遮阳棚，挂上红灯笼，既能吸引客人，又有乡村特色。

如今，像王新云这样的乡村"土导游"，大湾村有 10 人左右。金寨县导游（讲解员）培训班，也连续举办了 5 届，游客对金寨旅游的满意度和美誉度不断提高。这两年，随着大湾村的名声越来越响，山外的游客纷至沓来。五一、十一、寒暑假期间，王新云家的 10 间客房都非常抢手："不提前半个月预定，基本上就预定不上了。"

说到开办农家乐，肖细雨和王新云都不约而同提起村里第一个开农家乐的宋承兰，说如果不是受她鼓舞，她们也不敢做。30 年前，宋承兰从古碑镇嫁到了大湾村后，一直都在想方设法寻找脱贫的门路。十几年前，她和丈夫汪玉常借了 3000 元开始养羊，没几年就扩大到了几百只，成立了养殖专业合作社，带动村里的贫困户一起养羊致富。

2015 年，宋承兰突然提出要做农家乐，村里人都说她"张狂"："放着好好的羊不养，去干什么农家乐，这穷山沟沟里，能有人来吗？"可宋承兰心里清楚，丈夫是村主任，自己不带头，谁还来带这个头？几年来，"老村长农家小院"生意越来越好，村里的媳妇们几乎都在宋承兰家帮过工。她家的回头客多，因为游客们特别喜欢吃宋承兰腌的腊肉，每年过年前，都要预订出去好几百斤，天天通过快递往山外走。敢想敢干、敢拼敢闯的宋承兰，就这样成了大湾村媳妇们的领路人。如今，大湾村的农家乐从刚开始的两三家，增加到了近 30 家，其中一大半挂的都是媳妇们的牌子。

所以余静说："大湾村出列，除了党的政策好，俺村里的媳妇们，功不可没！"

三

村集体的民宿"大湾民宿"，采用纯竹木材料装修，粉墙黛瓦，徽派风格，小小的院落里竹木掩映，绿影婆娑。

民宿由刘辉洪负责管理，她同时也是大湾村的导游。1984 年出生的刘辉洪，是贵州毕节人，和她老公是 2007 年在北京一家服装连锁店打工时认识的，也是自由恋爱。"谁能想到走出了大山沟，又嫁进了穷山沟啊？"小刘笑着调侃说，"原想着是从糠箩跳到米箩里，谁知道还是一只糠箩！"

刚结婚那年，跟丈夫到他老家来，刚进村子，刘辉洪的心就凉了半截。村里到处破破烂烂，塘沿路边都是垃圾，民宿所在的这片山场，当时是一片荒坡，蒿草遍地，猪拱鸡挠，臭气熏天。进了家门一看，更是家徒四壁，一贫如洗，门外也是大山连着大山，比她娘家所在的贵州山里好不了多少。

所以结婚以后，他们仍然选择回北京打工，在外面生了一儿一女。自从知道习近平总书记视察了大湾，夫妻俩就动了回乡的心思，2017年年初，看家乡发展得越来越好，游客越来越多，夫妻俩一商量，就带着孩子回到了大湾。在北京，儿子上私立小学，一年学费要好几万，挣几个钱还不够给孩子交学费的。家里多好啊，学费全免，还享受各种补贴，一年只需交300元钱，中午还管一顿饭。"而且，雾霾大的时候，北京的小学就不上课了，咱大别山的空气，多新鲜！"

回来后，村里给她提供了学习培训的机会，刘辉洪考了导游证。如今她是村里的导游，兼任"大湾民宿"的管理员，一个月工资2000元。作为村集体的产业，大湾民宿是大湾村民宿的"颜值担当"，木质的大门，给人质朴温暖的感受，不仅装修朴素清新，富有山区所特有的气息，而且占据扶贫搬迁安置点的显要位置。8个房间，10个床位，在供客人共用的厨房里，燃气灶、电冰箱、微波炉等电器一应俱全。每天早晨8点钟，刘辉洪准时来到大湾民宿，打扫卫生，侍弄花草，整理房间，再把冰箱、微波炉、空调等电器都检查一遍。镶嵌着大玻璃的廊顶，透进明亮的天光，粉色的杜鹃花，开得很鲜艳。这里住过的客人，上海、深圳、北京等全国各地的都有，房价平日258元，节假日298元。今年，离五一小长假还有好几天呢，客房就都预订满了，有的客人，已经来住了好几次了。

大湾村现在是3A景区，一到节假日，房间就供不应求。作为村集体经济收入来源之一，去年大湾民宿的毛收入有近10万元。

刘辉洪的儿子11岁,读小学五年级,女儿5岁,上幼儿园中班。每天早上先送完俩孩子,她再去民宿上班,抽空还能接接孩子,回家烧烧饭。丈夫呢,就在家门口的游客集散中心工地上打工,一月也挣好几千。"现在多好啊!"刘辉洪心满意足地说,"一家人欢欢喜喜,团团圆圆!"

第三节　在绿色脱贫之后

做大茶产业、做强旅游业

壮大养殖业

"出列"后的大湾村

已由"户脱贫"转向"村发展"

一

顺着山间溪流，沿宽阔的道路往上走，车子可以直接开到大湾村"党群服务中心"。这也是村民们口中的村部，位于原大湾乡桥边小街中部，是一座新式的三层小楼。楼前悬挂着大幅标语"红绿结合，茶旅融合，山上种茶，家中迎客"，一眼望过去，十分醒目。

不远处的停车场上，金寨干部学院的几部大车，正在缓缓停靠。

这几年，来大湾村参观学习的人越来越多，村里新建了不少车位和一些小型停车场，新修了进村的道路。老路坡度太大，车子不容易上来，去年从另一侧新修了这条路，平缓多了。宣传栏上贴有"全面规范村务公开，有效制约小微权力"的标语，打着大大的感叹号。

"小微权力"的提法，我还是第一次看到。

大湾村第一书记、扶贫工作队队长余静快步迎上来，和我握了握手，没什么客套话，很干练的样子。

虽说很年轻，但余静的身上有一种超出 80 后的沉着。村支书何家枝也是一位女同志，40 多岁的样子，行走如风，话也不多。因为要去接待外省来参观的扶贫干部，余静交代了几句，就匆匆离开了，我接下来的采访，主要由大湾村总支书记何家枝负责。余静是2015年从金寨县中医院信息科岗位上,到大湾村任第一书记的,当时她的女儿才半岁多。刚到任10天,就赶上山洪暴发,她不顾个人安危,和村干部们一起冲进大水里,将全村群众及时转移到了安全地带,赢得了村民们的信任。

余静刚进村时,全村37个村民组,928户人家3348人,其中库区移民650人,242户554人没有脱贫,贫困发生率接近17%,是金寨县最贫困的山村之一。2016年4月24日,习近平总书记来到大湾,与乡亲们共商脱贫攻坚大计,给大湾村干部群众以极大的鼓舞。经过几年的努力,2018年,大湾村人均可支配收入达到14032元,有135户368人脱贫,贫困发生率由2014年的28.34%下降到1.3%,实现整村脱贫出列。2019年年底,大湾村贫困人口减到了4户8人,贫困发生率降至0.23%,从经济水平到村容村貌,再到人的精神面貌,都发生了翻天覆地的变化。

几年前,余静曾在习近平总书记面前,立下过军令状:"大湾村一天不脱贫,我一天不撤岗!"刚进村时,她还是个文雅白净的城里姑娘,如今皮肤晒得黝黑发亮,已经完全看不出城里人的样子了。大湾属于重点移民安置区和高寒山区村,大部分村民分散居住在两边的大山上,大山地势陡峭,出行困难。民谚有所谓"大湾好风景,出门就是岭,不是石头绊了脚,就是茅草割了颈"一说。为了摸清情况,余静挨家挨户走访了全村37个村民组,为每个贫困户制订具体的脱贫计划,同时也想方设法,争取更多的帮扶政策。2017年,她的两年任期到了,而村里的脱贫攻坚也到了最关键的时刻,她不假思索,主动要求续任两年,以兑现自己向总书记许下的"一天不脱贫,一天不撤岗"的诺言。

她做到了。

村部的文件柜里,整齐地排放着汇总成册的资料:劝耕贷申请、计生困难家庭、贫困母亲、留守儿童救助评议、五保户申报、退役老兵补贴申报、集体土地承包租赁管理、党员民主评议等。我数了数,一共40多册。在金寨县的很多村部,我都看到了这样的文件专柜。

站在村部前,大湾村规划有序、布局精致的村落全貌一览无遗。小广场上，新修建的凉亭对面，一大片白色小楼沿着山脚依次排开，潺潺流水穿村而过，白墙灰瓦与漫山滴翠相映成画。这片让城里人都惊叹羡慕的花园洋房，是2018年前后，大湾村完成189户危房拆迁改造时，新建的集中安置点，这样的安置点一共建了4个。

秋色深浓，几乎家家门前，都盛开着金菊和杜鹃。

自从搞起了乡村旅游，村口的旅游厕所建起来了，路旁的分类垃圾桶竖起来了，道路宽敞，村落整洁，人人的脸上，都洋溢着笑容。大湾村党总支书记何家枝告诉我说，过去村里全都是土路，遇上雨雪天气或是夏季发洪水，人们就很难出村，就是天气好的日子，进个城上个店，也要三四个小时。"现在多好啊，"何家枝感叹，"晴天就不用说了，下雨天出来，都不用穿雨鞋！"

二

我到的时候，大湾村引进的鸿源集团，正在对大湾的老旧住宅进行改造，准备打造一个体量庞大，拥有上百个房间的民宿群。

这个以汪氏宗祠为中心的民宿群，将对白水河古老汪氏聚族而居的老屋进行改造，工程完工后，大湾村的旅游接待能力将有大幅度提升。汪氏宗祠始建于清乾隆十六年（1751年），历时13年，耗费了近万两白银。祠堂的上、中、下三殿，为三进三开间，左右各有3间偏殿和7间厢房，一共29间，外加4个雨搭，各房之间均有廊道相连，内有6个大天井院。是硬山式灰黑瓦顶建筑，檐、角、柱、梁、栏、架、屏、匾等多处都饰有彩色木雕。中国古建出檐深远，简洁朴素，是传统审美与建筑工艺的完美结合。1930年，党在汪氏宗祠成立了六区七乡苏维埃政权，1938年6月，边区党委在花石乡白水河汪家老屋成立，边区党委机关也驻在汪家老屋，又称新四军四支队兵站。李先念、董必武、叶挺等老一辈革命家，都曾在这里工作和生活过。

1981年9月，汪氏宗祠被公布为省级重点文物保护单位。

由导游刘辉洪引路,我们进入堆满了木石砖瓦,正在施工中的汪家老屋。第一感觉是门头很大,院落很深,屋宇很幽暗。四周安静极了,隐约有斧刨声传来,能感觉到对面有人在工作,却看不清是什么人,具体在做什么。据说从花石上来,所有的汪姓族人都是出自这座祠堂:"天下无二汪。"小刘解释说,"大湾汪氏辈分最高的是87世,我公公是91世。"

一个正在做木工活的年轻男子,猛地站起身来,腼腆地对着我们笑,原来是小刘的丈夫。

很多汪姓子弟,都在家门口打工,目前村里马鬃岭栈道、大湾十里漂流、农耕民俗文化馆、十二檀茶旅体验中心、游客接待中心等多个项目在同时建设。

党的十九大明确提出实施乡村振兴战略,建立健全城乡融合发展体制机制和政策体系,深化农村集体产权制度改革,以壮大集体经济。而乡村产业兴旺的关键,是"活化"农村因在工业化时代长期沉淀的生态资源。2018年以来,中国一方面进一步扩大了金融开放,一方面转变传统的农业一产化思维,按照2018年中央一号文件关于农村一二三产业融合发展的思路,乡村中大量处于沉睡状态的生态和文化资源,得到了政策性支持与开发。农村的日出日落、星空云海以及"带甜味的空气",加上国家长期水利投入建设的山坪塘坝、田林湖草等资源性资产,将是生态文明转型的大背景下,农村可持续发展最具有重构性的资本,大湾村在这方面,走到了前头。

眼前这座具有260多年历史的老宅子,打破了我对大别山的认知。过去我一直以为,只有财力雄厚的古徽州,才有高大的祠堂和聚族而居的建筑群,没想到在大别山深处,也有三进三出、29间规模的氏族老屋。"行端品卓"的金字匾额,高悬在幽深的厅堂中央,默默诉说着一段逝去的历史。作为皖西南建筑系的代表性建筑,这座祠堂是大湾民宿群工程项目中,最值得挖掘和打造的一个单元,不仅集绿色旅游、红色旅游和民俗文化于一体,具有广阔的市场前景,而且具有重要的民俗文化研究价值。

大湾村位于天马国家级自然保护区脚下,环境优美,资源丰富,总面积25.6平方千米，森林覆盖率达90%以上，2016年被省旅游局评为"安徽省旅游扶贫重点村"，周边有马鬃岭、帽顶山、十二檀古树群等著名景区和景点。古色古香的游客接待中心已经开门迎客，修旧如旧的土坯房，也"变身"为农俗博物馆。白水河边的十里漂流项目，正在紧锣密鼓的推进中，虽然年底一定程度受到疫情的影响，但在2019年，大湾村仍接待游客30多万人次。

社会结构的变化，创造了新的社会经济需求，以社会化和生态化为内涵的一二三产业融合，开始成为大势。乡村由于其生态文化的多样性和亲自然性，不仅成为与城市互补的生活场域、投资空间，也提供了与城市不同的生活情趣和生活方式。

三

用大湾人的话说，2020年是多年以来最忙的一个茶季，这不仅是因为通常说的"明前茶，贵如金"，还因为要抢时间，把疫情的影响降到最低。

2019年3月，金寨县蝠牌茶旅有限公司在大湾村成立，注册资金1000万元。蝠牌茶旅努力将当地的茶叶资源开发与脱贫攻坚相结合，使茶叶成为促进当地群众脱贫致富奔小康的优势产业，成为助力乡村振兴的新引擎。

大湾由此，跨入了茶产业新时代。

2020年是"脱贫攻坚"决战决胜之年，同时也是开启"乡村振兴"战略富有挑战性的一年，如何发展新型集体经济，强化乡村的统筹能力，有效撬动乡村生态资源的产业化和资本化，是乡村振兴的战略支点。蝠牌茶旅的进入，对于大湾村实现资源价值的保值增值，具有重大的现实意义。

大别山腹地的大湾村，是中国十大名茶六安瓜片的主产区之一。

这几天，大湾村民周秀凤，都是站着匆忙扒上几口饭，就又蹲在扶贫车间的炒锅前，继续炒制刚刚采摘来的鲜叶。

从清明过后，她就一直这样忙，最忙的几天，到凌晨两点才下班。几年前，她丈夫在车祸中受了伤，母亲年纪大了，也需要人照顾，更让她崩溃的是，女儿又患上了慢性骨髓炎。当时全家一年的收入还不到4000元，这日子该怎么往下过啊？她想一想都直打寒战。2018年年初，金寨县农委在大湾村茶厂开展六安瓜片制作"师带徒"培训，她一得到消息就报了名，扳片、炒生锅、拉老火，很快就掌握了全套炒茶工艺，还当上了茶叶公司拉火组的组长："炒茶工每小时能挣16块钱呢！"

说这句话时，周秀凤很有几分自豪。前些年，茶农采了鲜茶，都是等着外地茶商来收，很多时候由于不了解行情，卖不上价钱，鲜叶三四十元一斤就卖了。实际上地处大别山腹地的大湾一带，地理环境独特，茶树品质优良，现在茶叶最高可以卖到150元一斤，而且是送到茶厂，当场就给现钱。2020年，周秀凤又多种了3亩茶，她春季在茶厂上班，其他时间在工地上做工，去年全家年纯收入，达到了3万元。虽然家里有3个病人，但现在政策好，看病花费报销比例高，一年算下来，自己只要掏几千块钱。来卖鲜叶的尹良芬也说，大湾村海拔高、天气冷，茶叶上市比山下晚，价格总也卖不上去，2016年她采了一季子春茶，只卖了200元钱，2020年卖给茶厂，到手已经有4000多元。2020年，大湾还计划培育10个茶叶家庭农场，同时积极引进战略投资者，通过与国内外茶企的合资合作，带动更多的茶农增收。

大湾一带物产丰富，有茶叶、天麻、茯苓、西洋参、大别山黄牛、山羊、黑毛猪、土鸡、珍珠菜、将军菜等特色农产品，还有飞流千尺的马泓瀑、兵家必争之地帽顶山、千年古树群、三官庙等众多自然和人文景观，群山环抱，林海苍郁，涧谷深幽。党建"四联四帮"工程启动后，村里的61名党员与73户贫困户"结穷亲"，通过金融扶贫、教育扶贫、健康扶贫、兜底扶贫等，实现了全村每一户贫困户，都享有具体化、精细化、可操作性强的政策扶持。

"四联四帮"具体是指：部门单位结对联村，帮精准脱贫；党员干部结对联户，帮增收致富；城乡支部结对联建，帮"双十星"争创；"三队合一"结对联动，帮民生实事。2020年是脱贫攻坚收官之年，稳定脱贫成效，巩固脱贫成果，为乡村振兴奠定扎实基础，成为重中之重。其实从2018年，大湾实现了"村出列"以后，村两委的工作重点，就由"户脱贫"逐步转向了"村发展"，在稳定脱贫成效的基础上，结合乡村振兴战略，做大茶产业、做强旅游业、壮大养殖业。2019年，安徽省电信首个5G村落户大湾，VR视频加摄像头设备，可以实时传输美丽大湾的村容村貌；2020年，村里还有25个项目同时在建，为稳定脱贫增添后劲，拓展了更大的空间。

四

傍白水河沿七马公路穿村而行，离开大湾时，很有些不舍。

两边的山坡上，有牛羊隐入山林，偶尔会有一两声羊咩，从耳边掠过。天很蓝，云很白，山很高。周遭是海一样绵延起伏的大山，硕大的落日，在山谷间满满地浮动着。当初大湾村并村时，总共有98名党员，设有党总支，下设四个党支部，分别为第一、第二、第三及黄牛养殖党支部。专门设了一个黄牛养殖支部，说明大湾村对养殖业的重视，大湾此后也果然利用山场面积大的优势，采取"专业合作社＋养殖大户＋贫困户"模式，引导贫困户发展黄牛、山羊、黑毛猪、土鸡等特色养殖。曾担任过村干部的汪於常，如今的身份就是养羊大户。

因为靠着大山，汪於常的山羊都是在山上散养，肉质比较好。如今52岁的汪於常，养羊已经有十几年的经验了，刚开始时只有100多只，后来就想着把规模扩大，形成产业。得知汪於常这个想法后，地方政府就买了400只羊羔子，交给汪於常代养，加上自家的100多只，汪於常的养羊规模一下增加到了500多只。他自己投入资金，盖圈舍，买饲料，人手不够，就专门雇了两个贫困户。一个负责打扫羊圈，兼做杂事，每年可有1万元收入；另一个有点技术，专门负责养羊和管理，每年能有4万元的收入。在他的帮助下，2018年有4户贫困户成功脱贫。

地方政府投的这400只羊，属于40户贫困户，每户10只，这些羊产生的收益，也归贫困户所有。2018年年底分红，每个贫困户都从中收益5000元。

汪於常说:"我就是想尽我所能,帮助和带动更多的村民脱贫,尽到一个老党员的责任,也不辜负党的好政策。"汪於常要扩大养殖规模,不仅帮扶干部帮他申请到了30万元贷款,村集体还新建了4幢羊舍,免费供他使用。政府促能人,大户带群众,才能压实脱贫攻坚的目标责任。陈泽申的弟弟陈泽平,原先只在村子附近做架子工,后来也在汪於常的帮助下养了羊,汪於常不仅给陈泽平提供种羊,为他免费做防疫,还帮他销售。2016年,仅养羊这一项,陈泽平就挣了1.2万元。他还在地里种了天麻、茯苓、黄精,秋天的时候,到山上去采摘山核桃和野生猕猴桃,都能卖出个好价钱。古老的乡村,仍然延续着传统的生产和生活方式,鸡鸣狗吠,六畜兴旺,只不过不再像过去那样,鸡鸭牛羊一家一户地放养、散养,而是加入村里的特色养殖项目中,集中养殖。

车行在蜿蜒的盘山公路上,能看到路两边整齐排列的光伏发电板,板下是灵芝种植大棚。大湾村在建设41户分布式光伏电站的基础上,又新建了一座装机容量273.6千瓦的村集中式光伏扶贫电站,在金寨县力源食用菌专业合作社的指导下,发展了12亩"农光互补"的灵芝种植基地,一举多得。大别山区,每年都产生很多废弃的树木枝干,是菌棒的最佳原料,板下灵芝种植实现了变废为宝;灵芝管护用工量大,大大带动了农民就业;灵芝喜阴,板下灵芝种植是一片土地,两份收益;扶贫电站每年发电量28万千瓦时,通过直接受益和入股电站参与分红的方式,带动106户贫困户户均增收3000元以上。

金寨县力源灵芝种植合作社理事长李文海,正忙着大湾村的新基地建设,他要在大湾再扩建25亩"农光互补"基地,采取农户种植、合作社提供技术指导、企业收购加工的模式,让更多的贫困户靠种植灵芝致富。

习近平总书记在大湾村调研时强调,大湾村的发展要搞成风景,不能搞成盆景。今天,大湾村绿色脱贫的经验,已经在全县甚至更大的范围内推广,而绿色脱贫之后的大湾村,也正在乡村振兴的道路上突飞猛进。

第四章

不是党的政策好，人早就没了

疾病是金寨县农村家庭致贫返贫的主要原因。针对因病致贫问题，县委、县政府创新出台《金寨县建档立卡农村贫困人口医疗补充保险试点方案》，由县财政拿出 4000 多万元，为全县 8.43 万农村贫困人口，统一购买了每人 500 元的合作医疗补充保险，对贫困户看病支出超出合作医疗报销的部分，全面落实省健康脱贫兜底"351"政策和建档立卡贫困患者慢性病费用补充医疗保障"180"工程。

"351"兜底、"180"补充、"1579"医疗商业保险保障，取得了显著成效，让贫困户"看得起病、看得好病、方便看病、少生病、不再因病致贫返贫"，让贫困人群切实感受到了政策的温暖。

第一节　贫困户再不怕看不起病

阳光有些照眼
展眼望去
大别山午后的太阳
真好

一

叶秉友家的老宅子在黄皮尖，刚搬下来没多久。

搬下来的地方，是大畈行政村村部所在地，全村的中心。四周的大山深凹里，分散着十多个村民组，海拔都很高。大畈村在双河镇的东北角，与全军乡交界，从双河镇出来，能感到越走越高，山势也渐渐陡峭。

和"降"一样，在大别山区，"尖"一般是指很险峻的地方，比如大别山主峰"白马尖"。白马尖海拔1777米，集高、雄、峻、特为一体，山势磅礴，形似白马，常年白云缭绕。

叶秉友家的老宅子，是5间土坯房，2间小锅屋，住了很多年，墙都开裂了。从父亲那辈起，他们就住在黄皮尖，具体住了多少年他也说不清，反正从老辈起，就一直在那住着。

大畈村是一个高寒山区贫困村，村民多是过去逃荒躲难过来的外省外乡灾民，所住房屋，好一点的也是上世纪八九十年代翻建而成的，经过几十年风雨，差不多都成了危房了。所以住房安全保障是大畈村扶贫工作的重点和难点。2016年，金寨县委、县政府开始花大力气推进农村宅基地试点改革和扶贫移民搬迁，大畈村的机会来了。但中国人一向故土难离，农民尤其安土重迁。原以为易地搬迁是个惠民扶贫的好政策，会得到村民们的积极响应，可是没有想到，第一批搬迁计划出来之后，竟然无一户响应。有个名叫袁文章的村民，住在大山坳里，是远近有名的困难户，家里的土坯房年久失修，狭窄昏暗，临近高考的儿子，只能趴在门前的椅子上看书，而猪圈就在边上，但村干部多次上门做工作，他就是不同意搬迁。搬出去后我能干什么啊？我在山上，到底有几亩山场，喂几头猪，养几只羊，房前屋后，种几畦子菜。我下了山，吃什么，喝什么，靠什么生活？

袁文章的顾虑，也是大多数搬迁户的顾虑。叶秉友当时，也犹豫了好久。后来，是村两委干部挨家挨户上门，一边宣传政策，一边把根据补偿政策测量制定出的《搬迁补偿明白表》（当地叫作"明白账"），交到每家每户的手里，才打消了他的顾虑。2016年3月，第一批8户村民，终于签下了易地扶贫搬迁安置协议书。

几年来，大畈村已经从山上搬迁下来143户，搬迁比例超过50%，贫困户搬迁比例超过60%。叶秉友不是第一批，他是看人家都搬了，这才同意搬下来。搬下来一年多了，他仍然和我念叨说，黄皮尖的水好。

因为高，黄皮尖的水好。是从高高的山上直接流下来的，特别甘甜，特别清澈。

"今年旱，几十年没见过的大旱，山上很多泉眼都没水了。多亏有黄皮尖，全村都吃黄皮尖的水，不过从9月里起就限时供水，晚上5点开始供应。今年的天，实在是太旱了！"话语间，他似乎对黄皮尖老宅，还很有些留恋，毕竟住几辈人了，难以割舍。

我问他："现在呢？现在你感觉怎么样啊？"他笑了，开心得不得了："现在？现在当然好了！宽敞，亮堂，孙子上学，儿子打工，我和老伴赶个集上个店，抬腿就走了！"

69周岁的叶秉友，在我采访的贫困户里，算是比较年轻的，按照农村的算法，他已经是70岁的人了，但腿脚仍然很利索，说话也很利索。他现在一家5口人，住着100多平方米的大房子，窗户上是明晃晃的大玻璃，地上是亮堂堂的瓷砖，一尘不染，窗明几净，条件快赶上城里人了！

叶秉友的孙子在上学，儿子上山窖天麻去了，媳妇正忙着做豆腐。叶家的老锅豆腐，十里八乡有名，我进去的时候，岭北新河村的一个妇女，跑了十来里地，到他家来买豆腐。我有些吃惊，说："这么远跑来，就为买一块豆腐？"他媳妇说："这哪叫远啊？更远的还有叶集过来的，骑电动车，走山路，跑 50 里地，俺家的豆腐，好吃嘛！"

叶秉友不由分说，从滚开的锅里给我盛了一碗热腾腾的豆浆，我吹着喝一口：浓，香，厚，味道好极了！

叶家的儿媳妇很能干，夏天是凌晨 2 点钟起床，上午 9 点来钟开始卖豆腐，因为夏天天气热，豆腐容易馊；冬天是下午 3 点以后开始卖。婆婆身体不好，基本上就不让她搭手。岭北过来买豆腐的妇女，买了豆腐也不着急回去，一边帮女主人烧锅，一边向我推销叶家的豆腐。据她说，镇政府的食堂天天都过来买豆制品，豆腐、香干、千张、油炸豆腐果……她自己基本上是隔天就要过来一趟，有时骑电动车，有时坐班车，两块钱坐到家门口。

"现在不晓得有多方便，村村都通班车，老头老奶奶拿上几个钢镚儿，抬腿就到双河街上去了！"

双河街在双河镇上，是历史悠久的老街，街上有大别山闻名的双河大庙。大庙供奉东岳大帝黄飞虎，另有"玉皇殿""阎王殿""三清殿""大德真君殿""龙王殿""城隍殿""三生娘娘殿""东岳府"，等等，凡传说中的诸神，应有尽有。大庙气势恢宏，富丽堂皇，雕梁画栋，飞檐翘角，香火旺盛，声名远播。因"封神榜"中的东岳大帝黄飞虎，是农历三月二十八日出生，农历十月十五日得道升天，所以一年有两期庙会，会期一般是 15 天左右，鼎盛之时，前后要持续一个月。河南的光山、固始、商城，湖北的罗田，安徽的金寨、霍山、霍邱等 13 县香客慕名而来，各地的戏班子、杂耍、说书等民间艺人和各地商贾云集，车水马龙，人头攒动，最高峰时有 10 余万名香客。

说话间不断有村民进来买豆腐，100 多斤，不到半天就卖完了。看样子叶家的日子过得不错，老老少少，都是把抓钱的好手。猪瘟发生之前，叶秉友是村子里的养猪大户。一排 15 间猪圈，是政府出钱盖的。2018 年春节，肥东县一个名叫"王福"的大户，听人说叶秉友家的猪好，专门跑到山里来，一次性拉走了 15 头猪。毛猪价格是 8 块钱一斤，一头猪一般重 400 多斤，卖出去是一笔不小的收入。所以 2019 年，他就又扩大了规模，养了 43 头。猪瘟开始流行时，他没想到这是猪瘟，他家一头 200 多斤重的大黑猪病了，他去请兽医，兽医说："快别治了，赶紧杀了！我现在是治一头死一头，治一窝死一窝，猪瘟来了！"

叶秉友回到家，赶紧洗澡、消毒，接着就把没病的猪，全都杀了。

"还好，处理得及时，损失不算大。"

说着他老伴回来了，她是接上村幼儿园的小外孙去了。村幼儿园离他家就几步路，天天都是他和他老伴先接回来，他女儿下班后再过来接孩子。大畈村的幼儿园，就在村部边上，我来的时候正好路过。和城市里的幼儿园没什么两样：花花绿绿的儿童组合滑梯，跷跷板，木质秋千架，墙面上是鲜艳的儿童画，画着庞大而夸张的动物。幼儿园中午，管一顿中饭，下午加一顿点心和水果。

改革开放 40 多年来，中国社会发生了翻天覆地的变化，回过头去看看，连我自己都不敢相信。我们小时候，农村孩子多苦啊，饭都吃不饱，哪有什么零食吃啊？穿也没得穿，都是破衣烂衫，有的孩子从小到大，就没穿过一双袜子！书包也大都是母亲自己，用小布头七拼八凑起来的；富裕一点的人家，才会给孩子缝一只新书包。可现如今你看看，村子里谁家的孩子，没有几个新书包？这还不算，还要互相攀比，讲牌子。采访期间，我在乡村看到的儿童书包，有迪士尼的，有凯蒂猫的，有卡拉羊的，有的牌子，我连听都没听说过！

叶秉友的小外孙文文静静，偎在他身边一边看电视，一边跟着里面的人物唱歌，一点也不怕我。我有一点不大想得通，看叶秉友的家庭情况，还是很不错的，怎么会是贫困户呢？

"噢，我是因病返贫，我老伴得了一场大病，不是政府，人早就没了！"

叶秉友的老伴患有肾病、冠心病、胃功能紊乱等多种疾病，就是平常日子，一年也要进好几回医院。2018年的正月里，他老伴的病情突然恶化，先是在双河镇上住了9天院，不行，又转到县医院住了14天，到后来病情更凶险了。县医院让他们赶紧转院，再晚怕是命都保不住！老伴一直在发烧，40℃的高烧，没办法开刀，没办法插管，眼看就不行了。叶秉友已经完全没了主张，脑袋是麻木的，手脚也是麻木的，只知道医生在说话，却不知道他们在说什么。六安市医院的医生说："赶紧！赶紧！赶紧上合肥，再晚就来不及了！"

在市医院的急诊室里，他们仅仅待了三个半小时，老伴就又被抬上了救护车。六安到合肥102千米，救护车一路呼啸着，穿过无边的暗夜，直接开进安医大一附院，急诊医生却和市医院的医生一样束手无策。

整个喉咙都在化脓，已经快把喉管堵死了！

一家人都很绝望，叶秉友尤甚，他不知道接下来的日子，自己该怎么过？刚结婚的时候家里穷，吃没得吃，喝没得喝。好不容易把儿女都拉扯大了，日子也一天天好起来了，老伴却要丢下自己，一个人先走了。少年夫妻老来伴，站在急诊大楼空空荡荡的走廊里，叶秉友深感恐惧和无助。

天一点一点亮起来了，叶秉友的身子已经麻木。但当得知对面走过来的是口腔科主任时，他仍然硬着膝盖，跪下去给他磕了一个头。主任深受触动，扶起他来说：你们去二附院吧，我给二附院的方金云主任打电话。

一直到今天，叶秉友都还记着方主任的名字，但他不知道的是，当时同意接诊的方主任，也是死马当作活马医，一点把握也没有。当天夜里做手术，切开几乎堵实的喉管，主刀的方医生才知道，问题要严重得多。病人从手术室出来，推进重症监护室后，方医生找到了叶秉友，直截了当地问："你家是不是贫困户？如果不是，我劝你还是放弃算了！"

叶秉友不是贫困户，但他不愿放弃治疗。按照方医生的说法，这个病不是花一二十万元就能看得好的，就是治好了也活不了几天，人财两空，不值得！可叶秉友不愿放弃，他说："治！只要还有一口气，就要治，她跟我苦了大半辈子，我不能让她就这么走了！"

那时候的叶秉友不知道，他虽然不是贫困户，但像他这种情况，可以走特殊通道。

被他的夫妻情深所打动，方金云决定放手一搏。老伴在重症监护室里，住了整整 9 天，身上插满了管子。这中间方主任没有再劝他放弃，但每天的费用都是好几千，别说是病人家属了，就是医护人员拿到单子，也是心惊肉跳。

好在老伴的病，一天天好起来了。出了重症监护室，又在医院里住了 10 天，住在二附院 7 号楼 13 层，他至今都清楚地记得床位号。除去杂七杂八的费用，光是医疗费就花去了 98720 元，差 1000 多块钱，就满 10 万块了。但通过特殊通道，叶秉友只负担了 7200 多元。"不是党的政策好，我老伴早就没命了，我这个家，也早就散了！"叶秉友反复说。

老伴出院后，村里给叶秉友家建档立卡，归入扶贫的范畴，不过我过去采访的时候，他家也已经脱贫了。

我走出屋，阳光有些照眼，展眼望去，大别山午后的太阳，真好。

二

像叶秉友家这种情况的家庭，大畈村不止一户。

2017 年 8 月，正是一年里最热的时候，朱永喜的父亲突发脑出血。从县医院转到六安市医院，住了两个多月的院，光是在重症监护室，就住了一个多月。一天好几千块，总共花了 14 万多元，但朱永喜个人，最终只负担了 5000 元。

朱永喜一家 4 口，夫妻俩带俩孩子，大女儿大学毕业后没回金寨，在省城合肥的一家培训机构做财务工作。儿子在镇上读初三，一星期回来一趟，享受"两免一补"。"两免一补"是指 2001 年以来，国家对农村义务教育阶段贫困家庭的学生，实施"免杂费、免书本费、补助寄宿生生活费"的资助政策。朱永喜的儿子，享受一学期 625 元、一学年 1250 元的住宿补助。2019 年，双河镇共有 213 名贫困生享受寄宿补助，69 名贫困生享受教育资助，258 名中高职贫困生享受"雨露计划"，117 名贫困大学生办理了助学贷款。

朱永喜是2016年10月，从长岭的山沟里搬下来的。原先的房子不能住了，漏得厉害，一到雨天，屋里湿淋淋一片。那还是上世纪80年代，刚改革开放那会儿，在老父亲手里起的屋。兄弟几个，也都是在老屋成的家，一直想翻翻新，加盖几间，一直没这条件。现在他们住的这个二层小楼，约100平方米，一溜排9家，是由村里统一设计、统一施工的移民搬迁房，看上去特别整齐，漂亮。

搬下来后，朱永喜办了个家庭农场，租了其他村民的地，种了20多亩生姜。正常情况下，一亩地能产鲜姜1800～2000斤，就算3元一斤吧，去掉人工，也有上万元的收入。他还种了几亩茭白，茭苗由安徽农业大学提供，茭白由叶乃军的合作社统一收购外销。

叶乃军也是大畈村人，几年前他家生活还极为贫困，一大家子人，就靠几亩水稻生活，全年收入不足5000元。安徽农业大学的大别山试验站产业联盟，为大畈村引进高山茭白和改良有机香稻产业种植技术后，他带头种起了高山茭白，在扶贫工作队的帮助下，又成立了高山茭白种植专业合作社，如今成了大畈村的致富带头人。

朱永喜父亲还在生病住院期间，他母亲又查出了胃癌，家里一下子乱成一团。"这要是放在过去，肯定是治不起的，只能等死，你就是卖房子，一时也没人要啊！"朱永喜说，治他母亲的病，又花了7万多元，而他个人只掏了3000元。

2016年，安徽省实行"健康扶贫"，建立了"三保障一兜底一补充"综合医疗保障体系，为贫困群众提供超常规的全面保障，使贫困人口的看病就医负担大幅度减轻。这一医疗保障体系的简单表述，就是"351"和"180"。

所谓"351"，就是按照基本医保、大病保险、医疗救助政策补偿后，贫困人口在省内县级、市级、省级医疗机构就诊的，个人年度自付封顶额分别为0.3万元、0.5万元和1.0万元；所谓"180"，就是建档立卡贫困人口慢性病患者1年内门诊医药费用，经"三保障一兜底"补偿后，剩余合规费用由补充医保再报销80%。

为什么要实行"351"和"180"？金寨县人民医院院长吴杰解释说："医院90%的血液透析患者都是贫困人口，而对于尿毒症患者来说，每年数万元的透析费用难以为继，很多人最多坚持个两三年，就坚持不下去了。"吴院长的一位患者程女士，慢性肾功能不全，2015年被识别为建档立卡贫困户，2017年在县人民医院透析住院11次，总费用111360.28元，经结算最后个人自付3000元。而在过去，医保报销后保守估计也要2万多元，对于贫困户来说，这就是很大的一笔钱了。

2014年，全军乡熊桂银的儿子得了尿毒症，先是去合肥的省立医院和安医大二附院，后是去南京的鼓楼医院、上海的华山医院，光是做各项检查，就花了3万多元。很快就拿不出钱了，借遍了亲戚朋友，到最后无处可借，熊桂银绝望极了。2017年下半年，儿子开始了一周3次的透析治疗，一周就要花好几千元，他只得卖了在江苏盛泽的房子，但很快30多万元的卖房钱就又花光了。"不是全面兜底保障政策，我儿子一周3次的透析钱，我到哪里去搞？只有等死了！"

在2019年1月31日，金寨县中医院出具的医疗结算单上，熊桂银儿子熊奇兵的治疗总费用为7650元，但他仅自付了76.05元。而2019年3月的结算单上，3月4日、3月8日、3月18日、3月29日的连续透析，他个人没有付一分钱。

所有的结算单，熊桂银都细心地保留着。

三

2020年4月2日上午，大别山万里无云，潘中洋家门前的杜鹃花开了，灿若云霞。潘中洋的家，位于金寨县西北部，梅山水库上游，全军乡全军行政村朝阳村民组。这是一片红色的土地，红二十五军长征后，1935年2月第三次组建的红二十八军军部，就先后驻扎全军乡熊家河和南小涧，在艰苦的三年游击战争时期，这里是红二十八军的主要游击区域，一直到抗战全面爆发。

潘中洋今年54岁,夫妻俩带一个儿子。儿子19岁了,正在县城中学读高中,即将面临高考。潘中洋的妻子,是他在浙江诸暨矿灯厂打工时自谈的对象,比他小5岁,安庆潜山人。他母亲前后生过6个孩子,最后活下来的,只潘中洋和他弟弟两个。这在农村里,就属于门户单薄的家庭了。母亲死得早,刚42岁就过世了,老父亲也在69岁那年突发脑出血,所以在感情上,潘中洋特别依恋妻子,依恋自己的小家庭。自打十多年前,妻子得了再生障碍性贫血后,潘中洋就不外出打工了,只在家门口打打零工。因此他的经济负担和心理负担,都很重。

刚开始时,不知道妻子得的是什么病,也不知道厉害。撑不住了就在打工地附近的小医院开点药,挂几瓶水,依旧在家里干活,到厂里上班。发烧,反复发烧,乏力、盗汗、关节疼痛、脸色苍白,到最后,连淋巴结也肿起来了。这才到安医大一附院、省立医院这些合肥的大医院去看。验了血,做了骨穿及很多项检查才确定下来,妻子患的是再生障碍性贫血。潘中洋一下子就蒙了,感觉天塌地陷。那时他还在浙江绍兴打工,请假回来,陪妻子到省里住院、打针,然后再匆匆赶回去,打工挣钱。疲于奔命,心力交瘁,潘中洋很绝望,不知道自己能不能撑下来。

而这些都不算什么,最难的还是没有钱。骨髓移植是想都不敢想的,不要说找不到合适的配型,就是找到了配型,又上哪里去筹那么一大笔钱?"五六十万啊!"潘中洋说,"我想一下都心惊胆战!"勉强能够维持的,就是输血治疗。两个月左右输一次血,潘中洋就两个月回来一趟,请一个星期的假,再匆匆赶回去,继续打工挣钱。浙江的经济发展比较好,挣的到底多一点。就这么来来回回,跟跟跄跄,勉强挣扎了五六年。亲戚邻居都借遍了,外债欠了十几万元,到后来甚至借不到一分钱。妻子的病情却一天比一天重了,时刻有倒下去的危险。潘中洋不敢再留在绍兴,就返回了金寨,他想,就是死也要一家人死在一起。但儿子才上小学,正是活蹦乱跳的年纪,让他又怎么心甘?

我问他输一次血,需要多少钱。他说最少一万块。"这在你们城里人,不算什么，在我们农村，就是一大笔钱！"

我说："这在城里，也是一大笔钱！"

说到现在的情况，潘中洋翻出一大摞单子，是几年来积攒下的六安市城乡居民医疗保险住院结算单。我仔细查看了其中的一张，在"人员类别"一栏中，写着"低保且贫困"。2018年12月21日入院，2018年12月25日出院，累计报销金额10502.89元，个人实际支付金额521.99元。

说起这些，潘中洋很是感慨："不是健康扶贫，谁知道我老婆还能不能活到今天？"

潘中洋如今，欠的外债就剩一万多元了，努把力，很快就能还完。他只在家门口打零工，给人家砍毛竹、拖毛竹，150元一天。朝阳村民组在海拔800多米的高山上，村里人几乎都搬到山下去了，只潘中洋和他堂弟两户人家，还没有搬迁。他堂弟前年得了肺癌，也是没有条件搬迁。潘中洋的房子，是一座二层小楼，十几年前刚盖起来的时候，在村里是数得着的好房子，门前那株高大的杜鹃，就是那时栽下的。房子收拾得真干净啊，装修和陈设也很现代。到底是在经济发达地区打过工的，有些不一样的做派。潘中洋的妻子程结荣，非常爱干净，潘中洋干活回来，衣服进门前就要脱下来，放到洗衣机里，天天洗，天天换。大别山里人家，家用电器中一般都没有空调，因为山里夏天凉快，冬天又舍不得用空调取暖。但潘中洋在卧室里安装了一台空调，是为了给生病的妻子取暖。

采访时潘中洋告诉我，不在明天，就在后天，他又要送妻子去县医院输血了，前几年都是骑摩托车接送，现在好了，坐班车，车票只要4元钱。为了打通脱贫动脉，金寨县实施城乡客运公交一体化工程，先后开通了城镇、镇镇、镇村公交线路93条，建成22个乡镇交通综合服务站，实现了211个社区、街道和建制村全覆盖，日运行总班次1270个，日客运量1.6万人次，日运行总里程38700公里，惠及68万人口。

潘中洋家的门廊下，有一盏太阳能路灯，是去年省城对口扶贫单位上门安装的，天黑的时候，会自动亮起来。

四

安徽省是中部地区人口大省,现有扶贫重点县31个。2015年年底,全省因病致贫、因病返贫的家庭多达87.1万户,涉及197万人,占建档立卡贫困人口的57.2%。实施健康脱贫工程以来,安徽全省完成9种大病救治1.4万例,占救治任务的58%;2016年全省有18.9万个因病致贫户脱贫,占建档立卡因病致贫户的26.5%。通过建立贫困人口"三保障一兜底一补充"综合医疗保障体系,安徽省切实减轻了贫困人群就医负担,解决了因病致贫、因病返贫的问题。

采访中我得知,在"三保障"方面,还有一个"两免两降四提高"特惠政策,即免缴个人参保费用由财政全额代缴,免交住院预付金实行先诊疗后付费;降低新农合补偿起付线,降低大病保险起付线;提高新农合补偿比例,提高重大疾病及慢性病保障水平,提高大病保险分段补偿比例,提高医疗救助标准。在医保"特惠"基础上设定"351"政府兜底保障线,并实行慢性病门诊"180"补充医疗保障,进一步强化了大病住院和慢病门诊医疗保障。

金寨县花石乡大湾村的陶大妈有心脏病,2014年被识别为建档立卡贫困户。这之后,2016年10月,她在金寨县人民医院做了心脏介入手术,共花费医疗费35924.4元。按照"351"的标准,个人只需要自付5116.74元就可以了。这其中,还包含了需个人承担的特殊材料费2700元。这样一算,实际补偿比例达到了92.73%。

健康扶贫以来,安徽省实行"一站式"及时结报,贫困患者出院时只需交付自己支付的部分,剩下的合规医药费用,全部由基本医保经办机构通过信息系统进行结算。我拿到的数据显示,2017年1—5月,全省贫困人口住院30.77万人次,共发生医药费用14.9亿元,综合医保补偿13.4亿元,平均补偿90%,比普通参保人群高出28个百分点。

据陶大妈的儿媳妇说,结算时他们家的家庭医生也在场,办住院手续、出院手续,家庭医生一直跟着。

这大大出乎我的意料!

过去只在电影里,看到外国人有家庭医生,陶大妈的家庭医生,到底是个什么状况?我迫切地希望知道。"这有什么好奇怪的?"大畈村扶贫工作队队长吴辰华说,"我们村的贫困户,也都有家庭医生,不光是我们,全金寨县的贫困户,都享受家庭医生签约服务!"

第二节　啃下这块"硬骨头"

让所有的贫困人口
都享受健康扶贫政策
让村民们从今往后
病急不再乱投医

一

吴辰华把我带到"大畈村卫生室",说："潘老师,我建议,你进去和我们的村医聊一聊。"

吴辰华是安徽农业大学驻金寨县双河镇大畈村党支部第一书记、扶贫工作队队长,从 2014 年开始驻村扶贫,到我去采访时,已是第 6 个年头。

说是卫生室,进去一看,规模还不小。是新起不久的现代建筑,门廊很宽,门头很大,以至于让我误认为是一座二层小楼。也不像一般的村级卫生室,简单挂个木牌或铜牌,而是有一个横跨门头的广告式大灯箱,"大畈村卫生室"几个字十分醒目。47 岁的村医徐启国一边快步迎出来,一边向我感叹：现如今村里的条件,真是天翻地覆啊,放在早些年,做梦也想不到!

早先的村卫生室,是在老村部边上,一间小趴趴屋,黑咕隆咚,一张桌子两个板凳,多来一个人,就得在门口站着。2005 年,村里条件稍好一点了,就给单独盖了三间小平房。现在这个是 2018 年,和新村部一起建的,大畈村村部、大畈村新时代文明实践站、大畈村卫生室、大畈村农民文化乐园，都集中建在一个地方，在大畈村子最中心的位置。

新时代文明实践站，又叫"脱贫攻坚振风超市"，关于它，我们后面会有专门的叙述。

1993年，徐启国从六安卫校毕业后就回来当了村医，在这个岗位上已经工作20多年了。

"早先的村卫生室，有啥啊？啥啥没有！就一个听诊器，从早到晚在胸前挂着。"徐启国一边感慨，一边领我参观，"现在你看看，这，这，还有这！这在过去，你敢想吗？你想不到！"

我跟在他的身后，一个一个房间看，听他给我解说那些仪器的用途和用法。而他向我重点介绍的是一台"一体机"，它有着非常强大的检测功能，身高/体重/BMI、脂肪/水分/基础代谢、血压、脉率、12导联心电图，血氧、体温血糖、尿酸、血脂四项、尿常规11项、呼吸训练、心理疏导、中医九型体质筛查等检测，全都能做。而且，它还能通过身份识别，实现自动建立个人电子健康档案，综合多个健康检测项目，自动生成评估分析报告并永久性地储存，并根据检测评估报告，对常见病进行筛查。

为了操作这个新设备，徐启国专门去进修了心电图、血脂、血糖、尿酸标本分析等方面的专业知识和技能。

"一体机"测出的全部数据，上传到县公共卫生管理平台。为此金寨县加强农村卫生的网底建设，以支持"新农合"资金即时结算管理、基本药物配备及使用和村卫生室绩效考核，实现了"新农合"农户在全县范围内持证跨机构、跨区域转诊就医和即时结算。所以叶秉友他们，才能在省城的大医院里，跨区域直接把费用结算掉。

大畈村的贫困户，全部签约了家庭医生服务，有100个村民，签在了徐启国的名下。县里按照100人600次"随访"任务所完成的实际工作量，给他发放工资和补助。而他则定期到签约村民家里测血压、做心电图、进行一般性的健康询问，工作术语叫作"随访"，测定结果直接同步到县医院管理系统。如心电图、血压有异常情况，他就与上级医生直接联系，做进一步的沟通并采取相应措施。一般每人是两个月做一次随访，全年6次。每人一张表，随访结束后需要签约村民在表上签字。

金寨县8.2万个贫困户，目前已经实现了家庭医生签约服务全覆盖，签约户有重大疾病，需要到上一级医院治疗，或办理住院和转院手续的，一般情况下，家庭医生都随同前往。

在村民王一超的家里，我看到了由徐启国签名的村民健康随访表。

80岁的王一超也是烈士子弟，父亲在他8岁那年牺牲了。母亲拉着他和刚满1岁的妹妹，去洪家铺的河滩上收尸，那惨烈的场景他至今都不能忘记。两年以后金寨解放，"俺爸要是能多撑个两年，俺家的日子，要好过得多了。"

说话间王一超的老伴走了过来，虽说已经84岁了，但她腿脚还利索。他们是后组的家庭，王一超很早就死了老婆，一个人拉扯着女儿，吃吃不上，穿穿不上，屋里屋外乱得没法下脚。怎么不想再续上一个啊，做梦都想！可日子过成这样，谁又愿意嫁给他呢？现在这个老伴，是40岁那年嫁过来的，前头的男人得病死了，一个人拉扯6个孩子，很艰难。都是苦命人，就凑合到一块过了。现在好了，总算把孩子们都熬大了，该娶的娶，该嫁的也都嫁了，就是老伴带来的6个孩子中，老二和老小有智力障碍。老二今年57岁，老小也过了50岁了，生活不能自理，全靠父母照顾他们的生活。

"不是政府，要饭也摸不着门啊，别说看病了！"

王一超的老伴，别看岁数比他大，但头脑比他清楚，也比他会说。问到收入情况，她掰着手指头，给我算了一笔细账：移民补贴，一人一年600元；3个人"五保"，一人一年4300元；她自己吃"低保"，一年6000元。再加上"光伏"的3000元，养鸡补助的3000元。

"够花了。"她颇感满足地说，"吃药也不花钱，都是徐大夫送过来，再说我还养着鸡呢，都是村小学的校长给我往外卖，价钱可高了！"

王家养了一群鸡，大别山本地的小土鸡，最多时100多只，现在也还有七八十只，在对面的山坡上散放散养。因为有两个智障儿子，所以王家在大畈村，属于贫困户中的贫困户，村小学校长就自告奋勇，认了他家的"帮扶"。校长一个月，总要来上个三五回，每回都捉走几只鸡，卖到县城或省城，一只能卖100多块呢！

老太太说话时，她的两个儿子就站在边上听，傻笑。

要是没有政府，没有扶贫，她家日子，真不知道该怎么过。他们是第二批搬下来的，原先在海拔670米的高山上，房子是老房子，四面漏风，已经摇摇欲坠了。"眼下这房子，该多好啊，就在村部边上，有啥事，喊一声，村干部就来了！"

老太太准备带她的两个傻儿子，到山下的皮坊街去理发。在全县公交车没有联网之前，她都是带他们俩步行着去，一来一回，要五六个钟头。两个儿子又都不听话，也听不懂话，老太太一个人，顾了这个，顾不了那个，时刻担心他们走丢了。现在好了，带他俩上了公交车，眨眼工夫就到，别提多方便了！

"我也一天天老了，腿脚不行了，这要是没有车，他俩还能一月剃一回头啊！"老太太感慨道，"还不是整天的马瘦毛长，胡子拉碴！"

最高兴的是女人们，她们赶个集，上个店，抬脚就走了！

见我从王家出来，村医徐启国不放心，反复问我见没见到有他签名的随访表。家庭医生签约是金寨县扶贫重点推行的分级诊疗政策，而给出的成绩单是：贫困人口全部纳为签约服务对象。

2017年，金寨县为所有贫困人口签订了有偿初级服务包，价值81元，费用全部由医保基金和县财政承担。据徐启国说，这81元中，医保负担35元，减免11元，自付35元；而自付部分，由政府代缴。

2019年9月17日，"比尔及梅琳达·盖茨基金会"发布2019年《目标守卫者报告》，高度肯定了中国在改善孕产妇健康等初级卫生保健系统方面取得的显著成绩。

在接受央视记者采访时，"比尔及梅琳达·盖茨基金会"联席主席比尔·盖茨表示，在教育体系和初级卫生保健系统这两个方面，中国都是典范，在"减贫"方面，中国也为世界树立了很好的榜样。

徐启国说,他每天从卫生室下班回家,或随访回来的路上,看到路两边整齐的绿化树,看到小广场上盛开的蔷薇,特别是看到一家一户门前亮起来的那一盏盏路灯,心里都有说不出的感动。天一点点黑下来了,家家门前,都亮起了温黄的灯火。去年村里出钱,给每户村民的门口,统一安装上了路灯,在给他家安装的时候,他一直站在边上看,看着看着,眼泪就流下来了。

二

家住金寨县南溪镇南湾村的陈恩祥,自从几年前查出高血压,就不再出门打工,被村里评为贫困户。

以前买药是陈恩祥最烦恼的事,每次买药都要到离家十几里的镇上,或离家几十里的县城,耗时耗力。2018年金寨县实施村卫生室配发贫困人口慢性病药品政策以后,村医主动上门找到他,根据他的病情申报登记了药品。过不多久,村医就把药送上了门。像这样的送药上门服务,陈恩祥一年内享受了4次,他今年买药共花费587.25元,自己掏了29.21元,剩余558.04元都报销了,报销比例达到95%。陈恩祥很有感触地说:"以前买药东奔西跑,现在有专人送上门,而且慢性病报销手续,人家村医都给你办好,你只需要签个字就行了。这样的好事,过去你敢想吗?你不敢,可现如今,都办到了!"

2018年年初,金寨县出台了《金寨县村卫生室配发贫困人口慢性病药品和报销工作方案》(以下简称《方案》),把贫困人口慢性病药品配发和报销工作延伸到村。采取试点先行、逐步推开的方式,金寨县计划到2020年建立覆盖全县的城乡居民慢性病常用药品配发体系和报销网制度,逐步构建稳定长效的运行机制。

在金寨县医保中心结算大厅,来自桃岭乡牌坊村的村民余述平,很顺利地完成了医药费报销,成为首批享受"1579"医疗补充保险政策的受益者之一。2018年年初,余述平因突发脑出血转到省立医院进行治疗,共花了

14万多元医药费，经过城乡居民基本医保、大病保险、医疗救助等一系列政策报销后，自付费用4.3万元。

从结算大厅出来后，相关人员告诉余述平，县里新出台了一个补充保险政策，自费的4万多元，还可以再报一部分。结果根据补充保险政策，他又报了2.2万元。

2016年，金寨县实施建档立卡贫困人口健康脱贫"351""180"政策后，贫困人口就医难问题得到了有效解决。而未享受这一政策优惠的非贫困人口和2014年、2015年已脱贫人口，因为缺少特惠政策扶持，就不可避免地存在着因病返贫的可能性。为了解决这一问题，金寨县探索建立了覆盖全县城乡居民的商业补充医疗保险，即"1579"医疗补充保险政策。

同时，金寨县通过招标的方式，确定具有相应资质、实力强、诚信度高的商业保险公司为承办机构。中标商业保险公司在县医保中心结算大厅设立办理窗口，实行"同窗口申请、限时性结报、一站式服务"。

三

因病致贫、因病返贫是贫困的硬骨头，也是扶贫的主攻方向，因此健康扶贫在金寨，被摆在很高的位置。

安徽省2015年建档立卡的数据显示，贫困家庭中，因病致贫返贫所占的比例，高达57.2%，疾病成为农村家庭贫困的首要因素。金寨县针对因病致贫、因残致贫问题，在安徽省"三保障一兜底一补充"综合医疗保障体系扶贫机制的基础上，进一步完善兜底措施，在医保、"新农合"方面给予贫困户更多的政策倾斜，让贫困人群切实感受到政策的温暖。

不管"因病致贫、因病返贫"这块骨头有多硬，一定要啃下这块"硬骨头"！

由于"三保障一兜底"即"351""180"综合医保政策，贫困人口看病就医更加便捷，医药费用负担大幅减轻。

扩大到整个安徽省，据安徽省卫生计生委财务处处长、健康脱贫办主任杨绪斌介绍，2017年安徽省全省贫困人口住院共发生医药费用62.71亿元，综合医保补偿58.34亿元，平均实际补偿比例高达93%，较普通参保患者提高了近30个百分点；慢性病门诊共发生医药费用9.71亿元，综合医保补偿9.37亿元，平均实际补偿比例96.5%；全省落实贫困人口综合医保政策年度支出资金总计76.44亿元，年度新增支出约32亿元。

自2016年实施健康脱贫工程以来，全省已有37.8万因病致贫返贫户脱贫，因病致贫返贫占比下降到43.8%。贫困人口在省内就医全部实行"先诊疗后付费"和"一站式"结算，最大程度减轻了贫困户个人"垫资"和"跑腿"负担。

在下一步的工作中，安徽省还将继续深入推进健康脱贫工程，坚持"保、治、防、提"的工作路径，进一步完善政策措施，强化精准帮扶，向深度贫困地区、特定贫困群众聚焦发力，巩固和扩大健康脱贫成果。

在"保"的方面，进一步完善政策，加大对贫困人口44组重大疾病和专项救治病种的政府兜底保障力度，确保住院个人自付比例低于10%。同时，探索建立边缘贫困群体的医保倾斜政策，搭建社会组织慈善救助平台，有效防止因病返贫的发生。

在"治"的方面，进一步规范诊疗、增强靶向效应。加大分类救治力度，贫困人口大病专项救治病种扩大到15种以上，全面落实定点就医、分级诊疗、临床路径管理、按病种收（付）费，以及"先诊疗后付费"和"一站式"结算，加强慢病药物供应保障工作，进一步规范和改善医疗服务。

在"防"的方面，进一步强化措施、加大防控力度。加强贫困地区和贫困人口重点疾病预防控制，着力提高贫困人口家庭医生签约履约质量，做好45组慢性病服务管理工作，全面推进贫困地区公共卫生项目落实，努力控制疾病的发生、发展。

在"提"的方面，进一步倾斜支持、尽快补齐短板。加大项目、资金和对口帮扶倾斜支持力度，帮助贫困县公立医院化解长期债务，加快推进贫困地区特别是革命老区和行蓄洪区县、乡、村三级医疗卫生机构标准化建设，实现贫困县、乡两级远程医疗技术全覆盖，扎实做好三级医院医疗人才"组团式"帮扶贫困县医院的工作。

　　让所有贫困人口都享受到健康扶贫政策，让广大村民从此"病急不再乱投医"。

第五章

将军百战碎铁衣

金寨走出过 59 位开国将军,是中国第二将军县。第一将军县是湖北省的红安县。而在 59 位金寨籍将军中,有 5 位比较特殊,他们是:唯一的一位两次被授予上将军衔的将军洪学智、唯一的一位由少将军衔特批晋升为中将的将军皮定均、唯一的一位被毛主席称誉为"陕南王"的将军陈先瑞、唯一的一位被毛主席赞誉为"双专家"的将军林维先、唯一的一位自降军衔获得批准的将军徐立清。

都曾血战百城,都是功勋卓著,都将青史留名。

他们对这片红色的土地,也都充满了深情。

但洪学智对金寨,似乎更关切、更无法割舍、更念念于心。

他一生的经历,也更具有传奇性。

第一节　老将军的"洪氏家风"

从 1953 年 8 月
第一次回乡开始
到 2002 年 5 月 2 日
最后一次返回金寨
洪学智先后 7 次回到家乡

一

太阳开始下山了，高一点的山头还笼罩在余晖中，温暖而安静。

户脱贫、村出列、县摘帽正在紧张地推进中，干部们都行色匆匆。

迎着西沉的夕阳，我们进入双河老街，开始对洪氏家族的采访。

洪贵柱是洪学智没出五服的侄孙，现在是镇政府公租房小区的门卫。这是一个公益性岗位，专为贫困户脱贫所设立。

洪贵柱很能说，因为经常进京，见过些世面。他同时还是双河镇洪学智故居的管理员，负责故居的日常管理和游客参观时的讲解。洪学智故居坐落在河西村外一个小小的山坡上，是一溜坐北朝南的茅屋，泥墙草顶，小小的院落，为 2013 年所复建。原址在更高的西大山洪家老湾，1958 年修建梅山水库时，被淹掉了。据说复建的故居保持了原貌，但洪贵柱说哪来的什么原貌啊，老将军家的老屋，早就在他 14 岁那年，被国民党还乡团放火烧掉了。现在的故居，算是比葫芦画瓢，按照大别山农家小院的样式建造的。

因为地处大别山腹地，所以故居周围峰峦叠翠，群山环绕。

作为洪学智没出五服的侄孙，洪贵柱忠心耿耿地守护着这个小院，有人来参观就做讲解员，为人们讲解少年洪学智的革命故事。

"五服"是指古代丧服制度中的 5 种服色，用来表示与死者的远近亲疏关系。民间有"五服之内为亲"的说法，应该说洪贵柱与洪老将军的血缘关系还很近。洪贵柱的儿子儿媳都在北京，儿子在隶属于航天研究院的国企工作，儿媳在保险公司卖保险。他们平常不回来，只春节回来。家里就一个小孙女，是儿子前头一个媳妇留下来的，在双河镇念中学。

"离婚了，说离就离了！"他有些不满。

洪贵柱也是烈属，他的两个亲叔叔，是和洪学智一起走的，两人都没能活着回来。当时洪家是叔侄 4 人一起当的兵：洪学智、洪学义、洪乃美、洪乃科。说是叔侄，其实年龄相差不大，走的时候，都才十三四岁。

在双河镇新建的烈士陵园里，有刻着洪乃美、洪乃科名字的墓碑。

洪贵柱的女儿，后来也当了兵，是洪贵柱找洪学智的秘书帮的忙，没敢让老将军知道。她入伍在总参通讯团，转业后留在了北京航天部。当然是老将军的面子，这个明眼人一看就知道。但洪贵柱不这样认为，洪贵柱说："我没沾过我叔爷一星一点的光，老将军说了：'除了生病要住 301 医院，旁的任何事，都别找我！'"

洪贵柱的女儿当上兵以后，去看望老人家，洪学智对她说，当兵好，但你不能和我比，我是打出来的。你将来还要回去，回大别山养猪养牛，改变家乡的面貌。

说到这里，洪贵柱忍不住笑了。

"美国有五星上将，咱双河有六星上将，别说在中国，在世界上，有过吗？"洪贵柱的口气很大，很骄傲。

二

1913 年 2 月 2 日，洪学智出生于金寨县双河镇黄鹄村小河口一个贫苦农民家庭。黄鹄村原属河南省商城县汤家汇，后来划归金寨县。他 3 岁时母亲病故，是父亲和姐姐把他拉扯长大。10岁时父亲省吃俭用，把他送进镇上的新民小学读书，13岁时父亲也去世了，洪学智被迫辍学，与哥哥姐姐相依为命。

洪学智在双河大庙新民小学读书时胆子很大，至今在家乡，还流传着少年洪学智"斗鬼"的故事。

双河大庙始建于隋朝，至今已有1400多年历史，是鄂豫皖三省交界处一座十分有名的庙宇，每年的农历三月二十八、十月十五都有庙会，供奉的是黄飞虎，据说这是个封神榜里的人物。大庙很大，原有99间房，"文化大革命"期间拆掉了不少。传说大庙娘娘殿的二楼有鬼，每到夜深人静，楼梯上都会传来"踢踏、踢踏"的脚步声，老师和学生都很害怕。1926年洪学智在这里读书时，此事已经传得很邪乎了。有一天，受过新式教育的体育老师说："都说大庙里有鬼，这是迷信！鬼是不存在的，你们今天晚上，谁敢跟我去捉鬼？"同学们面面相觑，没有一个人回答。体育老师忍不住又问了一遍："谁敢？"

"我敢！"洪学智响亮地回答。

在洪学智的带动下，又有两位同学报了名。

当天晚上，体育老师带着3个同学，手持棍棒，进了大庙闹鬼的娘娘殿二楼。洪学智按照老师的安排，将事先准备好的油灯点着，用一只箩筐罩住，4个人在黑暗中静静地等候着"鬼"的到来。到了下半夜，楼梯上果然传来"踢踏、踢踏"的脚步声，令人毛骨悚然。脚步越来越近，气氛越来越紧张。突然，老师一把将罩在油灯上的箩筐掀掉，4个人一起挥舞着棍棒，向一团黑乎乎的东西乱打，只听到"吱吱"几声惨叫，"鬼"被打得一动不动。大家定眼一看，是一只一尺多长的大老鼠，它长长的尾巴上有个大疙瘩，原来是偷吃供品时，尾巴沾上了供桌上的油，日积月累，油垢结成了一个甩不掉的大疙瘩，打在楼梯上，发出"踢踏"的脚步声。洪学智小小年纪，就敢跟着老师打鬼，人们都说，这孩子胆量非凡，长大了必成大器。

洪贵柱绘声绘色，讲得很是起劲。故居幽暗的墙下，陈列着一些旧时的农具和家什，以及石碓、石磨、笆斗、犁耙，以还原大别山农耕时代的生产生活情景。故居对面，是河西村在新农村建设中，集中建起的一幢幢小洋楼，在夕阳的映照下，仿佛镶上了一道金边。

三

我第一次去金寨，是 1996 年的春季，当时安徽的大部分地区，老百姓的生活水平都已经有了很大改变了，条件差不多的县城，也都高楼林立。但金寨县城似乎还停留在上世纪 70 年代，我们进城的时候，县广播站的大喇叭正在午间播报，渲染出一种"过去式"的生活气息。这时候的平原县城，广播早已不再是人们日常生活中不可分割的一个组成部分，所以蓦然听到"金寨人民广播电台，现在开始广播"的声音，我非常惊奇。而街上走过的人群中，很多人都身披军大衣，脚穿军用胶鞋，普通老百姓的这种装束，也是我从未见过的。

后来才知道，那是时任中国人民解放军总后勤部部长的金寨籍老将军洪学智，将解放军换装后退役的 20 多万件军大衣，送回家乡金寨，以解决老区群众过冬难的问题。和这些退役军服一起到达的，还有 20 多辆退役的"解放牌"军用大卡车。

1953 年 8 月，朝鲜战争停战刚刚实现，洪学智就利用到南京军事学院学习的机会，回到了阔别 20 多年的故乡。他轻车简从，只带了一名警卫员。那时金寨的交通还非常落后，汽车只能通到县城，他下车后，是步行 30 多里山路到的老家双河，住到了堂弟洪学成家。

乡亲们听说洪学智回来了，争先恐后地要和他见面叙谈。陪同的地方干部和警卫员从安全考虑，不想让更多的群众靠近。洪学智见状，连忙说："我离家这么多年，乡亲们想来看看我，这是人之常情嘛，你们不要拦他们！"他自己也是随便走进哪一家，粗茶淡饭，坐下就吃，和乡亲们拉闲呱。洪学智爱吃家乡的挂面、葛粉、蕨菜和苦菜，尤其爱吃九房河里的小河鱼。

洪学智先后7次回乡，年事越高，对家乡的感情越深。上世纪80年代，金寨的经济已有所发展，但限于底子薄，速度缓慢。为了加快家乡经济建设步伐，他主持起草了一份文件呈报军委，建议全军拿出2000辆退役汽车支援100个老区建设。1985年国庆之前，金寨收到了25辆"解放牌"大卡车，成立了"双扶"汽车公司，引起了轰动。这也是金寨县有史以来的第一个汽车运输公司、第一个扶贫公司。从1979年至1987年，洪学智组织动员部队官兵捐赠棉衣棉被24万多件。1991年又捐赠棉衣7.4万件，解决了不少老百姓过冬的难题。

1986年春，洪学智第二次回乡，乘坐的是大巴车。上午10点，将军到达双河区委大院，乡亲们早就在那里等候，会议室里，坐了满满一屋人。叙谈中，他问坐在身边时任副乡长的汪承功："胡老师的亲人找到了吗？"汪承功说："找到了，他女儿一家都迁到梅山住了。"洪学智十分激动，说："找到就好，回梅山我要和他的家人见见面！"

他口中的胡老师，名叫胡郎山，是将军的启蒙先生，大革命时期参了军，后来牺牲在长征路上。几年前，将军就委托家乡政府代为查找胡老师的后代。一直到下午1点，食堂催了好几次，将军才依依不舍地离开会议室。食堂的桌子上，是简单的几个家乡菜，区委蔡书记说："这是小河鱼，这是田里的泥鳅，那是珍珠菜，这是苦菜，都是您喜欢吃的家乡菜。"苦菜即今日著名的金寨特产"将军菜"，因洪学智而得名。我每次去金寨，都要带几小袋农户自制的将军菜回来，生态、绿色、养生。

这趟回来，洪学智了解到家乡有两种地方病：甲状腺肿和克汀病，病情非常严重，他深为焦虑。1984年5月，中央军委派出医疗队到金寨县调查医治疑难病症及甲状腺肿、克汀病等地方性多发病。1985年3月，总后勤部和国家民政部、财政部、卫生部联合发出了《关于组派医疗队支持老区卫生建设的通知》。随后，第二军医大学、南京军区总医院等单位先后向金寨县派出7批医疗队，走村串户、治病防病，并支援了大批药品和医疗器械。兽医大学也派来兽医帮助老区发展畜牧业，南京军区总医院还为金寨培养了一大批"带不走的医疗队员"，帮助建立了三级防治培训网和碘盐监测网。在地甲病的防治过程中，洪学智与地方主要领导同志一起，亲临金寨视察和指导。在家乡双河，将军还亲自为乡亲们发放药品，宣传防治地甲病的重要意义。1988年年底，金寨县通过国家级地方病检查验收，地甲病患病率从1985年的17.4%下降到2%以下，其他疾病也得到有效控制，金寨被评为全国地方病防治先进县。

1974年金寨县旱灾严重，很多人家都断炊了。当时全县有很多孕妇吃不饱饭，有位孕妇通过洪学智的亲戚给将军写了一封信，向他求助。一个月后，县里调来了一大卡车红薯干。将军在电话里特别着急，说从部队的军粮中调配的几卡车红薯干会陆续送到，要求县里将这些红薯干分给全县的孕妇。他说部队的粮食也很紧张，想不到更好的办法，让县领导代他向家乡人民表示歉意。那一年，怀孕的妇女都知道是老将军救了自己，有的妇女还留下一小包红薯干，小心翼翼地用布包好。

这一段往事让我特别感动，那些出生在1974年前后的孩子，不知有没有人知道？

1990年10月30日，洪学智专程回乡了解经济发展情况，并题词："发展板栗，大有作为。"在他的直接过问下，金寨的板栗生产发展很快，目前板栗已成为金寨农业产业化的一个重要支柱产业，金寨县的板栗产量已位居全国前列，成为名副其实的"板栗大县"。

1991年11月15日，将军专程回到金寨，参加"红军纪念堂"奠基仪式，为纪念堂挖了第一锹土。

金寨县的"红军纪念堂"倚山而建，庄严肃穆。我第一次去金寨，曾在它高高的石阶上坐了一个多钟头。那时的小城还很安静，太阳就要下山了，史河在城外静静流淌。那是我第一次知道，金寨一个小小的山区县，有10万人参加了红军，他们很多人都没能活到全国解放。纪念堂的一面墙上，密密麻麻地刻着牺牲者的名字，最小的才12岁，年少到无法想象。他们曾有过怎样的青春，怎样的面容，怎样的生命？他们在这个世界上，还留有痕迹吗？

那一天，我坐了很久很久，太阳完全落下去了，大山一片迷茫。此后不久，我即开始了我的大别山系列专题片的拍摄，多次深入大别山腹地，大革命时期的红色遗址，我差不多都走遍了。我想"红军纪念堂"奠基的那一天，将军他一定也沉默了很久很久，心中也一定翻滚着巨浪。

1992年5月上旬，洪学智再次回到家乡。不到3年，连续3次，让我们很难从个人情感的角度，去看待将军的返乡。和第一次一样，他再次轻车简从，由县委张有德书记陪同到了双河职高，协商建造实验楼的事宜。在他的亲自协调和不懈努力下，全国政协委员、香港新恒基集团董事局主席高敬德先生捐资50万元，省政府拨款20万元，地方政府和社会各界又筹集了35万元建设资金，1995年下半年，一个集生物楼、理化楼、微机室、图书馆、阅览室于一体的综合教学楼终于动工，并于1996年年底竣工，将军亲题楼名"敬德楼"。

此后，1994年6月10日，1997年4月22日，2002年5月2日，洪学智又3次回到家乡，召集县6大班子座谈，了解群众的生活情况，帮助解决金寨发展上的难题。1997年，宁西铁路初步设计从岳西擦大别山而过，得知这一消息后，六安市领导专程到北京找到洪学智，希望老将军能向时任国务院总理的朱镕基，反映一下大别山老区的情况，争取宁西铁路能从六安经过。将军听后一拍大腿说："好啊！孙中山早年就有在大别山修铁路的设想，六安早就应该通铁路了！"半个月后，有关方面改变设计线路的批文下来了，六安有史以来第一次通上了铁路。

也是在洪学智的关心和支持下，金寨县先后修通了双河至铁冲的公路和黄畈至长岭关的战备公路。2003年，县委、县政府主要负责同志前往东莞给他老人家祝寿。当谈到家乡人民期盼合肥至武汉的高速公路能够途经金寨时，老将军立即给国务院领导同志写信，表达了老区人民的急迫心情。如今，金寨设有高铁站，从省城合肥到金寨，最快只需38分钟。

2002年5月2日，是一个雨后，县城梅山格外亮丽，大别山的青枝绿叶，全都在初夏的阳光下展开了。返乡的老将军兴致很高，兴味很浓，这一次，他是携夫人及长子洪虎、次子洪豹、三子洪晓狮一起回来的，这是他自1954年以来的第7次返乡，也是最后一次。

直到洪学智去世前，金寨的干部去北京看望他，老人家还在问："双河的老百姓，一天能吃上两顿饭了吗？冬天还有没有铺芦席的人家啊？"按照传统算法，这一年他 90 岁了，但精神矍铄，身板依旧挺直。大别山巍巍荡荡，铺展在鄂豫皖三省边界，山河壮丽，百川纵横。从 16 岁离开家乡，他一生穿过枪林弹雨，身经百战，为的是让老百姓过上好日子。"我们做到了吗？"站在高高的梅山水库大坝上，他忍不住热泪盈眶。

第二节 "六星上将"的传奇人生

1955年和1988年
洪学智两授上将军衔
人称"六星上将"
而这样一个铁骨铮铮的汉子
对战友、对妻子、对儿女
却充满了柔情

一

金寨的土地上，走出过59位将军，而洪学智将军是我军唯一的一位两授上将军衔的高级将领。他在70多年的革命生涯中，为军队建设特别是我军后勤工作的革命化、正规化和现代化，做出过巨大贡献。

洪学智将军纪念馆，以丰富的实物、照片和文字资料，展示了洪学智光辉而传奇的一生。

置身于"洪学智将军纪念馆"内，仿佛徜徉在中国革命的历史长河中，我们的生命，又一次经受血与火的考验，经受战争风雨的洗礼。将军的一生，四起三落，历经坎坷，两膺上将军衔，两任总后勤部部长，充满了传奇色彩。纪念馆里陈列着洪学智两次被授予上将时的礼服、帽子和肩章，1955年的上将礼服和夏常服，都是国家一级文物，非常珍贵。

1955年9月，洪学智和邓华、杨得志、许世友、杨成武等开国将领一起，被授予上将军衔。时隔33年，1988年9月，人民解放军实行新军衔制，洪学智被中央军委再次授予上将军衔，成为我军历史上唯一两次被授予上将军衔的将军。

真的是戎马倥偬，起伏跌宕。

不仅两膺上将，洪学智将军还两次被任命为中国人民解放军总后勤部部长。这惊人的历史重合背后，显示了他卓越的领导才能和在我军后勤工作中举足轻重的地位。

1954年2月，洪学智出任总后勤部副部长，主持总后勤部工作，不久后任部长。当时，中华人民共和国刚刚建立不久，百业待举，百废待兴。洪学智在"总后"全面实施勤俭建军，明确提出要"科学筹划，精打细算，确保军费投向投量正确"的后勤工作方针。他强调"一个铜板要掰成两半花"，发动广大官兵军工自建、清仓利库、收旧利废、技术革新，开展节约一粒米、一度电、一滴油的群众性节约活动，为我军后勤正规化、现代化建设打下了坚实的基础。

1981年1月，他再次出任总后勤部部长，他拨乱反正，消除派性，使我军后勤工作很快步入正常轨道。他坚决贯彻中央军委的战略决策，科学合理地拟定军费投向投量，保证了军队的精简整编和各项现代化建设的需要。

两任总后勤部部长，洪学智将军都做出了突出贡献。更重要的是，他在主持"总后"工作期间，完成了我军后勤正规化、现代化建设的八大奠基工程，为建立现代化的后勤综合保障体系，奠定了坚实的基础。

二

参加抗美援朝，是洪学智将军军事生涯中一个大放异彩的人生片段，在没有制空权和频繁遭受洪水袭击的险恶条件下，他为中国人民志愿军建立了一条"打不断、炸不烂、冲不垮"的钢铁运输线。

1951年5月19日，中央军委任命洪学智为志愿军后勤部司令员，他迅速建成以志愿军后勤部、5个分部和23个兵站为骨架的供应网络，创建了"在保障中进行战斗，在战斗中实施保障"的新型后勤保障体制，深得彭德怀的赞许和倚重。

据统计，中华人民共和国共有622名开国将帅参加了抗美援朝，但自始至终打完全程的将军只有6人，洪学智是其中唯一的上将。为表彰洪学智在抗美援朝战争中的功勋，朝鲜民主主义人民共和国特别授予他3枚勋章：2枚一级自由独立勋章、1枚一级国旗勋章。在朝鲜战场上，洪学智将军以钢铁般的意志，百折不挠的精神，寓大智于大勇，克大险与大难，创造了志愿军后勤保障的奇迹，为现代战争的后勤保障，积累了宝贵的经验。

1986年10月，应美国国防部邀请，洪学智率人民解放军军事后勤代表团访问美国。由于朝鲜战争中敌我双方的统帅部人员均已作古，洪学智将军的到访，受到了美国军方的高度重视和极高礼遇。

在整个访问过程中，美国军方最感兴趣的，就是朝鲜战争中中国人民志愿军的后勤保障问题。他们不断地发问：为什么我们的飞机如此密集地轰炸，也没能炸断志愿军的物资运输线？美国军方代表莱昂斯上将甚至向将军打听："你是什么军校毕业的？"

洪学智将军幽默地回答："我是你们的空军学校毕业的。"这让莱昂斯上将大吃一惊，其实将军的意思是说，美国空军的狂轰滥炸，锻炼了我们的队伍。莱昂斯上将也很幽默，领悟到这一点后，他随即表示："那欢迎你到我们这里来工作！"

将军哈哈大笑。

在革命战争年代，洪学智将军3次身负重伤，多次身处险境，真正是九死一生。他14岁就在他的老师——地下党员余海若的引导下，走上革命道路，为地下党送信放哨。最远的一次，是送信到100多里远的二十里铺。山路险峻崎岖，他竟一天跑了个来回，小小年纪，显示了过人的胆识。

洪学智3次负伤中最严重的一次，是在1932年3月的苏家埠战役中。1931年年底至1932年年初，敌人在皖西部署12个团的兵力，以苏家埠为枢纽，从六安至霍山沿淠河东岸一线，发起向根据地的进攻。苏家埠战役历时48天，歼敌3万余人，取得了鄂豫皖红军创建以来的空前大胜利，然而这场战役也打得异常艰苦，异常残酷。时任红十师第二十九团重机枪连连长兼政治委员的洪学智,在战斗中负伤,子弹从左胸射入,左背穿出,造成严重的贯通伤,血流进胸腔里,形成黑色血块。一个和洪学智一同参军的双河老乡,在战役结束后,遇见了洪学智的大伯,告知洪学智在打苏家埠时牺牲了,家人大哭了一场。洪学智能够死里逃生,多亏敌军一个做过医务主任的俘虏,给了他几片西药。38天后,伤愈的洪学智翻山越岭去寻找部队,在路过家乡双河时回了一趟家,家里人见了他,简直不敢相信自己的眼睛。姐姐拉住他,死活不让他走,要给他娶媳妇。洪学智连夜逃离了家门,顺山间小道向潢川方向,追赶自己的部队去了。

他最终死于肺部感染,与苏家埠战役留下的贯通伤有关。这个枪伤,贯串了他的后半生。

三

作为人民的儿子,洪学智始终热爱人民,心系人民,服务人民,关心人民的疾苦。他常说:"我们国家谁最好?人民最好,老百姓最好。我们什么时候都不要忘记老百姓。"

1989年12月22日,《解放日报》报道了解放军第二军大医疗队治愈"白毛女"的故事。这是一个真实的现代版"白毛女",主人公名叫李绪英,产后出现尿漏,整天裤子湿透,难以见人。她躲进山洞,一个人在山洞里整整住了18年,一直到孩子18岁。1984年秋,金寨县县长汪光联到北京看望洪学智,告诉他县里有三种地方病比较严重:一种是老年痴呆,一种是甲亢,一种是妇女子宫脱垂。这三种病已经严重地影响到当地的生产发展。洪学智听后,心情十分沉重。汪县长返回金寨不久,"总后"卫生部就向金寨派出了医疗队,很快,湖北红安、江西井冈山、赣南、山东沂蒙山等革命老区也都派去了解放军医疗队。医疗队来到李绪英的家乡,长海医院妇产科主任王昭梅把她从山里接出来,洗净身子,换了衣服,成功地为她做了手术。王主任临别那天,李绪英恳求医疗队留下一顶军帽和一颗红星,她表示,军帽她要供奉在厅堂上,红星她要别在胸前。

家乡的贫穷，深深刺痛着洪学智的心。他在总后勤部团以上干部会议上说："我那个家乡走出来十多万名红军，绝大多数都在历次革命战争中牺牲了，最后活着的只有数百人。像我这样的幸存者，一千人中也只剩下一个。"说这话时，将军流泪了。

新中国成立后，洪学智始终关心老区人民，尤其关心老区的教育和孩子。在北京大学，流传着将军一家资助老区8名贫困大学生的故事。1994年，洪学智及其家人向北大党委提出，希望资助北大学生。按将军的要求，受资助的学生必须来自革命老区，家庭贫困，学业优秀。将军和夫人一人负担一个，其他的由子女们负担，每月100元，一年1200元，一直资助到大学毕业。1996年春节，洪老把8个学生接到家中，亲自给他们讲话，鼓励他们要好学上进，成为国家的有用之才。之后又留他们在家中吃饭，不断给他们夹菜。将军的三女婿说，当时将军的月工资，也只有300多元。

在将军的办公桌上，摆着一尊读书少女的铜像，自1991年起，这尊铜像就伴随着将军，一直到他临终。

1991年11月，由山西师大《语文报》和团中央、国家教委、新闻出版署等7家单位联合举办的"第五届全国中学生读书评书活动"结果揭晓，洪学智将军的《抗美援朝战争回忆》入选全国青少年"我最喜爱的十本好书"，奖杯就是桌上这尊女中学生手捧图书的铜像。这次活动是历届评选活动中规模最大的一次，将军对自己的回忆录能够入选，十分重视，也深感欣慰。

站在双河镇政府对面，塑有将军雕像的小广场上，仰望层层叠叠倚山而建的建筑，心中涌上一种庄严与感动。80多年前，洪学智将军就是从这里走出，经历了鄂豫皖革命根据地创建、川陕革命根据地创建、红军长征、抗日战争、解放战争、抗美援朝、初任总后勤部部长、再任总后勤部部长和在军委担任领导工作、在全国政协担任领导工作等12个人生阶段。

2006年11月20日，将军熄灭了他炙热的生命之火。两年后，2008年，在"八月桂花遍地开"的歌声中，将军魂归故里，骨灰被安放在大别山下的革命烈士陵园。缤纷的山花和挺拔的青松，簇拥在山形的纪念碑四周，远处，是波涛一般汹涌的大别山。

第三节 大畈村的"乡村治理"

将分散的村民组
搬迁聚集到居民点
按照城镇小区的管理模式
实行居民点管理制
是乡村治理的创新和转型

一

在将军的家乡双河镇，我盘桓了很久。

过去人们对农村的印象，是垃圾成堆、污水横流、苍蝇乱飞，茅厕臭气熏天，脏得下不去脚。但现在我看到的农村，确实不太像农村，道路、绿化、路灯、街心花园，都和城市差不多。不仅整齐、整洁，而且时尚、现代，充满了现代元素。

双河镇大畈村新建成的"村民之家"，是一座三层现代建筑，一楼是大厅，用来召开村民大会，也可以用于村民们娶媳妇、接亲家、办满月酒。"重要的是，"扶贫工作队队长吴辰华，加重语气道，"为村民们提供一个新事新办，移风易俗的场所！"

大畈村在巩固脱贫成效的基础上，制订了《大畈村乡村振兴实施方案》，通过改革村级管理模式，将分散的10个村民组搬迁聚集到4个居民点，按照城镇小区的管理模式实行居民点管理制，推进乡村治理的创新和转型。为了推进移风易俗，村里成立了"红白喜事理事会"，规范人情往来，倡导新风新俗。

金寨县实施的"宅改助推搬迁计划",叠加农村宅基地制度改革、移民避险解困、美丽乡村建设等多项优惠政策,前后共落实搬迁安置点485个,复垦土地4.7万亩,宅改腾退3.3万户10万人,其中搬迁贫困人口7362户26014人,使贫困人口的住房安全得到了保障。

具体一点说,搬迁贫困户拆除旧房的,不仅可以获得250~600元/平方米的拆迁补偿款,还可按照腾退宅基地面积获得70元/平方米的宅基地补偿;对搬迁户自愿到县城、集镇购买商品房,并放弃申请宅基地的,政府再给予2万元/户的奖励。搬迁贫困户在享受宅基地改革红利的基础上,再给予2万元/人的搬迁补助;如是移民人口,则再给予1.5万元/人的补助。

按照这个标准测算,一个普通农户退出宅基地,可以获得8万元左右的房屋和宅基地退出补偿,如叠加贫困户、移民户等政策资金补助,可获得15万元以上的补偿。

县里的政策出台后,大畈村工作队和村两委干部四处奔走,争取修路资金。在一年的时间内,大畈村建成了7条各12千米通组通户通学校的硬化道路。他们还先后争取到各类项目资金共5000余万元,实施农村人居环境整治整村推进,创建省级美丽乡村建设重点示范村。农电、道路、污水排放、卫生室、安全饮水、产业服务中心等基础和公共服务设施建设相继完成,"我们的双基建设,达到了县内领先水平!"吴辰华毫不谦虚地说。

大别山试验站农村环境整治联盟专家团队,为大畈村设计了无动力污水处理系统,有效解决了村内污水处理的难题。"村民之家"的二楼,是一个办公区域:产业办公室、社区管理处、村民小组、生产基地,等等。大畈村的基地可是不少,有机香稻生产基地、野生猕猴桃保护基地、有机白茶基地、有机油茶基地,等等,都有条件分区办公了。

"三楼呢?"我问。

"三楼是客房,接下来,我们要大力发展乡村旅游!"

到底是从高校来的,到底是共青团干部出身,吴辰华这个扶贫工作队队长,就是比一般人时尚、新潮。2018年8月10日,他曾在新搬迁的社区中心,组织过一场"扶贫大畈幸福中,趣味运动乐意融"的主题乡村运动会，设计了"摸着石头过河"等7个老少皆宜的活动项目。在吴辰华看来，"摸着石头过河"不仅仅是一个游戏，还象征着一种精神，一种决心，一种探索。"家庭欢乐套圈"项目以家庭为单位，家人之间相互鼓励，协力挑战，以最大默契完成，促进了家庭成员互动交流；"我猜你跑"项目则重在激发村民对大畈新搬迁社区的认可和热爱。社会工作者事先在大畈村拍摄了十几处大畈的"地、产、人、文"特色景点，活动中，大人猜图片所指名称，猜对了孩子获得限定距离赛跑资格。虽只是一个村级运动会，"但是，"吴辰华再次加重语气说，"影响可是不小！"

经过几年的发展，大畈村的产业也都走向了正轨：建有高山有机香稻基地900余亩，连续三年实现增产增收，并完成有机认证；高山蔬菜280余亩、高山茶园600余亩、生态养殖场2个、茶叶加工厂5家；完成乡村旅游发展规划，并根据规划建成景区大门、旅游服务中心、停车场和生态登山步道，发展农家乐10家、民宿2家；成立农民专业合作社7家，创建了一家省级示范社。党的十八大以来，中央出台了一系列深化农村综合改革的举措，其中农村集体产权改革和发展壮大农村新型集体经济影响最为深远。而大畈村的实践，有效地破解了村级集体经济发展的难题。

为帮助大畈村销售特色农产品，工作队紧抓高校面向采购计划和消费扶贫政策，于2017年创建了"安农扶贫公社"微信群，发动学校教职员工众包、众扶、众购，将村内优质农产品搬到教职员工的餐桌上，每年帮助农户获得农产品销售收入10余万元；近3年来，获得学校采购大宗农产品销售收入40余万元。生鲜产品只能在冬天外销，所以到了冬季，每个周五的早晨，不论是刮风还是下雨，扶贫工作队的同志都是一大早就赶过来，宰猪、杀鸡、分割肉块，然后再按照订单，一份份地分装好。

村民们也都建了群，不管是买进还是卖出，都是在网上交易。

在村委会办公室，我仔细翻看了2019年11月份村级公益劳务岗位补贴打卡发放花名册、2019年11月份残疾人护理补贴、2019年11月份残疾人生活补贴、2019年11月份五保补贴、2019年11月份各项补贴项目明细，等等，惊叹乡村生活的变化，深感改革正运行在中国社会的深处。

二

在大畈村振风超市，我一项一项，仔细阅读并摘录了《大畈村脱贫攻坚振风超市积分细则（试行）》（以下简称《细则》）。《细则》中重点突出对2016年、2017年已脱贫户及在册贫困户的奖励，打出"我勤劳、我致富、我光荣"的口号。

2018年3月以来，金寨县提出"扶贫与扶志相结合"，按照"政府搭台、村组承办、社会参与、百姓受益"的模式，建立了"振风超市"，在贫困户中开展"爱卫生、比清洁；爱劳动、比收入；爱文明、比节俭；爱教育、比学优；爱集体、比奉献；爱社会、比和睦"的"六爱六比"活动，评出先进典型，给予相应的爱心积分奖励，一积分相当于一元钱。贫困户拿着爱心积分兑换券，可以在振风超市兑换各种生活用品。

这是一大创新。

虽然，金寨县已经印发了《关于振风超市建设管理的指导意见（试行）》，但大畈村仍然制订了自己的《细则》。按照《细则》规定，积极响应县、镇、村号召，上报特色种养产业发展计划，并且如实种养，发展规模为2亩的记50分，规模为2~5亩的记75分，规模为5亩以上的记100分。养殖土鸡50只以上、猪2头及2头以上、山羊5只及5只以上的记50分，养殖黄牛1头记75分；申报但未发展产业的扣50分。每年度加分一次。

这是提倡与鼓励，也有批评和惩戒：不履行赡养父母义务，兄弟姐妹不团结友爱的，扣50分；有家庭、邻里纠纷或打架行为的，每次扣20分；不维护村集体公共财产，损害公共设备设施的，每次扣30分；组织、参与赌博且被公安机关查处的，每次分别扣200分、100分；参与黄毒盗拐骗等违法犯罪行为者，每次扣300分……

制度建设已经成为乡村管理者的自觉意识，我们的乡村管理，正在走向制度化和规范化，我们的乡村政治，已经发生了翻天覆地的变化。

三

大畈村的老少爷们，提起刘香来，都说她胆大包天。

"没听说湖南骡子吗？"有那见过世面的老爷们，滔滔不绝道，"不撞南墙不回头，撞倒了南墙也不回头，蛮，犟，认死理！"

湘人倔强，倨傲，一条道跑到黑，世人称为"湖南骡子"，是说他们和骡子一样耐劳，坚韧，有蛮力。刘香是湖南妹子，具体地说是浏阳妹子，性子爽利，做事麻利，热辣辣的像一团火。

"胆子再怎么大，也不能一张口就贷几十万啊？还让不让她男人活了！"

听了这话，妇女们就笑，说："胆子是大，胆子不大，能打湖南自己跑过来吗？"

这是说她嫁过来的时候，她爹她娘，她哥她嫂，她几个姐全都不同意，千里迢迢不说，还是个穷得不能再穷的穷山沟！可她执意要嫁，谁说也不听："就是他了！拖根棍子要饭，也是他了！"

他们是在江浙一带打工认识的，那时刘香才刚满18岁，两人就好上了。湖南妹子长相漂亮，为人敞亮，所谓"辣妹子"，凡事都要当家做主。加上刘香又是个"老幺"，在娘家时宠着长大，骄娇二气，全都占了。任什么也不会做，就任什么也不做，买菜、做饭、洗洗涮涮，连缝被子这样的活，都是她老公做。结婚13年，大多数时间，是在江浙一带打工，到小女儿出生，大女儿上初中，不能再出去打工了，这才回到大别山里来。"我是母亲，还是要陪伴她们成长的。"刘香有些无奈地说。

谁知道一回来，就惊天动地。

先是贷款好几十万元，接着又七拼八凑，借了好几十万元，盖了一座500多平方米的三层小楼。说是要做旅游，做农家乐，看看不出去打工，就在大别山里，能不能脱贫致富。这家伙，把村里人吓得，眼珠子都差点掉下来了。

"你老公呢？他怎么说？"

刘香笑笑，不说话，似乎是说：这还用问吗？

那就不问了！反正湖南妹子胆大，自作主张惯了。我转而问她："你自己手里的这几十万元，是从哪里凑的？不是说一片反对之声吗？"她说："我老公，我老公啊，我老公到最后，还是要支持我！"

说着，她哈哈大笑。

支持她的，还有扶贫工作队队长吴辰华。吴辰华帮着她跑项目，寻求支持途径，不断地往镇里跑，往县里跑。吴辰华说："悬剑山旅游，绝对大有可为，刘香的脑子，可不是一般人的脑子，她这一宝，算是押准了！"

悬剑山主峰915米，覆盖面积25平方千米，庞大的山体全部由岩石所组成，山有九峰，一字耸列，刀劈斧削，壁立千仞。一道可通主峰，百步九折，沿途山峻峰险、树拙洞幽、松奇石怪、泉涌溪奔、云缭雾绕。

2000年，经金寨县宗教局、金寨县旅游局批准，悬剑山成为宗教旅游区。而刘香打的，就是悬剑山旅游这张牌："游人一天比一天多，到了周末，我这楼上楼下，这么多的包间，全都坐得满满的，有的人，就只能站在院子外面候着！"

旅游业是新世纪发展最快，前景最广阔的产业，生态旅游更是发展潜力巨大，成为最被看好的旅游形式之一。金寨县生态环境优越，千米以上山峰多达101座，富氧多水，瀑布成群，拥有华东最后一片原始森林，这是一笔无法以金钱计算的巨大财富。

在21世纪即将进入第4个年头，岁暮天寒一年将尽的某个日子，国家统计局宣布，中国全年GDP增长预计将达8.5%，人均GDP将超过1000美元。

今天，这个数字在中国，已经不能引起丝毫波动，但是在当时，还是令一些中国人猝不及防。中国的老百姓正忙着置办年货，从媒体上获知这一数字的时候，还不能真正理解人均GDP超过1000美元的含义，更无法理解它对自己的生活，意味着什么。只有汽车、电子、房产、旅游和文化产业的企业老总们，心中一阵阵窃喜。在人均GDP超过1000美元的新起点上，变动最为激烈的将是消费结构，以往的奢侈品将转化为居民的必需品，消费结构从生存型向发展型、享受型升级。

而到了 2014 年,我国粮食、棉花、油料、肉类、禽蛋、水产品、蔬菜、水果等主要农产品产量,分别达到 60710 万吨、617 万吨、3507 万吨、8706 万吨、2893 万吨、6450 万吨、76005 万吨和 16588 万吨,均居世界第一。在中国人的日常生活里,将不再仅仅是柴米油盐,随着住房、汽车、电子通信设备等高档消费品的热销,旅游和文化消费在中国人的日常支出中,所占的比例将会越来越大。

有一个例子很能说明问题:上世纪 80 年代,只有两种人在旅游景点上跑来跑去,一种是用公款出差、开会兼观光的,一种是用自己攒了十年八年的钱去旅游结婚的;而到了 1998 年,中国人的日常消费支出中,旅游支出已占到了总支出的五分之一。

在 2003 年,上网不仅是一种时髦,还是一种奢侈。而 2019 年 8 月 30 日,中国互联网信息中心发布的第 44 次《中国互联网络发展状况统计报告》显示,截至 2019 年 6 月,我国网民规模达 8.5 亿,互联网普及率达 61.2%。手机网民规模达 8.47 亿,网民使用手机上网比例高达 99.1%。而在 2020 年,在全面建成小康社会和脱贫攻坚的收官之年,中国将迎来更大的变化:我国人均 GDP 将大概率超过 1 万美元。

纵观各国的现代化发展,不难发现,每个国家在人均 GDP 超过 1 万美元之后,都会在消费模式上发生变化,产生一波新的消费浪潮。所以刘香这个妹子,还真有些超前意识,属于她的时代,来了!

四

有必要来说一说农业的代际演进,因为从农业 1.0 时代到农业 4.0 时代,发展机遇是不一样的。

农业代际演进是一个漫长的过程,技术的发展和商业模式的演替,不断推动农业从低代际向高代际发展。简单地说,农业 1.0 是指以人力与畜力为主的传统农业,是以体力劳动为主的小农经济;农业 2.0 是以机械化生产为主的大规模农业，改变了几千年"面朝黄土背朝天"的农业生产条件，大幅提高了劳动生产率和农业生产力水平；农业3.0即信息化农业，是以现代信息技术的应用和局部生产作业自动化、智能化为主要特征的农业；农业4.0是以物联网、大数据、人工智能、机器人等技术为支撑和手段的一种高度集约、高度精准、高度智能、高度协同、高度生态的现代农业形态，是继传统农业、机械化农业、自动化农业之后更高阶段的农业发展阶段，是一种智能农业。中国目前农业机械化水平已经达到65％，接近完成农业2.0，开始向农业3.0迈进。

农业3.0时代，产出的主要是优美的乡村环境和生态绿色的农产品。2006年，我国不仅取消了存在了几千年的农业税，而且直接利用财政资金改善了农村的道路、水电、村容村貌等硬件环境，全国范围内的新社区、美丽乡村、五星级农家乐、休闲农业示范点、乡村旅游名村镇等如雨后春笋般涌现，从国内情况看，按照70％的覆盖率，预计到2050年，可完成农业3.0。

按照专家们的说法，农业3.0就是"三产化农业"，也就是发展农业之外的"第三产业"。

而在第三产业中，首先是景观农业。只要不轻易地破坏我们的山区景观，保持山清水秀，就有了发展景观农业的条件。发展景观农业一定要和自然资源条件高度结合，把自然资源变成景观农业的资产。

比如浙江有一个县叫安吉县，县委书记很聪明，他说："我是山区，GDP肯定不能跟人家比，那我还能比什么？比自然环境，比景观条件。"他就要求修路不能像城市那样，搞什么裁弯取直，而是尽量随山势蜿蜒曲折，让自驾游的城里人，充分欣赏和体验山区的自然景观。你滞留的时间越长，消费的数额就越大。你得吃饭吧？你得住下来吧？这就给农家乐和民宿，提供了广阔的发展空间。他这一套，是从意大利人那里学过来的。

和安吉一样，大别山本土的消费能力是十分有限的，只能依靠外来人口，消费山区的绿色农产品，消费山区的自然景观。

比如南京附近有个高淳区，打的是"慢城"这张牌。世界上有一个慢城协会,也是意大利人搞的。意大利人还搞了个慢食协会,主张生活要"慢"。工业化时代,讲究"时间就是金钱,效率就是生命",但在三产化时代、生态文明时代,要讲绿色、讲可持续性发展。当你的农业,变成绿色农业、生态农业、养生农业的时候,城里人来了要吃你的有机食品,洗胃;喝你的山泉水,洗血;呼吸你的山间空气,洗肺;在山区走走、看看,洗心。

所以农业3.0是以休闲旅游,甚至养生农业作为经济的主体,以实现现有资源的整合与创新。

农业1.0对应的是传统农业社会,其特征是一家一户分散经营、自给自足,耕作主要依靠人力和畜力,对气候、地力、水源等自然因素依赖度高。农业2.0对应的则是近代以来的工业社会,其特征是工业革命的成果逐渐反哺农业,农业发展广泛使用机械、化肥、农药等工业品,改变靠天吃饭的局面。目前世界上,欧洲、日本都正在逐步退出农业2.0,因为农业的工业化带来严重的污染。农业4.0需要与互联网相结合,加入绿色、景观、本地化标志、休闲旅游等元素,把"互联网+"搬进来。

在接下来的采访中,在大别山腹地的行走中,我们将会看到很多农业3.0时代和农业4.0时代才有的创新,看到山里人怎样依靠创新,实现跨越式发展。

刘香家的饭菜很有特色,不全是地道的大别山土菜,还加了点湘菜的味道,可用"劲爆"来形容。饭后我搭她的车下山,她明天一大早,要送她的大女儿去上学。车开得有点猛,车灯射出的光如利剑,刺破了大山的黑夜。

我让她注意安全,她不以为然道:"你放心好了,潘作家!我一天在这条路上,怎么也要跑个五六趟,再说,路又这么宽!"

据说她拿到驾照的当天,就上六安市里买了车,然后从六安市一路风驰电掣,把车开了回来。

第四节　就是要用数字说话

数字很生硬

数字很坚挺

在 2019 年即将结束时

双河镇用数字

亮出了一份"扶贫清单"

一

2019 年，金寨县双河镇以脱贫攻坚为统揽，所有的工作，都围绕着全面打赢脱贫攻坚战而进行。

"这是一个基本定位，也使我们工作中有更多的获得感。"

当我结束入户采访，到镇办公室去获取相关背景资料时，镇党委书记蔡先炎以这句话开头。

一开始，我并不打算见镇里的主要领导，我希望自己看到和听到的，更接近于实际，尽量不受地方上的干扰。但后来我发现，我需要对整体情况有所了解，我需要更全面更有高度的概括。

不太像我印象中的乡镇书记，蔡先炎思维清晰，说话很有条理，更主要的是，表述简洁准确。

桌子上有很多书，其阅读范围超出我对乡镇干部的理解。说到 2019 年的扶贫工作，他一连串数字脱口而出：全镇实现脱贫 289 户 630 人，贫困人口降至 43 户 68 人，贫困发生率由 2014 年的 19.5％降至 0.29％；为 3112 名贫困人口代缴了医疗保险，为 916 名贫困人口办理了慢性病证；新搬迁贫困户 15 户 64 人，累计搬迁贫困户 280 户 1154 人，占比四分之一以上；完成 48 户危旧房拆除重建、204 户危旧房修缮加固。

真厉害！了如指掌，胸有成竹。

"2019 年光伏入股 656 户，每户年分红 3000 元；建设分布式光伏电站 195 座，户均年发电收益 2000 多元；812 户入股'一亩园'，每户年分红 2000 元；为 847 户贫困户申报种养业奖补 245.65 万元，户均奖补 2900 元；开发公益性岗位 512 个，人均年增收 6000 元；为 799 人申报县内外就业务工补贴，补贴金额 36 万多元……"

不管我来不来得及记录，他继续报出一长串数字。

离年底还有一个多月，但各项工作、各种数据都已汇总上来，我到的那几天，正是脱贫攻坚省级抽查和市级互查交替进行的时候，他们十分紧张，也十分辛苦。2019 年从年头到年尾，他们没有休过一天假，在他们那里，根本就没有什么周末不周末！

2019 年是脱贫攻坚战的关键年，各级尤其是乡镇一级，几乎每一个干部都在拼命，希望抢在时间前头。

蔡先炎问："知道不知道双河生姜？了不了解我们的产业扶贫？知道我们现在的产业，都是个什么状况吗？"

我说不知道。

于是，他从生姜讲起，讲到"金丝美"红薯粉丝、金寨黑毛猪、板栗、油茶、大别山黄牛、高山蔬菜、高山有机稻。

随着我国经济社会的迅速发展和人们生活水平的不断提高，自上世纪 90 年代起，绿色消费热逐步兴起，绿色、安全、纯天然的大米和高山蔬菜，越来越受到城市消费者的青睐。金寨县是国家级生态示范区，森林覆盖率 73％，青山绿水，生态条件优越。利用优越的生态资源优势开发高山蔬菜和高山有机稻米，满足市场上绿色消费的需求，前景十分广阔。由于我国的水稻生产，长期以来都是以追求高产为目标，在水稻高产栽培中，农药化肥过量施用，不仅严重污染了环境，还造成稻米品质的下降，直接影响到人们的身体健康。金寨县位于鄂豫皖三省八县区接合部，境内有 800 米以上的山峰 100 多座,在农业区划上分为中山区、低山区和丘岗区,中山区和低山区均十分有利于发展高山有机稻。金寨四季分明,光热资源丰富,昼夜温差在 10℃以上,有利于农作物糖分积累,谷物的品质好。利用金寨县优越的生态环境,建设高山有机稻米生产基地,生产无污染纯天然的高山有机大米,统一育秧、统一栽插、统一管理、统一收获、统一收购,能够有效地提高农业效益,增加贫困户收入。

而金寨县的高山蔬菜,也已经基本形成区域化布局、规模化生产、产业化经营的格局。"我们目前主要是以长带短,以短促长,长短结合,重点培育大户。"双河的黑毛猪养殖大户、黄牛养殖大户、高山有机稻种植大户,蔡先炎一个一个,如数家珍。说到黑毛猪养殖,就又说到了前一阵子的猪瘟,我发愁:一下子死了那么多猪,不死的也杀了,这对贫困户来说,不是雪上加霜吗?

"没有多大损失,"他解释说,"都买了保险,按照 12 元一头投保,保险公司 1200 元一头封顶赔付,贫困户的保险,都是政府代购。"

二

生姜是双河的传统产业,历史上双河家家种生姜,久负盛名的"金寨生姜",其主产地就在双河镇。

双河生姜具有块头大、色泽金黄、辛香浓郁的品质特点,早在改革开放之前,双河就有"皖西生姜第一镇"的美称。刚实行家庭联产承包责任制时,村民们就开始大面积地种植生姜,先后涌现了学堂、皮坊、鹤塘等几个生姜专业村。脱贫攻坚以来,在农业产业化结构调整中,镇两委将生姜产业作为支柱产业来抓,通过对比算账,调动村民种姜的积极性,年年生姜种植面积都在 7000 亩以上。有部分头脑灵活,善于经营的种植大户,还自带姜种和技术,到邻镇租田种植。这样的种姜大户,全镇有 200 多户。

镇里还邀请了安徽农业大学的专家教授,来给种姜大户传授科学种植和贮藏技术,示范推广脱毒生姜新品种,使生姜亩产增加一倍以上。很多种植大户都把当年收获的生姜，全部装入地窖储藏起来，到第二年春天销售时，价格要高得多。随着生姜价格的一路攀升，双河生姜供不应求，一部分头脑精明的客商，亲自到农户家中预付定金，签订合同，要求按订单种植。双河镇有70%以上的种植户都是持单种植，一到生姜收获季节，外地客商蜂拥而至，持订单上门收购。

"不是说都是种姜大户吗？怎么还是一家一户地上门？"

"一家一户，也不用农户自己面对市场，我们是'合作社＋基地＋农户'的模式。"

双河镇皮坊村有个"金龙虎生姜种植专业合作社"，发起人和负责人洪维杰，是一个有着20多年生姜种植经验的姜农，同时也是一个在自然经济时期，长期从事生姜贩售的乡村经纪人。双河镇双河街道，一度是大别山区的生姜集散地，客商如云，市场繁荣。但是由于连年种植，不注重土壤的修复和处理，慢慢产生了一些问题，尤其是姜瘟病和重茬问题，给生姜生产带来了毁灭性打击。再加上经济的快速发展，很多姜农放弃了生姜种植，纷纷涌向城市打工。2000年以后，金寨生姜种植面积一度萎缩到不足10000亩，产量和品质都严重下降。外地客商也纷纷散去，往日的繁荣景象不再，金寨生姜陷入了空有其名的尴尬局面。

做了多年生姜经纪人的洪维杰看在眼里，急在心里，他下决心自己挑头，解决双河生姜生产中存在的问题，让双河生姜重新成为乡亲们的"钱袋子"。

从2011年开始，洪维杰在安徽农业大学专家的指导下，与合肥市福瑞隆植保服务公司联手，从两亩地的面积开始，连续进行姜瘟病的绿色防控实验，收到了非常好的效果。2013年，他投资建设了一个50亩的姜瘟病绿色防治示范基地，同时组建了金寨县金龙虎生姜种植专业合作社。别看是个姜农，洪维杰却很有现代理念和经营头脑，合作社一成立，他就注册了"弘双"牌商标，同时拥有"长寿之乡""长寿金家寨"商标的使用权。

从2016年开始，合作社就在县农委和各级政府的指导下，积极参与产业扶贫。作为农民，洪维杰深知农民的根在乡村，在土地，土地是农民最大的根本，也是他们的最终归宿。很多农民离开家乡去城市打工，抛下土地到工地上挣钱，但他们的心还在家乡，还在土地上。他的合作社不仅积极扶持大户种植生姜，还鼓励和协助他们成立家庭农场，在他的帮助下，皮坊村先后成立了3个专业家庭农场、培养了2个种姜大户。合作社每年为农户催芽姜种5万多斤，只收取极少的雇佣人工费用。农户只需把姜种送来，然后再把催好芽的姜种取回去。田间生产遇到什么技术问题，他也是随叫随到，到田间地头去现场解决。

2018年秋，合作社在双河皮坊、吴家店长源两村建立232亩生姜扶贫示范基地，吸纳23户贫困户到基地务工；两处基地全年共为当地贫困户和农户发放了45万元工资；合作社收购本县生姜超过100多万斤，其中30万斤来自贫困户。2018年全年，带动111户贫困户发展生姜产业，其中有51户收入超过3000元，最高收入达到15000多元。合作社采取"统一催芽供种、统一技术方案、统一技术培训、统一价格回收"的"四统一"模式，全程指导贫困户进行生姜种植管理。

合作社经常在田间开现场会，现场指导农户栽种，关键时期还派技术员逐田逐户指导。他们还经常给村干部和种姜大户发"明白纸"，培训和指导贫困户发展生姜产业脱贫，并与贫困户签订最低价格回收合同。生姜收获季节，合作社不仅及时，而且全部按合同价回收贫困户的生姜，并全部现款支付。

也因此洪维杰的生姜合作社，2018年被县农业农村工作领导组评为金寨县"产业扶贫十大合作社"之一。

进入21世纪以来，凭借资本、技术、市场等竞争优势，以及国家政策的支持，以家庭农场、专业大户、农民专业合作社、农业产业化龙头企业等为代表的新型农业经营主体迅速发展壮大。

截至2016年年底，全国家庭农场已达到87.7万户，平均经营规模达到200亩左右；全国农业产业化组织超过41万个，辐射带动种植业生产基地约占全国农作物播种面积的60%，带动畜禽饲养数量约占全国饲养总量的三分之二以上；其中各类龙头企业达到12.9万家，所提供的农产品及加工制品占农产品市场供应量的三分之一，占主要城市"菜篮子"产品供给的三分之二以上。

三

我入户采访时，双河镇的脱贫攻坚"夏季攻势"早已结束，但上上下下都丝毫不敢放松。

到达铁冲乡李桥村，是上午的10点多钟。

一路上都是公交车站牌，华联超市，移动通信，品牌母婴店，产后恢复会所……乡村与城市，不再是一个天上一个地下，如今城市里有的，农村也都有。芦苇白了，银杏黄了，枫和栌都红得如火，大地又到了收获的时候。省扶贫办正在抽查李桥村，李桥是县扶贫局副局长陈伟的驻点村，陈伟也是我的采访联络人。去年省里抽查，也抽到了李桥，所以村里虽然紧张，却并不忙乱，一切工作都在井井有条地进行。村部的长条桌上，满满地摊放着《李桥村贫困户花名册》，一位老同志戴着副老花镜正在工作，对我们的到来无动于衷。

正赶上安徽大学经济学院的研究生开展入户调查，由他们的导师钱海燕带队。16名研究生参与抽查，主要是对当地住院报销、慢性病治疗、帮扶措施落实、收入核算、帮扶责任人等40多个问题做出评估。据钱教授介绍，这一次的抽查是全覆盖，在2014年以来当地所有的贫困户中开展抽查。工作量比较大，学生们很辛苦。我跟随的一个入户小组，由小胡和小彭两个女生组成，一天抽查10多户的工作量，把她们累得不轻。

前一天晚上，我和安徽农业大学的朋友吃饭，偶然得知安徽大学的评估组，当夜要出发进行脱贫攻坚评估，于是我临时决定第二天赶来金寨，与评估队员一起入户。中午是在李桥村部吃的饭，因为要等入户的学生回来，2点多了还不能开饭，我就借机向安徽大学带队的老师，核实一些入户调查的数据。统计学教授程建华，用十分专业的语言，向我解释了评估抽查的科学性、随机性和客观性。

"知道为什么要进厨房吗?"我说不知道,他说因为联合国教科文组织对文明的判断——生活用水是否合格卫生,这是基本的生活保障,是一种标准。他叮嘱他的学生,入户以后不光要问,还要看,干群关系好不好,扶贫政策落实到不到位,进去一看就知道了,贫困户的精神面貌,他说话的口气和表情,最能说明问题。他说他进到一户贫困户,家中只有两位老人,一个78岁,一个76岁,但家里收拾得干干净净,亮亮堂堂,说话始终面带笑容。不用问,村干部对这户人家的帮扶,一定比较到位,因为老两口一看就很开心。进到卫生间,发现洗漱台上的牙膏牙刷,都是国外的名牌,他怕村干部作假,便仔细问了问,原来是两位老人的女儿从日本寄回来的,程教授这才放下心来。

经济学院的副教授宋华也深有感触。她说她入户的双河镇九房村一户贫困户,就老两口,喂了一白一黑两只小羊羔,羊羔很小的时候抱来,是用牛奶喂大的。他们的两个儿子都不在了,一个走失了,一个自杀了,但老两口过得很安详,无论是从日常生活上,还是从神态言语上看,他们都并不凄苦。她说她很震撼,也很感动。

学生们陆续回来了,累得歪歪倒倒,但能够看出来,他们都很兴奋。

四

程富宽是六安市人大2014年11月选派到金寨县双河镇黄龙村的第六批选派干部,任村第一书记、扶贫工作队队长;后又作为第七批选派干部,任扶贫工作队副队长。"路漫漫其修远兮",他对此体会尤其深。

当天上午的入户调查快结束时,站在李桥行政村村部食堂外的空地上,在等吃饭的间歇中,我对他进行了采访。我问他扶贫这几年,对家庭对爱人,最愧疚的是什么?他说,老母亲在上海住院开刀,不能陪在她身边,再就是,儿子见了他,不肯喊爸爸。

但说到底,什么也没有老区人民的贫困,对他的触动大。2013年年底,程富宽陪市人大常委会主任到金寨县慰问贫困户,见到有一户人家,挤在不足 20 平方米的老房子里，家徒四壁，一家 4 口人，只有 2 个饭勺。那一幕深深刺痛了他。在 2014 年之前，六安市人大一直帮扶金寨县双河镇大桥村，2014 年帮扶对象调整为黄龙村，就是在这次调整后，程富宽被选派到黄龙村担任第一书记、扶贫工作队队长。

黄龙村有 24 个自然村，不是一家两家穷，而是一穷一个村。几十户村民，都住在摇摇欲坠的危房里，很多村里没有硬化路面，没有路灯，没有公厕，没有安全的饮用水，垃圾随处可见。他初到黄龙，最大的困难就是得不到干部群众的信任。到村的第一天，他就差点被来要工程款的老板，反锁在村部里面。村干部说得更干脆："知道你是来镀金的，我们也没什么要求，一年给我们找一个项目就行！"他与村干部一起走访，村民要么是不谈问题，要么是沉默不语。如何才能改变这种状况呢？唯有掏出真心，才能融入到群众中去。有一次他去党员贫困户熊德发家走访，熊德发无论如何都要留他吃晚饭，他发现锅台边、饭桌旁，全都是鸡屎，菜就在水缸里草草洗一下，然后又用水缸里的水煮饭。程富宽却坐了下来，拿起碗，一口一口吃起来。就这一下，群众改变了对他的看法。现在的黄龙村，每家每户他都能叫得上来名字，走进去，搬个板凳就坐，端起水来就喝，跟群众一家人一样。

记得进村不久，老党员李守华就向他诉苦：村里与外界联系的主干道，就是一条"搓板路"，晴天一身灰，雨天一身泥，走一路颠一路。修路是村民们的第一诉求，也是程富宽要干的第一件事。但修路说起来容易，干起来难，缺钱不说，占了谁家的地，挨着谁家的墙，他都得来和你理论理论。一方面，程富宽和村两委一起四处奔走，争取修路资金；另一方面，他走家串户，做群众的动员工作。第一年，六安市人大就从交通运输部门协调了 93 万元修路资金，给黄龙村修了 5 条通组硬化道路。第一条水泥路开工那天，村民们激动地放起了鞭炮。现在黄龙村的路不仅到组，而且到户，走在了全县的前列，打通了"最后 50 米"。

黄龙村的村民房屋，多为上世纪八九十年代所修建，大都是土坯房、碎石房，空间小、质量差，住房安全无保障。

2016 年，金寨县委县政府推进"农村宅基地试点改革、脱贫攻坚、扶贫移民搬迁和美丽乡村建设"四项重点工作，为黄龙村易地扶贫移民搬迁提供了突破口。但让程富宽怎么也想不到的是，第一批搬迁计划，竟没有一户村民响应。冯克水是村里有名的困难户，他家的土坯房年久失修、室内昏暗，一家只有一张床，两个女儿住在关爱学校，每次放假回来，两个女儿睡床，冯克水就将一张破床垫放在地上，跟老母亲睡在上面。而且他们家是人畜混居，卫生条件极差。程富宽和村干部多次上门做工作，水也喝了，嘴皮子也磨了，他就是不同意搬。搬迁资金哪里来？政策何时能兑现？搬出去后能干什么？这是冯克水的顾虑，也是其他农户的顾虑。程富宽和村两委改变策略：白天，下队逐户进行测量并宣传政策；晚上，在办公室根据补偿政策测算出一家一户的明白账，用整整一周时间，制定出《黄龙村搬迁补偿明白表》，挨家挨户再走上一遍。终于，在 2016 年 3 月，第一批 18 户贫困户签下了易地扶贫搬迁安置协议。

2017 年三年期满，按说程富宽应该回去，更何况当时他的母亲身患重病。他入村的那一年，儿子才一周岁，正在牙牙学语，现在都快上小学了，见了他还不肯喊"爸爸"，用他妻子的话说："你这个爸爸，是电话里的爸爸，周末爸爸！"

但就在他即将离任时，村组长牵头按下了挽留他的"红手印"。程富宽犹豫了，他想自家的日子是难过，但一家难比不过千家难，黄龙村还带着贫困的帽子，村里很多人还在靠低保过日子，村集体还没有脱贫的能力。就这样，三年又三年，程富宽成了第七批选派干部，任扶贫工作队副队长，还是在黄龙村。

一点一点去做，一年一年坚持，回顾 6 年来走过的路，程富宽觉得自己成长了很多，成熟了很多。

第五节　农耕有年华

从麻袋装着卖

到上网论克卖

从层层中间商

到与消费者"面对面"

金寨香菇走出了一条产业扶贫的新路

一

在去双河的路上，路过王汉青的公司，顺势就拐了进去，不需要单独再来。

王汉青的出名，是因为中央电视台《新闻联播》"小香菇撑起脱贫大梦想"的报道。

已经是傍晚，公司门前的路上，流金一般被余晖铺满。王汉青1981年出生，双河人，大学一年级入伍，学的是法律，后来又学了工商管理。退伍以后，王汉青一直在武汉做工程机械生意，代理挖掘机。2015年年底，父母年纪大了，姐姐去了国外，哥哥在湖北十堰安了家，自己也有了孩子，王汉青的思乡之情越来越重，于是就带着妻儿，回到了大别山。

回来不久，就该过年了。各地转了转，想找一块合适的地方，投资种植业。正是冬日里风静的一刻，远山苍茫，峰峦如涛如潮，向他涌来。走着走着，就走到了铁冲，感觉山谷间这块小小的盆地，小气候特别温暖。王汉青停下来，看了看四周，是在豫皖两省的交界处，连接金寨、商城、固始三县，翻过高高的杨桃岭，7千米之外就是河南商城的地界。杨桃岭、金刚台、狗脊岭环围，中间是一块 10 平方千米左右的小盆地，昼夜温差大，特别适合香菇的生长。王汉青笑了，他想这样的地方，还到哪里去找呢？

说干就干，2015 年，王汉青注册成立了安徽农耕年华农业发展有限公司，流转承包了 500 亩土地，第一年投了 150 万元，除了香菇，还种植了紫山药。那一年也真是出奇，一个冬天不下雨，不下雪，20 万棒香菇，出的都是花菇，出菇率高达 70％，一年干下来，赚了六七十万元。花菇是香菇中的优等品，顶面呈淡褐色，有白色花纹，肉厚、细嫩、味鲜美，食之有爽口感。天气越冷，气候越干燥，昼夜温差越大，刺激越强烈，花菇的出菇率越高，花纹越斑斓。但是紫山药的种植，却失败了。这一带属于南北交界地区气候，而紫山药低于 2 ℃就开始腐烂，种能够种下去，长也能够长起来，但保存不了。400 亩紫山药啊，投了 80 万元，到最后连一分钱的本，也没有收回来。

王汉青不知道，更大的打击还将接踵而至。

二

王汉青所在的铁冲乡，是典型的山区贫困乡，2017 年建档立卡在册贫困户 480 户 1283 人，而且大部分贫困户都是老弱病残，没有增收脱贫的门路。2016 年，赚了钱的王汉青，带领公司进驻高畈村，当年就发展种植香菇 20 万棒，每棒收入在 10 元左右，除去成本，带动当地群众增收约 100 万元。

产业的发展，丰收的喜悦，给王汉青带来更大的动力。他扩大了生产规模，在铁冲乡兴建了 350 多个种植大棚，6 个香菇基地。然而 2017 年年底，一场无情的大雪将 3000 多平方米的生产厂房全部压塌，铁冲乡的 6 个基地和 350 多个大棚，也全部坍塌。半夜接到工人的电话，王汉青什么都没想就从家里出来，顶风冒雪走了 30 多千米，从家里步行来到基地。从里到外，衣服全都湿透了，里面是汗流浃背，外面是雨雪淋漓。厂房和基地一片狼藉，工人们蹲在倒塌的大棚前，垂头丧气。有的人当场就哭了起来：

"家里本来就穷，投到大棚的钱还是借的，这一下全都泡汤了，借的钱啥时候才能还清？"

看到这种情形，当过兵的王汉青当场就拍了胸脯："大家请放心，我不会跑路的！我是党员，这里是我的家乡，请大家相信！"

但说起来容易，做起来难。一看势头不对，几个合伙人全都撤了，都是武汉做工程机械的朋友，挣钱也不容易。当时是受他的鼓动，头脑一热就加入进来，连他一共是5个合伙人。谁想到投入大，回报低，风险还大，所以4个人都撤了资，只剩下王汉青。偏偏祸不单行，2018年上半年，天气异常炎热，而雪灾带来的影响还没消除，又遇上60万棒菌种交叉感染，直接损失200多万元。

王汉青再次经受住了考验，他四处借钱，首先解决掉工人们的工资发放问题，接下来深入到贫困户家里，做他们的工作，给他们打气。2018年下半年，公司在铁冲乡6个村，再次投资建成6个香菇种植基地，种植香菇60万棒，菌棒成活率达到了100%，实现销售收入近800万元，王汉青一下成了名震一方的"香菇状元"。

三

说到公司的名称，王汉青说，当初公司起名叫"农耕年华"，就是表示自己要把这毕生的青春和年华，奉献给家乡，奉献给大别山。

王汉青对家乡，有着很深的感情。在公司的墙上，写有醒目的公司宗旨："一件事、一群人、一条心、一起拼、一定赢！"从中能够感受到他的意志和决心。金寨境内多起伏山地，昼夜温差大，他老家村里的老井"玉井"，锶元素的含量是普通水质的3倍，为香菇的栽培、发育、生长提供了得天独厚的条件和优势。而且香菇种植占地面积小、产出高、收益好、劳动强度低，能够为贫困户提供持续稳定的收入。

现在，农耕年华不仅通过成立合作社，进行标准化基地化建设，发展香菇标准化种植，还进行香菇深加工，统购统销，为所有香菇种植户提供全方位的一条龙服务。冬闲的时候,周围村子的很多人,都到王汉青的香菇基地打工,公司以每日 100 元的薪水,帮助贫困户增加收入。

公司 2017 年带动 63 户贫困户种植香菇 18.9 万棒,占铁冲乡贫困户总户数的 14%;2018 年带动 145 户贫困户参与发展香菇产业。所有参与进来的贫困户,都由公司负责提供菌棒,帮助搭建大棚,公司对香菇生产进行全程跟踪,提供服务、技术指导,以保证菌棒成活率达 100%,而且受感染的菌棒由公司负责退换。

2018 年,公司为贫困户提供就业合计 6500 个工作日,带动的 145 户贫困户户均增收 1.9 万元。农耕年华公司还采取"公司+扶贫基地+贫困户+三包"的模式,教贫困村民掌握"装袋、制棒、结种、发菌、养菌、脱袋、结菌"等一系列程序。"三包"是指包技术指导、包统一收购、包统一销售。在王汉青的带动下,铁冲乡各香菇基地均喜获丰收,农耕年华按照 3.5~4 元/斤的价格,对贫困户采摘的香菇全部回收,以解决销路问题。

不仅如此,王汉青还积极组织有文化的青年农民,利用务工闲余时间,学习掌握食用菌栽培技术,以便日后能够发展他们自己的食用菌栽培基地。中国科学技术大学、安徽医科大学等 8 所高校,与王汉青的农耕年华公司签订了长期合作协议,公司成为安徽农业大学、金寨职业农民学校的实验基地和实训场地。

四

通过几年的努力,王汉青的农耕年华已经拥有 7 个基地、1 个服务中心,年营业额在 2000 万元左右。而公司的香菇小包装,一不留神也成为网上爆品。

2018 年年底,一个偶然的机会,王汉青生产基地的香菇作为金寨特色农产品,入选安徽邮政年货大礼包,在电商平台赢得好评。卖得最好的就是一种 70 克小包装香菇,在电商节期间,金寨香菇总共销售近 20 万单,其中王汉青的 70 克香菇小包装成交 17 万单,成为当年度邮政电商的单款爆品。

春节以后，邮乐农品网即邮政网络销售平台的客服，发现了一个高频次的问题："你们大礼包里的干香菇，有零售吗？我想再买一点。"

收到平台反馈后，中国邮政集团公司安徽省分公司的有关方面，立即联系了金寨县委县政府，协商如何结合产业优势，创新消费扶贫模式，最终决定统一使用"驿路鲜"商标，打造公益商标品牌。

在原先走量批发的基础上，新增了网上平台、线下站点与节庆采购等销售方式，在销售环节上，为金寨县香菇提供新的销售思路和销售平台。为此，邮政专业团队多次前往金寨香菇生产企业进行调研，并连续走访多地香菇市场，收集大型电商网站数据，反复研讨商定产品，最终确定重点打造推出 70 克品尝装和 220 克家庭装两款产品。

从麻袋装着卖，到上网论克买，从层层中间商，到与消费者面对面，王汉青与金寨香菇一起，走出了一条产业扶贫的新路。安徽省邮政公司开通了金寨—合肥邮政直达专线，确保订单 24 小时内发货。首先是铺满全省，然后走向深圳、新疆、广州、上海，2019 年金寨香菇生产企业与安徽邮政签了一个 1000 万元的大单。

有效的流量倾斜、严格的品控、优质的物流服务，吸引了不少消费者常态化为金寨香菇"打卡"买单。而农耕年华通过深加工开发出来的椒盐、麻辣等 4 种口味的香菇脆和香菇酱，以及用以替代工业味精的浓缩香菇汁、香菇味精，也成为办公室白领和家庭主妇们的新宠。

第六章
红军田里好耕田

全军乡地处金寨县西北部，梅山水库上游，北以淮河支流长江河为界，与河南省固始县陈淋子镇、武庙乡隔河相望。全乡辖6个行政村76个村民组2657户人家，总人口10797人。2014年建档立卡时，全军乡共有贫困户649户2240人，贫困发生率22.8％，其中因病、因残438户，占贫困户总数的67％。

脱贫攻坚战以来，全军乡上下用命，勠力同心，取得了辉煌战果，经济社会快速发展，2019年年底实现工农业总产值21095万元，640户贫困户2210人顺利脱贫，两个重点贫困村全部出列，脱贫攻坚胜局已定。全军乡境内多崇山峻岭，沟壑纵横，最高处黄明尖海拔985米，山势险要。全军乡具有深厚的红色历史底蕴，红二十五军长征后，红二十八军受命重新组建，军部曾驻扎在全军乡熊家河。熊家河一带，至今保留有红二十八军军部及保卫局、造枪局、红军医院、被服厂等机关旧址，一块面积百亩的"红军公田"，也在全军乡熊家河村。

第一节　张功国的"野心"真大啊

> 我的目标
> 是让所有的城里人
> 都不担心食品安全
> 让所有农户
> 都不愁农产品的销售

一

太阳真好。

从金寨县委党校出来，过新建成不久的梅山水库大桥，沿史河向西南方向前往全军乡，已是12月26日，2019年又要过去了。大地一派万木霜天的样子，行人都戴了围巾和帽子，但似乎并没有严冬的感觉。县城里道路真的整洁，行人真的有序，路口不时有"行人不要闯红灯"的电子语音提示，人们安静地站着，等待绿灯亮起的一刻。

金寨正在创建全国双拥模范城，市民的参与度很高。

我们出了城，渐渐融入乡野，太阳一下子冲破山间冬晨的薄雾，天地变得明亮起来了。沿途有不少农家小饭店，墙上的"扶贫济困，你我同行"大标语一闪而过。路上通往河南商城的道路指示牌，提示着这曾经是一个著名区域，大别山革命史上著名的"商南地区"，曾包括了这一片土地。道路真好，虽弯曲陡峭，百步一折，但新铺的柏油路面平坦如砥，流畅极了。路上我们不停地鸣笛、鸣笛、鸣笛，以防弯道的对面，有车子突然冒出来。有时遇到会车，在擦车而过的瞬间，我浑身一个激灵，但瞬间车就过去了。

太阳渐渐升高,山野渐渐明亮,山间有炊烟缭绕。"发喜农家菜""杨四小吊锅""二宝柴火鸡"等农家小饭店的门头上,飘着小吊锅、小吊酒的招幌,春节之前的乡村旅游开始升温。

因为头一天晚上住在乡政府,我到达张功国的兰花庄园时,天才刚刚放亮。下车就看见门前的"非公企业党建"宣传栏,墙上挂有"金寨西楼生态旅游有限公司"党支部的牌子。这是一幢办公式住宅,兰花庄园的主人张功国,已经候在了大门口。

张功国不仅是西楼生态的总经理、公司党支部书记,还是全军乡熊家河村党支部名誉书记、村创福公司董事长,挂任乡党委委员。

全军乡负责扶贫工作的方观男,平日里喜欢写点散文诗歌,是我所在刊物的作者,一路上都在向我推荐全军乡的生态农业,说是几天前刚刚上了央视的《新闻联播》。

昨天过来的时候,过了石关一路上来,一直到朱庄,一个一个,一共360多个高山生态蔬菜大棚排列,很是壮观,据说都属于张功国的公司,大棚面积加起来有500多亩。这几年,全军乡大力发展生态农业,通过"能人回归"发挥科技能人的引领作用,带动一方发展,提高农民收入。张功国是全军乡熊家河村人,当年随着进城务工的大军,到江苏省张家港市打拼,凭着老区人一股敢打敢拼的韧劲,硬是闯出了一片天地,2016年,在政府"能人回归"政策的感召下,他带着技术和资金回到家乡创业,创办了金寨县西楼生态旅游有限公司,主要从事乡村生态旅游项目的投资开发。

早饭还没有烧好,但农家饭菜的柴火香味,已经将我久已麻木的味蕾彻底唤醒了。

一步之遥,就是庄园的生态观光大棚,在主人的带领下,我们陆续进入另外一个世界。首先感受到的是温暖,在12月的天气里,大棚里温暖如春;其次是蓬勃,各种各样的瓜果蔬菜逆时而生,五彩缤纷,生机盎然。橘子黄的西红柿,胭脂红的甜菜,翡翠绿的青瓜,葡萄紫的茄子,无比水灵,无比夺目,无比鲜艳。在这个北风呼啸、寒气凛冽的冬晨,身边依然绿意缭绕,流水潺潺。而最让人不可思议的,是大棚中西红柿口味的繁多,简直超出想象，什么巧克力西红柿、芒果西红柿、苹果西红柿等等，吃进嘴里的明明是西红柿，却能吃出别的水果的味道。张功国的生态园完全是上世纪六七十年代，家前屋后瓜豆蔬菜的感觉。我踮起脚来，这里摘一个西红柿，那里摘一个西红柿，在手上蹭蹭，就填到嘴里。不用洗，干净得很！甜，真甜！这里种着上百种瓜果，营造了一种立体生态绿色环境，而且生产方式完全颠覆了传统种植方式，自动化喷灌，四季恒温。一排排自动喷灌设备，隐在蓬勃的绿色之中，突然，水流如飞瀑一般漫天喷洒，溅了我一身！

原来，园子的主人在我没注意时，打开了开关。

太阳透过大棚顶端洒下来，将整个园子铺染得金光灿灿。花香果香之外，隐隐有兰花的香气，我转过一个棚子，再进一个棚子，就进了张功国引以为豪的兰花生态园。

真壮观啊，3万多盆兰草一望无际，将整个园子铺满。

"全大别山的兰花品种，我这里都齐了，"张功国很自信地说，"兰花的原产地，在我们大别山。"

兰科共750属35000余种，大别山兰花主要是蕙兰和春兰。因为拥有良好的生态环境和温暖湿润的气候，大别山区特别适合兰科植物的生长，原始型和高度进化型并存的兰花物种在大别山区就多达数十种，奇棒、奇瓣、奇色、奇香应有尽有，大别山也因此成为我国重要的兰科植物基因库。然而，由于连年的滥挖滥采，大别山的野生兰花资源已有濒临枯竭的危险。

张功国投资几百万元，建这座兰花生态园，不仅出于对兰花"蕙质兰心"的个人喜好，更是着眼于对原生兰花资源的保护性开发，同时也希望能够打造带动村民脱贫增收的大别山兰花产业。

然而，2016年冬一场大雪，把张功国的兰花大棚全部压塌，10万盆兰草全部冻死，大棚不算，光是兰花本身，就损失了500多万元。雪是下半夜大起来的，值班的工人眼看着大棚一个个坍塌倒下，没有办法。张功国蹚着40多厘米深的雪，跟跟跄跄地赶到，看着"咔咔"作响，倒成一片的大棚，他当时就傻眼了。"50年不遇啊，我的大棚，我的兰花！"张功国站在雪地里，欲哭无泪，大雪铺平了山川河流，大雪仍在纷纷扬扬，漫天飘洒。

张功国很绝望，他想：接下来该怎么办呢？

正月里，他到山上去上坟，在俯下身去的那一刻，突然发现，坟头上一株兰花开了！张功国僵在那里，好感动好感动，他说："兰花兰花，你是为我而开的吗？"

天气依然寒冷，漫山遍野的大雪，还没有融化。

下山的路上，张功国就决定从头再来："有政府的支持，在大别山的土地上，我怕什么？"

用政府的扶持资金，张功国又养了 3 万盆兰花。"我当时就说了，给我 3 年时间，又是 10 万盆，潘作家，你信不信我的话啊？"

二

张功国的生态园对面，全是进口的樱花树，春来烂漫极了。

全军乡熊家河村西楼组，过去叫西楼生产队，是山外游客前往著名的玉兰谷的必经之地，与龙津溪一山之隔。

玉兰谷位于金寨县铁冲乡西南李桥村，原名"望春谷"，全长约两千米，山谷中野生玉兰树面积近万亩，树龄在 200 年以上的玉兰树有 50 多株，胸径在 40 厘米以上的有 300 多株，可观赏的开花玉兰多达 1.5 万株。谷中玉兰以白色为主，间有粉红，花开时节，兀自野放，红白相间，分外清雅。这是目前国内规模最大的纯野生玉兰带，开发的前景十分广阔。"而我这里，"张功国笑着说，"我这里是现代生态农业，正好呼应玉兰谷的原生态。"

在 2020 年，张功国打算再扩建 1000 亩果园，以园区自然资源为基础，成片连林，种植猕猴桃、葡萄、八月果等，做到春有花，夏有荫，秋有果，冬有绿；建设 1000 亩花卉种植基地，以种植兰花、月季、映山红为主；建设 40 亩花卉日光温室，使新奇花卉品种达到 200 种；建设 200 亩生态葡萄园，80 亩猕猴桃园，500 亩蔬菜基地；建 50 栋日光温室，规划 100 亩新品种水果实验基地，创造一种"观赏＋参与"的现代乡村娱乐模式。他希望通过参与式的乡村生活体验以及极具地方民俗特点的文化活动，将乡村资源以旅游产品的形式向城市人群出售，通过产业化和个性化的农村体验式消费，使乡村经济得到大幅度拉升。

厉害啊，有些概念和提法，我闻所未闻。

接下来他还有一系列打算：推行会员制，会员将定期收到公司生态基地的新鲜农产品、肉产品，同时提供免费生态园体验，入住精品民宿；建立代销制，建立多层次销售体系，扩大市场占有率；发展合作制，与大品牌企业合作，使自己成为它们职工食堂的蔬菜基地；建立高端品牌连锁营销，与京东、阿里生鲜等平台合作，把他的绿色生态农产品销往全国各地。

他说："潘作家啊，我这里有千亩纯天然的时鲜蔬菜，有划定区域、专人散养的鸡、鸭、鹅等家禽，希望你能够成为我的第一位会员！"说着他伸出手来，和我热烈握手。

我说："你的心真大啊，你的野心怎么这么大呢？"

张功国不说话，对着层层叠叠的大山，他长时间地沉默了。

而后，他突然转过身来，对我说："将来我要在这座山上，做一个自然采摘园，野生樱桃、杨桃、八月果、九月寒，任人采摘。野生葡萄的架子底下，养鸡养鸭，按照家庭农场定制模式，城里人可以带上全家，从城市来到乡村，享受阳光、体验劳动，吃原生态的食物，呼吸大别山的新鲜空气，让孩子长见识，让大人有情趣。我要发扬一种全新的消费理念，发掘培育一个目标群体，让消费者全程参与进来，享受田园慢生活的乐趣。我的家庭农场模式，是一对一定制，第一年你可以免费品尝体验，第二年你如果认可了，就可以推出定制，我根据你的定制供货。张家港中医院，1200人左右的单位，在我锦丰镇的生态园订购了15亩蔬菜，长年供应，1.2元一斤，每天不低于6个品种，春夏秋冬，随季节变换而不同。当然，我将来的重点客户群体是个人、家庭，而不是单位。像合肥，近千万人口的城市，市场大得很。"

我愣住了，震惊于他的宏伟设想，和滔滔不绝。

他说："你不要以为这一切都很遥远，以为它不适合中国国情。我们过去敢想自己家里有车吗？敢想能住上这样的好房子吗？我们不敢想，现在怎么样？连农村家庭，家里有两三台车的人家都比比皆是。我的目标，是让所有的城市人，都不担心食品安全，让所有的农户，都不愁农产品的销售。"

三

张功国的离乡和返乡，都颇具传奇性。

19岁那年，负债累累的张功国，怀揣着母亲给他做的一双布鞋离家，辗转多地，最后来到了江苏省张家港。

包产到户政策实行以后，张功国所在的西楼村因为没有任何产业，年轻人主要靠出去打工挣钱。看到大部分土地抛荒，张功国就贷款4万元，在村里办了个菌种厂，培育香菇菌种。大别山椴木资源丰富，菌种培育也有很好的市场前景。

但菌种的培育，需要非常洁净的环境，还需要纯种分离以及出菇试验等专业技术。用孢子分离法、组织分离法或是菇木分离法，用马铃薯葡萄糖琼脂或玉米粉琼脂培养基进行纯种分离，在22~26℃环境中培养，经10~20天长成菌落，挑取色白、健壮、无病虫害菌丝转入斜面培养。经2~3次纯培养后，还要经过出菇试验，选取优良菌株用来制作母种，再经过组培或孢子培养制成原始母种，并由原始母种转扩，技术含量虽不高，但环境要求非常高。在菌种生产过程中，培养基的灭菌环节是成功的关键，最怕在制棒接种过程中杀菌不透。

当时张功国厂里的高压锅压力达不到，接种后产生了绿霉菌，6万多棒菌棒，七八毛钱一棒，一下子全都毁了。6万多棒啊，看着一排排被污染的菌棒，19岁的张功国，哭都没有眼泪。

当时厂里还有20多个工人，5元钱一天工资，一般都是当天结算。这件事发生后，张功国家里跟塌了天一样，一大早门还没开呢，就有人拍着门来要账，家里能卖的都卖了，能搬走的都搬走了，实在没什么可卖可搬的了，张功国母亲就对来要账的人说："我屋里实在是没啥东西了，就还有一担稻子，你挑走吧。"人家就真的把稻子挑走了。

看着老母亲苍老的背影，张功国羞愧难言。

"不行！我不能就这么窝在家里，让母亲，让全家人和我一起，在村子里抬不起头来！我要出去挣钱，用10年时间，把所欠的债全部还完！"

这是1997年的正月初六，临走之前，张功国坐在自家的屋山头下，哭了整整一夜。办菌种厂时，厂里有一台柴油机，后来卖了600块钱。张功国就揣着这600块钱，还有老母亲做的一双布鞋，走出了家门，当时天下着小雨，张功国赤着脚，顺着河流走出了大山。

张家兄弟6个，张功国排行老大，他走以后，仍然天天有人上门要账，他母亲就到山上去采茶，挣10块钱，就还人家10块钱；挣20块钱，就还人家20块钱，一分钱都不留下。她说："我儿子出去打工去了，挣了钱肯定回来，欠你的钱一分不差！再说我还在这屋里头，我还能跑了吗？"

至今说起这些，张功国还哽咽着说不出话。

张功国说在他最困难的时候，他的初中同学陈绍新，借给他3000块钱。这是他借到的最大一笔钱，他用来还债了。当时陈绍新也才刚参加工作不久，这个钱也不全是陈绍新自己的，他妹妹订婚，婆家给的200块钱彩礼钱，都被他拿来了。这份情义，张功国一直记着。

走出大山后，张功国先到了江苏宜兴的小石灰窑，给人家搬石头，20元钱一天。一天石灰窑要上4万斤石头，上山下山，中午管一顿饭。他干了20多天，实在累得不行了，就想走，但老板不给结账。张功国就问人家借了5元钱，还是离开了。当时正是3月的天气，下着小雨，风很大，他又冷又饿，冻得浑身发抖，一天多水米没沾牙，也不敢动口袋里的那5块钱。从江阴到华士镇，去找在那里工地上干活的老乡，路上就住在正在建造的楼框子里，一个看场子的老大爷，给了他一床破棉絮。到了华士镇的工地，找到了老乡，老乡也是给人打工，也苦得很。见他蓬头垢面，饿得歪歪倒倒地到了，老乡先给他打了两盒饭，一盒熬白菜，看他狼吞虎咽地吃下去。

张功国已经两天多没有吃饭了，实在是饿得不行了。

吃了顿饱饭，张功国就留在了工地。20元钱一天，一天工作12小时，抬钢筋。干了六七个月，遇见一个开小店的女人，名叫龚玉兰，是本地人。看他又瘦又小，干这么重的活，龚玉兰就问："你大别山家里，有什么特产啊？"张功国想了想说："有板栗。"她就让张功国回去贩板栗到张家港，在青草巷批发市场炒板栗卖。

"所以青草巷糖炒栗子，我是祖师爷！"张功国有些得意地说，"现在张家港做糖炒栗子的，全是我的徒子徒孙。"

张功国记得很清楚，那一年闰八月，青草巷市场人山人海。山里的生板栗是2块多钱一斤，炒好了卖5块多一斤，一天卖三四百斤，张功国雇了3个人，光是一个中秋节，就赚了好几千元。但板栗有季节限制，之后他用这个本钱，做甘蔗生意，一直到今天，张家港的甘蔗生意，张功国还在做着。

他是从贩甘蔗，到租地种甘蔗、种西瓜、种蔬菜，一点一点发展起来的。张功国在张家港，有600多个钢管大棚，发展的是高产高效的现代农业。2006年，张功国在张家港锦丰镇，成立了"国旺现代农业生态园"，用了他和他堂兄弟名字中的各一个字。原来他父亲在结婚时，就把儿子们的名字起好了：国强民富，加上大排行，一共兄弟6个，排起来是"国强民富兴旺"。什么好，他就种什么，西瓜种植面积从300亩到600亩，再到1000亩，只用了3年时间。从种植到销售一条龙，打通"最后一千米"，解决了农产品销售问题。他的生态园被苏州市定为蔬菜保供基地，受到政府大力扶持，省里高度重视，生态园享受各种现代农业配套政策，进入了良性循环。

1997年张功国站住脚跟后，兄弟们就陆续都到了张家港。2004年和2005年，他又从家乡陆续带了一帮人去张家港打工，现在还有六七个人在那边的公司，年收入都在20万元左右。

2008年，张功国在生态园所在地锦丰镇南港村入了党，2009年成为张家港市新市民，2010年被选为张家港市第十二届政协委员，荣获第十三届"张家港市劳动模范"称号。他还被评为"锦丰镇十佳爱心人士"，从2006

年到 2013 年，他连续 7 年入选锦丰镇科技带头人，带动了张家港市农业的高效发展。

张功国进张家港那一年，张家港第一座长江大桥正在建设，张功国是赤着脚，从桥面上走过去的，走得满脚都是泡。

而 2018 年，张家港市实现地区生产总值 2720.18 亿元，2018 年 10 月，入选 2018 年度全国综合实力百强县市排名第 3 位、2018 年全国科技创新百强县市排名第 4 位，2018 年 11 月，张家港入选"2018 年中国最具幸福感城市"名单，地覆天翻。

四

2016 年春节刚过，张功国就接到好几个来自家乡金寨的电话，有县领导的，也有乡党委书记黄正先的，电话从正月初八，一直打到了正月二十七，天天打，一天也没落下。

2015 年金寨县实施"能人回归"工程，县委常委汪承平力劝张功国回乡，带动乡亲们发展生态农业。全军乡乡党委书记黄正先四次来到张家港，了解张功国产业发展情况，和他交心，谈政策、谈家乡情况，力劝他回乡发展，参与产业扶贫。

那天放下黄书记的电话，张功国有点坐不住了，正月二十七的夜里，他做了一个梦，梦见家前屋后，遍地的竹笋直往上蹿，瞬间一片新绿！他一跃而起，回想梦中的情形，认为这是个极好的兆头，当即决定：明天就回去！

二月初一回来，初二就动工，西楼村很多人家放了鞭炮，对他的回归家乡，表示欢迎和感谢。二月二，龙抬头的日子，从早晨起一直在下雨。老西楼生产队的每户人家，都送了他一盘烟花，初二中午 11：00 整开工前 10 分钟，天空突然放晴了，50 多户人家鞭炮齐鸣。

2016 年年初，张功国带着果蔬种植技术及 3000 万元资金，离开了他生活了近 18 年的张家港回到家乡创业，临走时百感交集。

他把自己的团队一分为二，一部分放在张家港继续发展，一部分带到家乡开拓新产业。他投资成立了金寨县田源科技公司，从生态种植起步，把他在张家港的发展模式复制到家乡来。用村里人的话说，张功国开始撒钱了。他从一块无人问津的河边荒地起步，整地、修渠、铺管道，一点一点做起来。他用工用的都是周围的乡亲，给他们算工资；种地也给他们算工资，彻底颠覆了乡亲们的观念。家里有病人的、生活有困难的先招来，让他们有收入可以应急。第一年，张功国花了1000多万，没有任何收益，但是土地平整了，大棚起来了，原先长草的河滩地没荒草了，一座生态园的雏形初步显现了出来。

回来后，在3年多的时间里，他把张家港收入全部投到西楼生态旅游有限公司，总计6000多万元。如今，"能人回归"的杠杆效应日渐显现，基本实现了当初乡党委提出的"用一个能人，兴一个产业，活一个村庄，富一方百姓"发展理念。

2017年7月13日，全军乡熊家河村西楼组集体经营性建设用地入市地块，在金寨县公共资源交易中心交易，被张功国的西楼生态旅游有限公司以总价392万元竞得，得以流转全军乡何家湾、熊家河村460亩土地，用于现代农业经营，出让年限为40年，每年需支付土地流转金23万元。

这是安徽省首宗农村集体经营性建设用地入市地块，标志着金寨县集体经营性建设用地入市改革试点由"试制度"向"试模式"的转变，对金寨县乃至全省深入推进农村土地制度改革，都具有标志性意义。

拍下这块地后，张功国的公司，将结合熊家河村特有的山区生态环境、绿色农业资源，打造集农业观光、农产品加工配送、休闲旅游于一体的乡村综合体项目。

土地入市后获得的收益，20%将用于全村基础设施建设，80%用于熊家河村西楼村民组入股分红，确保农民持续享受红利。项目主打红绿蓝三色旅游工程，项目空间高度4000米，景点历史跨度300年，项目规划面积3万亩，辐射总面积达6万亩，有22个小微景点，以30千米长的旅游步道线路为线索，形成集现代农业、旅游、红色拓展为一体的综合性呈现。

为了做大做强红色基地，在当地政府支持下，张功国的西楼公司筹集了120万元，移址扩建了红二十八军纪念碑，红军纪念馆及配套工程也已经立项。截至目前，兰花庄园项目7900平方米的主体工程已经完工，10亩兰花基地、配套宾馆、游客接待中心、休闲农家小院等整体工程也已接近尾声。同时，他们已经开始着手申报58亩二期项目建设用地，用于水上乐园、拓展营地、扶贫茶厂建设；以及引进种植各类兰花品种，发展配套生态观光农业，并投入1700万元修建鱼塘、蔬菜配送中心。

建造一亩蔬菜大棚，需要7万多元的投入，而建造一亩兰草大棚，则需要15万元的投入。

在经营性建设用地上，公司建成110亩蔬菜大棚，年产西瓜60万斤，西葫芦15万斤，带动了周边80名劳动力就业，使21户贫困户户均年增收5000元。

2019年，张功国又扩建果蔬大棚230亩，种植适销对路果蔬，产品销往合肥周谷堆、张家港市青草巷农副产品批发市场；就近吸纳农村剩余劳动力特别是贫困户到扶贫农场务工及开展岗前技术培训，确保他们能进得来、稳得住、干得好；生态园实行"公司＋扶贫农场＋扶贫户"的扶贫模式，带动周边210名剩余劳动力就业。凡进扶贫农场务工的贫困户，除可在公司领到每天80元的务工收入，外加享受政府的就业扶贫补贴外，还能享受扶贫农场的利润分红。公司春秋两季种植西瓜60亩，西葫芦80亩，西红柿30亩，豇豆50亩，还有其他产品，生产性收入年产值180万元，2019年，公司的果蔬年产值达到400余万元。

我去采访的时候，张功国正规划在2020年，建成一个10000平方米的农副产品配送中心，打造金寨农副产品品牌，拓展公司果蔬营销市场；计划建成笋竹林下种养家庭农场100个，总规模10000亩，每亩年创综合收入4500元，可带动1000人就业；建成高山蔬菜家庭农场30个共1000亩，每亩创收4000元；建设蔬菜大棚家庭农场20个计400亩，每亩创收8000元。

五

走到熊德元家的时候，他妻子正踮起脚来，往绳子上挂腊肠。

是个响晴天，一大清早，家家户户的门前就洒满了阳光。很多农家主妇都把腌制好的鸡腿鸭爪、香肠腊肉挂出来晾晒，农历的年底就要到了。

男主人熊德元不在家，还在常熟打工，要到腊月二十七才能回来。他妻子赵华，50 岁上下的年纪，穿一件大红羽绒衫，特别鲜亮。她的身量很矮，看上去像个孩子，15 岁的女儿熊蕊，在门前坐着，看着母亲忙碌，个子比她妈妈高出许多。

赵华是湖北人，待人接物时喜笑颜开，喜欢穿大红衣裳。

熊德元是张功国重点扶持的贫困户，一家三口都是病人，熊德元自己是糖尿病，妻子是侏儒，女儿有自闭症。他家的房子，是张功国提供建材和人工帮他建造的，高大宽敞，排场极了。屋子里收拾得很干净，比一般人家都要干净，堂屋和卧室里，都挂有女儿的照片和世界各地的风景画。在女儿 12 岁时跳舞的照片上，一点也看不出病态。小女孩本人看上去也白白净净，就是不爱说话。堂屋的中堂前，摆着一大盆鲜花。别看这家女主人身有残疾，但有一颗向美的心，屋里屋外，到处都是鲜花。

她家原先的房子是土坯房，据她说她嫁过来的时候，就已经歪歪倒倒了，2016 年享受贫困户政策重建时，政府出了一部分钱，装修和人工费用，则是张功国支持。房子是金红色的大铁门，上面有凸起的大朵牡丹，看上去很有几分富丽。村里给了她过年的钱，买了鸡腿、猪肉、香肠、鸭脖、鸭爪，还有几只封鸡，她是湖北人，喜欢吃这些腌腊。

我们说话的时候，她女儿熊蕊一直在边上坐着，默不作声。熊蕊自幼患有自闭症，7 岁多了还不会讲话。带到上海去诊治，花了 1.8 万元，诊断结果是大脑发育迟缓，结果从上海回来的第 3 天，就开口讲话了。但也要大人吓唬她，她才肯开口，一直到上了小学四年级，才算能勉强说出完整的话。

熊蕊到上海看病的钱，也是张功国出的。那时还没有扶贫政策，熊蕊前后4次到上海去看病，都是坐动车过去，做电疗，扎针，一次需要花费3000多元，都是张功国给拿的钱。说着赵华进到里屋，找出上海鸿慈儿童医院的病历和账单，一直到现在，她都还精心保留着。

让赵华忧心的是，她老公也有病，是很严重的糖尿病，每天都得打胰岛素，早晚各一针，身上都扎烂了，没地方扎了。看母亲流眼泪，女儿也知道心疼，默默地走上前去，帮妈妈把眼泪擦了。

被问到学习，熊蕊高兴地跑进屋，拿出自己的语文作业本。她字写得很好，很工整，抄写的是一段关于徐悲鸿的故事。本子里夹着一张少年的照片，似曾相识，好像是哪个当红影星。

赵华在村里的公益性岗位，是负责打扫公共厕所和清理河道垃圾，一个月有500元钱的补助。村里对公益性岗位，每年有三次评比，工作优秀者一次奖励200元。赵华去年两次评上优秀，获奖400元。她家挨边住着的五保户老人叶贻英，70多岁了，也是收拾得干干净净，利利落落，看见我们只是笑，不作一声。老太太没有子女，老伴去世了，就孤身一人。但她不想进敬老院，也是享受扶贫政策，政府每一户给7万多元盖房子，也是张功国请了工程队帮她建造的，还省下了4万多元钱，所以她很感谢张功国。

张功国回来这几年，为贫困户做了很多事情，张功兴也是他倾力帮助的人之一。

因为父母有病，长期瘫痪在床，还有两个孩子上学，张功兴要自己在家照顾两位老人，只靠妻子一个人在外打工挣钱。2010年，张功兴自己又患上重度糖尿病，张功国出钱帮他外出治病，这期间张功兴的父母先后离世，张功兴在医院里做手术不能出院，是张功国帮他料理的后事。张功兴出院后，张功国又把他带到自己的基地做工，送他去学习、培训，最终将他培养成一名技术工人。现在的张功兴，年收入20万元左右，彻底摆脱了贫困。

2018年10月17日，是"国家扶贫日"，张功国的公司向全军乡政府捐了3万元扶贫专项资金，向全军乡熊家河、何家湾2村72户五保老人捐了春节慰问金21600元。考入本科的8名学生获得张功国所发的奖学金8000元，张功国还发给4名退职老村干春节慰问金4000元，6户贫困户春节慰问金6000元。

2020年新冠肺炎疫情防控期间，乡里的防疫物资紧张，张功国千方百计购买捐献了15000只医用口罩和30箱医用酒精，并捐出现金3000元，支持全军乡抗击新冠肺炎。

除了每年的"国家扶贫日"捐款，春节、重阳和中秋都向五保老人和困难群众捐款外，张功国还向熊家河村学校捐款4万元用于修路，向全军乡实验学校教育教学基金捐款10万元。

张功国的妻子，是河南临颍人，两人在青草巷批发市场认识，她比张功国小7岁。女方家里先是不同意，嫌张功国无根无基，30岁的人了，还在外头穷混。那时张功国的几个弟弟都结婚了，就他还打着光棍。在学校当老师的老岳父，一路从河南找过来，把女儿带回家去，关了一个多月，让她几个姐姐轮流看着她。女孩就偷偷打电话，让张功国去接她，两人等于是"私奔"。1998年结婚，第二年就生了一对双胞胎，如今两个孩子，一个在苏州上大学，一个已经大学毕业了，在公司里帮着父亲打理业务。

说起这一切，张功国很感慨，看了屋外忙碌的妻子一眼，满脸都是幸福。张功国的4个兄弟，现在仍然在张家港发展，个个都有房有车："跟党走，没有错！不是党的政策好，我张功国，一个山里的穷孩子，能有今天吗？"

六

2019年1月6日，金寨县首宗集体经营性建设用地入市地块，在全军乡熊家河村顺利实现股金分红。乡政府会议大厅里座无虚席，近百万元人民币整整齐齐地码放在现场。"土地变资源、资金变股金、农民变股民"成为现实。

金寨县是全国第二批农村集体产权制度改革试点县和全省农村"三变"

改革整县推进试点县。

自 2017 年整县推进农村"三变"改革试点以来，全县共界定集体经济组织农户 151171 户、成员 599863 人，218 个村完成了股份量化工作。中央推进"三变"改革，是要通过生态资源价值化实现形式的创新，壮大集体经济和增加农民财产性收入，重构农村可持续发展与有效治理的经济基础，确保改革红利充分释放，让农民享受更多的获得感。

按照金寨县入市地块收益管理办法，土地出让后的收益在缴纳调节金后 20% 归集体经济组织所有，熊家河村将所得收益 90% 入股，此次获得首年股金分红 25000 元，作为村集体发展资金；西楼村民组将所得收益 65% 入股，此次获得首年分红 63200 元，由该组 49 户 202 人平均分配到户。发放扶贫带动资金 767797 元，其中村集体 31000 元，将作为村集体发展资金；群众务工收入 498604 元；土地流转金 238193 元，用于贫困户帮扶、土地征收、地块平整及基础设施维护等，有力地壮大了集体经济，实现了农户的持续性增收。

金寨县是全国农村土地制度改革试点县之一，2017 年 3 月金寨县开始农村宅基地制度改革试点工作，2016 年 9 月又新增了集体经营性建设用地入市和征地制度改革两项试点任务。金寨县结合实际，在宅基地制度改革取得积极成效的基础上，统筹推进三项制度改革，出台了入市管理、征收管理等 15 个配套政策，积极探索建立兼顾国家、集体、个人的土地增值收益分配机制，切实维护农民土地财产权益、保障农民公平分享增值收益。

相较粗放型的传统农业，现代农业以其高产高效的特性而成为发展农业、建设新农村的一个有效途径。金寨县用足用活了国土资源政策，创新扶贫思路，为全国推进农村土地制度改革，提供了可借鉴的经验。

2020 年 1 月 20 日，在熊家河村委会和村民代表的见证下，金寨县西楼生态旅游有限公司在村部发放农民工工资 100 多万元，结清了当年的农民工劳务工资，工资最多的拿到了 10000 多元。

全军乡熊家河村和何家湾村的乡亲们，腰包鼓鼓，开开心心地过大年。

第二节　红军小路与红军公田

1931 年

鄂豫皖苏区推行《土地法令》

规定各乡划出 1 至 5 石

每石大约 7 亩地

作为红军公田

由苏维埃政府掌握分配

一

跟在张功国和方观男的身后，我一路蹚着没膝的蒿草，到达山坳间的红军公田。这是碎石砌成的小路，一尺多宽，明显高出地面。路两边长满了荒草和荆棘，石缝里长满了青苔。顺着这条小路，翻过杨桃岭，可以到达河南的商城县。

到的时候已是傍晚，苏维埃时期的一块"红军公田"就在石基之下。此刻，收割完稻谷的田块正被金色的夕照铺染。

当年，红军在沿河一带边修河堤，边打仗，边种田。河是熊家河，是史河的支流，源于江淮分水岭的郑家湾，向北流经王家院、四顾冲、三河店、与儿街、大沙埂、落阳河、大河厂、窑泥窝，于团山汇入东淠河干流。史河东南流向，是皖西地区和河南省南部重要的水系，两岸有很多山溪汇入。史河流至梅山后，左纳熊家河，右纳鲇鱼河。1956 年，梅山水库在两河交汇处建成，金寨县城迁至大坝下游约两千米处梅山镇，老城"金家寨"沉入水库。

"红军公田"的位置在熊家河南岸,即熊家河行政村"河南"村民组。展眼望去,这是山区难得的一块小盆地,一层叠一层,一直叠上山巅。据方观男介绍,这是当年金寨县"红军公田"中比较集中的一片,面积大约有100多亩。在平原不算什么,在山区,这就是很大的一片土地了。

周围林木深茂,竹海重重,小小的盆地,就隐藏在深深的山坳中。

我们脚下的小路,是当年鄂豫皖苏区最重要的一条经济和军事要道,从金家寨一直通往河南。道路早已经荒弃了,有的地方还断断续续,隐没在山野荒草之中。目前仅存从石关上来,到铁冲这一段,8.5千米左右,对,就是我脚下的这一段。如今,它被叫作"红军小路",不时有人过来参观。

偶尔,也会有一些老红军的后人不远千里,从北京找到这里来。

路下就是田畈,竖着"红军公田"的牌子,原斑竹园镇小河村的一块"红军公田碑",现藏于金寨县革命历史博物馆。沿乱石嶙峋山道,一直可以到达山顶的陈家古寨。大别山山高林密,元末明初,农民起义军领袖徐寿辉、陈友谅都曾在此占山为王,聚众屯兵,因此古寨遍地。像明代吴家店镇西庄村的招军寨,宋元时期吴家店镇石佛村的黄狮寨,关庙乡胭脂村的花娘寨、黄花寨,明代铁冲乡铁冲村的陈家寨等,都是大别山区有名的山寨。陈家寨海拔760米,山寨占地面积为1200余亩,石阶寨壁犹在,隐约可见殿台残基和荒废的演兵场。因春来杜鹃万本,花潮如海,陈家寨已经成为著名的游客打卡点。

风开始大起来了,四野静寂,夕阳如金。政府出资90万,张功国出资40多万元建成的红二十八军纪念碑,矗立在高高的山头上,格外庄严。原先的纪念碑只有两丈多高,在熊家河村老村部前面,是上世纪六七十年代所建。张功国回来之后,一直在争取县、乡支持,希望能够重建红二十八军纪念碑,终于如愿。他接下来准备筹建红二十八军纪念馆,还准备恢复皖西北道委、红军医院、造枪局、红二十八军军事法庭、红军洞、红军田等红色遗址,将熊家河村打造成金寨县红色教育基地。从山脚到纪念碑所在的山头上,有上百级石阶,修建得十分坚固精美。石阶两边,都是一些坍塌的老房子，通过易地搬迁，村民们全都到山下去了，住进了红顶白墙二层的小楼，几乎不用个人花钱。

这里已经是很深很深的深山窝了，翻过去，就是双河镇的悬剑山。

天边的霞光，有些刺眼。松和竹依然苍翠，草却已经衰白。

在金寨，除了斑竹园，这是最大的纪念碑，一路走上来，可以看到两边的树上挂有一个一个的红灯笼。金寨的风俗是正月十五给逝去的亲人挂灯，据张功国说，自2014年纪念碑建成之后，当地的老百姓每年农历的正月十五，都上山来挂灯，从未有过间断。现在树上挂着的还是上一年的灯，经了一年的风吹雨淋，依然红艳。

二

1931年10月，鄂豫皖苏区提出"每乡留一担到五担为红军公用，分给红军中由白色区来的贫苦农民和俘虏哗变加入红军的士兵"后，苏区相继颁布了《鄂豫皖军委总政治部关于怎样分配土地的宣传材料》和《鄂豫皖区苏维埃政府通知第十七号——统计和分配红军公田等》《鄂豫皖苏维埃政府通令第十五号——为红军公田问题》等文件，对红军公田进行制度上的规范和完善。一场彻底砸烂几千年封建土地制度的革命风暴，迅速席卷了大别山地区。党在这一时期的中心任务之一，就是领导苏区人民开展土地改革，没收地主土地，把最广大最贫苦的农民，从封建土地制度的重压下解放出来。新中国成立以后，原国家主席李先念，有一次看到"打土豪，分田地"标语时，深有感触地说："在土地革命战争时期，没有什么比这短短六个字的口号更有号召力的了！"

作为鄂豫皖苏区土地制度的重要组成部分，红军公田的主要内容包括红军公田的分配原则、分配数量、耕种管理及收获农产品的分配等。据《鄂豫皖苏维埃政府通令第十五号——为红军公田问题》要求，"以乡为单位，提起一石至五石不等的土地作为红军公田。这些公田，一方面要按现在没有分田的红色战士指名分配，其余的随时增加，随时分配"。另外，

《鄂豫皖军委总政治部关于怎样分配土地的宣传材料》还特别指出，红军公田"不要山地，顶好路边的好田，做一个石碑或木碑，上面写'红军公田'几个字"。鄂豫皖苏区《土地法令》规定："红军、游击队员、不能生产的苏维埃工作人员及其家属应分得田地，其家属无力耕种时，苏维埃政府发动群众代耕。"同时，各乡还划出一至五石（每石约七亩）作为红军公田，由苏维埃政府掌握分配。如金寨县七区第八乡苏维埃在分配土地时，"一等田为红军公田"，"无论就土质、阳光和水利条件，在这大山区里都是上等的"。而且，"分配土地时，不可以面积为标准，要以出产为标准"。

在"打土豪，分田地"和"保卫红旗，保卫苏区"口号的鼓舞下，鄂豫皖苏区掀起了参加红军的热潮。纵横百余里的豫东南、皖西北广大苏区，出现了从未有过的分田分地热烈景象，各乡在"土改"过程中，都留下一块上等好田作为"红军公田"，并竖碑刻文，以作标志和纪念。"红军公田"由代耕队耕种，收获的粮食主要用于充当红军公粮和解决英烈军属的生活困难。为了表示对红军的热爱，1931年秋，金家寨、吴家店、斑竹园等乡在分配土地时，都把好田划为红军公田，并立石碑和木牌。竖碑的时候，乡苏维埃通知农协、赤卫队、妇女会、少先队、儿童团以及周边群众，在列宁小学的操场上开大会，会场正中是一块准备竖立的石碑或木牌，上面披着一块红绸。"红军公田"的推行，在促进发展壮大红军方面发挥了巨大的作用，甚至有国民党士兵为红军的分田分地所动，"拖着枪跑去当红军"。仅1931年一年，在鄂豫皖苏区，就有近万人参加了红军。

金寨"红军公田"石碑于1972年在金寨县斑竹园镇小河村桥口被发现，1983年被金寨县革命博物馆征集，被安徽省文物专家鉴定为国家一级历史文物。此碑为"赤城县五区三乡第三村"所立，"共计田五斗"，五斗等于半石，半石等于今天的3.5亩。碑高1.07米，宽0.55米，厚0.18米，碑质为岩浆岩。

第三节　一片叶子成就一个产业

扶贫茶，爱心茶

地道生态有机茶，鲜叶源自贫困户

利润全返到农家

一

全军乡32岁的扶贫书记叶蔚，2008年安徽财经大学毕业，刚从双河镇调过来不久，但对全军乡的情况已经相当熟悉。2019年12月28日早晨，踏着满地的白霜，我们进入全军乡全军村。全军村位于全军乡中部，群山环围，全村多数耕田集中于村中心，地形恰如金盆照月。全村面积近3万亩，现有14个村民组，564户，2217人，50％为库区移民，是全乡面积最大、人口最多的行政村，也是典型的集山区、库区为一体的自然村。境内有分岭至长岭2000亩板栗带，东岭至西岭8000亩杉木林，大团山和马头山2000亩有机茶园，极大地改变了全军村传统水稻栽培的单一产业结构，特别是以大团山"金龙玉珠"、马头山"观音绿雪"茶产业为代表的新兴经济体，有力地促进了农民的创收增收，开创了脱贫攻坚的大好局面。

站在村部门前，晨起的太阳有些耀眼。村里自筹资金建成的1100多平方米的服务中心，租给了八摩农业公司，在建的1000平方米的钢构扶贫车间也正在招租，仅此一项，就年入账61万元。这个村是金寨县委组织部重点扶持的壮大集体经济村，要求2020年达到村集体经济年收入50万元，全军村已经提前达到，按照"一村一品"的实施方案，全军村的支柱产业是茶叶。

这个村的平均海拔在 400 米以上，最高在 900 米以上，村部是一个小盆地，甚至可以称作一个小平原。原先零星分散在高山上的 14 个村民组，都陆续搬下山来了，新建的 4 个中心村庄，集中在 20 平方千米的小盆地上，非常漂亮，非常现代，非常整洁。不知道是不是因为高海拔的缘故，蓝天、白云、飘扬的五星红旗、静寂的街道，都通透极了。依托于金龙玉珠公司，中心村的公共设施建设尤其齐全，有商业、学校、医疗、邮政、银行等，幼儿园也建设得非常好。中心村庄一期，是 2014 年建设，2015 年入住，二期是 2016 年建设，2017 年入住，一期 60 户，二期 42 户，三期 14 户，2018 年建第四期 16 户，是宜居宜商的建筑格局，一层是门面房，楼上是住户。村里的农产品交易中心、创福中心大楼、经济区和村部，都设在临街的一层，村部后面是 80 千瓦的光伏电站。

村里正在寻求新的经济增长点，与八摩公司深度合作，重点发展特色种植农业。八摩公司是订单式农企，向农户提供种植品种，提供种子和技术，然后统一回收农产品。在全军村推广种植的洋火姜，是一种多年生草本植物，姜科姜属类，之所以被称为洋火姜，一是因为日本也大面积生长着这类植物，二是因为初生花芽部形和"洋火"，也就是老百姓所说的"火柴头"相似。它的植物学名称叫茗荷或蘘荷，也称阳荷、蘘草、野姜。洋火姜植株高 1.5 米左右，茎秆粗壮、根系发达、生长旺盛，在日本和我国湖北、四川、安徽、江苏、浙江、湖南、江西、广东、广西和贵州等地均有生长。这是一种耐荫性植物，过去多是野生，因其保健功能，供不应求。

金龙玉珠是省级龙头企业，国内高端用茶基地之一，高山茶园外村部周边的 400 亩农田，也都流转给了金龙公司。

二

金龙玉珠的茶园在高山之上，一路盘旋而上，终于到达挂着茶叶合作社牌子的大团山茶场。

产业扶贫，政府的投入很大，尤其是对基础设施的投入。一路过来，无论多么山高水深，道路都已通到了每一个村民组。大团山海拔800多米，群山相拥，云雾缭绕，土壤酸碱适中。金龙玉珠因其形而得名，采用一芽一叶为原料，成茶后状如玉珠，冲泡开来则如龙游弋。金龙玉珠有严格的采摘时间，一般是清晨露珠晶莹的时候，挑选最新鲜、最完整的茶叶，放在竹箩内摊晾，然后经过300℃高温杀青，做型，再经20道复杂工艺炒制而成。这个过程必须全手工制作，经五六个小时轻轻地揉和捻，才能慢慢形成米粒般大小的珠型。据说在10万粒成品茶中，只能挑选出500克金龙玉珠，而普通的茶叶500克，只需要二三万粒。这是一门很神秘的工艺，因产量有限而弥足珍贵。

史载，金龙玉珠最早出现于公元641年，即唐贞观十五年，当时称作"龙凤团茶"，唐李肇《国史补》列为十四品目贡品名茶，是文成公主进藏所赐礼品之一。到了宋代，龙凤团茶成为贡茶以后，即使是朝廷官员也不易得，一代名臣欧阳修在朝20余载，仅得赐茶一饼。到了明代，赐茶的象征意义已经远远超过了其实际价值，而成为一种礼遇。

安徽省金寨县金龙玉珠茶业有限公司成立于2006年9月，注册资金500万元，下辖大团山茶厂、金寨县茶树良种场、全军乡剑毫茶叶专业合作社、金寨县茅坪茶场、金寨县润达山茶油开发公司、水岸春天金龙玉珠茶馆及北京、上海、合肥、六安等12家金龙玉珠连锁店。金龙玉珠是一家集茶树良种研发、无性系茶树良种繁育、名优茶生产制作、品牌销售、连锁经营为一体的大型专业化茶业公司，拥有6850亩高山生态茶园，其核心基地大团山茶厂500亩茶园，2004年通过北京五岳华夏管理技术中心的有机茶认证，2008年又通过ISO9001－2008国际质量管理体系认证。2006年公司被认定为六安市级农业产业化龙头企业，2009年被评为安徽省农业产业化扶贫龙头企业，2010年公司基地被农业部命名为全国园艺作物标准化（茶叶）种植示范基地，大团山茶厂被命名为农业部全国茶叶（有机茶）标准示范园。

公司除自主知识产权的金龙玉珠外，主要产品还有金寨剑毫、六安瓜片、金寨白茶、金寨绿茶、金寨红茶等，而金龙玉珠因其天然的内质和独特的外形，多次荣获茶博会金奖、银奖，安徽省名牌产品，安徽省著名商标，金寨县第一个中国优质产品称号和第一枚进入中国驰名商标评审的茶叶品牌，出口美国、加拿大、丹麦、日本、俄罗斯以及非洲等国家和地区。

公司在茅坪茶树良种场，有300亩标准化示范园和母本园，茶树良种苗圃园50亩，并建有30亩工厂化茶树育苗大棚，年产优质无性系茶苗3000万株。

金龙玉珠的培育生长需要有几个条件：一是天然土壤的孕育。大团山土壤红中泛黑，富含腐殖质、有机质及微量元素，自然条件得天独厚，有利于茶叶中芳香物质的形成。二是须在北纬31度地区。北纬31度常年规律变化的日照时间，带来最佳的昼夜时间和温差比例，为茶树生长营造了极其适宜的生态环境，特定的纬度为金龙玉珠牌茶叶提供有口皆碑的优质茶源。三是完美的生长环境。大团山海拔高度700米以上，群峰峡谷相间，梅山湖相托，云雾弥漫，丝丝缕缕如云烟之水汽，带来了茶树生长所需的湿度，得潮湿雨雾浸润，更得天然土壤滋养，才能孕育出肥壮柔嫩的芽叶，制作出金龙玉珠这样的茶中上品。

在群峰簇拥、潺潺溪流的金龙玉珠茶叶生长区内，传统工艺与现代工艺完美结合，加上严格的现代质量管控，才能造就茶叶中的典范。

三

2017年5月3日，全军乡的两个重点贫困村，全军村和梁山村的村民活动室里座无虚席，人声鼎沸，全军乡销售金龙玉珠"扶贫爱心茶"首次利润返还仪式正在这里举行。

会场上拉着"鲜叶源自贫困户，地道生态有机茶；扶贫路上同牵手，利润全返到农家"的横幅。这也是两个"出列"村，贫困发生率首次降至0.03%。自金寨县开展脱贫攻坚以来，金龙玉珠积极参与帮扶活动，利用品牌效应，提出了"扶贫茶、爱心茶"的帮扶思路，和县招商局、司法局等帮扶单位一起，签订了产业帮扶协议。协议内容包括：乡政府帮助做好销售后利润返还分配、贫困户劳务输出；在重点贫困村成立互助脱贫合作社，组织好贫困户参与茶叶的采摘、制作与茶园管理；金龙玉珠茶业有限公司对茶叶进行收购、加工、利润返还；各帮扶单位为重点贫困村销售不低于1000斤的茶叶等几方面的内容。

采茶时节，鲜叶一天一个价，不到一个星期，鲜叶收购价就能从几十元一斤落到十几元一斤。而金龙玉珠公司，以高于市场价10％的价格收购贫困户的茶叶，除去鲜叶、加工、包装等成本费用外，利润全部返还贫困户。凡是收购贫困户鲜叶制作的茶叶，都会贴上"扶贫爱心茶"的标识。手快的妇女一天下来，能采摘近300元的鲜叶，公司食堂还管一顿午饭。全军村很多留守妇女，一到春茶季就到公司的茶山上集中采摘，一般一个茶季，至少可以赚五六千元，最多的可赚近两万元。平时在公司扶贫基地就业的贫困户，每月有300元的补贴，在茶园里打零工，每天能赚120元。同时为了在脱贫攻坚中发挥示范作用，公司还把用于鼓励返还就业扶贫基地的资金，也无偿返还给贫困户。

茶叶在统一加工生产后，由全军、梁山两村的创福公司进行销售，全乡6个村通过茶叶生产发展带动群众致富。将销售金额除去成本后所有利润返还给贫困户的方式，辐射带动了全军、梁山两个重点贫困村102户贫困户，约230人参与发展茶叶产业，让贫困户通过发展茶叶产业获得长期稳定收益，达到"村出列、户脱贫"的目标。此次活动，两村共有90户贫困户到场，领取首次利润返还金90000元，后期茶叶销售完成后，公司还将继续采取利润全返的形式把资金送至贫困户。

2017年以来，金龙玉珠茶业优先录用贫困户常年就业，解决30多户贫困户的临时就业；采茶日均320人，采茶期75天，去除阴雨天，年用工约2.25万个；季节性临时用工日均60人，月均17天，年用工1.22万个，全年用工总量5.12万个，其中贫困劳动者务工总数2.53万人，年合计支付贫困劳动者劳动报酬2533万元。当地贫困户每年至少获得5000元以上的收益，真正实现了"一片叶子，成就一个产业，富裕一方百姓"。

第七章

在那些"闹红"的日子里

土地革命战争时期,地处大别山腹地的金寨地区,曾是红一军、红四军、红十一军、红二十五军、红二十八军的重要发源地和主要活动区域。从这片红色的土地上,共走出过 12 支红军队伍,为共和国造就了 59 位开国将军。 安徽金寨与湖北红安,同为中国的"红军县"和"将军县",血与火的斗争,枪林弹雨的考验,造就了无数的革命英雄,也铸就了金寨"中国工农红军第一县""共和国第二大将军县"的美名。

接下来,我们将进入金寨县西部的南溪、斑竹园、汤家汇一带,红三十二师师部朱氏祠、红二十五军与红二十八军合编地胡氏祠、赤城县苏维埃政治保卫分局旧址姚氏祠、中共商城县委旧址何氏祠、中共赤城县委旧址钟氏祠、赤南县苏维埃政府旧址廖氏太守祠、金寨县早期党组织诞生地笔架山农校等革命遗址,就分布在这一带山区。 让我们重新回到那里,回望"闹红"的岁月里,大别山革命的风云激荡,感受在脱贫攻坚战中,这片红色土地所爆发出的力量和激情。

第一节　扶贫先扶志

55岁的傅卫兵
没事就上茶园，或是上菜地
浇浇菜，剪剪枝
听听鸟叫，看看云天

一

天有些阴，亦晴亦雨的样子。从南溪镇政府出来，一路向东18千米山路，下午一点多钟，我们的车子进入位于南溪镇东南方向的横畈村。

这是一个典型的集山区、库区为一体的自然村，山场上到处都是桑园、茶园、板样园。所谓"板样园"，是指带有新品种实验性质的猕猴桃园、天麻园、板栗园等。横畈村的山场面积很大，有16664亩，以种植水稻、小麦、玉米、花生等为主，并同时拥有500亩可利用水面、500亩桑园、500亩茶园、950亩板样园。这里属于梅山水库中游段，在天气不太旱的日子里，一直是水汽氤氲。但2019年不行，2019年是个干冬，一路上徐幼红都在焦虑，说："太干了，太干了！这是50年不遇的大旱，你看，甲河都见了底。"徐幼红是横畈村第一书记、扶贫工作队队长，非常健谈。甲河一路蜿蜒，在山路的一侧，干涸的河床对面，吴湾村外的一排杨树林，太阳下银光闪闪。据徐幼红说，过去这条路的路面，经常会被大水漫过，"现在不行了，太旱了，太旱！"他一路都在说，"从9月起，就没有下过一场雨，哪怕是场小雨呢。"

这是离南溪镇最远的一个村，2018年出列。经过长时间的采访，我对

"脱贫攻坚"的一些用语，也已经很熟悉了，"出列"是"县摘帽、队出列、户脱贫"完整序列中的一环。村部是2017年新建的，外观很现代，理念很先进，设施很齐全。村部前面是一个小广场，安装有各种健身器材、路灯、石径、标示牌和爱惜花草的贴心小提示，使它看上去更像城市的一个街心花园。

虽是山路，但通往横畈村的道路很好走，是"村村通"道路的拓宽。2011年7月，我在安徽省民生办同志的陪同下，沿着四通八达的"村村通"公路，南至皖南的大山深处，北至淮北平原腹地，对安徽省正在实施的33项民生工程，进行了较为深入的实地采访。"村村通"是33项民生工程中重要的一项，从2006年到2010年，安徽省投资150亿元以上，新建、改建农村水泥（沥青）路6万千米，基本实现了全省所有建制村通水泥（沥青）路的目标，覆盖人口5000多万。但基于当时的财力、物力，"村村通"公路的路面宽度是3.5米，没几年就严重跟不上农村的发展。春节期间，很多在城市打工的人，都是开着自己的车回来，在3.5米宽的"村村通"路面上会车，实在是困难。所以后来，很多地方把"村村通"道路拓宽。一般的村子，是拓宽到4.5米，而横畈村是拓宽到5.5米，徐幼红很得意这一点。而2018年的"出列"，将横畈村的贫困发生率由23.22%，下降到了4.3%。我去采访的时候，他们村上半年又有12户脱贫，贫困发生率已经降到了0.2%，全村没有脱贫的，仅剩下5个人，2户人家。

"噢？"我很好奇，"那是因为什么呢？"

"一户是孤儿寡母，一户是母亲残疾，儿子刚出狱，孙子在关爱小学住校，食宿都是政府负责，"徐幼红给我详细介绍这两户的情况，"不过到今年年底，说什么也得把这两户贫困户的帽子，给摘了！"

金寨县2019年的脱贫标准，是年收入人均3700元以上，祖孙三代的那一户，有个"一亩园"入股项目，年收益2000元；光伏入股，年收益2000元；横畈村以资产收益的60%，用于贫困户分红，这对这个家庭来说，也算是一笔较大的收入。另一户一家3口，都属于特困供养人员，和"五保户"有所不同的是，他们基本上都是"失能"的人，"失能"是指失去了劳动能力。

踏着满地金子一般的落叶,我们直接去了傅卫兵的家。大乔木银杏树的落叶,在太阳透出云层的一瞬,发出闪闪的金光。一路上,有时能看见自然繁衍的古银杏群,苍郁庄重地站立在山坳间,或是站在高高的山坡上。银杏枝干遒劲,叶形独特,虽历尽亿万年风雨,却并不沧桑。它呈现给人们的,是一种华丽之美,尤其当深秋季节,天空一天天高远,天气一天天转凉,银杏美丽的扇形叶片,镀上了一层金色,这时候的银杏树,真是又高贵又端庄。

55岁的傅卫兵,早早地迎了上来,看见我们走近了,便将截了肢的右腿,倚在腋下的拐棍上。

傅卫兵的个子很高,衣衫整洁,看上去文质彬彬,乡村知识分子的样子。他的右腿是上初一那年出的问题,骨瘤,先后几次手术,最终也没能保住,到底还是在膝盖之上截了肢。

"俺家穷,都穷在我一个人身上。"傅卫兵有些愧疚地说,"一回回住院,一回回出院,刚出来没几天,就又住进去了。前前后后,不知花了多少钱,还没说把欠的钱还上呢,老父亲又走了。"

傅卫兵用拐杖,碰了碰自己空着裤管的右腿,但说话时,他的脸上始终带着笑意,并不愁眉苦脸。这是个乐观的人,喜欢读一点书,这使他的外貌,看上去和农村中他这个年纪的单身男人,有着很大不同。截肢以后,他仍然坚持下地干活、放牛、放羊、养鸡、养鸭,"总不能混吃等死吧,"他看定我,笑吟吟道,"我最烦那样了,要是那样,还不如死了算了!"

傅家的小院,收拾得真干净,而且充满了情调。金灿灿的菊花,在廊前怒放,通往村道的石径两边,居然铺满了厚厚的萱草。在农村中,很少见到有人在自家的院子里种植萱草,它更多的是出现在城市的公园中。萱草别名众多,有"金针""黄花菜""忘忧草""宜男草",等等,它在中国古代,象征着母爱,在欧美则象征着被遗忘的感情。从盛开的金菊和大片的萱草中,我们可以感受到这个男人纷繁的内心世界,和一颗向往美好的心。我刚一表示想去他的茶园看看,他就已站起身来,挂着拐在前面给我们带路，走得飞快。茶园就在边上，虽说已经过了茶季，但茶树仍是绿油油一片。采茶的季节，傅卫兵把拐靠在腿边，坐在一个小板凳上，一上一下，一左一右，也是采得飞快。想象一下都能感受到，那是很美的画面。他还拾掇了几小块菜地，种一些时令蔬菜。说话间他再次支起拐棍，飞快地走在前面，给我们带路，说是领我们去看看他的菜园。菜地里种着大头青，菊花白，还有一畦子小葱，绿油油的，特别养眼。

"怎么浇水啊？"我有些发愁，"你腿脚又不方便。"

村里为了照顾他，把自来水管铺到了他家的屋后，他指给我看，就在菜地旁边。他没事就上茶园，或是上菜地，浇浇菜，剪剪枝，听听鸟叫，看看云天。我很受感染，也很受感动，为他的整洁细腻，勤奋乐观。采访期间最大的感受，就是人的精神面貌的变化，中国农民的形象，在我心里彻底改变。傅卫兵的住房，被纳入了政府的危房改造项目，政府一次性补贴了两万元。门前的地坪和道路，是村里利用美丽乡村建设资金专门为他修建的，他负责管理的公厕，也离他家不远。这份工作是村里的公益性扶贫岗位，一个月500元报酬。当然，他还参股了光伏扶贫项目，参股了"一亩园"。

关于光伏扶贫，我们前面已经详细介绍，现在来重点讲一讲"一亩园"。"一亩园"重点发展油茶、山核桃等高效经济林，推动板栗、毛竹传统产业提质增效，发挥木本林果的优势，兼顾经济效益和生态效益。"一亩园"实施地优先选择贫困村和深度贫困村，项目优先选择贫困户，整合上级补助、宅改资金、产业发展资金等财政性资金，吸纳贫困户入股，鼓励企业投入，发动社会资金援助。贫困户4000元入股"一亩园"，走小额扶贫贷款，政府贴息，每年收益2000元。截至2018年8月底，金寨全县新建"一亩园"油茶等高效经济林扶贫产业基地6万多亩，22000个建档立卡贫困户参与入股，设置了2835个公益性岗位，截止到我去采访时，贫困户已分红4400元。全县2835名油茶管护员岗位，也全部安排贫困户担任，每名管护员每月可获得报酬500元。

"一亩园"和光伏扶贫项目，都具有很强的创新性。2018年，金寨县荣获全国脱贫攻坚组织创新奖，全县该年度出列 50 个贫困村 7481 户贫困户，有 23575 人摆脱了贫困。在脱贫攻坚中，金寨县鼓励贫困户走自身发展的道路，傅卫兵就是"身残志坚"的典型。他已经连续几年，都拿到了村里的最高奖励：贫困户年创收达到 3000 元以上，村里奖励 1000 元；年创收达到 7000 元以上，村里奖励 3000 元。"我就认准一个理：多种多养，劳动挣钱！"

傅卫兵说话的口气十分自信，一点也没有贫困和残疾所带来的自卑感。虽然没有结过婚，一直是一个人单过，但他穿戴得整整齐齐，收拾得干干净净，头发梳得一丝不乱。采访中他拿出手机，点开光伏电站的页面，给我看他当天的收益，他每天都上来看看自家光伏板的发电量，算一算这一天能有多少钱。时近中午，天有些阴，没有太阳，所以只发了 3.9 度电。最高的一天，竟然发电 17 度，连他自己都吃惊。入股以来，傅卫兵的光伏电站，已经累计发了 14982 度电。

廊前的两大蓬菊花，在初冬的季节里仍然怒放，"看茄子"金红，而傅卫兵的笑容尤其动人，尤其温暖。这个男人最感动我的，是他眼中的笑意，和我说话时，他一直面带微笑，对生活充满了感激。他的右腿在截肢以后，仍然毛病不断，年年看病都要花很多钱。县里出台了健康扶贫政策之后，医药费报销的比例很高，他老母亲患有各种老年病，他为她办了慢性病证，100 元医药费，自己只需要付 5 元。

"还想怎么样啊？"傅卫兵坐在小板凳上，微微仰着身子，感慨道，"吃药基本上不花钱！"

他母亲胡国珍，今年已经 80 岁了，我们说话时她就在边上坐着，因为听不懂普通话，所以只微笑着点头，始终不插话。她属于五保户托养，一个月有 170 元的护理补贴；五保户电费补贴，一月 10 度电；高龄补贴，每年 300 元；库区移民、生态林业、农业补贴等，一年算下来，也有不少钱。

"够花了，"傅卫兵大声说，"够花！我刚截肢的时候，想都不敢想，我能过上今天这样的好日子，那时候我一遍遍地想，我还这么年轻，我的下半辈子，该怎么活啊？"

这个从我见到起，就一直面带微笑的男人，眼中第一次有了泪花。

得益于城乡公交一体化，还有十几天公交车就要通到横畈村了。傅卫兵打算一通车，就带他的老母亲去一趟梅山。梅山是金寨老城所在地，老母亲有很多年没有去过了。从横畈村到县城，5元钱车费，但母亲不用花钱，县上有政策，70岁以上老人乘车全免。没有什么不方便的，站台就在村边上，村里因为他，专门修了一条残疾人通道。说到这里，傅卫兵又开始眼泪丝丝，半天说不出话来。

二

傅卫兵手里的兑换券，是通过积分获得的，可以到村里的"振风超市"兑换商品，主要是米面油盐，还有牙刷、牙膏、洗发水和肥皂等生活用品。

横畈村的振风超市，和大畈村的差不多，因为全县的振风超市，其规模大小、物品专区设置、门头店招和装修格局等，都是全县统一设置，统一运营，一年一授权。而店内的专区物品，也都是统一以积分形式明码标价，各超市价格相同。

那么建振风超市的经费从哪来呢？据说全县每年投入振风超市的资金在600万至1800万元，这可是一笔不小的数字。看了相关资料，这才知道，原来是政府通过招商，引进了正威集团，来支持和支撑振风超市的正常运营。当然，县乡财政每年也有专项资金配套，按照当年实际产生费用进行支付；村里也通过统筹，筹集一部分村集体经济收益，作为配套振风超市建设和运营的费用。

采访中我发现，金寨县对振风超市非常重视，县委宣传部、财政局、审计局三家负责监管，定期考核评估，每季度开展不少于一次的监督检查，检查结果作为乡镇思想文化宣传、精神文明建设、脱贫攻坚考核的重要依据。

而振风超市的带动作用也十分明显，2019年上半年，全县上"红榜"人数已经超过3500人，逐渐在全县范围内形成了"我做好事，我光荣"的社会气氛。

"积分都怎么算啊?"我问,"标准都由谁定?"

原来评议内容和评议模式,也是全县统一制订,形成了"6+X"模式,即勤劳致富、孝老爱亲、移风易俗、环保卫生、遵纪守法、热心公益为6个必评内容,其他则按照"弱什么,评什么"的原则,根据实际情况自主确定。评议程序也做了规范,村级全部建立"一约四会",按照推荐、初审、会议通过、公开公示、发放积分券等一系列程序评议,结果在村务公开栏张榜公示,接受村民的监督。各乡镇年底,还要根据评比情况,按照参评户20%左右的比例,评定"五星文明户",再给予一定的积分奖励,并举行公开授牌挂牌仪式。

所以每到一地,只要时间允许,我都会进到村里的振风超市看看,主要是看兑换每件商品所需要的积分。一袋2公斤的超能洗衣粉,需要25个积分;一瓶200毫升的雨洁洗发水,需要12个积分……上个月通过评比,傅卫兵获得了190个积分,一次花不掉,可以留着慢慢用。自从搞了振风超市以后,好人好事多了起来,孝老爱亲、乐于助人在全县蔚然成风。镇与镇、乡与乡、村与村、人与人之间,也形成了相互比拼的浓厚氛围。比如果子园乡村民田显主,在路边上拾到了一个皮包,里边装有2万元现金。田显主毫不犹豫地将失物送到了派出所,他也因为拾金不昧,获得了50个积分。他拿到这份积分后,一直舍不得去超市兑换,因为在他看来,这份积分的精神价值,远远大于物质奖励,这一点他非常看重。

像傅卫兵、田显主这样上了"红榜"的人,当然很光荣,很高兴,但那些上了"黑榜"的人呢,什么反应?

"嘿!那能有什么反应啊?"超市工作人员笑着说,"觉得没脸见人呗,不好意思出门!"

问题是那些上了"黑榜"的,不光是在自己村里的"红黑榜"上曝光,还同时在"信用金寨"这样的全县平台上曝光,你说丢人不丢人!据说我到之前,全县已有500多人上了"黑榜",很多人在曝光后积极主动认错,申请将自己的名字从"黑榜"撤销,形成了一股很强的向上向善、见贤思齐的良好乡风。

在所有的乡镇中，果子园乡文明办的"红黑榜"创评活动，最是大张旗鼓，因此也引发了各种议论。有的说"红榜"还好说，评"黑榜"是什么意思啊？纯粹是没事找事，人为制造矛盾！按照榜单规则，游手好闲、四肢懒惰，不孝父母、不赡养老人；不信守承诺，无理取闹、散布谣言、招摇撞骗；在金融信贷交易等社会活动中有欺诈行为与不良记录、造假贩假，在社会和公众中失去信用等，凡符合上述一条者，皆可上"黑榜"名单。在第一榜公示期间，有很多上了"黑榜"的人打电话、找关系、托人情，看能不能把自己的名字从榜上撤下来，闹得沸沸扬扬，招来很多骂声。果子园乡文明办顶住压力，只讲原则，不讲人情，同时做好解释工作：如果能在规定的时间内，对自己的行为有所改正，乡、村将会根据实际情况，按照"红黑榜"撤销流程，及时将名字从"黑榜"中撤销，并进行公示。

做好事有奖励，做坏事上"黑榜"，有奖有惩，奖善罚恶，很好地引导了村民的自我教育、自我约束、自我提高，在培育文明乡风、良好家风、淳朴民风方面，起到了很好的积极带动作用。

三

和傅卫兵一样，熊棉龙也是身有残疾，他在很年轻时，一只眼睛就已经失明。是右眼，因公。那年他才22岁，正是青春年少的时候，一下子接受不了，很长时间觉得生不如死，意气消沉。

67岁的熊棉龙，说起这一段经历时，仍然很痛心。

他是修8301军用机场时受的伤。当时他在工地上负责放炮，一个炮眼点燃后总也不响，他以为是一只哑炮，就跑过去处理。结果刚凑上前去，就"砰"的一声爆炸了，一张脸炸得稀烂，右眼被炸失明。

8301机场位于大别山东麓，淠水源头的独山镇。独山又称"将军镇"，曾走出过16位开国将军。公开资料显示，1969年1月26日，毛主席对8301机场做出专门批示，中央军委命令南京军区和安徽省委、省政府具体实施这项工程。南京军区8301工程团和大别山的上万名民兵,参与了机场建设,故名"8301机场"或"8301工程"。

上世纪90年代初期,8301场站撤销,但目前仍属军事管理区。2011年上半年,高希希执导电视剧《血战长空》时,曾在这里取景。

那是熊棉龙的青春岁月,虽留下过痛苦的记忆,但也是他值得珍视、值得骄傲的人生。所以说起这一段经历,他的感情很复杂。在不同的历史时期,大别山人民均做出了伟大的牺牲和奉献,也由此形成了大别山的红色文化和红色传统。

和大别山很多男丁一样,熊棉龙也是过继给他大伯熊寿龙的,熊寿龙死的时候,他还没有出世。他是1953年生人,而他大伯熊寿龙早在1932年前后,就已蒙冤牺牲。熊棉龙出生后,家族决定把他过继给他大伯,在族谱上顶熊寿龙的房头。

当时他大伯还没有平反,所以在生产队,他事事处处都低人一头。但从过继之后,每年农历的正月十五和七月十五,他都在大路边上为他大伯烧纸,先是偷着烧,后来也就不避人了,因为在大别山,有很多这样的家庭。哪一年平反的,熊棉龙已经不记得了,平反后政府把他大伯的尸骨移进了斑竹园烈士陵园。

熊棉龙的家里老少五口,他和老伴,一儿一女,一个孙子。儿子媳妇都在无锡上班,15岁的小孙子也在无锡读初三,一年拿回来好几张奖状,贴得满墙都是。无锡的邻居太婆,特别喜欢他这个小孙子,只要考到前三名,都给他奖励。春节他们是一定要回来过年的。女儿在蚌埠工作,也和儿子前后脚回来,过完年初十,两家一起走。

农历正月初十,是熊棉龙的生日。

小孙子一个星期和他奶奶打一次电话,他生下来时没奶吃,是他奶奶一口一口喂大的,奶孙俩亲得很。孙子回来过年,奶奶会包一个大红包,如今手里有钱了,拿得出。光伏电站、一亩园、健康扶贫收入,加上各项奖补,都在他奶奶手心里攥着。熊棉龙告诉我,他家的住房没有享受上政策,我看了看,他的住房是一层半,有一百多平方米,装修得很排场,尤其是双开扇的棕红色大铁门，太阳一照亮晃晃的，给人一种富丽堂皇的感觉。

四

由徐幼红陪着，我在村里村外，转悠了好几圈。

1971年出生的徐幼红，是退伍军人，来南溪镇横畈村任第一书记、扶贫工作队队长之前，是梅山水库管理处发电分厂副主任。为了斩断穷根，解决全村百姓持续增收的问题，他驻村不久，就与村两委集思广益，制定了《横畈村驻村扶贫工作队三年扶贫攻坚脱贫规划》，划出"进军线"，挂出"作战图"，把大力发展村集体经济，作为横畈村脱贫攻坚的重要途径。横畈村竹子资源丰富，但因在大山深处，交通不便，销售困难。徐幼红先是与竹制品公司"山佳竹木"取得联系，邀请公司工作人员到横畈村进行实地调研和考察，一举解决了竹子销售难的问题。横畈村茶叶种植历史悠久，而且所产均是品质绝佳的高山云雾茶，但多年以来，因为未能进行深加工，茶叶均被外地客商低价收购，利润流失严重。针对茶产业，扶贫工作队以"粗茶精制"为抓手，积极争取整合上级资金130余万元，建成村集体茶叶加工厂，购置了瓜片、黄芽等茶叶的精制设备。同时积极申报金寨县春茶炒制技艺培训点，以"师带徒"的方式，先后聘请了多名茶叶采摘、炒制专家，从整理茶园、修枝摘叶、后期炒制等方面，向贫困群众传授茶叶制作技艺。村里的老人们说，祖祖辈辈种茶、采茶、炒茶、卖茶，再好的叶子，用的都是一口大铁锅，没想到如今也能炒瓜片、炒黄芽，做出高档茶来了。2017年9月，南溪镇政府批准了《南溪镇横畈村集体经济茶叶加工厂资产折股量化试点工作方案》，将茶厂收益的三分之一用于贫困户分红，全村120户贫困户签订了分红协议。

茶厂投产以来，通过技术培训、收售茶叶鲜叶等方式，提高了茶叶采摘质量与炒制技术，有效地带动了群众尤其是贫困群众，通过茶叶产业脱贫增收。2017年年初，金寨县水利局捐赠了139万株茶苗，横畈村又新建茶叶示范园 400 余亩。

　　采访中徐幼红反复强调，脱贫攻坚，产业是根基。按照金寨县委、县政府"长短结合、以短为主、以短促长、以长带短"的产业思路，横畈村扶贫工作队和村两委，先后发展了茶叶加工、光伏发电、一亩园、食用藕种植、黑毛猪养殖等特色产业。贫困户余述鹏的家里，养了好几百只鸡，他就是依靠这个，实现了脱贫致富。横畈村还结合县里的就业脱贫政策，积极引导具有普通劳力的贫困人群通过技能培训、劳务输出、公益性岗位"一户一岗"等方式，确保人人有技能，户户有收入。村里的曾大娘，带着一包小河鱼干，找到了横畈村扶贫工作队副队长余洋："我儿子在上海又打电话来了，说他那边的同事，还要买咱这里的小鱼干，你看今天能不能帮我把这几袋小河鱼干发出去啊？"

　　每天，像曾大娘这样来发土特产的老人家有很多。

五

　　每天早上，徐幼红都要送贫困户的孩子陈梓萱上学。

　　和他一起在村道上走，能看到不断地有人走出家门，和他打招呼。母鸡带着小鸡崽，咕咕咕地叫着，跟在他的身后。家家门前的小狗，远远看见他就迎上来，围在他身边转悠。一路走下来，跟着我们的狗群不断壮大，据说几个自然村的狗，没有一条不认识徐幼红。每天早上，送陈梓萱上学后，他都要在几个自然村走上一遍，家家门前蹲着一条狗，都在等着他，见他过来了，就起身跟着走。

　　说到这里，村支书曾宪新，忍不住笑出了声。

　　村道上的雾气很大，又到了该吃晚饭的时候。徐幼红领着我，一边走一边说，村支书曾宪新则走几步就停下来，随手捡起村道上的垃圾，看样子已经有点"强迫症"的意思了。

　　村道很干净，偶尔有一两张纸片和几根柴草。

　　曾宪新高中毕业后，就干起了乡镇企业。1990 年前后，乡镇企业散了，他就自己做工程，在外面发展得不错。他是2004年入的党，2014年当选的村书记。"我是党员，组织上希望我回来，带着村里人致富，我不就回来了嘛。"他说得轻描淡写，但据说他回来干村支书，从经济上说，一年要损失不少。村干部一年的工资，是3万多元，和他自己在外面做工程，没法比了。

他回来的时候，村部没有办公的地方不说，还欠了30多万元的外债。头一年春节，几十个人堵住门，围着他要账，弄得年三十晚上，年夜饭也没有吃成。没有路，进，进不来，出，出不去，过去镇里的书记、镇长，基本上不到横畈村来，因为路太难走了。"现在？现在一有检查组，就支到我们村里来。回回公布暗访结果，我们村都是全镇最好的，我们全村，没有一户上访户！"

过去老话说，十里之乡，必有仁义，必有歹徒。危房改造的时候，也有个别的贫困户，听了旁人的教唆，非要让政府给他盖楼，否则就不在验收报告上签字。可政策不允许啊，村干部反反复复地上门，反反复复地讲政策，结果省级第三方验收来了好几次，村里的危房整改才算合格。现在他们对每一户，都发了住房安全鉴定书，工作做到了实处。

曾宪新告诉我，最初徐幼红进村时，村民们见到他都不说话，远远站着。横畈村和平组96岁的老人徐其香，父母都是革命烈士，自己也是从很小的时候起就参加抗战，但因为新中国成立后他未去民政部门认证，政府就只能给他烈士子女的待遇。徐幼红了解情况后，时常去看望老人，陪他说说话，聊聊天，送去一些生活用品，得到了老人的信任。横畈村塘边组的低保贫困户张家海，患有精神疾病，母亲廖祥荣也患有心脏病。一天晚上十点多钟，廖祥荣心脏病突发，徐幼红知道后，连夜赶了过去，将廖祥荣送到县中医院，自始至终全程陪同。到现在一提起徐幼红，廖祥荣就一遍一遍，重复那个晚上的情形，对他感激不尽。横畈村赵岗组的低保贫困户汪承波，儿子汪金荣身有残疾，家中生活困难。徐幼红不仅时常送去水果、生活用品和慰问金，还鼓励汪金荣要努力学习，积极向上，长大了做一个对社会有用的人。我没到横畈时，就听说徐幼红帮助贫困户卖猪肉的事,"那是小事一桩,"曾宪新说,"下暴雪时,他顶着大雪到五保老人家里去查看住房安全;到处联络,对村里的贫困大学生进行长期资助,帮助贫困户卖东西,他做的好事,多了去了!"据说有贫困户问徐幼红:"你走不走啊?你要是走,我可就不愿脱贫!"

徐幼红笑,他说:"和你说了多少回了啊?脱贫不脱帮扶,不脱政策,你担心什么呢?"

在扶贫实践中,"责任到人、规划到户"的"双到扶贫",以及由此发展出来的"一户一策"的精准扶贫,不失为快速助推贫困户脱贫的有效经验。徐幼红有一句话,叫作"驻村驻到根上,帮扶帮到心上"。村里的聋哑人张家月,和人交流困难,徐幼红就经常往他家跑,一年帮他销售农产品获得收入近万元。还有一户贫困户,一头养得好好的大肥猪,突然就死掉了,把户主心疼得不行。徐幼红知道了,就自己掏了3000多元钱,按照20元一斤的生猪市价,把它买下来,挖个坑埋了。2019年度金寨县"最美退役军人"评选,徐幼红榜上有名,让徐幼红在他的战友中,特别有脸面。

六

天色完全暗下来了,狗开始趴窝,鸡开始上罩。有暮霭升上来,温暖静谧的乡村黄昏,如期而至了。

村里的扶贫专员李双,骑着电动车匆匆而过。之前我见到她时,她在村部统计就业奖补与技能培训补助材料。李双1990年出生,结婚没几年,孩子还小。几天前,她婆婆开刀住院,孩子没人带,而脱贫攻坚又到了关键时刻,她天天忙得脚不沾地,所以路过我们身边时,她甚至没有来得及打招呼。她是县里通过第三方劳务公司招考,考上的扶贫专员,又通过努力,考上了县委组织部招考的村支书助理,享受乡村公务员待遇。金寨县像她这种情况的扶贫干部,还有很多。

天色已经完全黑了下来,我们摸黑往镇里去,山路异常崎岖,异常险要。虽说是新建成的道路,但九曲十八弯,稍有不慎,就可能冲进路边的深壑。一路上，徐幼红不间断地按着喇叭，防止对面有车子突然冒出来，躲闪不了。车灯光如利剑，刺破山区的夜空，周遭俱是黑郁郁的山林，深不可测。

终于，我们的车子下到了谷底，来到平坦的河滩一带。眼前白亮亮一片，我以为是大水，一问才知是裸露的河床，是白沙在反光。"哪里还有水啊？"徐幼红叹道，"只囵子里有一点点水，今年的天，实在是太旱了！"

"囵"是囫囵的"囵"，这是古汉语在方言中留下的痕迹，这表达我还是第一次听到。经他指点，我果然看见在他说的"囵子"上面，有一层月光闪耀，而大片的河床，都已经干涸了。

2019年8月12日到10月28日，安徽省平均降水量仅为83.9毫米，为1961年有气象记录以来同期第二少，仅次于1966年的73毫米；全省平均无降水日65天，为1961年以来同期最多。全省有45个市县维持重度以上气象干旱，长江沿线大部分地区，则出现了50年一遇的特大旱情。我进入大别山区之前，有关部门就已经紧急调购了火箭弹和烟条，并调集了3架增雨飞机驻场待命，准备抓住一切有利时机，开展人工降雨作业。

一路走来，所见沟塘渠堰，全都干得见了底。全省5986座水库，有1452座干涸，其中梅山、佛子岭、花凉亭三座大型水库的水位，已经低至死水位。

放眼全国，安徽已成旱情最为严重的地区之一。

但让我感慨的是，除了政府组织合肥等15座城市和九华山风景区，开展飞机和地面立体人工增雨作业，并号召全省人民节约用水外，整个社会生活尤其是老百姓的生活，并没有受到多大的影响，城市里的米面粮油供应充足，农村人心安定，村落安详。"这要是放在过去，得死多少人啊，"老人们感叹，"村子早就走空了，不知得有多少人家卖儿卖女，家破人亡！"

江淮大地曾孕育了灿烂的文明，同时也留下了无数"饥民遍野""饿殍塞途"的饥荒年景。在今安徽境内，最早见诸文字记录的旱灾，是汉惠帝五年（前190年）的灾害，是年太平"夏大旱，江水少，溪谷绝"；六安"大旱"。而安徽自康熙六年（1667年）建省，至鸦片战争的173年间，共发生大旱、特大旱灾 6 次，平均 29 年一次；1840 年至 1949 年共发生大旱、特大旱灾 8 次，平均 14 年一次，进入近代以后，安徽旱灾的发生，明显比鸦片战争之前更加频繁。19 世纪五六十年代，清军与太平军在皖南打了近十年的拉锯战，造成瘟疫流行，人吃人的惨剧频频上演。

我曾在六安的淠史杭纪念馆里，见到一幅图片：江淮大地龟裂如壑，一位老农双膝跪地，双臂伸向天空，赤裸的脊背骨瘦如柴。那是 1930 年，阜阳、太和、颍上、亳县、涡阳、蒙城、泗县、五河、怀远、宿县、凤台、灵璧、凤阳、定远、寿县、滁县、全椒、来安、天长、霍邱、和县、含山、芜湖、郎溪等 25 县出现旱灾，皖北地区尤为瘠贫，百姓苦不堪言。第二年，安徽沿江地区江潮暴涨，圩堤溃决。而在全省沿江 17 县发生水灾的同时，皖北地区则久晴无雨，旱荒肆虐，阜阳、太和、颍上、亳县、涡阳、蒙城、泗县、怀远、宿县、凤台、凤阳、定远、寿县、滁县、全椒、来安、天长、霍邱、霍山、临泉、嘉山、合肥等 23 县出现旱灾。灾民以草根树皮充饥，十里不闻鸡犬之声，百里无人烟。放在过去，如出现这样的大旱，早已如曹操所描述："白骨露于野，千里无鸡鸣。"而眼前一切如常，该下地的下地，该做工的做工，该吃饭的吃饭，真正是换了人间。

这么感叹着，前方已有灯火闪烁，大王庙不知不觉，就到了跟前。

第二节　立夏节起义的枪声

那一夜
起义的火把
将大别山漆黑的夜空
映照得一片火红

一

大王庙是著名的"立夏节起义"旧址。

1929年5月6日，中国农历的立夏节，在中国共产党领导下，在河南商城南乡，今金寨县南溪镇和斑竹园一带，爆发了震撼鄂豫皖三省的武装起义，史称立夏节起义，又称商南起义。立夏节起义再次打响了大别山土地革命的枪声，为创建豫东南革命根据地奠定了基础。

那是5月的大别山，漫山遍野开遍映山红。通往丁家埠的山间小道上，不时有几个神色警觉的人匆匆走过，空气中弥漫着一种不安的气氛。

中国自古以来，都是以立夏这天作为夏季的开始，对于乡村来说，这是一个重要的节气。太阳就要落下去了，苍山如海，越来越多的人，借着暮色的掩护，悄悄向着丁家埠的方向，聚集而来。

丁家埠地处大别山腹地，这一时期还属于河南省商城县南乡，是大别山最贫苦的地区之一。

1933年以前，金寨地区尚未设立县制，东部的流波、麻埠、金家寨、梅山一带属于六安县；北部的大白畈一带分属于六安县、霍邱县和河南固始县；东南部的燕子河一带，分属于霍山县和英山县；史河以西，前营、南溪、吴店一带属于河南的商城县。1933年红军主力撤出后，国民党为了加强对这一地区的反动统治，才在金家寨设置立煌县，1948年立煌解放，改名金寨县。

这一带山高林密，地势险峻，交通闭塞，有着建立革命根据地、开展游击战争的有利地形和条件。那都是一些面带饥色，衣衫褴褛的农民，手握斧头和镰刀，脸上的神情焦急而坚定。大革命失败之后，国民党反动派废除了1926年规定的"二五减租"政策，公开支持地主提高地租；而除正常的田租赋税以外，还有多达26种附加税，致使大别山地区的农民常年衣不遮体，食不果腹，阶级矛盾日益尖锐，整个社会处于激烈的动荡之中。

掌灯时分，丁家埠小街东南的大王庙里，传来一阵阵喧闹的猜拳行令声。大王庙驻守的丁家埠民团，表面上看，属于恶霸地主杨晋阶，其实早就被地下党所掌握，30多个人中，有7人是共产党员。所以当晚，中共地下党员周维炯以值星班长的身份，得以掌控整个局面。

周维炯出身于贫苦农民的家庭，和漆德玮是笔架山农校蚕科的同学，1924年经詹谷堂介绍加入中国共产党，1926年7月赴武汉黄埔军校学习。

詹谷堂是土地革命战争时期，大别山著名的共产党人之一，他的事迹，将重点出现在下一个章节。

周维炯是大革命失败之后，1928年春受叶剑英委派，和漆德玮、漆海峰等人一起从武汉潜回大别山的，他来不及擦干净身上的血迹，就又投身到兵运和农运之中。前一阶段，中共商南区委趁商城县保安队和各民团中队扩编之机，派遣一部分共产党员打入敌人内部，这时在各民团的党员人数，已经多达40多人，有100多条枪控制在手中，为起义创造了非常好的条件。

地处安徽、湖北、河南三省交汇处的丁家埠，有"鸡鸣狗叫听三省"之称，是大别山区一个边贸重镇。大王庙就坐落在镇子东南，丁埠老街的东南侧，夹河一路跌落而过，北面是川流不息的史水。

第一次去大王庙，是在20年前，我随摄制组拍摄电视散文《永远的大别山》。守庙老人早早地就站在了山门外，似乎一直在等待我们的到来。

按照守庙老人的说法，大王庙由安徽和湖北两省的生意人出资修建，大王是指龙王，所以这是座龙王庙。丁家埠是个水陆码头，南来北往的生意人，把大别山的茶叶、毛竹、板栗、香菇、木耳等土特产，用竹排运往三河尖、正阳关，再从那里销往沿淮各地；再把盐碱、布匹、小百货等生活物资，运回到大别山。因为做的是水路生意，所以修了这座大王庙，以祈求平安，保佑发财。

新中国成立后，当年参加过立夏节起义的洪学智等 40 多人，成为共和国的将军。

大约是从 1981 年起，老人就开始守着这座大庙，日复一日，年复一年。老人喂养了一群鸽子，每天咕咕叫着，和主人一起守望着这处革命旧址。偶尔，会有人从很远很远的地方，找到这里来，看上一眼，问上几句，也说不清是些什么人，从哪里来。有一天，也是立夏节前后，庙里来了一位老军人，他一个人走进院子时，正是大雨倾盆。他在院子里站了很久很久，一句话也没说，后来他就走了，他走后有人说，那是徐帅徐向前。

不知那个大雨如注的下午，徐帅一个人站在院子里，都想了些什么。

来的路上，沿途农舍的墙上，依稀还能看到当年红军写下的标语口号，越往大山深处，越能感受到红色土地所特有的气息。

傍晚，西天飞起了胭脂红，成群的鸽子从屋顶上飞过，没入庙后的山林中。从大梁上留下的朱红大字看，这座乡间小庙建于清同治十年（1871年），直到今天，"大清同治岁次辛未年孟夏縠旦皖源众人仝建"的字迹仍清晰可辨。

当年，这里不仅是生意人祭拜龙王的地方，也是商人们聚会的场所。是一座青砖木柱斗拱瓦顶的建筑，经百多年风雨侵蚀，庙脊上蒿草丛生，老墙一片斑驳。那一年，"八七会议"精神传达到鄂豫皖边区后，鄂东特委提出学习井冈山，创建鄂豫皖边界武装割据的口号。中共河南省委也指示南五县特委，要求他们吸取大荒坡农民起义失败教训，把"发动商南农民暴动"，作为主要的工作目标。

大荒坡起义发生在固始，固始地处河南省东南端，北邻淮水，南依大别山。

1927年12月，根据党的"八七会议"精神和中共河南省委的指示，中共豫东南特委在大荒坡南的曾营子，召开了固、商、潢三县县委负责人会议，决定举行大荒坡农民武装暴动，夺取当地大土豪张秋石的枪支，建立农民武装。1928年3月18日，在中共河南省省委委员、豫东南特委书记汪厚之的亲自领导下，由固、商、潢三县党员，潢川七中部分革命师生和当地数百名农民组成的队伍，举行了大荒坡农民起义，攻打反动豪绅张秋石的老巢张上寨。因情况不明和受"左"倾路线影响，起义失败了。汪厚之、范易、龚逸情、王老五等18位同志被捕，在大荒坡英勇就义。这是河南境内党组织领导的最早的农民起义，虽然失败，但震惊国内外，为后来豫东南地区的历次起义奠定了基础。

商南的立夏节起义，就是在这样的背景下进行。

二

1929年3月13日，鄂东特委和豫南特委在柴山堡举行联席会议，决定组织商南起义，划商南、麻东和罗北为鄂豫特别区，成立商罗麻特别区委。

这一年的春天，商南地区党员已发展到300多人，各乡镇普遍建立了农协会组织，武装起义的准备工作，在村寨间秘密而紧张地进行。而革命与反革命之间的斗争也日趋尖锐，民团四处捉人，迫害革命群众。为了打击反动派的嚣张气焰，地下党采取了一种特殊的斗争形式，即在各乡组织"摸瓜队"，展开秘密的武装斗争。"摸瓜队"由党员和农民小组骨干分子所组成，每队10人至20人不等，携带少量武器，一方面镇压罪大恶极的反动头子，一方面通过"摸瓜"筹措经费，购买枪支弹药和印刷纸张，并接济贫苦农民。

一天夜里，禅堂大地主杨漫其死在了自家的床上，就是被"摸瓜队"所镇压；而白大区"摸瓜队"在一个晚上，就秘密处决了恶霸潘光道、肖正龙和地保李傻子等几个顽固分子。

由于活动频繁，引起了国民党反动当局的警觉，于是"清乡委员会"大规模出动，四处搜捕共产党，豫东南特委书记余锡珍不幸被捕牺牲。这之后，白沙河一带又有四名共产党员相继被捕，关王庙的党支部书记也惨遭杀害，而被民团捕去的革命群众，竟多达80多人。

一时间，白色恐怖笼罩着大别山。

面对这一危急形势，5月2日，商罗麻特委在穿石庙召开紧急行动会议，决定提前发动武装起义，把原定于中秋节的起义，提到5月6日这一天进行。

穿石庙位于金寨县太平山的太平村，现存的一溜十间青砖小瓦房，为晚清建筑。土地革命时期，皖西党组织曾多次在这里召开秘密会议，发动对敌斗争。会议之后，周维炯连夜赶回丁家埠，召集民团内部的党员以及曾泽雷等四位农民党员，在后山松树林里开会，传达党的指示，研究夺枪计划，指定曾泽雷等人在外面接应。

第二天，刚好是周维炯值星，他一早就向中队长吴承阁、副中队长张瑞生建议，应该趁机打扫打扫卫生，让弟兄们干干净净地过个节。对他的建议，两位队长大加赞同。为了便于控制，在整理完内务之后，周维炯又让人把武器弹药全部集中起来，挂在了中间堂屋的墙上。

立夏之后，白昼一天天长起来了，所以在周维炯的感觉里，那一天天黑得特别晚。集中起来的民团枪支，就挂在厅堂的墙上，整整齐齐一排，他守在边上，不敢走开，生怕有人把它们摘下来。天终于黑下来了，他立即以"罚岗"为名，把共产党员田继美叫来站岗，并命令他，如果团总杨晋阶回来了，就以不听口令为名，直接把他击毙。然后他又把几个共产党员，分散到各个酒桌上，暗示他们向团丁们劝酒，最好把他们全都灌醉。

聚餐开始了，五张八仙桌上摆满了酒菜。周维炯陪吴承阁和张瑞生两位队长，坐在一张桌子上，在他的频频暗示下，打入民团的共产党员轮番向吴承阁敬酒，很快就把这个老奸巨猾的家伙灌得不省人事。张瑞生逞强，要和周维炯猜拳，结果连输了8大碗，也倒在了地上。

而此刻，夜幕已经完全降下来了，丁家埠小街的青石路上，几道黑影正悄悄向着大王庙逼近。一通狂吃滥喝之后,几个酒量大的团丁也都被灌得烂醉如泥。看着时机成熟,周维炯一把缴了张瑞生别在腰上的手枪,接着指挥自己的人,收缴了墙上的全部枪支弹药,宣布起义。

那一夜,起义的火把,将大别山漆黑的夜空,映照得一片火红。

三

拿下丁家埠后,周维炯派了四位同志连夜赶往汤家汇,在大恶霸杨晋阶的家中取出十支藏枪。而在南溪镇街中心的火星庙里,詹谷堂等人正在焦急地等待,只等汤家汇的这十支长枪一到,就宣布起义。

而在更大的范围内,肖方在李家集,徐子清、廖业琪在吴家店,郑延青在白沙河,李梯云在大层湾,十余处同时举行了武装起义,一夜之间,消灭了七股反动民团势力。大恶霸杨晋阶、罗维楚和反动派死硬分子周若发相继被活捉,起义武装很快控制了松子关、长岭关、伏山、挥旗山以东的整个商南地区。5月9日,各路起义队伍会师斑竹园,召开了上千人的群众大会,处决反动分子罗维楚和周若发,宣布成立中国工农红军第十一军第三十二师。

那一天,斑竹园四周的山坡和河滩上,站满了起义的穷苦人,欢呼声直上云霄,大地山河都受到了震动。年轻的起义军领导人周维炯,在斑竹园朱氏祠堂前的一棵老红檀树下,宣布成立红三十二师,而这棵参天老树也和红军一起,在那些"闹红"的日子里,成为大别山革命的传奇。

周维炯在大别山老百姓心目中,有着很高的威望。为了歌唱"我们的师长周维炯",当地群众编了一首歌:

> 大别山,峰连峰,出了个英雄周维炯,打入民团闹暴动,闹它一个满天红!

当时的儿童团,还拿它当作团歌来唱,所以这首歌在大别山区流传很广。

周维炯的家乡沙河乡楼房村，正处在江淮分水岭上，连接湖北、河南、安徽三省。在这个"三山夹两河"的小山村里，周维炯的故居基本保存完好。周维炯死于张国焘的内部"肃反"，死时年仅23岁，非常年轻。他生前没有留下照片，新中国成立后也没有亲人提供图片资料，我在金寨县革命历史博物馆见到的他的遗像，是后人根据回忆，描绘出来的画像。

四

立夏节起义的策划地穿石庙，今天仍然深藏在大山中。

穿石庙位于金寨县吴家店皖鄂边界的太平山下，是一处佛道合一的宗教场所，由佛教的玉皇庙和道教的圣帝庙两部分构成，始建于宋代。因为在这里策动了震惊鄂豫皖的立夏节起义，所以大别山革命时期，穿石庙曾是一个声名煊赫的地名。

太平山原名平头山，1928年清明节，在平头山汪上湾火焰垴山顶的一块平地上，以廖炳国为首的太平山贫苦农民，摆下香案，点燃香烛，歃血为盟，结拜为兄弟，时称"十八兄弟会"，但是实际上，这是在中国共产党领导下的民间革命组织。

兄弟会的具体成员有廖炳国、徐其虚、徐思庶、肖方、阮小成、张少金、汪永金、周德法、漆成文、汪永根、周维炯、漆凤台、陈寿国、田念波、罗炳刚、汪品清、陈延生、廖永荣。在他们的影响下，包家畈的晏八凤、漆耕圃、毛绍成等人，也相继组成了"三十六兄弟会"，后来发展到100多人。同年8月，中共商南区委在太平山召开商城南乡党代会，会议决定：发动武装起义，以武装的革命，对抗武装的反革命！

1929年3月，中共商罗麻特别区委成立。5月2日召开了穿石庙会议，把起义时间由中秋节提前到了5月6日立夏节。当即就成立了前线指挥部，由李梯云、徐子清、肖方、徐其虚、漆海峰、周维炯、廖炳国等，分别担任起义总指挥、副总指挥，负责相关军事行动和交通联络。

为了保证起义的武器装备，起义前线指挥部指挥徐子清、肖方在附近的汪氏宗祠，秘密组建了红军军械所，以铁匠汪绍庭为主导，设计生产"单打一"盒子枪，同时秘密派出农协会员，从民团妥协分子手中购买武器。立夏节当晚，一夜之间丁家埠、斑竹园、白沙河、南流河、吴家店、李家集、牛食畈、南溪、汤家汇、西河桥、包家畈等十几个起义点同时起义，一举歼灭了商南的七股民团势力，夺取武装，开仓放粮。第二天清晨，起义队伍全部聚集在平头山，欢庆起义的胜利。由于起义十分顺利，没有一人伤亡，用当地话说是"都很太平"，为了表示纪念，中共商罗麻特别区委决定，将平头山改名为太平山。

关于穿石庙，还有一个动人的故事。

一个年轻美丽的红军女战士，和她丈夫在斑竹园相识相爱，当时的红区政府在穿石庙，为他们举行了一场简朴的新式婚礼。但在婚后第二天，女战士就牺牲了，她和她的爱人，只做了一天的夫妻。

我把这个凄美的爱情故事，收进了《永远的大别山》电视散文系列。记得十多年前，摄制组也是循着蒿草丛生的山间小路，前往大山深处的穿石庙，我们希望在这座人迹罕至的老庙里，还能寻找到这对红色恋人的痕迹。在当年给那对新人做过洞房的西厢房里，我站了很久很久，我努力想象着当时的情景，想象着80年前的红烛，怎样将这座古老的庙宇照亮。

那个红军女战士，她没有留下姓名，但她短暂到只有一天的爱情，使她的婚姻有了一种地老天荒的美丽。

车行在太平山中，路因峰险，势随山雄。

这里是两省交界，地势实在险峻。虽经几次翻修加宽，但由于道路常常是逆弯欺山而上，一路上险象环生，使人提心吊胆。偶然向车外一瞥，只见孤峰兀立，山势陡起，有斑驳屋宇依于其下，不经意间，穿石庙就在眼前！

拾级而上，老庙古风依然，残阶苍苔，青砖黛瓦，高脊入云。庙屋因势赋形，俱建在岩石上下，有的甚至将墙壁嵌入岩石，仿佛穿石而立，这应该就是"穿石"二字的来历。攀上最高处，只见柏木森森，近山如染，远山如黛，溪水淙淙而下，周遭累石如卵。庙分上中下三殿，下殿尤为沧桑斑驳，粗拙的灰砖，鱼鳞小瓦，简朴的梁架，宋风隐约其间。

当年，李梯云、周维炯等人倚立其侧，商定立夏节起义具体安排时的香案还在，属于国家一级文物。山门外有1979年6月12日，金寨县革委会所立"立夏节起义总指挥部旧址"石碑，以及"全国重点文物保护单位"的标识牌。

天色像远树一样慢慢黯淡下来了，最后看一眼这座深山里的老庙，黄昏的静寂中，能听见那些逝去的革命者的歌吟。

在这个世界上，有灵魂存在吗？如果有，我相信任何一个壮烈活过、真诚爱过的人，都有一个不灭的灵魂。

第三节　希望的种子

希望工程的帷幕
在这里正式拉开
今天，全国繁星一般
遍布于山野和乡村的希望小学
都是以它为起点

一

经由连续的人工增雨之后，整个皖中、皖南、皖西山地，都在绵绵的细雨里。

一步步走在南溪的土地上，我渐渐深入到大别山腹地。鄂豫皖的立夏节起义之后，小小南溪镇有5000多人参加了红军，他们中有14人，后来成为共和国的开国将军。

因此，南溪镇又被誉为将军县里的将军镇。

而全国第一所希望小学"金寨县希望小学"，也在南溪。

结束了一天的采访，傍晚时分，我独自一人前往镇中心的希望小学。清清的南溪河水，流过一座又一座山峰，在远远的我们看不见的地方，汇入淮河。淮河是一条大河，它流经的地域十分广阔。

南溪在春秋时为吴楚之地，处三省四县交界，山高林密，沃土藏金，盛产天麻、灵芝、茯苓等200余种中药材，享有"西山药库"的美誉。而此刻，笼罩在夕阳之下的南溪古镇，美得仿佛一则童话。河滩上，成群的牛在吃草，蜻蜓在河上飞，两个骑车的乡村少年，箭一般地从桥上穿过去了。

桥叫"红军桥"，是南溪走出去的某位将军出资建造。早先没有桥的时候，孩子们都是蹚着河水去上学。

2020年5月19日，金寨县希望小学迎来了自己的30周岁生日。30年青山依旧，而希望的种子，早已长成了参天大树。

希望工程启动之前，它只是深山里的一所乡村小学，学生不足百人，教职工不到10人。1990年5月19日，在原址上建造的两层小楼落成，中国第一所希望小学就此诞生。

今天，它已经发展成为拥有近2000名学生，近百名教职工，两个校区、数栋校舍，多媒体教学设备齐全、校园网络全覆盖的现代化学校。先后有5400多名毕业生，从这里走出去，遍布全县、全省和全国。

至今，镇上的人们仍然记得1990年5月19日那天，南溪镇万里无云，阳光普照。一大清早，人们就放下手中的活计，聚集到刚刚建好的学校操场上，等待全国第一所希望小学落成典礼举行。早些时候，1990年2月，当时的团中央领导，曾冒雨来到金寨县，考察布点希望工程，最终决定将全国第一所希望小学，建在革命老区的南溪镇。

土地革命时期，南溪几度成为豫东南、皖西北革命根据地的指挥中心。南溪的红色革命政权建立早、运转时间长，不仅有过上至县区、下至乡村的四级苏维埃政权组织，还有过红军医院、造币厂、枪械局、赤色邮政局、银行、政治保卫局，部门齐全，功能完备。全国希望工程的帷幕，就这样在南溪拉开，而今天，全国繁星一般遍布于山野和乡村的希望小学，都是以此为起点。

金寨县希望小学的校名，是徐向前元帅亲笔题写。战争年代，徐帅踏遍了这里的山山水水，对老区人民有着深厚的感情。

大片的建筑群落，在群山间显出现代的轮廓，宽敞平整的操场对面，是刚刚粉刷一新的教学楼。这座面积2500平方米的建筑，被命名为"爱心楼"，由两栋连成L形的教学楼组成，共有42间教室，可容纳1200名学生。教学楼左侧有一座雕塑：蓝色的心形海浪之上，托起一轮喷薄而出的太阳，配上邓小平题写的"希望工程"四个大字，这是希望工程的标志。

最早的南溪小学，设在镇上的彭氏祠堂里，青砖黑瓦，纸糊的窗户，教室一侧没有墙。冬天，孩子们冻得伸不出手，阴天下雨，到处都是水汪。据1988年起就在南溪小学教书的数学老师杨先铭回忆，当时的教室没有课桌和板凳，只有一块木头黑板，几支粉笔。孩子们来上课，要自带小板凳，下了课，还要帮老师收集粉笔灰，然后用水调匀了灌到竹筒里，晒干后继续使用。那时的教室里也不通电，老祠堂又深又暗，坐在后排的学生，连黑板上的字都看不清。

但因为有固定的教室和老师，这所小学在当时的金寨县，条件还算好的。那时候，学校的老师经常要跋山涉水，到更深的大山里去送教上门。即便到了1991年5月，希望小学的胡遵训老师也还是要跑上20多里山路，去为年幼的学生胡亚丽补课。那时学生们的课余时光，多是与牛羊和山场为伴，如今，同样的年纪，孩子们却坐在窗明几净的教室里，学习音乐和绘画，或是奔跑在绿茵场上。

"希望工程快乐体育"项目为贫困地区的乡村小学，配备了篮球和篮球架、足球和足球门、乒乓球和乒乓球台，还有单双杠、跳绳等一整套符合国家标准的体育器材和设备，满足师生们正常的体育教育教学和课外活动。通过体育老师教学和学生对体育器材设备的使用，增强学生体质，加强各类体育项目知识的传播和普及。"希望工程快乐音乐"项目为贫困地区乡村小学，配备一套品种齐全的音乐器材，包括电钢琴、电视机、DVD影碟机、台式音响各一套，鼓号队乐器和服装各29套，儿童打击乐器59件，同时培训学校的音乐教师，教学生唱"希望小学校园推荐歌曲"。

亲历母校从南溪小学到金寨县希望小学的转变，34岁的余水，至今记得第一次走进新楼的情形：他兴奋地在楼道里跑过来跑过去，发现居然没有像往常那样，有漫天的灰尘扬起来，迷了眼睛。他非常惊讶，停下来愣怔了好半天。那时他还没有到过城市的学校，不知道在城市的校园里，晴天没有尘土，雨天没有泥泞，小伙伴们上学，不用自己带板凳。后来，他考取了安徽中医药大学，再后来他回到了家乡金寨，成为当地卫生院的一名医生。

现在，每天早上 6 点半钟，余水会准时叫他的两个儿子，余海源和余承澄起床，洗漱完吃过早餐，他就骑上电动车，把他们送到自己的母校——金寨县希望小学。教室里安装了可移动的四格黑板，中间两格拉开，就变成了能放映幻灯片的多媒体白板。有时，老师会在白板上放映带有动画效果的投影，以增加学生的学习兴趣。讲台一侧的图书角里，是各种各样的图书，从谜语大全、童话故事到精简版的四大名著一应俱全，很适合小学生课外阅读。学校还开设了科学实验课、电脑课，成立了葫芦丝、木吉他、书法、绘画、手工等兴趣小组，培养孩子们的特长，从教育资源、教学质量等方面，尽量缩小农村孩子和城市孩子的差距。

中午下课以后，余承澄和同学们排队到学校的食堂里吃午饭，三菜一汤，装在统一消毒的不锈钢饭盒里。

二

1990 年 2 月 17 日，春节刚过，大山里的人们仍然沉浸在正月的喜庆之中，当时的团中央领导带领中国青少年发展基金会考察组，顶风冒雪来到大别山深处的金寨县。他们此行的目的只有一个：为全国第一所希望小学选址。

这之前他们已经去过几个地方，有的县只接受对困难学生的资助，而不接受希望小学建设。因为建一所希望小学，最少需要十几万元，而希望工程的资助款仅有两万元，很多地方拿不出这笔配套资金。

1989 年 10 月 30 日，共青团中央、中国青少年发展基金会发起实施"希望工程"，通过民间广泛动员海内外财力资源，促进贫困地区基础教育事业的发展。援建希望小学与资助贫困学生，是希望工程实施的两大公益性项目。"资助贫困学生"是对义务教育阶段有困难的学生实施救助，每人一学年 80 元，直到初中毕业；"援建希望小学"是帮助贫困地区改造危旧校舍或新建学校，并统一命名为"希望小学"。考察的结果，是决定把全国第一所希望小学，建在安徽省金寨县南溪镇。

这首先当然是因为南溪是革命老区，出过14位共和国将军，很多孩子却因家境贫寒而辍学。其次，当时的南溪是"安徽省茧丝绸第一镇"，从上世纪70年代起，就先后建起了"金寨县第二缫丝厂""金寨县第四丝织厂""金寨县色织印染厂"等多家丝绸企业，能够拿出资金来配套。加上县教育局拨款四万元，南溪区和南溪镇政府各拨款两万元，募集社会资金一万元，县直和区直机关干部职工捐款25000元，最终凑齐了十多万元的建校资金。尽管起步艰难，但3月动工，5月竣工，在南溪镇中心小学原址上新建的二层教学楼顺利建成，并对大门进行了改造，更名为"金寨县希望小学"，1990年5月19日举行了落成典礼。

新中国成立之初，全国80%的人是文盲，学龄儿童入学率只有20%。从1950年起，全国开展大规模扫盲运动，到了上世纪60年代，我国开始形成比较完整的国民教育体系。到1989年，尽管改革开放已有十多年，全国学龄儿童入学率也达到了97.1%，但在2.2亿名在校生中，仍然只有三分之一的孩子能读完小学。在尚未解决温饱问题的贫困地区，吃饭和读书，二者往往不可兼得。统计数字表明，上世纪80年代末，我国每年有100多万名小学生，因家庭贫困，交不起四五十元的学杂费而辍学。

作为人口最多的发展中国家，中国承担着沉重的教育任务。人口多、底子薄、经济文化落后，特别是贫困地区多、人口居住分散、义务教育规模庞大、教育经费短缺等，是中国不得不面对的现实问题。1988年，国家行政教育拨款加上其他渠道筹资，共计向教育投入423亿元，人均不足40元，列世界倒数第二位。所以中国青少年发展基金会成立后，资助贫困农村孩子上学的"希望工程"破土而出，成为中国教育新的关注点。

当时，中国青少年发展基金会注册资金仅有10万元，而年办公经费仅有1万元。写信是希望工程发起之初的主要筹款方式，当年，中国青基会员工手写了几十万封"劝募信"，寄送给社会爱心企业，号召大家支持贫困地区的教育发展。1989年夏，"劝募信"一经发出，就收到了强烈的社会反响，社会各界纷纷解囊，港澳台同胞、海外侨胞也热情援助，汇款单如雪花一般从海内外飞来。1992年6月10日傍晚，两名军人带着3000元钱走进中国青基会捐款室，表示受人之托前来捐款。得知捐款必须留下姓名后，他们表示："如果一定要留名，就写'一位老共产党员'吧！"同年10月6日，这两名军人再次以"一位老共产党员"的名义，捐助了2000元。中国青基会的工作人员几经辗转，终于了解到，这位"老共产党员"就是邓小平。

金寨县希望小学收到的第一笔外来个人捐款，是江苏省苏州市越溪乡张夏小学五年级学生柴培英的四角钱。而从1993年开始，江苏省昆山市千灯镇中心小学退休教师周火生，就开始了他对金寨县希望小学的捐助，他曾100多次来往于昆山至金寨的"希望"之路上，将自己的积蓄和推着三轮车四处卖书的收入，用于帮助金寨县贫困学生完成学业。金寨县希望小学的"爱心楼"，就是以他的募捐款，于2004年建成，如今86岁的周火生成立了自己的工作室，通过线上线下售书的模式，募集更多的爱心资金。

作为一个时代的记忆，希望工程将国家、民族和个人的命运紧密地联系在一起，为大众参与援助贫困地区失学少年儿童，搭建了一个公益慈善平台。在社会的持续捐助下，希望小学以每年760多所的速度递增，上万所贫困地区的农村小学，彻底告别了"有砖不过千，有门没法关，有窗垒着砖，有顶露着天"的危房校舍，贫困地区的少年儿童和城市儿童一样，享有了平等受教育的权利。截至2019年9月，全国希望工程累计接受捐款152.29亿元，资助家庭困难学生599.42万名，援建希望小学20195所，在促进义务教育发展的同时，改变了一批又一批贫困儿童的命运。

三

说到希望工程，人们就会想起一双大眼睛，想起大眼睛小女孩苏明娟。1983年，苏明娟出生在金寨县桃岭乡张湾村一个普通农民家庭，父母靠打鱼、养蚕、养猪和种板栗为生，一家人日子过得很拮据。桃岭乡的东南和西南，濒临梅山水库，是全县重点库区一线乡，沿库线90余里，有六个库区一线村，库区一线人口近两万。

1991年4月，《中国青年报》摄影记者解海龙，到金寨采访报道希望工程，跑了十几个村庄，最后跟在一个背书包的小女孩身后，来到了张湾小学。这个小女孩，就是张湾小学一年级学生苏明娟。当时桃岭村的孩子们去学校，先要坐船过梅山水库，上岸后还要走上十多里山路。7岁的苏明娟长得又矮又瘦，落在最后面，正好遇上背着相机的解海龙，从码头下了船。到了学校以后，解海龙发现她不声不响，趴在一个角落里，一会儿抬头看黑板，一会儿低头记笔记，一双眼睛特别大，特别亮，特别圆。他被深深地感染和触动，就悄悄地站在门边，将相机放在腰间，假装向四处张望。实际上他紧张极了，手指始终按在快门上，只待小女孩抬头的那个瞬间。"那是纯盲拍，不能让孩子发现我在拍她，否则拍不出那么纯净的眼神。"

这张名为《大眼睛》的照片一经发表，就感动了无数人，图片中的小女孩手握铅笔头，一双大眼睛直视着前方，摄影师解海龙在下面配的文字是"我要读书"。无须任何语言，我们仅从苏明娟的眼神里，就能看出大别山孩子对读书的渴望。

这张照片被中国青少年发展基金会选为希望工程宣传标识后，苏明娟也成了希望工程的形象大使。

从1986年中国开始实施九年义务教育时起，解海龙便辗转一些贫困落后的农村地区，开始他的"上世纪末叶中国农村基础教育现状调查"，并将之命名为"我要上学"系列。在拍摄这些作品的时候，他常常会想起自己小时候，在老家读书的那个乡村小学。1951年5月出生的解海龙，是河北衡水景县西周庄人，小时候也曾在内心喊过："我想上学！"大别山、太行山、沂蒙山、云贵高原、黄土高原、青藏高原，在一年多的时间里，他跑了12个省28个国家级贫困县，跟踪拍摄边远农村的学生，真实记录中国农村基础教育的现状和发展历程。每到一个地方，他都是跟着当地的孩子一起去他们的教室，很多时候他都是一边拍一边哭，照片冲洗出来的时候，再看还会哭一遍。

作为一位利用影像推动社会进步的摄影人，解海龙通过自己的作品，推动了希望工程的发展。

56岁的余淦是金寨县希望小学的元老级教师，他已经在这里工作了将近40个年头。他曾有无数次机会，走出这座大山，但他却坚持留了下来。如今，他正在向年轻教师学习，请教如何使用电脑上网课，尝试新的教学方式。

邓磊是这所学校最值得骄傲的学生，2000年他以优异成绩被中国科学技术大学少年班录取，成为中国希望工程培养出的第一个少年班大学生，而张宗友则是中国希望工程培养出的第一位博士生。余正辰是金寨县希望小学1999届毕业生，2017年他又回到了母校，成为一名美术老师。

苏明娟那幅有名的"大眼睛"照片，她本人在三年后才在一份报纸上看到，但它改变了苏明娟的一生，也改变了她所在的张湾村。在各方的关注和帮助下，苏明娟顺利地读完了初中与高中，于2005年考入安徽大学金融管理学院。毕业后她进入银行系统工作，拿到的第一笔工资，就捐给了希望工程。此后她每年都会在"圆梦计划"公益活动中资助贫困生，从未间断。2018年，苏明娟成立了以她本人名字命名的"苏明娟助学基金"，拿出了三万元家庭积蓄，作为启动资金。曾经的"大眼睛"女孩，如今已经是两个孩子的母亲，她常常给孩子讲述公益的理念，希望能够将爱的接力棒传递下去。

四

2019年11月21日，希望工程实施30周年之际，习近平总书记寄语希望工程，指出"在党的领导下，希望工程实施30年来，聚焦助学育人目标，植根尊师重教传统，创新社会动员机制，架起了爱心互助和传递的桥梁，帮助数以百万计的贫困家庭青少年圆了上学梦，成长为奋斗在祖国建设各条战线上的栋梁之材。希望工程在助力脱贫攻坚、促进教育发展、服务青少年成长、引领社会风尚等方面发挥了重要作用"，强调"让青少年健康成长，是国家和民族的未来所系。进入新时代，共青团要把希望工程这项事业办得更好，努力为青少年提供新助力、播种新希望。全党全社会要继续关注和支持希望工程，让广大青少年都能充分感受到党的关怀和社会主义大家庭的温暖，努力成长为社会主义建设者和接班人"。

　　人穷不能志短，扶贫先要扶志，今天，教育扶贫已经成为脱贫攻坚一个重要的组成部分。从捐款捐物，到涵盖了希望小学快乐系列、希望小学教师培训、希望厨房等多个项目的更高层面、更广范围的公益融合，希望工程的内涵在不断丰富。犹如一粒种子，希望小学在大别山深处"破土"，远播到山外的大江南北，甚至在非洲地区，中国也援建了23所希望小学。从第1所、第100所、第1000所，再到今天的20000多所，30年间，希望小学散作满天繁星，点亮了无数人的梦想，改写了无数人的人生。

第四节　乡村的新文明时代

> 袁家的门前
> 有很多绿色植物
> 呼应着山野间
> 蓬勃的绿色

一

我到的时候，袁自新刚刚过了49岁生日。

一路向东，太阳很好，虽是初冬，但并不肃杀，大别山群峰耸列，给人一种庄严感。门前村是南溪镇的东大门，合武高速南溪道口下来第一村，丁青路穿越而过，高速下道口与丁青路相连，交通极为便利。门前村下辖35个村民组，910户人家，人口3599人。门前是省、市美丽乡村建设重点村，村民住房沿道路两侧分布，以主干线为主轴渐次铺开，中心村有一条新修的循环路。山区村落的层次感都很强，错落有致。全村总面积两万余亩，其中山场面积18552亩，山林面积1542亩，田地面积只有很少，仅1987亩。

所以村民的主要收入，来源于出售茶叶、蚕桑、天麻、灵芝、菌药等。早在2014年，这个村的人均年收入就达到了6200元，不属于贫困村，但袁自新家的情况比较特殊，是"因学致贫"。

中国人的传统，是"过九不过十"，因此袁自新过的，是50岁的整生日。不过生日那天，他仍然在山上干活，给母亲买了一件新衣服，算是给自己过生日了。

袁自新的生日，袁自新自己不重视，相反他的两个女儿，却要郑重其事得多。袁自新的大女儿在巢湖学院上学，最初读的是大专，后来经过考试，在安徽职业学院升了本，现在是本科。"她要强嘛，非要往上考！"袁自新的口气，明显带有夸耀，"她要上，就给她上，能上到什么时候，就上到什么时候！"

他这是有点赌气，农村里不怎么主张女孩子读书："一个小丫头，读那么多书干什么？到时候，还不是该嫁就嫁了！"

这是村里人背后议论的话，袁自新的两个女儿，光读书一年最少也要花上三四万，按照村里人的说法："你是俩闺女，又不是俩儿子，花再多的钱，也是给婆家花，值不值得？"

说这话，也是笑话他没有儿子，就这一点，让袁自新受不了。"没儿怎么了？没儿我日子也照样过，而且还要过得比别人好！"就一门心思培养两个女儿，不管别人背后说什么。他的小女儿在南溪中学读高二，很快就要高考了。别看就在家门口上高中，一个月也要千把块钱生活费。"成绩嘛，成绩不算多突出，年级第17名，有时候发挥好了，也能冲到前几名，就看她这一年，自己怎么努力了。"

说起两个女儿，袁自新很是骄傲。

这样一来，袁自新的生活水平，就给拉下来了。他自己的身体也不好，有很严重的胃病，整天吃药。在城里搞装修时，胳膊受过伤，不太能干重活。"我是把她们当儿子养的，我养女一样防老！"

一直到今天，农村里"养儿防老"的传统观念还很重，对培养女孩子读书，说三道四的比较多。袁家的大女儿，一个本科念下来，又要多花个两三万元，但政府提供"雨露"计划，中专大专都享受政策，大专三年，是每年3000元资助，8000元免息的助学贷款；小女儿读高中的学费，一年1700元是全免的，政府还给3000元的助学补助。"不然，光靠我个人，我这个家庭，怎么也负担不了！"

袁自新生日，俩女儿一个送了新款的真皮钱包，一个送了一个漂亮的水杯，虽然花的都是自己给的钱，但老袁还是很高兴。"怎么说，这也是女儿的心意嘛。将来她们读出来了，有知识，有能力，才能走出大山，我们老两口，还愁没有幸福的晚年吗？"就这么絮絮叨叨，慢条斯理地说给我听，脸上始终带着笑。"习近平总书记说，扶贫不光要扶志，还要扶智，给她们学知识，长智慧，女儿一样有出息嘛！"

袁自新的媳妇，正在门外的空场上晾晒四季青，准备腌咸菜，边上还有几大竹匾萝卜干，在太阳底下晾着。袁家的房子是自己装修的，大理石地面很漂亮，金红双开防盗门，屋里屋外都很排场，所以我一开始对于乐会玲把我带到他家，心里很是疑惑。乐会玲是金寨县林业局党组成员、纪委书记，2017年5月任门前村驻村扶贫工作队队长。"住房和医疗问题都解决了，就没什么大不了的了。"乐会玲说。在村子里，袁自新的公益岗是油茶管理员，一个月有500元的岗位补助。

袁家的大女儿国庆节长假期间回来过，专门来给父亲送生日礼物，小女儿平时不回来，一个月回来一次，因为一个月学校有一个大礼拜。正是高考冲刺阶段，她已经想好了，报考医学院，或者是读师范，将来出来了当老师，大女儿则学的是化学。

袁家的门前有很多绿色植物，呼应着山野间蓬勃的绿色。

二

和很多村庄一样，门前村驻守的，也都是"386199部队"，以妇女、儿童和老人居多。移民搬迁的两排三层新建居民楼，沐浴在初升的朝阳下，分外醒目。

这里共住着16户贫困户。

迎面走过来一个老人家，嘴里嘀嘀咕咕，絮絮叨叨，因为周围声音太大，听不清楚她说的是什么。见了我，她一把抓住，不断地表达，不断地重复，经边上村民的一再比划，最后才勉强弄明白，她说的是："不能写我的名字，要写我丈夫的名字！"

但到底是怎么一回事呢？问也问不出个所以然来。驻村扶贫工作队队长乐会玲见状，快步赶上来，向我解释说，老人家患有很严重的精神疾病，所以她的话不必当真。

老太太的丈夫名叫汪承合，是视力二级残疾，眼角膜做过移植手术。这是门前村最为贫困的一户人家，家里6口人，儿子汪先成智力残疾，是个只会出苦力，不会数指头的人，三分加两分的账，都算不出来。两个孙子，一个8岁，一个3岁，受遗传影响，也都患有很严重的精神疾病。儿媳妇得了脑瘤，2019年去世了，家里困难得很。让乐会玲发愁的是，现在有人给他家儿子，又介绍了一个河南媳妇，人家要求先拿出几万块钱彩礼来，再接着往下谈。乐会玲担心他们受骗上当，正在做工作，把着不让他们给钱。无奈说也说不通，听也听不懂，老太太一门心思，就是赶紧把媳妇娶回来。"可媒人的话你能信吗？"乐会玲苦着脸说，"摆明了是骗钱！"2019年年底，就有人带了一个河南的女人上门来，说是给她儿子当媳妇，骗去不少钱，从此音信全无。"没有我在场，千万别给他钱，记住了吗？"

老太太直点头，接下来又直摇头，也不知听没听明白。因为是统一建造，所以她家的房子从外观上看很漂亮，进到里面，发现家里也收拾得很干净，我有些意外。老太太自己不能做家务，屋里老老少少，又都是精神残疾，但因为经常有帮扶干部和志愿者，来给他们收拾打扫，所以看上去井井有条。

三

58岁的周世来，2018年脱贫，也住在这一排。

周世来一家，是从山坳里的柳湾搬出来的，原先6间歪歪倒倒的老房子，土墙土瓦，还是1984年改革开放后盖的，一刮风下雨，就担心房顶塌下来。"现在多好啊，现在住着二层小楼，4口人130多平方米，不是政策好，咱一个老农民，能住上这样的好房子吗？"

周家的门前，有一大蓬菊花，金灿灿的，很是耀眼。

周世来的儿子在上海打工，丫头已经出嫁了，嫁在了本县双河镇。

"中堂亮堂？中堂当然要亮堂了，不光要亮堂，还要漂亮，我儿子还没结婚呢！"

听我夸奖，他大声说。

周世来家的中堂，确实很漂亮，给人富丽亮堂的感觉。不过住这一排的贫困户，家家户户都这样，也不稀罕。周世来的老母亲早几年患了阿尔茨海默病，多亏媳妇是好媳妇，头上脚上，衣裳茶饭，收拾得齐齐整整，伺候得周周到到，所以在"好媳妇"评比中，她得了满分100分。

周世来的责任田，还在早先的山里头，离中心村几里地。也无非是种点稻子、油菜、花生和玉米。原先也喂了几头猪，后来都杀了，不是闹猪瘟嘛，全村剩下不到100头猪，都是"猪坚强"，不坚强活不下来。喂！当然还在喂！但现在还不行，猪苗太贵了，24块钱一斤，一只苗一般是100斤左右，成本太高了，工作队现在也不鼓励村民去买猪苗，有风险。

周世来的老母亲，是2010年得的阿尔茨海默病，怎么知道的呢？工作队的乐队长来找她孙子，老母亲迎上来说："啊，啊！你是来喊我兄弟啊？"对着孙子喊兄弟，差了两辈，这才知道得了病。不过也就头脑不清楚，其他各方面都还好，今年82岁了，能吃能睡。

周家的金红大门尤其排场，不是双开，而是四开，光这一个门，花了8000多块。周世来的儿子在外面搞装修，一年除掉吃喝开销，能拿回来几万块钱。周世来自己在村里有公益岗位，是护林员，一个月500元。每年从10月1号开始封山，到4月30号结束，这期间他每天巡山，防止乱砍滥伐。防火期过去以后，是每月巡5天山。

因为老母亲的病，所以两口子都不能出去打工。听见老母亲哼哼的声音，周世来妻子手抓一把芹菜，满脸带笑地从厨房跑出来，跑进婆婆的房间。

隔周家不远，住着汪光平一家，61岁的汪光平，2019年脱贫。

这一连排三户人家，门口都挂着鲜艳的红灯笼，一问才知道，是刚刚搬到新家里来。

汪光平的爷爷，很早就过世了，父亲是遗腹子，父亲上头两个哥哥都夭折了，奶奶怀着父亲，挺着8个月的大肚子，嫁到了黄姓人家来。爷爷1932年"肃反"时被错杀，1982年平反。墓在锥子山上，是1992年"招魂入墓"，死的时候，尸首抛在了河南。汪光平是姥爷抱养的孙子，名字写到了他姥爷的名下，写在一块红布上。

汪光平是2018年新建档立卡的贫困户，是因病致贫。得的是食道癌，到合肥的医院化疗，花了十五六万元，原先还不错的家境，一下子掉到了贫困线。申请了贫困户后，享受健康扶贫政策，医疗费用差不多都报了，个人只花很少一点钱。又享受易地搬迁政策，搬进了中心村为贫困户建的新楼房，原先住在老湾，几里之外的大山里，预制板的屋顶，土坯墙，1993年盖的三间小平房，漏风漏雨。俩儿子都在外面打工，大儿子在建筑工地轧钢筋，小儿子在常州开美容美发店，有第三辈人了，两个孙子，一个孙女。

他身体不好，也不能干什么，村里照顾安排他一个辅助性岗位。总得吃药，不是贫困户时，医药费在"新农合"里报，报销比例比较小，享受贫困户政策以后，医疗费就几乎全报了，说着，他进里屋拿出扶贫档案，把报销细目，一条一条指给我看。

四

乐会玲坚持要带我，去村里的农民文化乐园看一看。

50岁的乐会玲，看上去可真不像50岁：格子呢的红夹克，牛仔裤，短到几乎如男生一样的短发，十分干练。一家3口人，两人在上海：丈夫是医生，辞职去了上海，受聘于一家私立医院；女儿从英国留学回来后，入职上海新东方，都忙得很，几乎不回金寨来。她人喜俏，在村里的人缘很好，一路走过来，不断有村民迎上来，亲热地打招呼，或是拉住她的手，不松开。她一路走，一路和我发愁：有一户人家，6口人，6个人是精神残疾，两个孙子一个13岁，一个8岁，虽说都送到残校去了，但以后怎么办呢？

这样的家庭，只能依靠政府托底。

据乐会玲介绍，门前村的农民文化乐园，是安徽省首个农民文化乐园，内设图书馆、小广场、小舞台等，可供村民们学习文化知识，开展文化娱乐活动，大厅则供村民们举办婚礼喜宴，倡导移风易俗，推动形成乡村良好和谐的民俗与乡风。解读中央的乡村振兴战略，首先需要深刻领会为什么要用"乡村"的概念替代"农村"的概念，这是把"乡村"看成独立的社会、文化单元，在一个更高更长远的层面上，实现中国乡村的全面发展、融合发展，使乡村现代化融入实现"两个一百年"奋斗目标。这个战略的提出，昭示了乡村新文明时代的到来。

经过40多年的改革开放，我国经济社会发生了根本性的变化，然而农村仍然是中国现代化发展的短板，尤其是在文化方面。所以，在乡村振兴战略提出的"产业兴旺、生态宜居、乡风文明、治理有效、生活富裕"的内涵中，"乡风文明"不是为经济振兴助力的次要方面，而是乡村建设的初心和方向，是以乡村的历史地理和乡土文化，来重建乡村的未来。所以我们不能把乡村文化建设，简单地看作是一种硬件投入，而应该上升到情感和精神的层面。也正是在这个意义上，我们才能深刻领会习近平总书记提出的"让人们记住乡愁"，以及"绿水青山就是金山银山"的理念。

门前村农民文化乐园原址，为村里的周家老屋，又称周氏公堂，相传建于明末清初，是当地大户周氏举行祭祀和宗族议事的地方。2014年，在保留周家老屋原貌的基础上，按照"一场、两堂、三室、四墙"的建设要求，一座包含广场、舞台、礼堂、图书馆、活动室等设施的门前村农民文化乐园，向广大村民开放。从"一日三餐，麻将掼蛋"，到"吃饱三顿饭，就到乐园转"，文化乐园给村民们带来了意想不到的变化。门前村总人口近4000人，以前每到农闲时节，或是过年过节，村民们闲来无事，就聚在一起打麻将。现在好了，文化乐园里可以上网，可以听讲座，可以读书，还可以下棋、健身、跳广场舞。周家老屋已有300多年的历史，依山而建，有人说是徽派建筑，实际是典型的江淮建筑风格。周是门前村的大姓，历史上曾出过"八府巡按"。这是民间的称呼，正式官衔应该是监察御史，如分巡各省则称巡按御史，戏曲里演绎成八府巡按，职权极大。其实明朝的巡按御史是正七品，清朝的监察御史是正五品，都不像戏曲里所宣扬的那样位高权重，威名赫赫。

民间传说，总是往大里说。

顺着穿越门前村的省道，来到村民张家良的家。44 岁的张家良正在干活，大冬天里，热得满头大汗。张家良 2017 年脱贫，按照乐会玲的说法，他这个人"特别勤力，特别能干，特别爱学习"！他老婆去县里的电商培训班学习去了，就他一个人在院子里忙活。前些年父母都有病，父亲患胃癌，母亲有高血压后遗症，半身不遂。他自己也有腰肌劳损，所以说话的时候，他会时不时挺一挺自己的腰杆。

张家良是 2015 年建档立卡的贫困户，那一年也不知怎么了，不是他自己病了，就是他老婆病了，不是老母亲住院，就是老父亲住院，基本上两位老人，总有一个在梅山医院里住着。两位老人相继去世，相差不到 100 天，一个是 2015 年 6 月 11 号，一个 2015 年 8 月 23 号。他记得当时把老母亲拉到梅山医院，还没等到做手术，第二天就过世了。如果不是建档立卡，享受贫困户政策，光是两位老人医药费这一项，就把一个家给拖垮了。

张家良的一儿一女，都在上高中，他们夫妻俩在家搞养殖，享受各种针对贫困户的奖励政策。他是产业带头人，主要是养猪，2019 年刚一有风声，就抢在猪瘟之前杀了 20 多头猪，损失相对比较小。消息一发布，客人都是从电商平台过来买，通过物联网，生产、加工、出售，一条龙。后来，又无公害处理了 16 头猪。3 头母猪和 1 头小猪，保险公司赔付了 3856 元，无公害处理的 16 头，政府也有补贴，很快钱就要到位了。

最多时张家良养了 300 多只土鸡，100 多只鹅。前一阵子闹鸡瘟，把他吓得不轻，还好，连着喂了两个晚上的药，现在都好了。他家的山芋粉丝很有名，挖、洗、切、晒、制粉，全程直播，在网络上可火了。历史上，"门前粉丝"就非常有名，主要是原料好。再过一个月，村里家家户户就都要制作粉丝，到晚上人欢马叫，灯火通明，可热闹了。

粉丝要晚上捞，因为晚上气温低，捞粉丝对气温和技术，要求都很高。

2019年,张家良本来是想冲击年收入30万元的,受猪瘟疫情的影响,没能达到目标。他现在把主要精力,投入到养鸡方面,县里正好在办这方面的培训班,所以就赶紧让老婆过去了。他家的鸡和鹅,都养在柒山的老屋里,门前晾晒着腌制的猪耳朵、猪脸子、封鸡、腊鹅,明天就有山外过来的客商,上门来收购他的腌腊咸货。

第八章
永久沉没在水下

  他们世代居住在丰饶的史河与西淠河两岸，为了平原上千万亩土地的丰收和几百万平原人的富足，他们奉献出 14 万亩山场、10 万良田和全部的家园。 上世纪 50 年代，为了响应毛主席"一定要把淮河修好"的号召，金寨人民舍小家、为大家，修建了梅山、响洪甸两大水库，当年金寨最繁华的三个经济重镇：金寨镇、麻埠镇、流波镇，以及他们世代居住的村庄，都永久沉没在水下。 10 万人拖儿带女，牵猪赶羊，一步一回头，迁往更高的高山，一年又一年，他们默默地耕种着"田梢子""地尖子"，收成微薄，衣食不全。 库区由原来全县生产最发达、生活最富足的地方，变成了全县生活最贫困、经济最落后的地方，而 10 万库区移民，也成为金寨扶贫工作的重点和难点。

  这是继 10 万人献身中国革命后，金寨人民在和平建设年代做出的伟大牺牲和奉献。 而今天，他们的生活有些什么样的变化？ 脱贫攻坚战打响以来，库区扶贫又是如何攻坚？

第一节　被淹没的繁华三镇

当年修建两大水库
改变了多少人的命运啊
又有多少人的日子
和水库紧密相连

一

暴雨如注。

经合六叶高速转沪蓉高速，从合肥一路过来，发现车辆明显多了起来。高速两侧的大别山脉青翠欲滴，大疫过后，一切都在恢复正常。

从高速口下来，进入金寨县江店新城区时，雨停了。

辗转前往老城厢，去寻找汪光联老县长。早在上世纪 90 年代初期，老县长就已退休，但据库区办的人说，他在任时负责库区移民工作，比较了解库区移民的情况。江店新区在老县城的东面，史河的下游，宽阔的大道两侧蔷薇纷披，越往上走，越能感到老城厢的喧嚷。

大雨过后，江山如洗，城乡安详。

摸到一条深巷里，终于找到了老县长的家。但他并不知道多少关于库区移民的情况，他说他仅仅是为《库区志》写了序，因为当时他是在任的县长。那么该去找谁呢？我很茫然，他也很茫然。从 1954 年 3 月，梅山水库动工到今天，已经过去了 60 多年，书记、县长、库办主任，不知换了多少茬，有的去世了，有的退休了，有的调整了岗位，现在金寨县扶贫和移民开发局里的小青年，有谁还知道几十年前的事情？站在老城区闹嚷嚷的街市之上，我一时没有了方向。而且《库区志》最终也没能付印，最初的文稿在谁的手里，也没有人知道。

过往的一切——艰辛、困苦、奋斗与奉献，都已经远去了，覆盖其上的，是今日的富足与繁华。

那么就去青山吧，去金寨县最大的移民镇青山镇，进行实地的采访和考察。朱冲、牛冲、马冲、面冲、龚冲、檀冲、元冲、张冲、陈冲……一路往东南方向，渐渐来到响洪甸水库的上游。大别山区以"冲"为名的村落很多，"冲"为两山之间的狭小盆地。青山是新中国成立后，新建的一个高寒山区镇，前身是久负盛名的皖西古镇流波镇。1957年响洪甸水库建成，流波镇被淹没，大多数居民迁移到了青山一带，随后建立了青山镇。这里地处大别山腹地的峡谷地带，皖山山脉的金界岭支脉，地势呈西南高东北低，境内多川谷深壑。总体上是两山夹一河的形势，两山为莲花山和抱儿山，一河为西淠河，所以一路上，不时有流水滔滔。在没有建镇之前，此地名为"崩山嘴"，因处在"桐柏—磨子潭"断裂带上，山体绝大部分属于岩浆岩，雨季常有山体崩塌坠落。

由镇里分管扶贫工作的书记黄文新带着，我们到了老支书江贤华的家。

1987年出生的黄文新，安徽农业大学法学专业毕业，和我印象中的乡镇干部相比，实在是太年轻了。据他说抓扶贫的干部中，还有比他更年轻的，这很让我吃惊。知道我们要来，江贤华早早就等在了大门口，他门前有一大片竹林，起风的时候，涌起层层绿浪。自张冲大桥顺流而上，西淠河南岸，号称"竹影南山"，从南山、海塘、陈岭、早尖、观堂到许冲，600多公顷的竹海连成一片，碧波荡漾，绿涛汹涌，声势甚是浩大。

江贤华头戴鸭舌帽，身穿中山装，虽说已经69岁，但看上去很挺拔。他1995年担任海莲村书记，2004年退休，但依然热心村里的工作。2008年并村时，海莲村并入了尧塘村。原先的村子，1500多口人，有700多人是水库移民，是全镇最大的移民村。

据江贤华介绍，不仅青山镇，响洪甸水库淹没土地最多的村子，也是海莲村。原先的海莲村，下辖张冲、河口、迎丰、下庄、李坪、西坪、牌坊、寿湾、小院、双桥、大湾等10多个自然村，被淹没了1000多亩土地。山区的可耕地，不能和平原相比，1000多亩是一个非常大的数字。

金寨县1955年至1957年建成的梅山、响洪甸两大水库，是淠史杭工程的主要构成部分。响洪甸水库坐落在青山区内，淠河水系137.5米高程以下22个乡镇81平方千米土地，全部成为淹没区。根据省委"就近迁移"的原则，库区移民基本安置在库区周围，形成了响洪甸、鲜花岭、青山等新的集镇。

1955年到1956年开始动员，选择在青山、马冲一带建青山镇，安置流波区移民。江贤华隐约记得，是1956年开始蓄的水，当时他才几岁，模糊的印象中，家家户户都忙着收拾东西，准备往更高处迁移。他外婆家在黄家楼，比他家更早淹没，东西搬不走，就放在他家的院子里，任凭日晒雨淋。都是一棵草一根棒辛辛苦苦攒下的，都扔下了，带不走，也带不动。山太高，路太远，水太激。更大的问题是：这么拖儿带女，跋山涉水，不知道走到哪里，才能落下户来？这么多的坛坛罐罐，路上怎么带呢？

但也没什么怨言，老百姓相信政府，相信政府修水库，是为更多的老百姓谋福利。1956年，县里组建了80多人的两库移民工作队，六安地委分配过来60多人，地方上又聘用了60多名移民积极分子，将队伍扩充到220多人。队员们自带行李，吃住在移民区，翻山越岭，挨家挨户做艰苦细致的思想动员工作。队员们都以身作则，先动员自己的亲友们带头搬迁。他们反复向群众宣传"一定要把淮河修好"的重大意义，细算水库建成后的经济账，鼓励移民支持社会主义建设。当时正值全县农业合作化高潮期间，"大气候"对移民动员十分有利。但毕竟是祖祖辈辈生活的地方，而上了年纪的老人，尤其故土难离。关山乡有一位老人就说："水从前门来，我从后门走，水走我回头。"死活不愿搬离。

江贤华现在住的地方，就是蓄水以后，从低水位地区搬上来的，高度超过了133米。

江贤华的儿子在北京打工，媳妇和孙子也都生活在那里。女儿在无锡打工，谈好了对象，是无锡当地人，还没有结婚。"日子很安逸，"江贤华笑着说，"移民补贴也有了，不过，有没有的，也没啥要紧。"

从 2006 年 7 月开始，国家对梅山水库、响洪甸水库、淠史杭水利枢纽工程、青山电站、流波电站、响洪甸抽水蓄能电站等水利工程形成的农业户口移民，每人每月补贴 50 元，一年 600 元，年限为 20 年。发放移民直补资金的依据，是移民局最早的档案材料。

"这个钱，放在从前算个钱，放到现在，也不算什么了！"江贤华笑着重复，"现在只要伸伸手，一天挣的，也不止 50 块钱！"

二

69 岁的赵敦华，1986 年任传丰村书记，1993 年退休。传丰是个小村，2008 年并入汤店村。

他家是当地的老住户，从老辈起就在这里生活。记得那是个傍晚，他正趴在小案板上吃饭，就看见一个大男人，挑着两个大箩筐过来了，里头坐着俩小孩。他就跟在大人身后，跑出去看，这时男人已经把箩筐放下来了，村子里的老老少少，围上去一大群人，很多人端着碗。箩筐里的俩小孩扎撒着两只小手，看样子是想要吃的，身后跟上来的六七个小孩，大的有十来岁，小的才三四岁，全都眼巴巴的，看着人家吃饭。

赵敦华的奶奶，看孩子们可怜，就转身进了锅屋，现煮了一锅饭。

挑箩筐的男人名叫王成武，箩筐里坐着的俩小孩，有一个是王立祥，看样子才一岁多点。大一点的几个孩子，王立朝他们，就都跟在父亲的后面自己走，从麻埠街一步一步走上来。放下碗，王成武对赵家的老人说："奶奶，您这是救了我们一家人的命啊，你老人家能不能和队里说一说，让我们一家，在这里落下脚来？"

实在是不想走了，也是走不动了，麻埠街离这里 30 多千米，他们就这样挑着孩子，一路走一路看，打算走到哪儿算哪儿。但走到哪儿才算个头呢？感受到赵家奶奶的仁义，王成武就不想再走了，央告着想留下来。

留下来后，生产队出面给他家搭了一间竹棚，让他们暂时住了下来。

当时这一片属于长岭生产队，原有9户人家，却接纳了8户移民落户。本来山场就少，穷得很，生产队又把山场划出了一大块，分给移民户，山场、田土都和老住户一样，这样老住户们就有些意见。尤其是发放移民补贴以后，没享受政策的老住户们意见更大了。不过，现在这个政策已经快结束了，这点钱现在看来也无所谓了，当然，最重要的是，经济发展了，挣钱容易了，人们的生活水平提高了，谁还在乎这点补贴。

"放在早些年，一个月50元补贴，那可是笔大钱！"

现在，老住户和水库移民，早已融为一体，打成一片。

赵敦华的妻子胡体华，是麻埠街过来的移民。在没被淹没之前，那里是大别山的经济重镇，茶麻交易中心，生活比青山要富裕些。当时胡体华全家10口人，老兄弟3个还没有分家，一起落户在了刘湾生产队。在高高的山头上，盖了一排茅草屋遮风挡雨，全家开荒种地，解决吃饭问题。6个孩子中，胡体华是老大，晚上睡觉，先要数一数底下的弟弟妹妹，看是不是全都回来了，少没少一个人。1979年和赵敦华结婚时，她家的生活还很困难，现在胡体华的4个弟弟中，两个是中学老师，一个从部队正团职转业回来，过得都很安逸。

赵敦华的两个儿子，一个女儿，都在无锡打工。大儿子在合资企业的汽车配件厂；小儿子名下有两台挖掘机，自己接工程，底下有3个孙子，大孙子已经14岁了。家家都有房有车，说回来就回来了，早上出发，5个小时到家，正赶上吃中饭。对现在的生活，赵敦华很满足。

当年落户的王成武一家，如今也都开枝散叶，单门立户。我们找到王家大儿子王立朝家时，73岁的王立朝正坐在自家楼前喝茶。楼是2008年盖的，上下两层200多平方米，楼前是宽敞的庭院，水泥打的地面。据他回忆，那是1957年的春天，麦子没有多深，他们走了一路，已经走得很累了。当时他家里是12口人：父母、爹爹、奶奶，还有婶娘和她的一个儿子。爹爹那一年，已经65岁了。和北方地区不同，过了淮河，"爹爹"指的是"爷爷"。移民局给了三条出路：自找门路、原地不动、集体迁移。他们家先是选择了原地不动，蹲了一年多，不行了，水上来了。于是赶紧往下八河地区搬，下八河有 8 条河汊在那里交汇，因此而得名。他姑妈嫁到那里，他们就去投奔亲戚。但到底没能蹲下来，就又继续走，打算走到哪里算哪里。走到这里看看，各方面条件都可以，人心也宽厚，就不走了。第一次搬迁，是移民局给雇的车，把能带的东西都带上了。后来就不行了，桌椅箱柜全都扔了，一路走一路扔，等到了长岭村，东西已经扔得差不多了。他兄弟姐妹 7 人，都是在青山长大，现在家家的儿女都有车有房，过得很好。

41 岁的村主任代勇，是士官复员，2013 年回到大别山。他 1997 年年底入伍，是武警部队。到了部队一看，发现驻地营房的宣传栏上，有梅山水库、响洪甸水库、佛子岭水库的大幅照片。他当时就惊呆了，一问才知道，部队的前身曾经是治淮水利一师。当时部队已经到了鸭绿江边上，就准备过江了，突然接到命令，又给拉了回来。先到的佛子岭，后到了响洪甸。当地很多老百姓，投入到水利师的治淮工程之中，后来就跟着部队走，一走很多年，再没回来。他们没有军籍，属于部队的工勤人员。所以安徽芜湖的抽水站建设、天堂寨受灾等等，部队都会派官兵过来支援，和安徽有着很深的渊源。他们二总队的总队长，是安徽寿县人，部队的工勤人员 90％是安徽人，这些人虽然没有军籍，但他们的子女可以考军校，享受和军人一样的待遇。

当年修建两大水库，改变了多少人的命运啊，又有多少人的日子，和水库紧密相连。

三

前面我们说过，为了根治淮河，变水患为水利，从 1954 年起，国家相继在金寨县境内，史河和西淠河上游兴建了梅山、响洪甸两大水库，金家寨、麻埠、流波三大皖西名镇，先后被淹没。

金寨镇濒临史河东岸，以狮子口岭头为界，分上下码头，两个街区，3000 多人口。抗战时期，安徽省政府党政机构迁驻金寨镇，并修建了一个简易机场，金寨镇人口曾高达8万。成为临时省会后，各派政治力量汇集于此，中共安徽省工委即鄂豫皖区党委、"立煌"中心县委、"立煌"市委、新四军办事处以及安徽省动员委员会等进步组织，也都设在这里，形成错综复杂的斗争局面。金寨镇的传统商业，以经营木、竹、茶、麻、生丝、桐油、生漆、皮油、山纸、土布、雨伞、香炮等为主，食盐、食糖、肥皂、火柴等工业品，则是用排筏从史河运进来。1954年为修梅山水库金寨镇淹没，县城迁往梅山。

与金寨镇相比，麻埠镇的商业更为繁华。麻埠镇位于金寨县东北隅，濒临淠河，与六安、霍山两县接壤。因地处大别山余脉的低山丘陵地带，交通便利，成为皖西山区一个重要的茶麻商埠。清代六安州同万年纯，曾有登鲜花岭赞麻埠诗：

乍登分水岭，望眼划然醒。
路踏蜈蚣甲，人通百十丁。
水流花出洞，云散石呈形。
麻埠知何处，深林露甋瓴。

"州同"是清代知州的副职，从六品。麻埠古称"麻步山""麻步川"，清代正式称麻埠镇。据称麻埠"遍山皆茶，无地不麻，山上茶多，畈上麻多"，周围数十里都是产麻区，行人穿行其间，步步皆麻，"麻步"之名即源于此。麻埠是皖西最大的土特产集散地，既是麻埠又是茶埠，据《安徽省民国二十三年统计年鉴》记载，麻埠当时年出口茶叶63.5万公斤。唐宋以后，茶农日多，茶园日广，麻埠渐至茶盛于麻。到了明清两代，麻埠附近齐山所产之茶入贡宫廷，称为极品。新中国成立前，麻埠就有大小茶麻商行30余家，以祝裕华、江益昌、蒋裕丰、晁德斋、蔡森盛、傅荣记、黄配之等为规模最大。麻埠宋代起就位于全国13大茶场之列，并设有监场官和巡检司；明清两代设有茶麻卡。

在未被淹没之前，麻埠镇内有北大街、中大街、南大街三条主要街道，另有顺河街、新街、西门街等商业小街。淠河由镇南逶迤东去，河上常年有 24 对竹排运输货物。

麻埠曾是中共皖西北特（道）委驻地，1931 年前后，这里是苏维埃中心区，设有保卫局、苏维埃银行、修械所及造印厂，还有模范小学和列宁小学。

现在，所有的烟火和人家，所有的喧嚣与繁华，所有的商铺和街市，全都淹没在了水下。

一同被淹没的，还有位于西淠河上游，燕子河与青龙河交汇处的流波镇。据清同治十一年（1872 年）《六安州志》记载，流波镇又称"流波䃥"，初称"刘婆䃥"，凡"一百四十里"。据当地口口相传，明末六安西乡屡遭兵燹，战乱过后先有湖北英山的陈、高两姓人家来到这里，在一个路口设店，人称"陈高集"；后有一刘姓妇女进山寻子流落至此，在河湾处开了一个作坊，聚户为市，称为"刘婆集"。至清代乾嘉年间，陈、刘两集屋宇相接，形成一个山区集镇，因附近有山洪击石形成的大小"䃥眼"，故称"刘婆䃥"，又因䃥眼飞流涌波，遂演称为"流波䃥"。

"䃥"是一个很生僻的字，形容激流冲击下的巨石。

流波䃥西南百里无集镇，而西淠河的两条支流燕子河、青龙河都可通排筏，为河运的起点。陆路更是四通八达：北至麻埠、六安，南达英山、罗田，西抵金家寨，东到霍山。所以旧时流波䃥商贾云集，市贸繁华。当时的流波䃥居民 5000 多人，多是清朝咸同年后，从湖北和江南地区迁移而来，湖北的英、罗、蕲、黄人氏约占半数；沿江的旌、青、潜、太人氏约占 30%，其余为江西及其他地方的移民。镇中的帝主庙、关帝庙、大王庙、万寿宫为各乡籍会馆，东岳庙则为众姓集资所建。

流波镇有东、西、南、北四街，另有一条上店街伸入张冲方向。商店多集中于东、北二街，以北街为最长。与其所毗邻的麻埠有所不同，这里的经商者多有田产、山林，而且以田产为主。商业以竹、木、盐、茶四项为盛。专营竹木行有 10 余家，竹木堆场有七八处，竹木常年堆积如山，为金寨县最大的竹木集散地，所产竹木多销往淮北地区。全镇有大小盐行 30

余家，以江元顺号为巨，其生意兴隆，经年不衰。流波镇既是金寨县西南山区食盐的供应点，又是湖北英山、罗田二县的盐、棉转运站。全镇有大小茶行 10 余家，以制大茶为主，年产 2 万篓，每篓 5 公斤，最高年产 12.5 万公斤，主销山东、河北、内蒙古、山西、京津一带。片茶有抱儿珍秀、雨前银针等，但产量很低。

流波街上著名的特产有站板豆腐，特点是洁白细嫩，滑腻可口，烧、烩、煮、凉拌俱佳。糕点以寸金、白切、皮糖、亚酥、桂花糖、杠子糖为名产，其传统工艺为今青山食品厂所继承。

历史上，流波䃥曾是地方上的经济文化中心、军事要冲和交通要道，清万年纯有《西南山纪行·流波䃥》诗：

> 行至流波䃥，溪流信觉饶。
> 竹与浮竹箭，山渡接山腰。
> 雨脚翻发至，桥头片刻消。
> 晴明欣日久，几处过迢尧。

描写河流中竹排联翩，溪水飞流直下，山谷间水槽相接，流水空渡的景象，有很奇丽的感觉。所谓"流波"，是"流水潺潺，波光粼粼"的样子，多么美好。

流波镇南多瀑布，以大䃥眼瀑布和龙潭瀑布为最，皖西著名书家张树侯，曾在大䃥眼石壁上题有"滚雪"二字。

寿县名士张鸿逵也曾有句：

> 怪石擘巨灵，洪波走其上。
> 峥嵘下石矶，终古不相让。
> 虚谷震长风，低岩承雪浪。
> 空濛非一朝，喷薄越百丈。
> 携步驻险仞，惊心怯远望。

不舍流波奇，独拄西岩杖。

这是形容大碛眼给人的震撼，现在，它们都永远永远，沉没在水下。

四

两库淹没的区域，历史上均为金寨县的富庶之乡，而"三镇"则是金寨县经济命脉之所在，商业兴盛，物产丰隆。两库建成，按照设计洪水位，共淹没了168.7平方千米的土地。

根据1954年区、镇、乡建置，金寨县淹没区涉及三镇47乡，全赔水位淹没面积104.74平方千米：梅山水库水位123.9米，相应面积55.34平方千米；响洪甸水库水位119.2米，相应面积49.4平方千米。而历年来最高水位实际淹没面积，高达142.2平方千米：梅山水库水位133.35米，相应面积74平方千米；响洪甸水库水位130.9米，相应面积68.2平方千米。搬迁群众共20759户、92315人，机关2234人，合计94549人，淹没田地9万余亩，山场15万余亩，河流道路1.4万余亩，房屋5.4万余间，坟墓17万座。库区范围涉及全县七区一镇58乡79村，另有霍山县石家河乡一带地段，也在淹没区中。

这是金寨人民的巨大奉献，伟大牺牲！

数字是枯燥的，数字更冰冷。在这些冰冷枯燥的数字之下，有无数个村庄、无数人的家园、无数亩庄稼、无数的鸡鸭牛羊，都不复存在了。梅山水库设计洪水位139.17米高程以下，那些曾经人气喧腾的乡镇：金寨镇的胡店、陈冲、双石、槐树湾、三合、板棚、万冲、杨桥、东岳、两湾、古城、后冲等13个乡镇；双河区的沙河店、关山、双河、黄鹄、百花、黄龙、杨滩、平原、朱畈9个乡；汤汇区的丁埠、竹畈、麻河、吴湾、南湾、北塘6个乡，共28个乡镇，尽被淹没。大约有3万亩良田、湾地、茶园，9万亩生长着毛竹、桐子、栾树、乌桕、油茶、栓皮栎、杉树的密林山，以及县政府、县委会、法院、公安局等机关和学校，小南门、水西门、介石门和金钗门，全都从地面上消失，消失于碧波荡漾、深不见底的库水之下。

　　早先的金寨镇老街区，沿史河傍山而建，船舶可直放三河尖而入淮河。三河尖在河南的固始县，因是在史河与灌河的入淮口，地处三河之间，所以名为"三河尖"。写作治淮题材报告文学的时候，我曾几次前往那里。是秋天，车行在淮河的滩地上，大叶杨呈现出一种透明的金黄，田野里稻子一片连着一片，很奢侈地一直铺陈到天边。满眼都是金黄，满眼都是秋色，满眼都是等待收获的庄稼和一望无际的田野。我们的车子在河坝上停下来，蹚着没膝的蒿草，可以一直走到河边。三河尖是淮河上游海拔最低处，也是河南省海拔最低点，海拔仅23米。秋草已经衰白了，红蓼却红得鲜艳，一块界碑，静静地在草丛中站立，提醒人们，这里是安徽、河南两省分界。

　　自然经济时代，河流如今天的高铁和高速公路，既是交通大动脉，也是经济大动脉。因为可以由三河尖直入淮河，所以金寨镇居民的生活就比较富裕。房屋多为单层青砖小瓦木结构，街道以卵石铺砌。主街名胜利街，宽约3米，长约1000米，9条小街巷，也都是青石板。史河边有上码头、下码头，竹排多泊上码头。建立煌县后，1938年6月，安徽省政府迁驻，街区扩延至船舫街、塔子河、包公祠、石稻场、戴家岭并向古碑冲发展。老梅山主要街道有中山路、中正路、民族路、民权路、民生路、干部路、驲运路等，商业中心位于中山路的龚家畈至戴家岭间，时称"十里长街"。还有军校同乐会、新生俱乐部、立煌大戏院、中山纪念堂等公共活动场所，十分繁华和热闹。

　　响洪甸水库设计洪水位139.1米高程以下，淹没了麻埠区的麻埠镇、油店、马店、黄石、石堰、何集、花桥、里冲、杨店、庆桥、月牙、小岗、临埠、双木、冯畈、郑湾16个乡镇；流波区的流波镇、苏口、双冲、张庙、汤店、海莲6个乡镇，淹没区总人口5万多人。无数的集镇和村庄，大片的麦地、麻地、坡地和湾地，茶园、竹园、桐园和漆园，以及一望无际的密林山，最终都变成了《库区志》中，一长串令人感叹的数字。

　　而下游灌区还在不断扩大，需水量还在不断增加，蓄水位也随之不断提高。在水大的年份，江贤华家的大门，离水库浩荡的水面，仅有半步之遥。

五

  一个人坐在宾馆的房间里，外面是淅淅沥沥的雨声，漫延在大别山的春夜。在灯下打开辗转拿到的《库区志》打印稿，我开始摘录下一串串数字。透过这些冰冷的数字，我触摸到了岁月深处，触摸到那逝去的人和事，有一种难言的感动和苦涩。

  我们知道，梅山水库和响洪甸水库，是淠史杭工程的重要构成部分。响洪甸水库建成之前，流域降雨极易造成淠河及淮河流域的洪涝灾害，有雨即涝，无雨即旱，水来成河，水去成滩。据1949年前500年的统计数字，淠河流域共发生涝灾185起，旱灾190起，发生水涝灾害的年景占五分之四。1950年7月，淠水泛滥，河南、安徽两省淹没土地4000多万亩，受灾人口1300多万人。1991年淮河流域发生特大洪水，响洪甸水库流域仅6月30日至7月11日，平均降雨量即达894毫米，最大入库洪峰流量4970立方米/秒，来水10.67亿立方米，被响洪甸水库全部拦蓄。2003年淮河流域发生特大洪水，7月4日夜暴雨，最大入库流量3140立方米/秒；7月8日7时至11日19时，流域连降大到暴雨，最大入库洪峰流量高达5072立方米/秒；7月5日和7月8日两次洪水过程，响洪甸水库分别拦蓄洪水0.86亿立方米和4.5亿立方米，总量达575.43亿立方米，两次分别削减洪峰93.4%和83.4%。

  知道这些数字意味着什么吗？很多人不知道。

  淠史杭灌区，是新中国成立后兴建的全国最大灌区，它的有效灌溉面积是1000万亩，和伟大的都江堰水利工程相近。淠史杭庞大的工程构架，跨越在岗峦起伏的安徽、河南两省的丘陵之上，横跨长江、淮河两大流域，覆盖面积为14000多平方千米，担负着皖、豫两省14个县（区）的农业、工业和居民生活供水任务，惠及区域人口2000多万人。

淠史杭工程宏伟的灌溉体系，把昔日赤地千里的贫瘠土地，变成沃野千里的"江淮大粮仓"，把流域内数不清的城镇和村庄，变得生机勃勃，生态宜居。

而库区移民自己，却成为一个新的贫困群体。

第二节　老移民的今与昔

> 距离1956年的那个夏天
> 已经过去了很久很久
> 而当时他们都还是少年
> 甚至儿童

一

几位老人，早早就等在了那里。

2020年5月16日下午，大别山万里无云。71岁的流波街老书记余嗣松，召集了夏从芳、江显香等几位老住户，为我讲述当年他们怎么跟着父母兄嫂，一步一步走上来的情形。都是七八十岁的老人家了，数71岁的余嗣松最年轻。距离1956年的那个夏天，已经过去了很久很久，而他们当时都还是少年，甚至儿童。

在余嗣松的记忆里，一路上来都是砂石土路，人拉着小板车，或是挑着担子，男人在前头走，女人和孩子跟在后头。一开始，木棒、石条、石臼、小板凳，能带的全都带上，后来就一点一点扔，扔到最后，只剩下棉絮被褥和锅碗瓢盆，其余的，能扔的都扔掉了。当时的青山还叫"崩山嘴"，就是一片荒坡，只有零星的几户人家，荒凉得很。一下子万把人涌了进来，大家各找场子，乱哄哄的，孩子们就各自乱跑。73岁的夏从芳，是10岁那年上来的，他家里13口人，祖父母、父母、哥嫂，还有弟弟妹妹，一大窝。他在家排行老二，上头还有一个哥哥。他们原来的家，离青山20多里地，他跟在大人后面推车子，一步一步顶上来，一路上东西丢了不少。

他记得走着走着，天就黑了，累，困，饿，饿得不行了。后来糊里糊涂地就停了下来，大人说是到了。

这是到了哪里啊？他看看四周，四周是荒山野岭，黑沉沉一片，黑灯瞎火。夏家在老流波街上，是做棉麻生意的，家里有13间铺面的房子，日子过得不错。他还能记得，政府给的搬迁费是一人30元，加上房屋赔偿，一共是1100元钱。来到青山后不久，就合作化了，他们一家都吃了商品粮，属于非农业人口。

老流波礓的移民，属于商品粮户口的，做生意的老户，就都集中在"崩山嘴"下的一条街上，这就是我们今天看到的青山镇流波街。当时的设计是建设300米长的一条商业街，两边为10米进深，面宽3.5米的商铺，居民住在山坡上。公私合营开展合作化，夏从芳的父母，就都进了合作社，他和他老伴，后来也都是在粮食部门工作，两人的退休金加起来5000多元，用他的话说，够吃够用了。三个孩子，两个女儿都嫁到了梅山，儿子在青山街上做粮油生意，家里有个小门面，毕竟做这一行熟门熟路。

三个人中，江显香年纪大些，家里的条件也差一些。他是11岁那年过来的，他今年74岁，但看上去身子骨还好。他父亲在迁移之前的1954年，就已经过世了，母亲带着他们兄弟姐妹四个，还有一个老祖父，迁到了青山，住在一个草棚子里，是政府安排的。从流波上来后，他家和另外两户人家，把搬迁费都交给了同一个人，说是可以为他们一手操办盖房，他家里孤儿寡母的，求之不得。谁知这人是个骗子，后来虽然被抓起来了，但钱已经给他祸害掉了。三户人家的房子都没盖成，日子就都很难过。当时一间青砖大瓦房，也才百十来块钱，大米才几分钱一斤，把他老娘心疼得，死的心都有了。可也得生活啊，他父亲原先是放排的，在老流波礓也没什么家底，就靠几个孩子砍点柴上街卖，勉强维持生活。因为是城镇户口，所以江显香1969年下放到了八河公社，1983年招工回到镇里，做了建筑公司的瓦工。三个孩子，两个儿子一个当司机，一个在合肥的厂子里上班，女儿也嫁到合肥去了。

"都挺好。"江显香淡淡地说，又感叹道，"这条街上的老住户，差不多全都不在了。"

二

俗称"崩山嘴"的这个地方，其实并不适合生活。除了严重的地质灾害，极易发生山体崩塌外，历史上还曾有过多次雪灾：明弘治六年（1493年）9月13日开始下雪，断续至次年3月，积雪一丈有余；明万历四十七年（1619年）冬，大雪至次年4月，积雪平屋檐；1929年元月17日至18日，一天一夜积雪深达五尺，恰逢土匪李老末窜到青山境内，给当地群众带来极大伤害和惊扰。

即便是过了淮河，在安徽北部地区，"积雪平屋檐"的极端严寒天气，也极少出现过。

雪灾之外，还洪涝连年。明隆庆三年（1569年）7月大雨，八面山谷"伏蛟尽起"；明万历四十二年（1614年）夏，大暴雨，山洪、泥石流，人畜伤亡甚多；明万历四十七年（1619年）夏，大雨成灾，泥石俱下，人畜伤亡惨重。就是这一年冬，大雪断断续续，下到了第二年4月，积雪平了屋檐；清雍正五年（1727年）7月13日，雨昼夜不息，14日西南诸山"万蛟尽发，水高数丈"，沿河漂下很多死尸；清道光三十年（1850年）5月29日，大雨滂沱，山水暴涨，青山境内茅坪山崩，田舍覆没为堰，数十里深不可测。今古碑镇与青山镇之间的天凿塘，即是因为此次山崩阻水而形成。

"伏蛟尽起""万蛟尽发"，如"蛟"一般的山洪奔突而下，瞬间将一切吞没。

响洪甸水库上马之后，1957年4月，原流波区撤销，政府选择在青山、马冲建青山镇，安置流波淹没区的移民。青山属西淠河流域，青龙河、宋家河分别从姜河和下八河直下，经人字河入西淠河，流入响洪甸水库。两岸山势险峻，夏季急暴雨天，山洪暴发，河水陡涨，泥石俱下，冲走树木、房屋，冲毁田土、堰坝，百姓饱受洪涝之苦。开展库区移民时的青山，时值土地改革后的合作化时期，人均耕地只有0.37亩，人均山场面积只有

0.5公顷，当地群众生产、生活都十分困苦。

但青山人民还是以广阔的胸襟，接收了和原住居民人数几乎等同的库区移民。响洪甸水库移民，除少数安置在白大、燕子河、斑竹园3区以外，70%移民都在水库周边就近上靠。青山镇的海莲、莲河、尧塘、青山和马冲都是库区一线村，是安置移民的重点区域。据1985年统计，青山小公社总共安置移民5307人，占总人口的45.34%，其中含1959年寿县返迁回来的移民近300户1100多人。

寿县返迁移民，是指在寿县生产、生活了一段时间后，又重新返回大别山的移民家庭。响洪甸水库建设，应搬迁城乡居民13000多户54000多人，但当时的"老根据地访问团"和内务部认为，移民就近上迁，影响水土保持，而水库上游山多田少，资源匮乏，过分挤占，会增大水库的压力。因此，1957年2月，中共六安地委决定：大部分移民迁往寿县，少部分迁往霍山县诸佛庵区，其余的由金寨本县安置。当时外县安置近5000户近20000人，其中大约4500户安置在寿县炎刘区。虽然寿县是丘陵地带，还不能算是平原，但他们仍然不习惯当地的生活，勉强撑了一年多，又都陆续返了回来。

从这里，我深刻地理解了什么是中国人的安土重迁，故土难离。

移民的大量迁入，加剧了土地的紧张。为了解决吃饭问题，群众就近开荒种粮，造成水土严重流失，生态严重破坏。水库蓄水以后，随着下游灌区的不断扩大和防洪需要，汛期、灾后蓄水位不断抬高和超蓄，这又造成了二次移民。住房是最大的问题，有的移民从本地住户那里腾挤出一两间旧房临时居住，结果一住就是多年；有的因陋就简，依山搭棚，茅草作顶，篱笆作墙，四面透风，家徒四壁，连床都是用树干临时支建的。响洪甸水库淹没区，原是茶、麻经济作物区，群众生活水平较高，而移民点却地处深山、高山，土地瘠薄，由原先生活在全县生产最发达、经济最繁荣的地区，变成了生活在最贫困、经济最落后的地区。梅山水库建库前，史河沿岸，上游百里，森林密布，土地肥沃，粮食高产，物资丰富，木、竹、桐、茶、漆等土特产大量排筏外运，百姓生活富庶。而建库以后，内库周围一直处在贫困之中，失去了赖以耕种的土地，失去了生活来源，造成民众恐慌的心理。几千年来，中国农民的一生，就是"土地加耕牛，春种加秋收"，现在土地被淹没了，日子该怎么往下过呢？这不仅是一个现实问题，还是一个心理问题。

1984年，库区年人均纯收入只有93元，与全国平均数据355元比少262元，与全省平均数据323元比少230元。南溪镇南湾乡曹畈村12个生产队，333户人家1659人，纯靠吃供应粮的有182户913人，占人口总数55％，全村大都是一天两顿稀饭，有55人外出讨饭。槐树湾乡响山寺村庙湾生产队，马宗起一家3口，所有家当加起来不值5元钱，人称"六一六无"家庭："一间破房无后墙，一张破床无床档，一口破锅无锅灶，一条破被无处放，一张破桌无桌腿，一家老小无吃粮。"槐树湾乡白岭村古城生产队27户187人，全部都是移民，全队只有1.8亩田，70亩山场，全队社员有三分之二常年无钱买粮，大多数靠借粮度日。

摩挲着发黄的纸片上这些冰冷的数字和文字，我的眼眶发涩。是金寨人民的付出，金寨人民的困苦，换来了下游的安宁和富足。

三

进入日趋衰落的流波老街，已是夕阳西下时分，上世纪50年代的老建筑，很容易让人有一种怀旧的情绪。

几十年的时光忽忽而过，当年的流波新街，成了今日的老街。年轻人大多都走了，奔向山外，奔向江浙，奔向沿海，只留下一些七八十岁的老人，和几间老店铺。

小街南北走向，当年叫"青山小街"，如今竖着"流波路"的标牌。跟在老书记余嗣松的身后，边走边听他和夏从芳、江显香等几位老人的讲解：这是老车站，这是老篾器社，这是老铁业社，这是木器厂、豆制品社、挂面店、粮站、生资门市部、理发店……都是一些老铺面，八开张的门板，早已褪尽了颜色，一副阅尽沧桑的样子。过去说到金寨七区一镇，除了梅山就是青山，是因为从流波磕街上整体搬迁过来的人，文化水平高一些、家庭生活富裕一些、衣着穿戴整齐一些。所以青山镇流波街，历史上曾经非常繁华和繁荣。我进到老篾器社去看了看，进深很深很深，总共有百米左右，光线很暗很暗，没有一个人。深阔的车间里，摆满了新式和欧式的家具，坐在门外的老人们也说不清承包给谁了，具体什么人在经营。据说当年人数最多时，篾器社有50多名工人，生产各种竹木篾器，源源不断地销往大山之外，是当时这里最知名最红火的企业。

走到一家理发店门口，不由得停了下来。

这是因为店里站着一位50多岁的妇女，衣着光鲜。50多岁在这条街上，已经算是年轻人了，所以很显眼。她正手拿剪刀，在给人理发，见我走进去，就停了下来。这是间老理发铺，一直由她父亲料理，人数最多时，店里有6位剃头师傅。后来老父亲的年纪大了，实在干不动了，才交到了她的手里。

"哎呀，不都是老住户嘛！"她嘻嘻哈哈，大声说着话，"总得有地方，剃个头理个发吧？总不能因为他们老了，就让他们蓬头垢面吧？"她自我介绍，名叫彭艳，1968年出生，人很喜俏，很活络，很喜欢说话。接着她又自说自话，把81岁的老父亲彭宗玉扶了出来。老人很高大，和女儿的口若悬河不同，基本上一言不发。据彭艳说，她弟弟25岁那年，意外去世了，死时还没有结婚，父亲从那以后，就开始沉默寡言。父亲有20多年不经营这个理发店了，一直是自己在干，舍不得老邻居，老顾客，再说也得有个说话的地方，让老邻居们聚一聚哈。说着，她自己先笑了起来，很开心的样子。

果然，老街上的老住户，很快就都聚了过来。其中一位名叫杜殿英的老人，看上去气质出众，很祥和，很优雅。移民时她已经十多岁了，父母原来在老流波街上打糍粑，上来以后也还是打糍粑。他们把"移民迁居"叫作"上来"，是因为这里比原先生活地区的海拔要高很多。后来公私合营，父母就归了餐饮服务社，大集体身份。她母亲一辈子，生了9个孩子，就落下3个，一兄一姐，杜殿英是老九。她儿子在县医院工作，也已经退休了，一个孙女在合肥，她和老伴仍然住在老地方。生活没什么可说的，就是二女儿40多岁的人了，一直也没嫁人，是她的一块心病。

  青山的集镇建设，历经了几个阶段。最初是1957年，青山小街初建，原址上都是一些乱坟荒冢，狐兔出没其间。就几家零散住户，分布在荒坡上，上端马郎冲口，下端双塘田头，前为西淠河，后靠小孤山，面积为2.5平方千米左右。麻埠、流波两镇的商业和事业单位以及吃商品粮的居民过来后，青山小街在移民工作队的指导下匆忙开工建设，当时条件艰苦，时间紧迫，一无正规设计图纸，二无施工机械，只能随坡就弯，依山而建，形成一条弯月形小街。小街总长440米，分东街、中街和西街，东街有小吃部、竹器社、木器社、铁业社；中街有银行、税务所、邮电局、供销社和菜市场，是青山的商业中心；西街有药店、照相馆、香坊和旅店。区公所、公社、粮站、小学位于弯月形街道的正中，采购站、食品站建于河边，医院位于西街出口，是一个大四合院。街道两边是从流波运上来的石条铺成，今天这些石条还在，都已凹凸不平了。

  青山小街当时的人口约为5000人，是金寨县第二大镇，所以说除了县城梅山，就是青山。1971年，梅山至长岭关公路开通，青山的集镇开始沿公路发展。1990年，城镇建设开始加速，西起迎水寺，东至八冲口，多个单位和商贸体在公路沿线落户，形成了新街。2003年青山聘请合肥工业大学建筑设计院人员，对城镇未来20年的发展进行了总体规划；2012年青山镇政府确定开发汪院新区，到2017年，青山镇的建设规划初步实现，城区面积达3.52平方千米，中心路和环城路里程近10千米，建有4座跨河大桥、1个公交车站、5个居民小区、350多家商贸企业。汪院新区的规划建设，彻底改变了青山的面貌，徐院、汇金湾、汪院、尧塘大桥的建成，使淠河两岸形成整体。而政府大楼、广场、中小学校区、滨河、汇金、太冲居民小区，展现了现代化集镇的风采。

  青山老街是1957年响洪甸水库移民新建的农村集镇，建筑材料都是拆除流波镇旧房屋后对建材的再利用。因都是依料而建，房屋大小不等，难以规划，居民区环境杂乱。时隔60多年，当时的建筑基本已成危房，青山老街棚户区改造迫在眉睫。2016年春,县政府决定对青山老街部分地块棚户区进行改造,改善青山众多棚户区居民的居住条件。青山镇政府于2016年5月10日,成立了以镇党委书记为政委、镇长为组长的征收拆迁工作领导小组,下设征收工作组和附属物调查办公室,本着公平、公正的原则,与拆迁户签订协议。通过近两年的艰辛付出,到2017年11月上旬,全镇113户参与棚改的居民都得到了妥善安置,其中以货币补偿23户、产权置换90户,共分配安置房101套。

上世纪50年代以来,从人民公社到区委、区公所,再到撤区并乡,青山的变化翻天覆地,主商业区也由一条440米长的依山街道,发展到近3000米长的顺河长街。2016年,青山利用6000万元灾后水利薄弱环节建设性治理项目资金,进行河道清淤,新建和拆除重建挡墙护岸和护坡,使青山极大程度上消除了水患。西淠河坚固壮观、花木葱茏的河岸,也形成一道美丽的风景线。

历经变更,青山依旧不老,青山永远是青山!

临离开时,彭艳追出门外,时髦的衣裙,异常光鲜。她告诉我她儿子1994年出生,眼下在广东打工,媳妇已经谈好了,就等着往家娶了。"我老公在合肥打工,不给我钱,我有手艺啊,我自己能挣钱!"

她爽朗的笑容,照亮了她身后黯淡的店堂,点燃了老街的黄昏。

四

从抱儿山茶场下来,太阳快要落山时,到达汤店新村。

这是青山镇一个著名的中心村安置点,位于六安至金家寨的古驿道上,青山横北郭,白水绕东城,西淠河在这里以半圆形将村落围住。夕阳下树木和庄稼,村落和瓦舍,都沐浴在一片粼粼波光里,远处是锦绣一般美丽的梯田。旧时的汤店古驿,官商驻马停轿,行人歇脚投宿,商铺连排,招幌连绵,一度曾十分繁华,梅长公路绕开汤店,从河对面劈山修建后,汤店才渐渐衰落了。

青山的贫困人口，主要分布在海莲村的大湾、西坪、李坪、河口、迎丰，莲河村的油坊、茶山、平地等库区一线村，以及姜河的檀冲、八斗、黄岭，抱儿山的天鹅、抱儿山、潭子口，汤店的石船冲、红元、连丰、土门，茅坪村的占铺、七树、莲花，莲河的五冲、佛岭等高寒地带。汤店中心村安置点，由新老两部分组成。2011年，汤店村编制了《汤店村移民康居新村整治规划》，结合美丽乡村建设，对汤店老村进行改造，在保持村庄原有脉络和肌理的基础上，通过改厕改圈、治脏治污、清障保洁等措施，完成了汤店新村居民点一期建设。

汤店行政村由原船丰、汤店、余店三村合并而成，下辖11个村民组930户3338人，因地处西淠河南岸，除地质灾害之外，更有连年水患。2014年春，青山镇启动汤店美丽乡村建设，利用总投资超1800万元的特困移民避险解困搬迁安置项目资金，完成了汤店新村居民点二期建设。整个中心村建筑风貌统一、设施完善、管理规范，配套有标准化为民服务中心、农民健身广场、休闲步道、卫生公厕、生态停车场和垃圾收集站、污水处理处等基础设施。汤店后街自西向东，筑起了一道500米长的围廊，汤店老街铺设了水泥路面。2015年以后，又新建了农民文化乐园，居民也在一期安置87户的基础上，新增了110户。

从上世纪90年代初开始，中国有差不多10年的时间，农业政策、农村建设等问题未能统筹解决。从2001年开始，中央开始接受"三农"问题的提法，并且在2005年，将新农村建设作为中共十六届五中全会以后的重要国家战略。

这是一个重大的历史性转折。

"三农"问题普遍存在于发展中国家，中国的"三农"问题则伴随着上世纪90年代现代化改革的重大挑战而越发突显。在进入新世纪后，党和国家高度重视"三农"问题，推出了一系列惠农政策。汤店新村内部的道路分两级设置，村庄主要道路红线宽度3.5米，宅前道路宽2米，所有的道路都一尘不染。住房也都是统一设计，统一建造，楼上楼下，一厨两卫，125平方米。家家门前，都有一个小小的花圃，家家门前，都菊花盛开。

映山红和菊花，是大别山人的最爱。

随便走进了一家，家中装修得很漂亮，男主人查月林，一大早就上班去了，他在青山镇上做水电工，只有女主人在家。得知这户人家是水库移民，我就随手拉了一个小板凳坐下，和女主人聊了起来。

女主人蔡海艳，今年34岁，从河南周口嫁过来。她是早年在上海打工时，认识的她老公，两人也不是在一个厂子，是通过一个老乡介绍，相互有了好感。那时年轻，也想不起来问问他家里的情况，就跟着他回来了，来了以后才知道，他家在一个山头上，前不靠村，后不靠店，土墙草顶，3间小趴趴房。家里不同意。当然不同意，哪个爹娘，不希望自己的闺女嫁个好人家啊？老父亲一生气，就断绝了来往。哪有什么彩礼啊？太穷了，实在拿不出钱来，她母亲还偷偷给了她4万块钱。一直到儿子3岁了，她父亲才认了她这门亲事。

蔡海艳很能说，絮絮叨叨，不用我问，就一说一大段。她是村里的扶贫专员，按规定绩效考核，油补话补，加班加点等，一个月拿到手，大约3100元。她家是2014年从山头上的船丰村搬下来的，整个生产队50户人家，全都搬了出来。按照搬迁标准，每人补1.5万元，她们家4口人，公公婆婆，她和她老公，补了6万元。儿子没有算在内，认定移民人口时是2006年6月，儿子是2006年9月出生的，所以不算。她婆家最早从麻埠街搬到寿县，在那里蹲了3个多月，实在是住不惯。感觉当时那里的人太多了，密密麻麻，到处都是人，让人心慌意乱。吃水靠压水井，水垢厚得吓死人，走路也走不稳当，尽管那是平原。一家人就又回来了，回到很高的山上，穷是穷点，苦也苦点，可到底是祖祖辈辈生活过的地方啊，开门见山，空气好，水也甜。

蔡海艳的公公，去年5月里去世了，他在新楼门前拍的大照片，现在摆放在厅堂最显眼的位置上。蔡海艳婆婆也60多岁了，婆媳关系好得很。他们搬进中心村新家的时候，周口那边，娘家的亲戚都过来了，一下子来了14口人，母亲、姐姐、弟弟、大姨、小姨，呼啦啦过来一大群。都说："没想到啊，真没想到，你现如今的日子，过得比老家还好呢！"

我只顾着听，埋头记，没注意蔡海艳的门前，已经围了很多人。76岁的李贤林也是水库移民，第一次也是移民到寿县，在寿县年头加年尾，过了两个年，1958年又返了回来。他家里当时9口人：父亲母亲，兄弟姊妹7个。1957年去寿县时，李贤林才10岁，是家里的老大，最小的妹妹才几个月。挑的都不是家什，而是孩子，怀里抱着祖父母的骨灰罐，再加上一个箱子，两床被子，拢共就这些。带不走的东西，都仨瓜俩枣地卖了，也卖不出个啥钱。当时家家的东西都带不走，家家都在卖东西，一个大红漆箱子，才卖5毛钱。他记得到了平原上，他母亲不会烧麦草，一烧锅就满屋子的烟，熏得她捂着眼睛跑出屋，顿顿烧不熟饭。实在熬不过，就又返回山里，住在很高很高的山上，也是一年到头，吃不上一顿饱饭。

"托政府的福，才能住上这样的好房子，一日三餐，天天过年！"

李贤林住在新村的15幢，儿女双全。两个孙女，一个已经上了大学，在江苏连云港；一个是放开生育政策后生的二宝，才刚刚几个月。

中心村3000多口人，2000多是移民。李贤林的媳妇一家，也是移民，享受很多政策补贴。他感慨说，过去的庄户人家，一辈子最大的一件事，就是起一栋房子，给儿子娶上媳妇："攒上十年，准备两年，盖上两年，再还上两年债，大半辈子就过去了，哪睡过一个安生觉，吃过一口好茶饭？"李贤林告诉我，他们这个安置点，娶回来的媳妇五湖四海，哪哪的都有：四川的、山西的、贵州的、云南的、江西的，"都是在外头打工认识的，自由恋爱，不要彩礼钱！"

2015年以后，青山镇汤店、抱儿山、姜河、尧塘等村的面貌，都发生了巨大变化，各村都有安置点、移民新村，建有文化广场和农民文化乐园。乡村大舞台、医疗室、农家乐、停车场、健身器械、公厕等也都一应齐全。汤店新村曾是电视剧《幸福相依》的拍摄取景地，周边有大面积的光伏园和樱草示范园。整个安置点以南部山体为背景，北部茶园为开敞空间，东部河流为纽带，形成背山临水、茶园环绕的村落景观。夜晚，西淠河风情带亮起灯火，夜空繁星闪烁，与西淠河流淌的灯光，隐约连成一片。

第三节　高高的抱儿山

天气晴好，春阳灿烂
在村主任的带领下
我们前往高山茶场
沿村后的道路蜿蜒而上
渐入深山

一

青山镇抱儿山村，村部在高高的山顶上。

沿西淠河往西南方向，一路攀爬9.8千米，可以直达抱儿山巅的抱儿山村。抱儿山是一大一小两座山峰，矗立于海拔1067米的天际之上，远望犹如母抱子，故而得名"抱儿山"。一条宽5.5米的高等级山区公路，绿色的防撞护栏，平整如砥的路面，让我误以为是行驶在高速公路上。道路刚通车不久，总投资2200万元。这数字把我吓了一跳，陪同的人却"哈哈"一笑，轻描淡写道："山区修路，这点钱也不算什么。"啊？这还不算什么啊？这口气未免也太大了！据他说金寨县实施城乡客运公交一体化后，实现了县内公交全覆盖，所有的进村道路都得到了硬化，既解决了群众"出行难"问题，又解决了农产品"出山难"问题。

从2005年推进新农村建设，到党的十九大提出乡村振兴战略，国家每一年对乡村都有大量的资金投入，使中国乡村的基础建设得到了突飞猛进的发展。抗战以前，青山只有6条古道，都是人行小道，通往官田畈、龙门石、燕子河和金家寨。唯一的一条公路，也是简易公路，建于安徽省政府迁入金寨的1938年，从六安到金家寨经青山镇路段，自流波上首的"二里半"到古碑镇的柳树沟，长约23千米。1957年，流波移民至青山，移民搬运建材和家具，就是用小板车从这条公路上磕磕绊绊地拉过来的。人们的出行，商品的交易和运输，都是肩挑步行，一直到1970年，响洪甸水库开通水路运输，青山人才能够从张冲乡黄家楼渡口乘船到马店和鲜花岭，再赶汽车班车到县城梅山。

路上说起这些，陪同的青山同志，甚是感慨。

这是一个典型的深山高山村，下辖20个村民组，1008户3950人，2016年贫困户181户442人，贫困人口占全村总人口的11.6％，是金寨县71个重点贫困村之一。2017年，抱儿山村出列，人均年纯收入达到7273元。

一路上看见很多明黄色的三角小旗，插在茶山的梯田间，一问才知道，这是茶树病虫害绿色防治技术工具，俗称"粘虫板"。如今山区茶园早已不用农药了，以保证产品的绿色和原生态。大片大片的艾草基地，从窗外一闪而过，非常壮观。艾草在《诗经》《离骚》《孟子》《庄子》《五十二病方》中均有记载，每年用艾草生产的艾绒，大量出口日本、韩国及东南亚各国，2020年新冠肺炎疫情发生之后，艾灸在欧美国家也开始流行起来。中国有四大名艾：北艾、海艾、蕲艾和祁艾。但野生艾草资源有限，无法满足日益增长的市场需求。大别山区拥有适宜艾草生长的自然环境，近年来已逐步开发出多个融艾草种植加工、旅游、康养、研学为一体的现代化艾草产业园。抱儿山村的村部非常漂亮，这不仅仅因为新建不久，还因为坐落在山高林茂的群山之间，这座挂着农民文化乐园牌子的现代建筑，看上去十分显眼。

村主任介绍，农民文化乐园是"出列"那年新建的，主体建筑花了70多万元，但开挖基础却花了180万元，是县财政出的钱。文化乐园建设资金、老区发展资金、库区发展资金等几项结合，县镇统筹，这才有可能建得起来。正午时分，天气晴好，春阳灿烂。在村主任的带领下，我们前往他们的高山茶场，沿村后的道路蜿蜒而上，渐入深山。

二

青山镇抱儿山村集体经济茶场，在海拔940米的高山之上，茶季已接近尾声，只剩下一点粗茶"大兰花"还在炒制。在茶场的扶贫车间里，有清新的兰香缭绕，村主任介绍说，高山茶都有兰花香，是因为茶树周边的山谷间，长满了野生兰。

兰花、樱花、杜鹃花，正开得漫山遍野。

茶叶是青山的主导产业。青山地处六安西茶谷边陲，是十大名茶之一"六安瓜片"的主产区，有楼台白茶基地、茅坪茶叶科技示范园、抱儿山名优茶场等，山岗茶梯，有地皆绿。2017年，茶园实有面积853公顷，拥有27个茶叶加工厂，近百个茶庄、茶店、茶摊等销售点，每年产茶500多吨，产值2000多万元。而抱儿山又是金寨名茶"抱儿钟秀"的产地。这一带山高谷深、群峰耸峙，全年无霜期200天至220天，年平均温度14.6℃，年降雨量1400毫米，漫射光多、光照弱，常年云雾缭绕。这里山高林密，昼夜温差大，山下又有小水库，湿度适宜，土壤肥沃，特别适合茶叶的生长。尤其是南峰抱儿山所产"抱儿钟秀"，馨香深郁、呷后生津、口感柔和，若用山泉冲沏，荡杯不溢，因有乳白色雾气萦绕其上，而有"抱儿云雾"之称。上世纪30年代，曾荣获巴拿马国际博览会金奖。

但在新中国成立前，抱儿山茶叶制作工艺落后，所产茶叶主要有4大类：茶末、绿大茶、小茶、片茶。其中茶末的生产量最大。将好的茶叶碎成茶末后，其色、香、形都受到影响，而这在当时，主要是为了解决运输和装盛困难。茶末制成后用铁桶封存，潢川老客专门在抱儿山设点收购，收购量巨大。潢川位于河南省东南部，信阳市中部，南依大别山，北临淮河，地处豫鄂皖三省连接地带，是大别山著名的茶埠。同时，茶农也自行运送茶末至麻城、汉口销售。皖北贫瘠苦寒之地的民众，多是带猪油来换购"脚茶"，即大茶行的地脚灰茶和隔年的老黄叶。抱儿山大茶，主要通过流波、麻埠销往天津、济南，用大竹篓采装，也有直接来抱儿山采购的，多半是捎客贩客，带来布匹，换走茶叶。淠河通行毛排后，加上竹篾编制的茶篓，运输装盛问题得到解决，茶末逐渐改成制作绿茶。片茶问世较迟，主要销往合肥、蚌埠、南京。产茶季节外地人来本地落脚，开行收购，当时著名的茶行有黄安人开的太和茶行等。

这里是青山镇茶产业的核心区，也是天然有机绿茶的标准化生产基地，平均海拔在950米左右。"海拔600米左右，就是辐射区了。"村主任特别解释说。海拔600米以上的核心区，茶叶都是品质最好的，辐射区的茶要差一点，因此青山实行严格的举报制度，辐射区的茶，不能送上核心区，冒充高山茶。核心区的茶园都有证书发放，以保证品质，保护品牌。从2006年起，抱儿山茶场被列为"一笑堂"六安瓜片基地。

目前，抱儿山村茶叶种植面积3500亩，年产量达21万斤。2020年3月20日，抱儿山茶产业原产地认证会启动，原产地认证划定核心区610亩。核心区实行生态化生产种植，实施"两个替代"：生物农药代替化学农药，有机肥、绿肥替代化肥，不得施用化学农药、化肥。抱儿山村总面积500余亩的集体茶园，均在核心区内。

这里还是全县唯一集茶叶种植、生产加工、销售功能为一体的专业化有机茶产业基地，当地统称"扶贫车间"，拥有"抱儿山纯手工黄芽炒制中心"和"抱儿山纯手工瓜片炒制中心"两块牌子。现在，这样的"扶贫车间"已经遍布金寨各乡镇。走进去是两排10口老式大铁锅，生产采用"师带徒"形式，农户可以自己采摘鲜叶，自己来这里炒制。

"扶贫车间"的建造，政府投入扶贫资金90多万元，建成后承包给村里的"能人"罗超，他每年交付给村里5万元租金，全部用于扶贫。这两年，青山一方面加大投入，提高茶叶加工能力和质量，谋求规模化发展；另一方面打造"高山茶"概念，谋划品牌化发展，由"小茶叶"迈向"大茶业"。

青山不少茶园都在高达数百米的山上，最高的接近海拔1000米。高海拔带来的昼夜温差，使得茶叶叶片肥厚，呈墨绿色，泡出的茶汤浓度好，香气浓郁。而高寒的气候，让茶叶在种植过程中，几乎不用农药，也增强了市场竞争力。在将抱儿山海拔600米以上、80多户茶农的600多亩茶园，划为核心区并进行"身份认证"后,青山正考虑注册统一的茶叶品牌。

通往茶园的1.25千米长的高山公路,刚通车不到一个月,短短的1250米,修建时花了76万元。道路尽头是老茶场,属于村集体的300亩茶园郁郁葱葱,覆盖了整片山岭。前几天县里摘帽抽查,抽到了抱儿山村。当天早上5:02,镇里分管扶贫的书记黄文新发来信息,把村主任吓得一个激灵,一跃而起。村主任之前一直没敢睡,一直在等消息。收到消息后,他立马出门去,做抽查前的准备。实际也没啥可准备的,再说那时候准备,也来不及了,只能听天由命。说到这里,村主任停下来,顿了一顿。"大暴雨,抽查组冒雨抽查安置点配套设施和卫生,你猜怎么样?"他有意卖了个关子,"群众的满意度,达到了99.6%,只有一名群众,有一点小小的意见!"

快5点的时候,我们下山了,千谷万壑,笼罩在夕照之中,满天烧霞,使山村美如仙境一般。525路乡镇公交车迎面而来,是青山开往抱儿山村的班车,在与我们相错而过时,能听见车上老人们发出的笑谈声。绿色的防撞护栏十分醒目,提示着这是一条山区的高等级公路。接着,大面积的光伏板就出现了,是县一级的光伏电站,板下综合开发利用,大片的艾草,即将进入收获的季节。

三

皮华周家的门头上,挂有尧塘村委会制作的"卫生户"牌子。

主人不在家,树木静静地站立,花儿静静地开放。不知道是一种什么花,硕大的花朵,艳烈如火。已是傍晚时分,门前的村道上,偶尔有村民牵着牛走过。

炊烟,久违的炊烟,在大别山的上空,升起来了。

尧塘村位于青山镇东部,濒临将军湖,辖10个村民组,812户3148人,2012年人均年纯收入就达到了7015元,不属于贫困村。尧塘的特色是基地,它拥有200亩油茶基地、200亩毛竹育苗基地、100亩中药材基地,南山竹海的景色尤其远近闻名。

金寨县将油茶产业扶贫基地建设，当作实施精准扶贫"一亩园"的重要抓手，作为帮助贫困农民持续增收稳定脱贫的有效途径。在 2018 年 3 月，金寨县 323 个乡镇，利用半个月时间栽植了油茶 53212.16 亩、大别山山核桃 5135.98 亩，流转林地和非林地共 60407.52 亩，实现了 5 万余亩油茶等高效经济林扶贫基地建设。目前，金寨县已新建油茶基地 68577 亩，涉及全县 23 个乡镇和县产业园区共 221 个行政村，全县所有的贫困村，包括已出列的行政村，均建有油茶基地。

漫山遍野的油茶林，郁郁葱葱。

皮华周终于回来了，他老伴紧跟在他身后。村支书大声为我们做介绍，皮华周满脸带笑，一个劲点头。他穿着丝绸质的对襟唐装，戴着礼帽一样的编织草帽，看上去不像 60 多岁的样子。他身后的二层小楼，是 2011 年建造的，漂亮极了。

他这个组叫"牌坊组"，想来历史上曾有过一座牌坊。

皮家不仅是卫生户，还是文明户。院里院外，屋前屋后，非常干净整洁，是经常上"红榜"的家庭。儿子媳妇，都在无锡打工，一个孙子，也在无锡上技校，家里只有老两口，日子过得很从容。门前就是主村道，男主人经常拿把扫帚，从这一头，扫到那一头。疫情期间，夫妻俩都主动要求值班，晚上还轮班。"可有带动作用了！"对着我们，村书记赞不绝口。

牌坊组有 70 多户人家，村民小组长江国石的家门前，也是花木葱茏。江家门前，是几畦子菜地，茄子、小葱、豇豆、苋菜，还有一大蓬月季花，开得正红。最奇的是一株李子树，挂了密密麻麻的果子，总有上万颗。我从没见过，结得这么密实的果子，摘了一个，酸得倒牙，赶紧扔掉了。

这家的婆媳关系特别好，好得在全村出名。婆媳间 20 多年没生过一次气，拌过一次嘴。过年的时候，婆婆给媳妇压岁钱，给 100 块，媳妇回 500 块，婆媳俩脸对脸，笑嘻嘻地接着。村里的婆婆常比着说："看人家江国石家的媳妇！"媳妇们就怼过去："看人家江国石家的婆婆！"

从江家出来以后，沿莲花河往山里走，几乎家家户户门前，都有盛开的月季花丛。油菜成熟了，正在等待收割。路过尧塘村老屋组周甄铜家的门口，不由得就停住了脚步。

是一家规模不小的农家乐。

女主人詹诗芳快步迎上来，和陪同我们的小江姑娘打招呼，看样子她们二人挺熟。这个农家乐的规模真大，楼上楼下，一共 500 多平方米，有 8 个房间，3 个包厢，建筑和装修的风格都十分现代，看样子刚建成不久。女主人詹诗芳虽已 50 多岁，但依然很有风韵，穿着举止，不太像乡村女子。一问，果然之前一直是在上海生活。她十几岁就到上海打工了，那是 1988 年，在上海有名的国棉八厂。当时上海和大别山老区，签订了一份 5 年用工合同，作为上海对革命老区的援助。5 年合同期满之后，工人们便自谋职业，詹诗芳就在各家厂子里打工，一打就是 21 年。在外面这些年，手里也攒下一点钱，看到家乡发展得越来越好，夫妻俩一商量，就回到了大别山。

这一片房子，是 2014 年提出申请，2015 年建成，2016 年农家乐正式开始营业。农家乐花了 100 多万元，政府也有政策扶持，亲戚朋友那里还借了一点。她先生周甄铜，一直在边上站着，一直不说话，一直看着她说。他们是中学同学，读书时詹诗芳梳着两条大辫子，人又长得漂亮，她走到哪，周甄铜就跟到哪。两人 16 岁认识，第二年她就剪了辫子，詹诗芳的大辫子，从 7 岁留到 17 岁，一直舍不得剪，因为周甄铜总拉她的大辫子，她一怒之下剪成了短发，烦死人了！

但詹诗芳到底没能逃过周甄铜，从詹诗芳 16 岁周甄铜追到 27 岁，二人终于在上海结婚了。婚后不久生了女儿，就一个女儿，詹诗芳就不愿再生了。周甄铜宠妻，也由着她，不生就不生，这在大别山农村，十分少见，首先家里的老人就想不通。如今女儿也大了，嫁到了青山街上，自己开了一间服装店，还在霍山县城开了一家餐饮店。说话间，一位客人走出来，上了院子里的一部汽车。

这几年，金寨返乡创业的人越来越多，尤其是年轻人。陪同我入户的江儒茜，今年 28 岁，之前在北京一家服装店做店长，也是刚回来不久。她父母早年到北京打拼，发展得不错，她和弟弟都是在北京长大，弟弟现在还在北京上小学六年级。疫情发生后，父亲回到山里，就一直没再回去。江儒茜回来得要早一些，是 2019 年 4 月回来的，通过县里的统一招考，成为村里的后备干部。难怪她说的普通话很标准，没有一点当地口音。她对象是双河镇人，在张冲街上开了一家汽车配件门市部，这也是促使她回乡的一个重要因素。

因为做过北京某品牌服装店的店长，所以江儒茜的穿着非常时尚，完全给人以大城市白领的感觉。

变化真是大啊，给人恍若隔世之感。前些年，年轻人都是往大城市里跑，谁愿意回到农村，待在乡下？农村孩子考大学，就是为了跳出"农门"，最终进入城市生活。一个孩子考取了大学，不仅是他个人、他家庭的骄傲，甚至是他整个家族、整个村落的骄傲。在 2000 年前后，中国"三农"问题最突出的时期，不仅是来自乡村的大学生，不愿回到农村去，就是没有考取大学的农村青年，也都是一门心思往大城市跑。2006 年，我在皖南皖北各县，做免除农业税的田野调查，所到村庄几乎看不见年轻人，村干部也都是上了岁数。有的村书记，干了几十年，还一直干着。那时的农村，一眼望过去，田园荒芜，村庄寥落。但现在情况不同了，现在的乡村，年轻人多了起来，村干部也开始变得年轻，很多都是刚毕业不久的大学生，通过招考进入乡镇公务员序列。在金寨采访期间，我遇见很多名校毕业的大学生，回到了乡村，在乡镇和村里工作。80 后童维新，放弃待遇优渥的外企工作，回到了金寨果子园乡白纸棚村，摇身一变成为"养鸡大王"，他的合作社也一扩再扩，400 多户村民从"围着看"到"跟着干"，视他为致富带头人。从皖南医学院毕业的 90 后夏鹏，2018 年高票当选村支书，学医药的他卷起裤脚，下到田地，带领乡亲们寻找脱贫致富的"良药"。在全县 225 个贫困村和非贫困村，13061 名联系到户的扶贫干部中，像他们一样的 80 后、90 后"一把手"，已经超过了三分之一。2018 年以来，全县有 436 名各类人才"凤还巢"。

江儒茜对自己的选择很是满意，她认为自己抓住了机会。这么一边说着，她一边走进路边的树丛，给我摘了一串不知叫什么名字的野果子，红莹莹的，吃上去很酸、很甜、很劲道。

"三月娄豆、四月籽、五月毛桃、六月钱串子，"江儒茜一边摘，一边念叨，"七月杨桃八月楂，九月板栗笑哈哈。俺们这里，一年四季，有摘不完的野果！"

青山镇地处大别山腹地，四季分明，气候温和湿润，深山丛林、荒坡沟坎、田头地边，常年生长着各种零污染、纯绿色的野果：野樱桃、乌泡子、羊奶头、毛桃、栽秧泡、野核桃、棠梨子、野葡萄、野柿子、癞葡萄、桑葚、拐枣、苦李子、钱串子、山葡萄、毛栗、山楂、杨桃等。后来我才知道，江儒茜给我吃的，是一种名叫"栽秧泡"的果子，栽秧的时候，这种果子满山遍野，挂得到处都是，红宝石一般晶莹剔透。

四

青山镇大名鼎鼎的"先徽公司"因为生产车间正在装修扩建，公司老总李先辉在江店公司总部。没能进行预定的采访，不免令人有些失望，但转过弯就看见了"晓菁鞋厂"的牌子。这里也是扶贫基地，于是我们立即拐了进去。

没想到晓菁鞋厂的厂长张树声，给了我一个大惊喜。

张树声是青山本地人，1974年6月出生，弟兄7个，加上一个姐姐，父母一共养育了8个子女。张树声是家中的老小，初中只读了3个月就辍学在家了，每天打柴挑柴，走5千米到汤店集上去卖，一担柴100斤，卖一块钱，那是1990年。

16岁那年，张树声来到北京顺义县的小石灰窑，每天背石头上坡，那个坡很陡很陡，他形容为"垂直90度"。那时候也没有什么环保概念，哪有什么口罩啊？一天下来，浑身上下，一头一脸都是石灰粉，面缸里钻出来一般。干了一年，张树声出了交通事故，四肢有三肢受了伤，在医院里躺了150多天。

从医院出来后，张树声就不能干重体力活了，这可怎么办啊？16岁的张树声，孤身一人的张树声，坐在山坡上哭了。不得已他从北方转向南方，从顺义来到了上海。先是在上海浦东的一家鞋厂，做了 3 年皮鞋，在这里认识了他一生的"贵人"顾总。也是在这里，张树声遇见了自己未来的妻子，她也是青山人。认识以后，他请假回到金寨学开车，是金寨县驾校的第二批学员。为什么做了 3 年皮鞋，又回来学开车呢？是想有另外一个出路。当时驾校的学费是 3170 元，那可是一笔大钱。5 个人租一个房间，150 元一个月，一人分摊 30 元。教练车是台老解放，一发动轰隆轰隆地响，震耳欲聋。用了 2 个月拿到了驾照 B 照，张树声仍然回到了鞋厂，但上海不认外省的照，张树声只能先从装卸工干起，3 个月后找了个老师傅带路，慢慢上了手。

当时他们的鞋厂，是达芙妮的代工厂，总厂老总姓汤，厂子里有很多青山人。当时的熟练工，经常会被别的厂子挖墙脚，有一次，这个厂的 30 多个熟练工，一起跳槽到了顾总的皮鞋厂，暴怒的汤老板，第二天又把人都拉了回去。张树声和他女朋友，以及女朋友的弟弟没有回去，给顾总留下了一个好印象。中午顾老板就找到他，问："人家都走了，你为什么没有走啊？"张树声说："好马不吃回头草，上海的鞋厂很多，就是老板你不用我，我还可以去别的厂子。"就是这句硬话，让顾老板对他的印象更好了。张树声做配底工，做帮，配底，技术都很过硬。他留下来以后，提出了一个条件："如果有一天，外省的驾照也能在上海用的话，你能不能考虑让我开车？"

顾老板郑重地点了点头。

这一天，张树声到底等来了。1998 年农历 10 月 13 日，张树声回到金寨结婚，也没给女方什么彩礼，那时候也不兴什么彩礼，而且这么些年，未婚妻打工的钱，也都交他手里了。张树声就准备了"四色礼"，烟酒肉糖，拎到了岳家，算是既尽了礼，又尽了心。厂里一共给了 5 天假，再回到上海上班时，顾老板就把他调到车队，从最差的一部货车开起，两年后，张树声成为车队队长，大小车子都能开了。

2003 年正月，沿海很多城市闹民工荒，顾老板让张树声从大别山老家带人，带一名工人，干满 6 个月，给他 50 元中介费。张树声想了想，提了个建议：与其招工到上海，不如把做鞋帮的工段搬到大别山，用上海工资的 70% 做工人的工资，30% 做交通、办公、水电、差旅开支。

听到他的建议，顾老板当时没有表态，说是一个星期内给他答复。结果第 4 天，顾老板就找到他，要和他一起回青山。张树声有些意外，但他决定抓住这个机会。回到青山镇，他们和镇政府洽谈、协商、签订协议，结果 80% 的机器都到位了，突然非典暴发，一切只能暂停。一直到 2004 年 5 月 17 日，顾老板才又找到他，让他第二天就回大别山，启动这个项目。

张树声是 2004 年 5 月 18 号回到青山的，第二天他找了一个私人老宅子，开始打广告，招工。这份工作既能在家门口打工，不用到陌生的城市里担惊受怕，还能就近照顾老人孩子，所以招工很顺利。机器、师傅，都很快到位，6 月 8 号正式开工。厂里一共 28 个人，从上海带来了 5 位师傅。做鞋没什么技术含量，流水作业，工人学起来，快的一天，慢的两天，就都上手了，顾老板把山里的厂子交给张树声，很放心。

金寨一年 60% 的劳作是以茶叶为主，一般 3 月 20 号开始采茶，5 月底就没有什么农事了，而茶业的忙季，正好是鞋厂的淡季。做鞋子、做服装，都是越冷越忙，越热越忙，冬季做春夏，夏季做秋冬。张树声开工时，对工人郑重承诺："先做人，后做事，每月 25 号到月底，发上个月的工资，如果到下个月 1 号，工资还没发放，我就宣布破产！"

2008 年的冬天特别冷，进入 12 月以后，大别山区连续大雪，张树声信用社账上有钱，但取不出来，因为大雪把路封了，运钞车开不进来。那时候张树声发工资，还是发现金，都是家门口的兄弟，一辈子没出过山，他们还是觉得只有现钱拿在手里，才安心。到了发工资的日子，信用社里仍然没有现金。怎么办？张树声从青山镇信用社开了一张支票，顶着漫天大雪，56 千米，来回走了 21 个小时，一步步走了回来。"16 年来，我没欠过工人一分钱的工资，"张树声看定我说，"我就是一句话：要做事，先做人！"

新冠肺炎疫情期间，厂子仍在生产，工厂 2 月 20 日开工，是整个六安市第一家开工生产的企业，当日六安电视新闻、第二天的安徽卫视新闻都做了报道，还上了22日的新闻联播。工厂做的都是"外单"，服务于国外一家大型服装公司。这家公司是世界500强企业之一，2017年最红火时，它的外包厂40多家，现在只剩下了6家左右，减少了大约78%，但公司仍然把一部分业务，放给了张树声的厂子。

晓菁鞋厂一年的产值，在500万元左右，年产30～40万双鞋。人数最多时厂里有239个工人，现在也有100多人，其中16人是贫困户。在车间里，我见到了贫困户周琴。1977年出生的周琴，是张冲乡沿河村关坪人，夫妻俩带着儿子，和父母住一起，丈夫是上门女婿，是2003年从六安"招亲"过来的。丈夫的父母死得早，家里兄弟多，要想成家立业，只能走"上门"这条路。2011年，周琴丈夫的胸腺瘤引起重症肌无力，2015年在上海做了微创手术，花了5万多元，要是在合肥做，需要10多万元。手术是做了，但丈夫术后四肢无力，眼皮垂下来就抬不上去，无吞咽能力，也无咬合能力。早上7：30，中午10：30，下午16：30，都要人准时喂药。周琴在厂子里，张树声对她很照顾。

快中午时，我跟着张树声去了他沈冲山坳里的老屋，因为一大排房子都空着，看上去很是荒芜。张树声的大哥68岁，二哥66岁，四哥54岁，精神上都有些疾病，一家3个光棍，过去在生活上都需要他照顾。现在政策好了，他们都是建档立卡的贫困户，就都不用他管了。这里原先有18户人家，16户都搬迁到了避险解困小区，只剩下他大哥和另外一户人家不愿走。门外有码得整整齐齐，一人多高的杂木桦子，是他大哥为他厂子准备的烧火用柴，他按照市场价格付钱，对他大哥来说也是一笔收入。他的厂子，中午管菜不管饭，饭是员工自己带米统一上笼蒸。张树声时不时回到沈冲来看看，这里还有两排猪圈，他打算等猪瘟势头减弱之后，还回来养猪。从大路进入沈冲的山坳，要经过一条山涧，张树声自己出资修了一座桥，并将桥命名为"张氏石拱桥"，桥脚有一块石碑，上面镌刻着一行字：承重40吨，张树声建，造价10000斤大米。

四野寂静，草木茂密，远远就听见潺潺的流水声。据说山涧的上游，有一个很大的瀑布，正在静静地等待被开发的时候。

第九章

八月桂花遍地开

金寨是中国革命的重要策源地、人民军队的重要发源地。习近平总书记在视察金寨时满含深情地说:"一寸山河一寸血,一抔热土一抔魂。回想过去的烽火岁月,金寨人民以大无畏的牺牲精神,为中国革命事业建立了彪炳史册的功勋,我们要沿着革命前辈的足迹继续前行,把红色江山世世代代传下去。"

金寨的很多家庭都是"父子同参军、兄妹齐上阵",有的还是"一家三代当红军",甚至满门英烈、全家牺牲。走在金寨的土地上,"户户有红军、村村有烈士、山山有忠骨、乡乡有将军"。土地革命战争时期,在金寨境内,一共组建了12支红军主力部队。

土地革命时期,全国一共有87个县区,建立了151支主力红军队伍,其中,地处大别山的鄂豫皖地区建立了51支,而金寨约占三分之一。

今天,先烈们为之奋斗的一切正在实现,他们的子孙,正在这片红色的土地上,创造新的奇迹。

第一节　罗先平的红色家谱

中国农村

经过近 40 年的分户经营

如何把农民再组织起来

是一个需要面对的现实问题

一

跟在长岭关村产业扶贫带头人罗先平的身后，前往他的元胡种植基地，是一天中太阳最为炙烈的时候。

长岭关村坐落在皖鄂交界处，两省三县接合部，全村 10 个村民组，671 户人家，2453 口人，有 5 个村民组分布在省际边界线上。这里地处江淮分水岭上，自然条件差，资源匮乏，气候恶劣，人称"北风袋子底"，人均耕地不足 0.5 亩，是全省闻名的贫困村，曾一度是安徽省原省委书记卢荣景的扶贫点。

52 岁的罗先平看上去很是矫健，这得益于大别山的山水，当然，更得益于长年的劳作。坐在办公室里的人，是没有如此敏捷的身手的，顺陡坡而下，是一条深壑，他轻松一个跨步，就跃过去了。

罗先平原先是长岭关村的村主任，现在是金寨县土生金家庭农场法人代表，2009 年入的党。罗先平的公司，之所以取这么个名字，是因为在他看来，中药材就是"土里生金"。他最早是做中药材生意的，从一家一户老百姓的手里收购大别山的野生中药材，然后卖到山外去，生意做得还可以。2001 年，他到霍山去收灵芝，看到当地人的生活很富裕，心里很是羡慕，想着自家那里,啥时候才能过上这样的日子啊。后来入了党,当上了村委会委员,2011年又当选了村主任,开始有了责任意识。去年换届时,他主动退了下来,一心一意发展中药材规模种植,带动群众脱贫攻坚。

远远看去,坡下的元胡地里密密麻麻,满是刨元胡的人。男女老少都有,但大部分是妇女,戴着遮阳帽,穿得花红柳绿。刨元胡要蹲在或坐在地上,顺着地垄一点一点往前翻刨,才能"颗粒归仓"。元胡又名玄胡,性温,味辛,有止痛功效,为大宗常用中药材。这一带海拔高,昼夜温差大,微酸性沙质土壤疏松肥沃,加上大别山的好水质,特别适合一些高品质中药材的生长。

看见我们过来,60多岁的贫困户陈友明,最先停下手中的活计,不断地用手比划着,很急切地想表达什么。他是聋哑人,村里的五保户,小时候得过小儿麻痹症,手脚也不灵便。所以他刨元胡是坐在地上,一点一点往前挪。边上的妇女,一边手脚不停地干自己的,一边给我们翻译:"他说他一天,能挣60多块钱!"

陈友明仰起脸,孩子般粲然一笑,突然扬起铲子,飞快地翻刨起来。

陈友明的日常生活,由他在小学里当老师的堂弟照顾,平常干部们到他家里去得也多。刨元胡的男劳力,贫困户、五保户居多,陈友学、陈友石,都是一辈子没有成家的孤寡老人。他们老兄弟几个,都在罗先平的地里干活,刨一斤元胡一元钱,当天结算。手脚快的,一天能挖130斤左右,妇女们的手脚,明显比陈氏兄弟要麻利。她们中也有很多是贫困户,有的是从湖北麻城木子店过来的,骑电瓶车,半个多小时就能到。

刨开来的地垄黑油油的,阳光下泛着一层油光,当地叫作"沙甜土",以形容它的肥沃。不过也是上了鸡粪,才有这样的效果。鸡粪是从合肥的养鸡场里拉过来的,10块钱一袋,"不下本钱,就是不照!"罗先平说着笑了。"照"是江淮土话,表示"行"的意思。对面坡底的元胡地里,也有20多人在干活,妇女们鲜艳的服饰,在田野里渲染出一派亮色。

"最多四五天,也就干完了。"罗先平迎风站着,淡淡地说。

午后的山野烈焰升腾,但山风劲爽,远山近水,都铺满了光照。鲜元胡5元钱一斤，亩产800到1200斤之间。去年行情差一点，4.5元一斤，但也有70多万元收入。元胡和贝母都是5月里收获，之后正好可以种一季水稻，而水稻和药材轮种的方式，也大大提高了每亩地的产出值。罗先平的种植基地，吸纳了62名贫困户务工，其中有40户还自己参与种植。农户将土地流转出去后，不仅有租金收入，每亩中药材也有5000元到6000元的收益，大大提高了土地的产出和收获。

21世纪以来，随着农业税的彻底免除，原来最易引发社会关注的"农民负担过重"等经济层面的问题，得到了釜底抽薪式的解决。在"三农"问题不断深化的背景下，中国农业政策发生了积极转向，从城乡分离的发展理念转变为城乡统筹、城乡一体化和城乡融合。中央连续推出新农村建设、乡村振兴等国家战略，并不断辅以各种惠农政策，以补齐农村发展的短板。去年一年，加上水稻的收入，罗先平一共挣了100多万元。除了通过流转土地，自己的农场种植各类中药材230亩外，罗先平还带动52户农户种植了200多亩中药材，不仅是在本村本镇，而且辐射到周边的漆店、沙堰、古碑、花石等其他乡镇。而去年在罗先平的家庭农场务工的，共有329人，其组织和带动作用都十分明显。

"经济作物，打的就是个时间差，收了稻子种元胡，无缝对接，才能不误农时，增效增收。"

因为元胡用鸡粪做底肥，所以罗先平的稻子品质也特别好。去年，罗先平的稻子卖了8万多元，正好把土地流转费这一块，给找补平了。除种元胡之外，罗先平还投入120万元，建了一个羊肚菌基地；和漆店村的张家旺合作，搞了一个竹荪基地，也带动了周边很多贫困户。用的是"三变"资金，政府给了40万元的支持，属于产业扶贫专项资金，不需要担保。所谓"三变"，指的是资源变资产、农民变股民、资金变股金，是中央发挥财政资金撬动作用，助力脱贫攻坚的一项具体措施。

在物质贫乏的上世纪七八十年代，农村集体产权改革带来了生产力的极大释放，但经过近40年的分户经营，如何把农民再组织起来，是一个需要面对的现实问题。而农村资源变资产、资金变股金、农民变股民的"三变"改革，不失为振兴农村集体经济，实现农村产业兴旺的一项具体措施。对于所带动的农户，无论是元胡、竹荪还是羊肚菌，罗先平全部"包回收"，使种植户完全没有后顾之忧。今年，他首次种植的30余亩竹荪也喜获丰收，每亩产值2万多元，纯收入1万多元。

二

在长岭关村，罗先平还是远近闻名的"红三代"。

罗先平的祖父老兄弟9个，其中6人参加了革命，5人牺牲在了外头，只有一个人受伤归来。

爷爷罗从松跟着红军走的时候，罗先平的父亲罗真旺还没有出生。爷爷是腊月二十三那天走的，据奶奶后来说，当时家里的吊罐里，正炖着一个猪头，准备过小年。湖北那边的土匪过来打劫，见啥拿啥，最后连吊罐也一起抱走了。仗着家里的弟兄多，爷爷他们就和土匪们干了一仗，结果打伤了一个土匪。害怕报复，爷爷他们老兄弟几个，就都从屋后跑进大山，参加了红军队伍。

爷爷走的时候，大伯才12岁，两个姑姑还很小，都被土匪抱走了。后来打听到，其中一个被卖到了湖北的三河乡，给人家当童养媳。这个姑姑在新中国成立后，自己找了回来。当时她背着一口袋馍，走了三天三夜，才摸到了家门口。而另外一个姑姑，就不知到哪里去了。

爷爷的哥哥，罗先平的大爷爷走后，大爷爷12岁的儿子罗资富，被母亲送到湖北一个地主家放牛，吃尽了苦头。刘邓大军挺进大别山，他遇见了部队，觉得找到了亲人，就主动给部队送信，被国民党抓住。敌人把青砖绑在他腿上，吊到房梁上打，他的手臂因此受了重创，终身不能干重活。还有一回送信，他被山里的豹子咬伤，奄奄一息地躺在山道上，解放军路过，把他救了下来。罗先平说小时候，夏天热起来以后，他不敢看大伯罗资富的胳膊，大伯的胳膊上、腿上，伤痕累累，吓死人了。罗资富是2006年去世的，他一辈子不能出力，重活累活，都是罗先平的父亲帮着干。父亲3岁时，奶奶去世，是罗先平的四爷爷把父亲养活大的。四爷爷在湖北打长工，为了养活大哥的遗腹子，一辈子没有结婚。

"是我的父母，把他老人家送上山的。"罗先平说。

坐在老屋的山墙下面，听罗先平讲述他的家族往事，我不由得眼里有了泪花。他爷爷走了以后，一直没有消息，直到新中国成立后，家里陆续收到了5张烈士证，罗家人这才知道，出去的6个兄弟中，5人都已牺牲了，只活下来二爷爷一个人。在长征途中，腿部受了伤，手指头冻没了，耳朵也冻掉了，和队伍走散之后，他是装成哑巴一路讨饭回来的，受尽千辛万苦。

二爷爷死后，埋在了老宅后面的山坡上。

5张泛黄的革命烈士证，罗先平精心保存着，每一张证书的背面都有一个印戳，正面写着罗家兄弟5人的名字：罗从松、罗从盈、罗从恩、罗从露、罗从清，背面还写有烈士亲属应领取的抚恤金金额。罗家人一直不知道，他们都牺牲在了什么地方，一直希望能够寻找到他们的遗骸。2018年，六安电视台《直播六安》栏目，发起"红色血脉——寻找革命烈士后人"公益行动，经过半年多的奔波、寻找、查证，找到了30位长眠于川陕路上，包括罗从盈在内的团级以上六安籍革命烈士。2018年7月25日，在叶集老十字街，寻找到了烈士花其兰的侄子，今年已经72岁的华中昌；7月26日，在裕安区分路口镇，寻找到了烈士傅成德的继子傅前树、侄子傅前友；8月6日，在金寨县斑竹园镇沙堰村，寻找到了一生和父亲从未谋过面的烈士漆先玉的继子漆德环；8月7日，在金寨县斑竹园镇长岭关村，寻找到了烈士罗从盈的侄孙罗先平。

罗先平的大爷爷罗从盈牺牲时，是红四军第十一师第三十二团团长，他目前安葬在川陕革命烈士陵园。得到这一消息，罗先平第一时间打电话给大爷爷在外地的孙子，商量一起去四川祭拜的事。大爷爷另外四个弟兄还没有下落，罗家人希望他们也能够早日魂归故里，叶落归根。目前，他们的名字都铭刻在家乡斑竹园烈士墓园烈士名录上，每年的清明和正月十五日，罗先平都会带着孩子，去给他们送灯。

截止到 2018 年 12 月，目前仍然有 20 位安眠在川陕革命烈士陵园六安籍烈士，没有寻找到后人，他们是：

殷秀山（女）、陈春奇、冯元洪、冯元义、傅绍瑞、罗开书、汪国祥、王大法、夏学清、周厚福、赵箴吾、苗宗元、罗礼银、李元宾、林英安、王志凯、王祖营、叶德恩、刘子才、袁成汉。

三

进入 12 月份，又到了天麻收获的季节，金寨县斑竹园镇长岭关村的村民们，又开始忙碌起来。连日来，每天一大早，村民们就带着工具上山收天麻。"一锄头挖下去，刨开土，密密麻麻的天麻，就像一个个圆滚滚的地老鼠，从土里钻出来。"村民们这样描述。

2020 年 4 月 20 日，在长岭关村村部，驻村扶贫工作队正在和种植大户罗先平一起，与村民熊德军签订中药材元胡的收购协议。熊德军说，他 2019 年一年，靠着种植元胡，收入超过了 5 万元，不仅脱了贫，还搬进了新屋。尝到了甜头，2020 年他把自己的元胡种植面积扩大了将近一倍。而像熊德军这样准备签约的种植户，一共有 19 户，其中有 4 户是贫困户。

看有的人还在犹疑，罗先平安慰说："你们思想上不要有顾虑，你种好多，我收好多。"签了协议之后，罗先平会免费提供种子，包技术、包回购。目前，长岭关村中药材种植面积已经达到了 500 多亩，而以长岭关村为中心，覆盖沙堰村、漆店村的中药材种植基地，有 1000 多亩。

近年来，斑竹园镇从镇情实际出发，依靠地域和中药材资源优势，以元胡、天麻为主导产业的"一村一品"工程，逐渐形成规模。长岭关村是"一村一品"示范村，主导产业就是发展中药材种植。为了持续推进中药材等产业多方面发展，该镇组建了一支业务素质高、行动执行力强的生态种植服务队，对全镇的种植品种进行深度研究。服务队常年深入田间地头，对产业进行指导，排查病虫害隐患，掌握产业的发展现状、需求和存在困难，为产业持续兴旺发展，打下了坚实的基础。

昔日贫穷落后的长岭关村，如今已经发生了天翻地覆的变化：多年的牛贩子熊心成，变成了养牛大户；熊心宏变成了养鱼、养猪的综合养殖大户；乡村经纪人罗真虎、徐烽、罗延国、罗先平、丁锋、郑才宏等人，一年四季活跃在城乡之间，成为带动贫困户脱贫的主心骨。现任村支书丁永书，是干了21年的老村干，亲历了这个村的贫穷与困苦，也见证了这个村的改革与发展。他深有感触地说，是党的政策好，才有长岭关人今天的幸福生活。目前，这个村46个五保户都老有所养，孤寡老人再不孤独！

2018年，长岭关村出列。

第二节 "一村一品"成气候

是政策的光辉
和土地上的劳作
平复了漆学荣内心的苦涩
鼓起了她生活的信心

一

傍晚时分,到达张传旺的"洪家寨家庭农场"。

在金寨县斑竹园镇,提到产业发展就绕不开漆店村,提到漆店村就绕不开张传旺。这些年漆店村的洪家寨、和兴两家大型养猪场,是斑竹园镇为数不多上规模的村级产业。

进入一个山坳,很远就听见大型挖掘机作业的声音,在山谷间轰响。简易工棚办公区的门前,除了"洪家寨家庭农场",还挂有一块"胜和农业开发公司"的牌子,这两家公司,张传旺都是董事长。

1963年,张传旺出生于斑竹园镇漆店村丁榜生产队。他父母养育了6个孩子,弟兄4个,一姐一妹,他是家里的老二,因为穷,经常吃了上顿没下顿。1979年他就辍学了,到村里的林场上班,1984年干场长时,才刚刚20岁出头。1995年村林场拍卖,他就回了家,做起了苗木盆景生意。2012年,接了镇里的美丽乡村建设工程,积攒下了第一桶金。但是把钱投到哪里好呢?张传旺一时犹豫不定。看到一个在武汉做工程的朋友,回到家乡养猪,发展得还不错,他决定也投资建一个养猪场。于是和4个朋友一起,筹集了800多万元,成立了洪家寨生态养殖专业合作社。一开始存栏3200

头，慢慢发展到 5000 头，一年后就发展到存栏 10000 头的规模。

养的是黑毛猪吗？我问。不不不，不是金寨黑毛猪，黑毛猪适合山野放养，不适合规模养殖。是白毛猪，主要是给以肉类加工为主的大型食品集团供货。

张传旺人木讷，不善言辞，所以很多经历细节都语焉不详。他似乎更习惯于用行动表达，不像有的采访对象，说起来绘声绘色，滔滔不绝。

他现在还经营着一个茶场，300 多亩茶园，400 多亩山核桃园。养猪场办起来的第二年，张传旺就把猪场规模扩大了一倍，在洪家山上下，各建有一个养猪场，各存栏生猪 10000 头。在"四联四帮"活动中，他主动联系帮扶了 20 多户贫困户，通过入股分红的方式，为贫困户养殖猪苗，帮助贫困户年均增收 3000 元。

问到家庭，张传旺说得更少了。

就一个儿子，32 岁了，在家电企业上班；一个孙子，一个孙女，是张传旺的开心果。此外，他还领养了本家一个堂侄女、一个堂侄，他们的父亲被疯狗咬死了，母亲改嫁了，当时姐姐 5 岁，弟弟才 2 岁，无依无靠。如今女孩已经出嫁，弟弟本科读的是安徽医科大学，接着在西安医科大学读了研究生，毕业后在湖北宜昌第一人民医院工作。这两个领养的孩子，在他眼里就和亲生的一样，亲得不得了。

说到这里，张传旺笑了，一直紧张的神态也放松下来。

脱贫攻坚以来，金寨县针对生产无助、就业无门、生活无路、思想无根等贫困户的普遍问题，鼓励引导有带动能力的党员开展"四联四帮"活动，带领群众脱贫致富。

全县坚持以党建工作为统领，创新开展"四联四帮""引擎"工程和"能人回归"工程，探索"一帮一"精准帮扶、"一帮 N"全面帮扶、"N 帮一"重点帮扶等形式，以基层党员的"存在感"，换来脱贫群众的"获得感"，取得了非常好的效果。

为了强化带动作用，全县 476 名农村能人、630 名村级后备干部进入村两委班子，为推动党员扶贫发挥好示范引领作用。

金寨县还在党员中统一设置"五星",即学习进步星、诚信履诺星、服务奉献星、工作业绩星和文明和谐星,广泛开展评星承诺践诺、共产党户挂牌、"优秀联帮户"评选等活动。作为非公支部的党支部书记,张传旺2017年、2018年连续两年,都被镇党委授予"优秀联帮户"称号,2017年还被评为年度"十佳产业扶贫带头人"。

但大型养猪场污染比较大,影响到大别山的绿色生态,更重要的是,2019年爆发的大面积猪瘟,让大别山的养猪专业户损失惨重,张传旺的猪场虽然努力保住了数千头成猪,但损失仍然很大。所以猪瘟疫情过去之后,张传旺就果断关掉了一个养猪场,只保留山上的一个,把下面洪家山本部的这个场地,改用于养鸡养鹅。

2019年9月,张传旺和村里的党员吴善友、村民詹耀奎一起,新组建了金寨胜和农业开发有限公司,发展高山蔬菜、中药材、茶叶、花卉苗木种植以及畜禽养殖等产业。金寨县的后备干部人才库,先后发展张传旺、李伟等一批在产业发展、扶贫带动方面有表率作用的能人大户入党,培养其成为后备干部。在斑竹园镇党委政府和漆店村民委员会的支持下,张传旺投资900多万元,在老场的基础上,建起了面积12亩的大型养鸡场,养殖蛋鸡65000只。建设资金中有60万元扶贫资金,90万元扶贫贷款。他养的鸡有一个很好听的名字,叫作"金粉二号",是专门下蛋的鸡。而一年半鸡龄的鸡,就要果断淘汰,淘汰标准是下蛋率低于20%。所有的鸡蛋,都由湖北一家公司回购。从鸡苗到开产,一共需要120天。鸡苗、饲料、淘鸡回收、鸡蛋收购一条龙,现代养殖业的优势就体现出来了。目前,胜和养鸡场日产鸡蛋6万多枚,带动了17户贫困户就业。

正说着话,一个三四十岁,走路歪歪倒倒的工人,搬着几板破损的鸡蛋,笑呵呵地从我身旁走过去了。

养鸡场的人说,他有严重的智力障碍,但笑容干净极了。他父亲也在这里务工,父子俩的生活能力都很弱。养鸡场男工的月工资一般是3000元,最低不少于2400元,像他们父子俩,就是拿的最低工资,属于被帮扶贫困户。大型挖掘机仍在作业,是在为扩大生产规模做准备,"轰隆隆"的巨大响声，营造出山鸣谷应的效果。

2020年1月，新冠肺炎疫情暴发以来，我一直关注大别山的扶贫企业，尤其是张传旺经营不到半年的养鸡场，面临着抗疫和生产的双重压力，也不知怎样渡过难关。

疫情期间，别的企业可以停产，而他们不能停，65000只蛋鸡，每天需要6～7吨饲料。疫情封路、人员控流，6万多只鸡啊，每天吃什么，吃不吃得饱？听说养鸡场蛋鸡的产蛋率，已经直接从95％降到了60％以下，眼看企业就要被拖垮了。

还好关键时刻，斑竹园镇党委发动党员志愿者，组织了一支"爱心车队"，帮助张传旺外出采购、运送物资。最紧张时，张传旺、吴善友、詹耀奎三位合伙人，每天只睡4个小时，为企业饲料运输车消毒并沿途护送，硬是把那段艰难的日子，给挺过来了。"爱心车队"9名成员中，有5名党员，疫情防控期间，累计出动210余次，行程2200多千米，服务群众约1.2万余人次。

二

在漆店村的大棚基地，见到了贫困户漆学荣。

在漆店村沿南流河一线，是一排排整齐的蔬菜大棚，大棚里种有黄瓜、茄子、豆角、辣椒等高山蔬菜，还有药食两用，被誉为"菌中皇后"的极品菌类竹荪。

竹荪又名竹笙、竹参，是寄生在枯竹根部的一种隐花菌类，有着深绿色的菌帽、雪白的圆柱状菌柄，以及粉红色的蛋形菌托。因为菌柄顶端有一圈细密洁白的网裙，从菌盖铺垂下来，所以竹荪又被人们形象地称为"雪裙仙子"。

野生的竹荪，多寄生于自然生长的竹林里；人工竹荪则使用竹木屑及多种农作物秸秆栽培，从接种到采收需要10～12个月。

从一开始，漆学荣就在张传旺的竹荪栽培基地务工。漆学荣的手有残疾，丈夫得癌症去世了，儿子远在广州打工。她双目失明的公公是烈士子女，婆婆的身体不好，家里家外，都指望她一个人。要是没有扶贫政策，她真不知道自己能不能熬过来。是政策的光辉和土地上的劳作，平复了她内心的苦涩，鼓舞了她生活的信心。

竹荪正在结伞，白色的网状菌幕，垂挂如裙，美如仙女。真好啊，漆学荣直起身来，看了一眼远处的大山，5月的山峦青青如染，万里无云。每年的5月至10月，竹荪开始采摘，每天有几十个人在这里务工。集体劳动的欢声笑语，让漆学荣有一个好心情。菌种是福建那边提供的，产品大部分也是销往福建。因为是药食两用，所以在东南沿海一带，竹荪特别受欢迎。竹荪菌体含有丰富的蛋白质和氨基酸，其活性物质竹荪多糖，具有一定的抗肿瘤功效，还具有抗血栓、降血脂的作用。一亩大棚可产干竹荪150斤。附近有一家竹制品加工厂，专门为基地提供竹荪种植所需的竹木屑料。几十个大棚浩浩荡荡，沿南流河一字排开，漆学荣看一眼，都觉得安心。

2018年，依托金寨县"菜篮子扶贫农场工程"资金，漆店村聚零为整，将省道两边相对集中的小块耕地，从村民们的手中流转过来，开辟了两处近百亩大棚基地，配套了电力、滴灌等基础设施，承包给村后备干部李伟和党员种植大户张传旺牵头成立的合作社，促成与邻村中药材大户罗先平的合作，将大棚改种"菌中皇后"竹荪。

三

到达漆店村丁塝组漆学英的家，已是夕阳西下，余晖把它最后的光芒洒向人间，山野一片暖黄。

听见有人进门，漆学英的婆婆摸索着，颤颤巍巍地迎出门来。她的眼神不好，几乎看不见东西，但笑容很慈祥。

51岁的漆学英正在做饭：米饭，炒香干，毛韭菜炒鸡蛋，小笋子笃咸鸭爪。炉火红通通的，烧得正旺。

堂屋里，漆学英的公公默然而坐，他的眼睛完全看不见了。他是1939

年生人，按照农村的算法，已经81岁了，30年前，漆学英刚嫁过来时，他的眼睛就已经失明。婆婆的年纪更大一些，已经84岁，因为眼神不好，全靠媳妇侍候，而且她有心脏病，一个冬天都躺在床上。

漆学英公公的父亲，还有他的叔叔，都死在了外面，具体什么时候死的，死在了哪里，都不清楚。

反正革命胜利了，有的人回来了，他们没有回来，而家里人能够知道的，就是他们兄弟在去川陕的路上，牺牲了。

漆学英的老公前年也去世了，儿子在深圳的快递公司做快递员，是去年才刚过去的。接到扶贫干部的电话，漆学英匆匆从草莓大棚赶回来，趁我们没到的那点点工夫，把晚饭给做了。

漆学英里里外外，都是一把好手。

草莓大棚里正忙，草莓采摘时节，一点也不敢耽搁。在大棚里干一天，能挣80元钱，一个月能挣2000多元钱，一季下来，是一笔不小的收入。

说着她进了里屋，拿出漆店村贫困户"一户一档"，一边翻给我看，一边算给我听：光伏收益3000元，在光伏板下养鸡，养了300多只，一只鸡不多算，就打100块钱吧，也是3万多元。鸡都是扶贫干部给帮着往山外卖，不用自己操心。因为都是散养，自己在山上吃虫子，吃草籽，下的蛋就特别好，鸡肉也紧实，销路好得很。护林员一个月工资650元，500元的基本工资，外加150元的考核，她每月都能拿满。此外，公公婆婆两个人的烈属优抚、定补，一家三口人的低保，等等，加起来也有不少。生活不说有多么富足，但一日三餐，有荤有素，冬有棉夏有单，吃穿用度，已经样样不愁。要说愁，现在就愁儿子什么时候能娶上媳妇，他爷爷奶奶还张着眼，等着抱重孙子呢！

一张纸条从袋子里掉了出来，我捡起来一看，是一张她婆婆的医药单，98元的费用，自付了4.9元。袋子里有很多类似的纸张，她都仔细地保存着。

漆学英家是2017年脱的贫，但干部们仍然经常往她家跑，脱贫不脱帮扶。

已是晚上的 6 点多钟，漆家婆婆一心要留我们吃饭，好一阵推辞。漆学英一直把我们送出村口，送到村外的大路上，转身就又去了草莓大棚："草莓娇贵，要趁新鲜，这一阵子天天带晚，一点也不敢耽误！"

她朦胧的身影，很快消失在天边的晚霞之中。

2019 年年初，扶贫工作队从合肥小庙一家种植企业引进种苗和技术，发动村后备干部李伟成立合作社，将一半的蔬菜大棚转包下来，种植"红颜"草莓。到 2019 年年底，漆店村竹荪平均每亩收入近 2 万元，草莓平均每亩收入 3 万元以上，洪家寨、春意苑两家合作社不仅赢利 120 余万元，还通过进场务工等方式，带动 20 余户贫困户实现了脱贫增收。

村级产业发展需要政策和资金扶持，更需要主体带动和人才支撑。为提升村产业发展的内生动力，漆店村党支部积极在党员干部、能人大户和贫困户中发现和培养产业带头人。

2018 年以来，漆店村分批组织村干部和能人大户，前往天津毛家峪、合肥华泰集团、肥西小庙等地参观学习，开阔眼界和思路。通过改造光伏场地发动贫困户养殖土鸡，先后培育 5 名致富带头人，创办 4 个合作社和家庭农场，带动贫困户 40 余户。

2020 年，尝到甜头的李伟，正准备在盐畈组流转土地，扩大草莓种植规模，将草莓打造成当地有影响力的特色产业。

四

经过几年的发展，斑竹园镇"一村一品"已渐成气候，漆店村也形成了从单纯养猪到草莓、食用菌、中药材种植等特色产业与传统产业齐头并进的产业格局。

漆店村地处大别山腹地，全村 623 户 2513 人，山多地少，属于山地地形，难以开展大规模机械化种植。

全村总面积 2 万多亩的土地中，山场面积占到了 1.8 万多亩。历史上老百姓对山林的利用，也就是打打猪草、挖挖竹笋、捡捡桐子等。但当地自然环境优良，气候和土壤条件特别适合草莓、食用菌和天麻、元胡等中药材的生长。

几年前，省工商联扶贫工作队进驻漆店村时，正值金寨县大力推动村级特色产业发展，村两委和扶贫工作队一起，对各项扶持政策、本地资源条件和帮扶单位平台优势等，进行了认真研究分析，共同制定了漆店村集体经济和产业发展3年规划，明确了"特色产业多元引领、集体经济不断壮大、带动效应持续增强"的发展思路。在省工商联扶贫工作队的帮助下，在省工商联援建200千瓦光伏电站的基础上，漆店村大力发展大棚经济、林下经济和板下经济，草莓、食用菌、中药材种植业和特色养殖业蓬勃发展，有效地破解了村级产业发展的困局。村集体经济年收入也从近乎为零，增长到2019年年底的52.47万元。曾经的省级重点贫困村，一跃成为集体经济强村。

集体经济强村的标准，是村集体经济年收入达到50万元以上。

农村经济要发展，必须重建村社共同体。个体村民只有依靠"村社村民共同体"，才有可能战胜自然灾害和市场的打击。

2020年，仔猪价格较往年上涨了一倍，猪瘟疫苗尚未上市而保险赔付标准又较低，使得养猪产业风险增大，但即便如此，也没有影响到漆店村的产业发展。这是因为在此之前，漆店村就建成了养猪，种草莓、食用菌、中药材等特色产业"共同体"。疫情缓解之后，漆店村茶厂建设项目最先开工，贫困户除养殖黑毛猪、黄牛、山羊、土鸡外，还种植天麻、茯苓、黄精等中药材110余亩，新栽种茶叶、山核桃、油茶等经济作物120余亩，多元化的到村到户产业，规模越来越大。

五

2020年5月17日下午，临近傍晚时分，我进入斑竹园镇沙堰村。

这个村平均海拔367米，茶园海拔都在400米以上。脱贫户占世华的家，在村子的最高处，门前一丛粉色月季，竟开出了上千朵花。

不由得就站了下来，不由得惊诧。真繁密啊，纷披的花枝和花朵，在天边霞光的映照下，美得如诗如画。

这个村的扶贫工作队队长，是金寨县教育局选派的干部，斑竹园中学校长林承明，见我如此稀罕，他忍不住停下脚步，说："嘿！这个村的人家，谁门前没有几蓬花！"

我说："那是不一样的，要是饭都吃不饱，谁还有心思养这些花花草草啊？"他说："那倒也是，日子过好了，心情舒坦了，想的自然就不一样了嘛。"

和别村的扶贫工作队队长不一样，林承明不是这个村的第一书记。我问："为什么？你不是党员吗？"他笑了，说："潘作家，这个村不是贫困村，只有贫困村的扶贫工作队队长，才兼任第一书记呢！"

斑竹园一共10个行政村，101个村民组，2018年4个行政村出列，整体脱贫，目前没有贫困村。

一进占世华的院子，心里就直犯嘀咕：这么漂亮的小楼，装修得这么漂亮，怎么会是贫困户呢？细问才知道，他家是因病致贫。

前些年，他妻子患了乳腺癌，做了两次大手术，花了十好几万元，加上七七八八，各种各样的花销，家底一下子就被掏空了。房子是2009年盖的，总共花了14万元，刚把楼盖起来，老婆就生病了。2014年成为贫困户，2017年脱的贫。脱贫之后，2019年花了6万多元，新装修了这栋楼。我说怎么这么时髦亮堂呢，原来新装修不久。厨房里看看，奥克斯牌的抽油烟机，索尼牌的大冰箱，都比我家的好。

占世华2020年种了3亩多天麻，"搞得好的话，一亩能卖五六万元，3亩黄精，一亩能卖四五千元，就这两项，你算算吧。"说着笑了，有些不好意思。

1968年出生的占世华，高高瘦瘦，说话轻声慢语，穿着清清爽爽，也有点乡村知识分子的味道。他目前是政府扶持的产业大户，菌种、麻籽、大棚，都由政府提供。2020年又流转了近200亩土地，油茶套种绿茶，一高一矮，合理利用，投入了4万多元，其中包含政府扶贫贴息贷款3万元。

油茶和绿茶，都要3年才能收益。绿茶苗0.17元一棵，个人只需要出0.01元，也就是一分钱。17.5万棵绿茶树苗，他个人出了1700元。但栽种茶苗用了300个工，工钱花了3万元，也算是尽自己的能力，带动家门口的人脱贫吧。3年后茶树长起来了，采茶还要用工，那样会带动更多的农户增收。

占世华打算茶场起来以后，再建一个炒茶车间，这样周围的茶农就都可以来炒茶，来务工，真正起到产业带动作用。他就一个儿子，在镇里开挖掘机；两个小孙子在学校里，享受"两免一补"政策。妻子的病也好利索了，一心一意支持他搞发展。享受县里的健康扶贫政策，家里几口人的医疗保险，都是政府代交。此外，每年光伏电站收入3000元，种植奖补3000元，这些对于他，就都是小钱了。他自己还是户用光伏电站的管护员，负责管护全村26户光伏电站，每月500元补助。

说着拿出脱贫光荣证给我看，只见上面写着：

通过政府扶持和你的积极努力，经民主评议和"两公示一公告"，你户在2017年实现了稳定脱贫。

中共金寨县委、县人民政府脱贫攻坚领导小组

2018年1月18日

占世华的爷爷是老红军，1976年去世。他爷爷是负伤后没有跟上队伍，加上双目失明，才留在大别山的，这是一个有红色传统的家庭。

同村的廖家菊，2018年脱贫，刚才还在地里干活，听说我们来了，特地赶了过来，也想和我们说一说。

她其实不太会讲话，见人腼腆得很。1966年出生的廖家菊，看上去比实际年龄要年轻，主要是身材好。常年吃大别山的剐水，山里的中年妇女，都保持了一个好体形。廖家菊的老公，原先在加油站里工作，后来站里发生爆炸，被炸死了，给廖家菊留下一儿一女，和几十万元的债务。那真是叫天天不应，叫地地不灵啊，说到这一段，廖家菊还是想哭。她不大会讲普通话，我说的话，她也不大能听得懂。但据说评估组入户抽查的时候，

她跟里跟外，一直在笑，她朴素的笑容，感动了入户抽查的人，于是给出的评分很高。

廖家菊的娘家，靠近湖北麻城，口音和这边有很大不同。

这几年，她把所有的欠账都还清了，真正是无债一身轻。光伏入股的时候，用的是1万元小额贷款，3年还贷，2020年她一天不差，一分钱不少，到日子就一把还清了。接下来，她又贷了1万元，准备养猪。家里现在养了3头猪，种了4亩黄精，这是她一年最大的收入来源，产业奖补是肯定能拿到手了。她是省道养护员，受雇于中华环卫公司，一个月1200元工资。每天天不亮就起来了，把路扫干净，然后到地里去干活。她还是公益性岗位上的油茶管护员，一个月500元补助。脱贫攻坚以来，全县累计创新开发公益性劳务岗位12546个，基本实现了贫困户"户均有一岗，脱贫奔小康"的目标。接下来还有时间，就办了一个家庭"小饭桌"，中午两桌，晚上两桌，饭菜烧得好吃一点，卫生搞得干净一点，也能有一笔收入。2018年，县妇联在全县范围内，评选金寨县巾帼脱贫之星，廖家菊光荣入选。她吴店那边的娘家，第一时间就知道了这一消息，觉得她很给娘家人长脸。

廖家菊的家在村部附近，是2016年易地搬迁过来的，200多平方米，一座两层半的小楼。宅改资金13万元，加上中心村建房一个人2万元补助，她家3口人，一共6万元，用这些钱盖了两层，脱贫之后，又加盖了半层楼。图就图中心村挨近村部，家里有个大事小情，喊一嗓子，村干部就来到了跟前。女儿已经出嫁了，嫁在合肥，之前大学也是在合肥读的，学的是金融专业。儿子2019年毕业，如今在上海打工，受他姐姐的影响，读的也是金融专业。

沙堰村9个村民组，430户人家，山场加耕地，总面积11211亩。这个村的基础很好，全村32名党员，带领村民新栽油茶300多亩，杉树300多亩，想方设法带领群众脱贫致富。如今最困难的廖家菊家，日子也越过越红火，作为扶贫工作队队长的林承明，对他的上级主管部门县教育局，也总算有个交代了。

这么说着，他自己先笑起来了。

六

镇里分管扶贫的书记王文亚,一路上都在接电话、打电话。

虽然斑竹园镇 2018 年就已整体脱贫,2020 年 4 月 19 日又顺利通过了脱贫验收,但脱贫攻坚已与乡村振兴无缝对接,扶贫干部们一点也不敢松懈。

2020 年是我国全面建成小康社会目标实现之年,也是全面打赢脱贫攻坚战收官之年,2020 年中央一号文件指出,"脱贫攻坚任务完成后,我国贫困状况将发生重大变化,扶贫工作重心转向解决相对贫困,扶贫工作方式由集中作战调整为常态推进"。对于广大农村地区来说,2020 年的脱贫攻坚任务完成之后,依然面临着不稳定脱贫户返贫、边缘户新发生贫困以及出现相对贫困的复杂局面。为此,2020 年之后的扶贫工作,需要从攻坚战转为持久战,实现建立解决相对贫困的长效机制与实施乡村振兴战略的有机衔接。

斑竹园 10 个行政村,有 9 个分布在 210 省道两边,而从漆店村开始,省道升级为通往湖北红安的 G346 国道,这无疑大大拓展了斑竹园镇的发展空间。斑竹园公交终点站长岭关站,与湖北麻城的木子店接壤,是安徽省 210 省道的终点,湖北省 203 省道的终点。

清咸丰九年(1859 年),湖北巡抚胡林翼,谕令团练乡绅郑家驹在此建立"镇安卡",设卡门 1 座,碉堡 2 座,大小炮台 3 座。清同治三年(1864 年)夏六月,太平军从此关通过,秋八月,攻占长岭、松子二关,杀清军指挥徐连升、白云清等 4 人,给清军很大震慑。今关卡虽已废,但条石上"镇安卡"三字尚存,边上"天子万年"的石刻也还在。当地群众有"沙堰集,泰山县,长岭关,金龙殿"的顺口溜,历史名关的气势仍依稀可见。

历史上,金寨有"十二关八十一寨",其中有十一寨与三省六县交界,七关与湖北罗田、河南麻城交界。"十二关"是:罗田与金寨天堂寨后畈交界的瓮门关、青苔关,罗田与金寨吴家店蔡河交界的栗子关、铜锣关,罗田与金寨吴家店交界的松子关，麻城与金寨斑竹园板场交界的长岭关，麻城与金寨沙河乡祝畈交界的隘门关，与江店区龚店公社交界的雁门关，与青山区姜河公社交界的鬼门关，与燕子河区后畈公社东土地岭交界的拥门关，与青山区方坪公社花凉亭交界的靖平关、永平关。

而与六县交界的十一寨分别为：与英山、罗田交界的天堂寨，与罗田金寨吴家店团山交界的黄狮寨，罗田与金寨吴家店西庄交界的招军寨，麻城与金寨沙河乡祝畈交界的躲军寨，麻城与金寨沙河乡西河交界的康王寨，商城与金寨汤家汇彭冲交界的洪家老寨，商城与金寨汤家汇泗河交界的女人寨，英山、霍山与金寨长岭石冲张家湾交界的石鼓寨，霍山诸佛庵桃园河马口坳与青山张冲大石沟交界斗笠寨、松山寨，固始与铁冲乡老和尚尖交界的曹家寨。其余还有 70 个寨堡坐落在金寨境内，如红莲寨、龙潭寨、九王寨、小石寨、擂鼓寨、磙磴寨、铜钱寨等。由此可知金寨历史上，农民揭竿为旗，占山为王的频繁。

我们到的日子，已是 5 月下旬，但长岭关卡点仍然没有撤去，还是每天有专人值班。

疫情期间，长岭关卡口管控很严，县里抽调了一大批县、镇干部，24 小时值守，做到了全镇无一例新冠肺炎感染。因六武高速、210 省道穿长岭关而过，直通疫区武汉，而湖北那边又是一个多星期后才开始设岗，所以斑竹园镇不得不高度警惕，严阵以待。全镇总动员，镇与镇、乡与乡、村与村、组与组之间，都有专人负责，长岭关卡点更是 24 小时拦查行人，不休不眠。镇里所有的干部，都是年初二就到岗了，书记更是年三十晚上就已在岗，50 天的时间里，没有一个人回家，总算熬过了最艰难的一段时间。

斑竹园镇的光伏电站，是规模较大的 10 村联站，总装机容量 1660 千瓦，板下种植着大片的艾草，远望甚是壮观。金寨县从 2014 年年初开始将光伏发电项目引入扶贫领域，经过"试点、推广、提升"三个阶段的实践与探索，初步形成了"分户式、联户式、村集体式、大规模联户式"四种光伏扶贫模式。到 2019 年，全县已建成光伏扶贫电站 9075 座、装机总量 19.79 万千瓦。光伏扶贫项目覆盖了全县所有行政村，受益贫困户年均收入达 3000 元以上，实现了建档立卡贫困户光伏扶贫的"全覆盖"，而村集体经济收入的 80%，也来源于光伏产业。而光伏扶贫的"金寨模式"，已经从金寨走向全省，从安徽走向全国，为产业扶贫提供了可复制性、可推广的样板。

漆店村有联村式光伏电站和村集体光伏电站场地各一个，总装机容量 1110 千瓦，占地面积 42 亩。在没有发展板下经济之前，两处电站周围都是荒草丛生，为了不影响发电，需要定期组织光伏电站管护员进行清理。2019 年，村两委和扶贫工作队在深入调研的基础上，决定利用电站临近易地搬迁安置点的有利条件，对光伏围栏和场地进行简单改造，用于养鸡养鹅，一举解决了安置点贫困户发展养殖缺乏场地的难题。工作队一边编制方案，申请相关项目资金 10 万元进行土地平整、围栏架设、水路安装、活动板房搭建，一边发动附近的贫困户，丁塝组的漆学英，就是这时候参与到项目里来的。

漆学英一直想养鸡，一直找不到合适的场子，但是当村里的张书记找到她时，她又有些犹豫不决。光伏这东西，过去谁也没有见过，谁知道在光伏板下养鸡，行不行呢？为了提振贫困户信心，扶贫工作队专门组织他们前往沙河乡祝畈村光伏养鸡场实地参观，向当地农户学习光伏板下养殖技术。最终，漆学英和另外两户贫困户，与村里签订了协议，由村里统一采购鸡苗，利用板下场地养殖土鸡。目前，漆店村光伏养鸡场已累计销售土鸡 1200 多只，平均每户赢利 2 万多元。

发展林下和板下经济，不仅能够弥补山区耕地的不足，还能促进生态文明建设，也更加有利于光伏产业的发展。

七

就这么一路走着，一路讲着，不觉就进了高速公路长岭关服务区。进去前先测体温，出示健康码，所有的工作人员都戴着口罩，神色严峻。这里与湖北交界，气氛明显要紧张一些。受疫情的影响，服务区里仍然没有多少人和车，看上去有些冷清。经理唐明明匆匆迎出来，把我们引进办公区。

  1982 年出生的唐明明，2016 年 8 月出任驿达公司长岭关服务区经理。他看上去实在是很年轻，很阳光，很青春。

  自 2013 年起，长岭关服务区成立了"学雷锋小组"，与当地村委建立扶贫档案卡，关爱帮助贫困儿童，尽最大力量解决他们生活和学习方面的困难。

  长岭关村 9 岁的李文旭，1 岁时母亲走失，父亲也在 2017 年意外身故，现在和叔叔一家生活。同村的罗应才 16 岁，父亲在他年幼时因病早逝，母亲出走，一直在亲戚家里寄居。服务区"结对扶贫"后，为他们送去书包、笔记本、笔、文具盒、羽毛球拍等学习和体育用品，以及大米、食用油等生活用品，鼓励他们好好读书，叮嘱他们有困难就找服务区。2018 年 9 月 13 日，服务区来到全国第一所希望小学——金寨县希望小学，开展党员进校园助学活动，为 135 名建档立卡的贫困学生，送上书包、书籍、文具等助学礼物。在关爱孩子的同时，服务区重点关注孤寡老人，多次来到斑竹园镇敬老院，看望和慰问孤寡老人。志愿者们定时为老人整理床铺、打扫卫生，使老人们感受到来自社会的关怀和温暖。

  长岭关服务区现有一线员工 60 余人，基本上都来自服务区所在的斑竹园镇，其中有建档困难职工 20 人。服务区采取"就业＋爱心帮扶"的立体式扶贫模式，一方面与村委会积极对接，协调解决村里困难职工的就业问题；另一方面重点关注服务区困难职工的家庭及生活问题，多次到困难职工家里慰问。

  餐厅员工邓延荣，丈夫身患肺癌，一儿一女都在外地上学，家庭的重担全部压在她一个人身上。服务区"学雷锋小组"采取"一对一"精准扶贫，多次组织员工到她家里，帮助整理房间，打扫卫生，送去大米、食油等生活必需品，缓解她的生活压力，帮助她树立生活的信心。目前，长岭关服务区有一支 10 人帮扶队伍，他们还联络了高速收费站、高速交警等相关业务单位，一起深入一线开展扶贫。

  离开的时候，服务区的车子开始多了起来，一切都在恢复之中。

第三节 詹谷堂的铁骨

相传那一天艳阳高照
朱氏祠堂前站满了翻身的穷苦人
詹谷堂挥毫洒墨
写下了这副至今在大别山区
仍广为传诵的红色对联

一

走进斑竹园朱氏宗祠,当年的红三十二师师部,赫然扑入眼帘的,是红三十二师创始人之一的詹谷堂,为新生的红色政权撰写的对联:

斑竹满园,制来数竿长枪维持共产
红花遍地,训练三军大队保障民权

立夏节起义之后第三天,即1929年5月9日,各路起义队伍会师斑竹园,在朱氏祠堂前召开群众大会,公审处决了恶霸地主罗维楚,宣布成立中国工农红军第十一军第三十二师。

相传那一天艳阳高照,朱氏祠堂前站满了翻身的穷苦人,詹谷堂挥毫洒墨,当众写下了这副至今在大别山区仍广为传诵的红色对联。

詹谷堂又名詹生堡,"谷堂"应该是他的"字"或是"号"。在家乡,詹谷堂因"三出众"而被称为奇才:一是人品出众,爱国忧民,正直善良;二是才华出众,知识渊博,出口成章;三是相貌出众,眉清目秀,仪表堂堂。

1883年，詹谷堂出生于南溪镇獐子岩村一个贫苦农民家庭，当时的南溪还属于河南省商城县。从14岁起，他跟着父亲读书认字，一边推磨一边看书，格外勤奋好学。两年后转入舅父王氏的塾学，打下了深厚的诗文功底。1904年，16岁的詹谷堂中了秀才。第二年，即清光绪三十一年（1905年），在中国封建社会绵延了1300多年的科举制度被废除。

也是从这一年起，他在家乡设馆教书。执教伊始，他便立下两条规矩：一是革除陈规，招收女学生；二是穷苦子弟免费入学。这受到当地群众的热烈拥护。

他有一副联语，我十分喜欢："冷水要挑，热水要烧；有盐同咸，无盐同淡。"简朴、直白，有担当、有襟抱。

这一时期，各种政治思潮纷至沓来，传到商城南乡，詹谷堂经常与友人同道一起抨击时政，抒发强国富民的抱负。此后不久，詹谷堂考取了信阳师范，不断涌进的新思潮和正在酝酿的新文化运动，对他影响很大，为他后来走上革命道路，打下了思想基础。

1921年秋，詹谷堂的妻弟和学生王禾生考入武汉的中学，詹谷堂送他们去武汉，在那里见到了董必武。1922年暑假前，他再次来到武汉，受董必武影响，开始接触马列主义，回来后在笔架山农校成立了"青年读书会"，学习和宣传共产主义。

很多大别山革命时期赫赫有名的人物，如李梯云、周维炯、漆德玮、漆海峰等人，都是"青年读书会"的成员。詹谷堂喜爱绘画和书法，曾写下过"漫天撒下革命种，待看将来爆发时"，"茫茫四海起战争，苍生何日庆升平，大江一片狂浪起，斩尽妖魔济众生"的革命诗句。

1924年，经自己的学生蒋光慈介绍，詹谷堂加入中国共产党。1924年秋天，金寨县成立了第一个党支部——笔架山农校党支部，这也是鄂豫皖地区最早的党组织之一，詹谷堂是主要创始人。1925年秋，商南特别支部成立后，詹谷堂又担任了特支书记。

1929年5月6日，詹谷堂率领南溪镇200多名武装农民和明强小学进步师生，参加了著名的立夏节起义。第二天，丁家埠、汤家汇起义农民在周维炯的带领下，来到南溪彭氏祠堂参加庆祝大会，加上群众共2000多人，会议由詹谷堂主持。

起义军在火神庙成立具有临时政权性质的南溪农民委员会时，詹谷堂当即写下"赤帝本为灵，应教普天赤化；红军初暴动，试看遍地红花"的对联，贴在火神庙大门上。

在立夏节起义之后，詹谷堂担任商城县工农革命委员会临时办政处副主任，参与了红三十二师的组建工作，并参与了扩充红军、组建赤卫队、建立苏维埃政权等一系列重大决策，是大别山早期革命时期，最重要的领导人之一。

1929年7月，在红军向鄂东转移的途中，党组织临时决定，让生病的詹谷堂留下来坚持斗争，詹谷堂二话没说就留了下来。队伍渐渐远去了，周围陷入一片黑暗。反动武装人员的脚步杂沓而至，詹谷堂闪身隐入密密的山林中。

红军主力转移后，身患疟疾的詹谷堂，一直隐藏在离老家不远的葛藤山下，一个名叫猴子洞的山洞里，领导对敌斗争。他是商南地区党组织的创始人，是敌人重点搜捕的对象。1929年8月18日中午，上山给詹谷堂送饭的老乡被敌人尾随，葛藤山清乡局随即出动了100多名团丁搜山，詹谷堂不幸被捕。

为了得到党组织和红军赤卫队的情况，敌人对詹谷堂施以种种酷刑：香火烤、铁烙烫、尿水灌……敌人还十几次拉他去陪斩，但每次从牢房走向刑场，詹谷堂都面色坦然。

1929年8月23日晚，受尽酷刑的詹谷堂咬破手指，在牢房的墙壁上用鲜血写下了"共产党万岁"几个大字，而后酣然入梦。

1929年8月24日的清晨，是在婉转的鸟鸣声中开始的，敌人架着伤痕累累的詹谷堂，走向戒备森严的南溪河湾。山坡上的稻谷成熟了，大地一片金黄，詹谷堂从容而立，笑对青山。金刚台松涛阵阵，梅溪河流水呜咽，詹谷堂高大的身躯，倒在了敌人密集的枪声里，而这一天，距离他为新生的革命政权撰写对联，仅仅过去了 105 天。

而今，这些繁体汉字依然清晰，中间隔着漫长的 90 多年岁月。

当地群众冒着生命危险，将曝尸南溪河滩的詹谷堂遗体，偷偷运回葛藤山獐子岩安葬，直到 2007 年，詹谷堂的遗骨才迁入金寨县红军烈士墓园。

二

2020 年 5 月 18 日，一个晴朗的日子，我又一次来到斑竹园朱氏祠堂。

这是我多次来过的地方，熟悉这里的一切。

作为"红十一军三十二师成立旧址"，祠堂内部正在整修，门外挂着"谢绝参观"的牌子。

差不多 20 年前，我第一次来到这里，那时祠堂还基本保持着原样。周边的村民，虽然知道它是一处革命遗址，但具体是怎么回事，没有人说得清楚。金寨县突出"红色"主题，营造红色氛围，发展红色旅游以后，朱氏祠堂经多次修缮，成为斑竹园地区革命历史陈列馆，对立夏节起义和红三十二师成立，以文字、图片加实物的方式，做了重点展示。金寨全县保存完好的革命遗址，共有 288 处。

和负责工程的人员说明情况后，我绕过一堆堆沙土瓦砾，进入高大幽深的祠堂。站在斑竹园烈士名录之下，我再次受到震撼。在金寨，给我撼动最大的，不是那些刺向天际的纪念碑，和震耳欲聋的开国将军的名字，而是密密麻麻的烈士名录。真的是密密麻麻啊，一眼望不尽，数也数不清楚。不仅是在金寨县革命历史博物馆的墙上，在各乡镇，甚至山坳里的小村子，都陈列着这样的烈士名单。还有那些没有留下名字的人呢？而今天的人们，有谁知道他们曾经活过？

2016 年安徽作家进行"金寨红"主题创作时，我在青山镇的鲜花岭，曾听当地群众讲过一个故事。

土地革命战争时期，一个 11 岁的孩子，给红军去送信，回来的途中，被五步蛇咬伤了。伤口很快红肿、疼痛、麻痹，他无法行走，只能一个人孤零零地躺在山道上。大山静悄悄的，没有一个人走过，山下就是他的村庄。那是毒蛇出没的夏季，白天太阳很烈，夜晚大山很凉。他就这么一个人静静地躺了一天一夜，不哭不喊，不声不响。

这个孩子叫什么名字？他有父母和兄弟姐妹吗？

众人摇头，说不知道了，名字是肯定有名字的，但是这么多年过去了，谁还能记得他的名字呢？也不知道他有没有兄弟，有没有爹娘。

那一晚我特别难过，为他一个人静静地躺在山冈上，等待死亡。

他还是一个孩子，一个 11 岁的孩子。他也许并不理解革命的含义，但这并不影响他牺牲的意义和价值。他将自己幼小的生命，献给了革命，他虽然无名，但仍然不朽。

在"斑竹园地区开国将军名单"下，配有将军们身着威武将军服的照片，以及介绍他们赫赫战功的文字；而"斑竹园地区红军烈士名单"就只是一份名单，密密麻麻地排列着数不清的名字。还有很多很多人，不在这个名单之列，因为人们不知道他们的名字。

新修建不久的会师广场，指示牌上的文字再次帮我们还原了那段历史。1929 年 5 月 6 日午夜，商南 14 处暴动点同时暴动，一举歼灭了商南的 7 股民团势力，夺取武装。5 月 9 日，"海鸥""海燕""海鹰""海潮"四路大军及劳苦群众 2000 余人，会师斑竹园朱氏祠堂，在门前一株红檀树下，公审处决了官僚地主罗维楚、反革命分子周若发，宣布成立中国工农红军第十一军第三十二师。师长周维炯，党代表徐子清，副师长漆德玮，师党委书记兼参谋长徐其虚，政治部主任李梯云。他们是那样的意气风发，山风鼓起他们的衣襟。红三十二师下辖第九十七团、第九十八团，以及特务营、炸弹队，是鄂豫皖苏区第二支红军武装，也是后来中国工农红军第四方面军的组成基础。

红三十二师成立后，立即南下罗田、北上商城等鄂豫皖边界地区，连战连捷，并与徐向前率领的红三十一师会师，联合作战，使鄂豫边和豫东南革命根据地连成一片。在此期间，红三十二师还东进皖西，推动和支援了"六霍起义"；和金寨诞生的第三支主力红军队伍红三十三师一起并肩战斗，开辟了皖西革命根据地，并使之与豫东南革命根据地连为一体。

到1930年的三四月，中共中央决定将黄安、商城、六安等20多个县划为鄂豫皖边特别区，建立中共鄂豫皖边特委，并将原分散的红三十一师、三十二师、三十三师整编为红一军，直属中央领导，从而实现了党在大别山鄂豫皖边区的统一领导和军队的统一指挥，在中国革命史和建军史上，写下了光辉的一页。

红三十二师在鄂豫皖革命根据地的形成中，发挥了极为重要的作用，为建立中华人民共和国，做出了重大而特殊的贡献。

中华人民共和国成立后，从立夏节起义队伍和红三十二师中走出的金寨籍开国将军，有洪学智、徐立清、腾海清、于侠、王远芬、方子翼、方升普、肖选进、佘积德、林彬、周发田、徐其海、戚先初、董洪国、漆远渥、熊挺等26位；走出的省军级干部有刘述刚、彭素、林月琴、廖弼臣、夏云飞等24位；走出的地师级干部有漆先棣等5位。还有著名的湖北籍烈士徐子清、徐其虚、李梯云、肖方，以及本土烈士周维炯、漆德玮、漆禹源、漆海峰、漆先科、袁汉铭、詹谷堂、廖炳国等63人。

2015年在金寨县委县政府的主持下，斑竹园镇党委、政府出资修建了"立夏节起义胜利会师广场"，以铭记红三十二师的丰功伟绩，弘扬红军精神。

抚摩着红檀老树斑驳的树干，我心情复杂。

这样的大树，在"闹红"的年月里，一共有四棵，可是现在，它们中的两棵已经死了，只剩下枯萎的树干和枝桠。它们曾经受过上千年的风雨，沐浴过数不清的日月光华。1929年5月7日，各路起义大军会师斑竹园，就是在这棵红檀树下，年轻的起义军领导人周维炯，宣布成立了红三十二师。

那一天，这一片的山坡和河滩上，站满了起义的穷苦人，欢呼声直上云霄，大地山河都受到了震动。

而这棵红檀老树，也和红军一起，在那个"闹红"的岁月里，成为了大别山革命的神话。

第四节　罗银青的笑容

就这样
一首完全属于红色苏维埃的歌曲
诞生了
这就是日后在中华人民共和国大地上
广为传唱的《八月桂花遍地开》

一

这里是斑竹园镇一个名叫"瓦屋"的小村子，属于沙堰行政村，村里有《八月桂花遍地开》的词作者罗银青家的祖屋。

立夏节起义之后，1929年的农历八月，金寨西部山区的区乡苏维埃政权纷纷建立。打土豪、分田地、玩龙灯、唱大戏，大别山人民欢欣鼓舞，到处锣鼓喧天，张灯结彩。当时的商城县委书记、红三十二师党委书记李梯云，和红三十二师政治部主任漆禹源等人商量，打算创作一首歌唱苏维埃和红军的歌曲，在一区苏维埃政府成立大会上演唱。最后李梯云把这个任务交给了少共县委书记徐乾，徐乾与少共县委组织部长漆先棣、宣传部长漆先平等反复商量后，决定让佛堂坳模范小学校长、共产党员罗银青来负责编写。

35岁的商南才子罗银青，当时担任佛堂坳模范小学校长，接到任务时，他刚刚参加完乡苏维埃成立大会，心潮激荡。罗银青1894年生于金寨县斑竹园镇沙堰村，也是河南商城南乡人。罗银青儿时聪慧好学，得罗氏宗祠资助，随叔父罗师源在私塾攻读十余载。因才华出众，罗银青与其兄罗选青，同被誉为"商南罗氏二才子"，一直到今天，在商南一带，还流传着很多关于他们兄弟的故事。

　　1914年，时年20岁的罗银青在当地设馆教书，常告诫学生"求知报效于民，读书勿忘救国"。面对时局，他曾写信给在北洋政府任职的兄长罗选青："帝制已崩，无奈生灵依然涂炭。民国初建，何由华夏益见倾危？"也曾当众感慨："不排外患，国无宁日；不解内忧，民无生计。"

　　1927年3月，罗银青进入刚刚由广州迁入的武昌中央农民运动讲习所，接受了毛泽东、萧楚女、彭湃等共产党人的教导和指引。就是在这里，他加入了中国共产党。1927年夏，罗银青从武汉回到家乡，以教书为掩护从事农民运动，在沙堰村洪觉庵大庙办起了改良私塾。

　　1929年5月，立夏节起义胜利后，为振兴苏区教育，罗银青担任了果子园乡佛堂坳模范小学校长。接受为苏维埃成立大会写歌任务的那一天，是一个绚烂的秋日，漫山遍野丹桂飘香，对面的山坡上一声递上一声，有悠扬的山歌声传来。那是当地民歌《八段锦》的曲调，简单、欢快、流畅，如山间的流水一样。罗银青心有所动，不由得停下脚步，他想：我为什么不用这欢快的民歌曲调，填上新的歌词，来歌唱我们伟大的红色政权呢？

　　就这样，一首完全属于红色苏维埃的歌曲诞生了，这就是日后在中国大地上广为传唱的《八月桂花遍地开》。这首歌由于采用的是大别山民歌《八段锦》的曲调，所以深受大别山群众的喜爱。

二

　　2009年春，我在拍摄"大别山革命"的红色系列专题片时，曾采访过斑竹园沙堰村漆远才的后人，漆远才当年是罗银青的学生。据漆氏后人回忆，漆远才12岁时，在佛堂坳小学跟罗银青读书。1928年8月里的一天，罗银青从区苏维埃政府成立大会上回来，心情格外激动，走到佛堂坳学校门口时，边走边哼唱当地民歌《八段锦》，当时他口中哼的歌词，就是"八月桂花遍地开，鲜红的旗帜竖起来"。

在日后漫长的几十年岁月里，漆远才时常在自家的小院里，对着手抄的简谱，哼上几句《八月桂花遍地开》，作为对老师的缅怀。据漆远才后来回忆，当时罗银青脱口唱出的，有十几段歌词，经过反复加工修改后，最后定为四段。这首歌最初由佛堂坳小学的学生剧团演唱，经李梯云审议定稿后，少共县委油印下发给各级苏维埃政府和团支部。很快，它热烈欢快的曲调，就响遍了整个大别山。

北京军区空军原政委漆远渥，在他的回忆录中，也曾详细回忆当年他们学唱这首歌的情形。罗银青当时教他们语文课，因右上牙少了一颗，就对学生说这首歌是他写的，但他的牙不关风，唱得不好听，还是由女老师陈觉民来教大家演唱。

当年罗银青任校长的佛堂坳模范小学，早已淹没在密密麻麻的庄院之中，孩子们在树下玩耍，远处，有熟悉的旋律飘扬。罗银青在这里，先后创作了《穷人调》《小放牛》《妇女解放歌》等十多首革命歌曲。能够想象得出，那一时期的罗银青，该是多么的英姿飒爽，激情澎湃！

1932年9月，鄂豫皖根据地第四次反"围剿"失利，大别山又陷入腥风血雨之中，身负重伤的罗银青不幸落入敌手。在狱中，面对敌人的严刑拷打，罗银青大义凛然，写下了气壮山河的《敢死文》。当敌人逼他交出地下党组织名单时，这个看起来文质彬彬的教书先生微微一笑，从容迎向敌人的枪口。

罗银青的笑容，刹那间将天边的云霞照亮。

而此时的罗银青还不知道，他所创作的《八月桂花遍地开》，已经随着从鄂豫皖苏区走出的三支红军队伍，一路辗转西入川陕，唱遍了整个北中国。后来，经乡亲们多方营救，罗银青得以出狱，这之后一直流落他乡。他是1952年回到家乡来的，不久后病逝。十多年后，大气磅礴的大型音乐舞蹈史诗《东方红》在人民大会堂上演，从此，《八月桂花遍地开》的旋律，便长久地在中华人民共和国的大地上回荡。

三

进入罗银青的村子时，是早上的八九点钟。村落在太阳下静静站立，街道宽阔整洁。当年罗银青任校长的佛堂坳模范小学还在，不过几经扩建，已经更名为果子园小学。孩子们排着整齐的队伍，在太阳底下唱歌，当年罗银青为之奋斗的一切，正在他家乡的土地上实现。

在这个名叫"瓦屋"的小山村，罗银青生前种下的桂花树，已经长成参天大树，枝叶繁茂，生机勃勃。罗银青在世上，没有留下任何照片，但沙堰村的老人们，还依稀记得他的音容：个子高，瘦，长方脸，偏分头，右腮有一颗豆大的黑痣，说话有点口吃。他平常爱穿蓝布大褂，操湖北口音，为人谦和。他母亲40多岁才生下他，对他十分疼爱，当地人称"秋葫芦儿"。

罗银青的《四月诗稿》，在半个多世纪的岁月里，慢慢变黄变脆，但他当年满怀激情写下的诗句，依然清晰如初。

有一种东西，它永远超越于物质之上，那就是精神。罗银青去世后，埋葬在村外的一个荒坡上，乱石垒砌的坟茔杂草丛生。新中国成立以后，乡亲们一直想为罗银青修一座墓，由于经费困难，一直未能如愿。前些年，金寨县民政局、斑竹园镇政府拨了专款，在2008年农历十月初五，为他新修了墓葬并立碑纪念。大理石纪念碑的正面，镌刻着罗银青的名字，背面是记载他生平的文字。墓地周围松柏环抱，春季到来的时候，盛开着不知名的野花。

罗银青的墓碑前，放着一丛丛野花，那是孩子们从远处的山坡上采来的，焕发着野生植物强劲的生命力。桂树在暮色中渐渐模糊了轮廓，四周很安静，能听见万物呼吸的声息。站在这里，能够强烈感受到一种精神的存在，那是曾经激励、鼓舞一代人去牺牲生命的理想和激情。

如今，我再一次来到这里。还没进村呢，就远远看见罗银青的侄子，退休小学教师罗延烈，坐在高高的土坡上。看见我们走过来，他脸上现出无声的笑容。

罗延烈的房子就在坡下，屋前屋后，各有一棵老桂花树。

罗延烈是罗银青在世的后人中，较为亲近的一个。罗延烈的儿子罗向阳是贫困户，2014年建档立卡。他是因病致贫，老婆得了癌症，花了很多钱，欠了很多债，到底也没能治好。当时罗向阳的儿子还在读书，家里的生活，一下子就艰难起来了。眼前的这座房子，是2018年新建起来的，享受了贫困户政策。

很想和罗向阳也聊一聊，但他人不在，出去打工去了。也不远，就在湖北麻城木子店加油站，离村子没有多少路。这里和湖北麻城交界，很多人都是到湖北打工，说是说出了省，实际都连着。

罗向阳的儿子，是在省城合肥上的大学，毕业后也在那里工作。

"眼下都好了，儿子，孙子，都好。"

罗延烈说着，发出无声的笑。

老人的牙齿少了，头发也白了，但精神很好。没事的时候，他喜欢坐在这面土坡上往村口瞭望，运送沙石的大卡车来来往往，村里正在修筑村口的堰塘。2019年，斑竹园镇集中整治污水排放，修缮河堤堰坝，同时开展"三格式"化粪池建设，治理村庄生活污水的排放问题，使塘池河渠重现绿水清波。

在村子里，罗家是教育世家，受到乡亲们的尊重，尤其是罗银青，更是让罗氏一族骄傲。晚霞照在高高的土坡上，将罗延烈身后的丛林，染上了一层金色。几只大公鸡，顶着鲜红的冠子，在他脚下的草丛里，一啄一仰地觅食，间或停下来，对着落日，发出嘹亮的啼叫。

暮色苍茫中的鸡鸣声，给人异常警醒的感觉。

门前的一片林子，种着享受扶贫政策一分钱一棵的茶苗。

这之前我曾在全军乡，看过2019年贫困户茶苗发放统计表。一株茶苗一般是0.15元到0.40元不等，但贫困户自己只需付0.01元，这也是金寨扶贫的一项具体举措。

这几年，县农业林业部门摸排2014年建档立卡贫困户10672户，共为他们提供茶树、桑树、山核桃、油茶种苗2340万株。为了提高贫困户发展的主动性，确保栽好"摇钱树"，让贫困户只出很少的种苗款，剩余部分均安排产业扶贫项目资金予以补助。

  沿着杂草丛生的小路，罗银青的侄外孙熊克清，带我们前往新修的罗银青墓地。从村道下去，是一面陡坡，腐叶和掉落的松针很厚，林木深茂。听熊克清介绍，才知道罗银青的儿子罗延志，很早就从瓦屋村迁到了金山村，罗延志的孙子、罗银青的曾孙罗鸣在外地打工，罗鸣的妻子在斑竹园的华联超市上班，生活得都不错。

第十章
弄潮儿向涛头立

地处皖西边陲、大别山腹地的汤家汇镇，是金寨县的"西北门户"。1929年立夏节起义胜利以后，汤家汇几度成为豫东南革命斗争的中心，至今仍然保存有豫东南道区苏维埃政府所在地接善寺、赤色邮政局徐氏祠、政治保卫局姚氏祠、红军医院易氏祠、赤城县六区一乡列宁小学等红色革命遗址60多处，是六安市目前红色遗存最集中、最完好、最突出的红色小镇之一，早年间曾有"小延安"之称。

在2014年打响的脱贫攻坚战中，汤家汇镇依托丰富的红色资源，结合红色旅游开发，在"红军街"的基础上创建"电商一条街"，探索出一条"红色＋电商"的扶贫新路径。"互联网＋"、天猫优选、精准投放、货品前置……很难想象，这些听起来十分"高大上"的互联网词汇，会成为大别山腹地村民们口中的日常用语，甚至成为他们脱贫致富的工具。

"弄潮儿向涛头立，手把红旗旗不湿"，当红色基因和现代电商相碰撞，新一代金寨人开始以迥异于父辈的方式，创造出新的辉煌！

第一节　融入互联网

真想不到啊
在大别山深处
在传统意义上的穷乡僻壤
会出现张传峰这样
叱咤电商平台的风云人物

一

大别山的 5 月，春深似海。

走进汤家汇，红色的气息扑面而来。

镇子周围的山坡上，映山红正肆无忌惮，漫山遍野地开放，强劲蓬勃的草木气息，弥漫在暮春和初夏的边界处。金寨县属于北亚热带湿润季风气候，由于地形的差异，与山外的物候相差半个多月。在春夏之季，海拔每高 100 米，物候期推迟 3 天。汤家汇的海拔高度在 628 米，一大早起来，感觉很有些凉意。

一个矮小的身影，从东边的街道上正向我走来。正是朝霞满天的时候，阳光给他的身廓，勾勒出一道金边。我完全没有意识到，走过来的这个人就是我的采访对象张传峰，他看上去更像一个孩子，说话的声音也不像成年人。

他主动伸出手来，说："欢迎欢迎！"

很自信。

我犹豫着转向镇里的同志，因为一时无法判断来人的性别和年龄。声音太柔弱了,像童声,又像女声。镇里的同志慌忙介绍说:"这就是我们的电商达人,张传峰!抖音上,有名得很!"

张传峰就笑了,谦虚道:"没有啥名,没有啥名!"

张传峰的身高,只有1.4米左右,虽然已经38岁了,因为身量矮小,看上去更像一个儿童。但他思路清晰,行动利落,介绍起自己的商品来,一样是一样,一句是一句。

"这,这,这,这!"他指着货架上的土蜂蜜、土鸡蛋、土腊肉、茶叶、花生、葛粉、粉条、香菇、木耳、百花菜,等等,给我一个一个做介绍,如数家珍。他的主打产品是小香薯,出自他自己的生产基地,"绝对环保、绝对生态、绝对绿色,潘作家你尽管放心!"

张传峰的16亩小香薯基地,主要由他父母栽种和管理。一年两季,收获后做成干果,自产自销,最多时每天能发100多单。说着拿了一个小香薯干让我品尝,果然香糯甜韧,有一种很质朴的田园味道。

他每天都在抖音、淘宝、微店等电商平台上直播带货,哪怕是一件也代发,生意红火得很。

货架上摆着的土蜂蜜,每一瓶的颜色都不一样,是一家一户收来的。"质量有保证。你想啊,野生的树,野生的花,野生的蜂子,一年只割一回,颜色怎么可能一样呢?"我不断地点头,表示认同。"一口土蜂蜜,百病不缠身!"他继续讲解土蜂蜜的特点和功效,我毫不犹豫,买了两瓶。

"以后你再需要,就给我发微信。"

相互加了微信,发现他朋友圈里发布的一幅图片上,他戴着红领巾。他戴上红领巾后,完全是一个朝气蓬勃的少先队员,据说还因此被直播平台紧急叫停。按照规定,未成年人是不允许在平台上直播带货的,后来他上传了自己的身份证、残疾证、建档立卡的贫困人口证明,平台这才予以解禁。

从这一点上看,这个人有很强的营销意识,知道如何吸引买家的注意力。

在所有的土特产中,据说粉条卖得最好。大别山的红芋粉条,磨浆、打粉、定型、晾晒，全是手工，最最关键的，还是原材料质量过硬。我不断地点头、点头、点头，跟他从货架这头，走到货架那头，听他把每一样商品都介绍得详详细细。

在店里的一面墙上，贴着很多幅照片，是张传峰走村串户收购农产品时的画面，有时在山场，有时在河滩，有时在农户家里。鸡、鸭、鹅，就环绕在他的身边，身后是大片的阳光和山林。"从农户到客户，我们是无缝对接，现场发视频、现场拍图片，客户说要哪只鸡，就捉哪只鸡；说要哪只鸭，就捉哪只鸭，现拍现卖，带回去发货。"他点点其中的一幅图片，我看了看下面的文字说明，是泗道河村残疾人贫困户冯红平，在对着镜头介绍她上山采摘的野生猕猴桃，据说立刻就有人，在平台上拍下了这一单生意。

真想不到啊，在大别山深处，在传统意义上的穷乡僻壤，会有这样现代时尚的交易方式，会出现张传峰这样叱咤电商平台的风云人物。

二

张传峰是汤家汇镇竹畈村人，2000年初中毕业后，因为家境贫穷，就放弃了读高中。当时全家就靠父母种两三亩水稻玉米勉强糊口，妹妹还在上学，根本供不起他上高中的费用。本来也想和村里别的年轻人一样，到大城市里去闯一闯，让年迈的父母过上好日子，但由于自身条件不允许，只能眼睁睁地看着别人出门去打工赚钱。他在村子里开了个小杂货店，勉强维持生活。看着同龄的伙伴们，出去干了个十年八年，就都风风光光地开着小车回来，他深感悲观和失落。父母一天天老了，自己又这个样子，这样的苦日子，哪一天才算到头？

2014年，因为身有残疾，父母年迈，张传峰被评为建档立卡贫困户。随着各项扶贫政策的实施，张传峰默默下定决心，一定要靠自己的双手，摘掉贫困户的帽子，一定不能因为自己身体上的不足，就躺在优扶政策上睡大觉。他看到有人养羊收入还不错，就和父母商议，东拼西凑了一万块钱，买了 22 只羊羔子。他对这些羊羔，像对自己的孩子，一会儿怕它们冷了，一会儿怕它们饿了，一会儿怕它们卧不好。他自己动手，用木条搭了一间 30 平方米的羊舍，天天早晨把它们赶上山去，天黑了再把它们领回家来。有那体弱走不动的羊羔，他就一路在怀里抱着。太阳落下去了，月姥娘升起来了，大别山的山山水水，一草一木，都似乎在向他微笑。

"真好啊，我的羊羔，我的山场，我屋前的老树，和一听见动静，就迎出门来的老娘。"

从小到大，30 多年了，张传峰从没有像今天这样，对自己充满信心，从没有像今天这样，心情无比舒畅。2015 年，金寨县针对贫困户推出多项扶贫政策，贴息创业贷款便是其中一项。由此，张传峰获得贴息创业贷款 10 万元，在山上建了 200 多平方米的羊场，养了 500 多只羊，还买了 20 多只种羊。2016 年，张传峰用前一年卖羊的收入，购买了 2000 多只黑鸡和 300 多只鸭苗。都说张传峰胆子大，连他老母亲都觉得害怕："儿啊，你不怕万一干砸了，10 万元贷款还不上啊？"张传峰说："娘，我不是胆大，我是心大，有政府的扶持，我怕哪样啊？接下来，我还会干得更大！"

2016 年，张传峰的纯收入超过了 12 万元，这个数字一出来，先把他爹娘吓住了。"我的个娘哩！"张传峰他娘忍不住感慨，"别说我和你老子，咱祖祖辈辈，也没谁见过这么些钱啊！"为此，金寨县农发委奖励了张传峰 5000 元钱，加上光伏入股分红，他一把就将贫困户的帽子，甩到不知道什么地方去了。

2017 年，汤家汇镇立足红色资源大镇的实际，在着力开发"红色"产业的同时，积极走融合发展的道路，将红色文化与乡村旅游结合起来，在镇内"红军街"的基础上，创建了电商特色小镇。张传峰抓住机遇，在"红军街"上租了两间门面房。恰逢县里举办电商培训班，镇上推荐他去参加，后来这一类的培训班，张传峰是常来常往。经过政府多次的免费培训，张传峰熟练地掌握了电商销售技术，开始试着通过电商平台，来销售自己的农产品。没想到过去卖不出去的东西，一下子全都卖出去了，销量最高时，一天能卖几万元，就是平常日子，一天也能有千把块钱的进项。

想起自己当初的瞻前顾后，犹犹豫豫，张传峰不由得发笑。

要说不害怕，那是假话，张传峰当初是"麻"着胆子，才敢上电商平台的。先不说山里人祖祖辈辈，想也没想过在网上卖货，单就说大别山腹地山重水复，交通不便，网购商品的运费一定会比其他地方高，商品邮寄的价格也会高一些，这一里一外，哪里还有钱赚啊？再说自己养羊养鸡，养得稳稳当当，何必一山望着一山高呢？

确实，受物流和仓储两大因素的制约，农村电商的成本比发达地区要高，而要缩减这两项成本，单个农户根本无法做到。实际上，张传峰的担心纯属多余。在汤家汇，政府对物流公司每单补贴2~3元，并为物流公司提供专门的包装场所，组织成立电商交流协会，推进农产品展示，物流集中包装、谈判，大大降低了物流的成本。而对于大批量仓储，也只有依靠政府的支持，才有可能实现成本可控。据金寨县商粮局局长陈家林介绍，金寨县切实推动邮政、电商、快递等相关资源整合，建成了覆盖全县所有行政村的电商和快递物流服务体系，协调邮政金寨分公司，争取省邮政集团投入了近500万元，购置了45台邮政配送车辆，确保村村有一两个快递物流代办网点，天天有快递物流车辆进出，实现了所有行政村快递通达，打通了农产品进城的"最后一千米"。

所以张传峰的网上销售，才能做得风生水起。

张传峰店面的外立墙改造，政府有专项资金补贴，店内装修是一户补贴一万元，前3年到5年免房租，实际租金由政府代付。不仅收购贫困户的农产品有专项补贴，政府还补贴邮递费，一单补两元。2017年，张传峰建立了线上线下的电商销售平台，组建了自己的运营团队，线下有自己的办公场地、加工场所、养殖及种植基地、产品展示区及门店，线上有微店、淘宝网店以及代理进行销售。

张传峰的电商业务越做越好、越做越大，他很快就在网上开了一家名叫"大别山养生山珍馆"的网店，还与人合伙成立了金寨县"香尖土特产公司"。"电商达人"的名号，就这样传开了。2018年，汤家汇镇成立电商协会，由镇党委政府牵头，把30多家有一定规模的经营主体组成特色产业联盟,解决了农业产业散、小、弱的问题。大家抱团取暖、互通有无、共享信息,使产品不仅能够销得出去,而且能卖个好价钱。由此,张传峰彻底结束了"单打独斗"的局面,和"电商一条街"上的众多村民一起,融入了互联网大潮。

现在,张传峰的网店不仅卖自家的东西,还帮助其他贫困户销售蜂蜜、土鸡蛋、粉丝、葛粉、挂面、黑毛猪肉等农产品。听说银山畈村贫困户丁美凤的丈夫去世了,生活上遇到了困难,张传峰一下子带去了十几个人,一次性收购了她80多只老鸭。贫困户周秀秀家里养了几只老母鸡,以前土鸡蛋卖不出去,她只能留着自家吃,吃也吃不完。现在农家土鸡蛋在网上成了香饽饽,她只要攒下了几十个鸡蛋,就挎着篮子送到张传峰的网店里销售,就卖鸡蛋这一项,张传峰一个月的收入也有将近3000元。这一年,张传峰帮助100多户贫困户,销售了价值100多万元的农产品,而他自己做养殖和电商销售的营业额,加起来有400多万元。

挣了钱以后,张传峰买了一辆汽车,用于自己的出行;又买了一辆小皮卡,用于多个乡镇的农产品收购。现在,张传峰每天起来的头一件事,就是开着车去贫困户家里收购农产品,上午收货打包,下午发货。

2017年,张传峰被评为"2017年度金寨县十佳产业扶贫带头人"之一;2019年又被推荐为"全国脱贫攻坚奋进奖"候选人,我到的时候,县里正在公示,回来后不久就得知,已经通过县里的审查,六安市也已经开始网上公示了。

三

2014年,汤家汇成为全省首批红色小镇之一。

2016年年初,全镇共有建档立卡贫困人口2746户9135人,贫困发生率为19.45%,是镇域面积全县第二,贫困人口全县第一的山区镇。2016年和2017年两个年度,汤家汇成功实现1098户4672名贫困人口稳定脱贫;2018年全镇又有836户2997名贫困人口脱贫,笔架山、金刚台、泗道河3

个贫困村出列；2019年脱贫633户1393人，瓦屋基贫困村出列，全镇的贫困发生率降到了0.32％。

汤家汇是一个有着深厚文化底蕴的古镇，现存古寺庙、古战场、古村落、古桥、古墓等多处历史古迹，古树群18处，各类古树名木205株，薛山大庙的古银杏树有1200多年的历史。汤家汇更是一个红色小镇，豫东南道委、道区苏维埃政府旧址，赤城县邮政局旧址，鄂豫皖省委会议旧址，六区一乡列宁小学等著名的红色遗存，都在汤家汇境内。金寨旅游业的一大亮点，是红色旅游资源丰富。依托厚重的红色资源，汤家汇镇以建设"大别山赤城"为目标，以打造一座完整的"苏维埃城"为抓手，先后完成了"红日剧院"设计招标，赤色银行、红军药店、赤南县委等5处遗址招标恢复建设；建成金刚台游客接待中心、李老湾游客接待中心、斗笠寨登山步道、红二十五军纪念广场，复建了列宁小学，对境内的60多处红色遗址，镇上的31处红色遗址进行维修、维护、复建、改建；与安徽天瑞旅游集团合作，打造出一条"红军街"，走出了一条红绿融合发展的新路子。2018年，全县的红色旅游接待游客400.49万人次，创综合收入12.67亿元，全县有20万人，分享了红色旅游带来的增收成果。

在此基础上，2017年，汤家汇镇又在红色资源保护开发和电子商务融合发展中寻找突破口，在充分挖掘和开发一批独具特色的地方农产品、红色旅游产品、红色纪念品的同时，利用红军街现有的70余间门面房，完善红军街立面、道路、电力、网络配套设施，统一制作店招牌匾，安装红色火炬路灯，对入驻电商一条街的电商主体，政府给予3年至5年的租房补助和最高两万元的实体店门店装修补助，将红军街打造成"电商一条街"，为这座红色小镇插上了现代电商的翅膀。

一系列优惠政策，吸引了不少电商企业入驻，张传峰就是在政策的感召和支持下，在街口最优越的位置租了3间门面房，与合伙人王玲一起，开了一家淘宝店。王玲原先在苏州做销售，得知家乡创建了"电商一条街"后，毅然从苏州辞职，回到了家乡。在红军街，不少商家都是辞去城市的工作，回乡来创业的，全县范围内，这种情形更是数不胜数。据统计，目前金寨的电商总数达到了 5000 余家，从业人员 1.5 万余人，开发出六安瓜片、葛根粉等近 300 余种网销产品，电商物流日均收发快递 4.6 万件。

写下这些数字的时候，我核对了好几遍。

2017 年 9 月 27 日，汤家汇镇电商特色小镇暨红军街开街仪式，在红军街廖氏三柏祠门前的小广场举行；晚上 5 点钟，又举行了热闹的长街宴。修缮一新的红军街上，摆下了 66 桌地方特色的宴席，山外来宾和当地群众一起，边品尝当地的特色美食，边欣赏具有大别山特色的文艺表演。新颖的开街仪式，吸引当地群众和社会各界人士近千人参加，极大地提高了汤家汇"红军小镇"的影响力。参与开街的各家餐饮企业，拿出自己最好的手艺，宾客们对黑毛猪红烧肉、"羊之味"红烧羊肉、当地红烧鸡公等菜品赞不绝口。

开街之后，很多村民在红军街上开了实体店，兼营网店，政府对网店经营进行统一培训。茶叶、中药材、农产品等货物，大部分来自贫困户家中。游客来了可以现场购买土特产，游客走后可以再次在网上订购。目前，汤家汇全镇有电商微商 300 多家，其中 60 余家是线上线下销售结合，带动了 357 户贫困户销售农产品，户均增加收入 2000 余元。本土"创客"在上海、苏州等地，也都创办了线上线下一体化体验店，与特色农业产业联盟的 58 家农民专业合作社和家庭农场连线，宣传、推介和销售金寨县的特色农产品。镇内电商企业在淘宝网、京东等知名第三方平台上，开设了 5 家品牌旗舰店，全镇村级电商服务站基本实现了全覆盖。淘宝网、邮乐购、京东等电商平台，纷纷抢滩该镇的农村市场，工商银行融 e 购、供销 e 家等平台也纷纷上线该镇的特色农产品。2017 年，汤家汇全镇网上交易额突破 3600 万元，其中农副产品及旅游产品交易额 3500 万元。

从汤家汇镇网上交易的数据，我们发现今天中国的消费主力，已由城市青年变成小镇青年。2019 年"双 11"，三、四、五线城市消费人群和消费金额的增速，第一次超过了一、二线城市，网上购物的新增用户，60% 甚至 70%，来自三、四、五线城市和广大农村。而 2019 年对我们的另外一个重要意义是，这一年我们的人均国民总收入，突破了一万美元。

四

阳历 4 月中旬，谷雨前后"雨生百谷"，大别山的茶叶和野生蒿子都开始茂盛起来了。村民董经春一大清早，就起来包装蒿子粑粑，真空抽气，包装放盒，核对邮件姓名、地址，一连串动作，熟练极了。蒿子粑粑是大别山的一种传统美食，董经春在自己的网店上，已经卖出了两万多盒，最远的发到了青海、东北等地。一个蒿子粑粑 3 块钱，一盒 15 元钱，小小的蒿子粑粑，给董经春的网店带来不菲的收入。

董经春是 2016 年 10 月，在金寨县商务和粮食局开办的民生创业培训班上，学习的农村电商知识。因操作简便而且有政府设备支持，董经春回去便开起了一家电商扶贫网点。平日里收购贫困户送来的土鸡、鸡蛋和挂面等，加工或者真空包装后放到网店上出售，网店一年的收入，能达到近 20 万元。

开顺村的村民朱庆雨，此时也正忙着整理货架，查验货品。他的网店马上要升级为天猫优选超市了，而成为优选就意味着进货不要钱。更重要的是，天猫会根据这个网店的用户喜好，精准投放物品信息。作为金寨县的模范"店小二"，朱庆雨所营业的网店，月收入超过一万元。

朱庆雨的网店还具有送货上门的服务，有时村民手机下单之后，朱老板还包送到村民家里。农村电商的发展，让开顺村村民的生活发生了翻天覆地的变化，村民们也因为网店的便利，离城市、离现代生活更近了。据金寨县商务和粮食局电商科科长刘兆胜介绍，目前，金寨县的电子商务全面推开，"两中心一站点"已经全部建设完成，建设了一个电商服务中心、一个物流集聚中心，同时利用原有的村级电商服务网点，在 225 个行政村建立了电商扶贫超市代办点，为农产品上行和工业品下行，打通了"最后一千米"。

"打通最后一千米"，在金寨县的各项扶贫措施中进行。

农村电商说到底就是两件事：一是让工业品走进农村市场，也就是通常所说的工业品下行；一是把农产品卖到城里去，也就是通常所说的农产品上行。对于相对落后的地区来说，更重要的是农产品上行，因为只有这样，才能帮助当地群众脱贫增收，促进地方经济的发展。

过去在大别山区，有几个贫困户知道电商，会用电脑啊？深山里的村民，为了卖几个土鸡蛋，往往要走十多里山路，才能把东西卖出去。2017年6月，金寨县决定尝试全新的消费扶贫模式，打造网络"扶贫超市"，号召全县6000余名扶贫干部，在电商扶贫超市为自己帮扶的贫困户发布农产品销售信息。为了迅速扩大电商扶贫超市的平台服务功能，金寨县策划了"我向农户买件货"活动，要求每个帮扶干部在代办点微信下单，购买一次贫困户农产品，从而引导贫困户把家中剩余的东西卖出去，重要的是让他们亲身感受一下网络的神奇。在"金寨电商扶贫超市"平台系统上，可以看到1.2万名扶贫干部上传的贫困户家中的农产品，农产品的售卖，助力贫困户加快脱贫。

现在，只要关注"印象金寨农博馆"微信公众号，点击"扶贫超市"，就可查询到销售产品的贫困户所在行政村扶贫超市代办点名称、负责人姓名、手机号码、微信号、截邮时间等信息，买家可以通过代办点微信下单，支付购物款。代办点为贫困户销售农副产品提供代收物品、货款支付、打包发货等第三方服务，实现了贫困户足不出村就可以销售农产品。

除扶贫干部的带动之外，2017年，金寨还以金寨职业学校和有关电商企业为依托，针对电商创业和就业人员开展不同类型、不同层次的电商培训，共培训了60余场次、3000余人次，其中贫困户600余人次，让他们掌握了基本的网上销售技能。

为了实现贫困户农产品可持续销售，避免脱贫后又返贫的现象发生，金寨县计划用2年时间，把村级代办点培育成新的电商平台，再通过它们带动更多的群众发展生产、电商创业，把更多的特色农产品卖出去。农村电商不仅使深山里的贫困户脱了贫，还生成了一种新型的农村生活方式，让中国的广大农民，在家门口过上"互联网＋"的生活。

五

近年来，金寨县立足精准扶贫、精准脱贫，创新思维，大胆实践，通过政府奖补政策推动，结合电商企业、电商扶贫超市、特色小镇、区域公共品牌等形式，实现了村有主导产业、户有致富门路、人有一技之长、网络扶贫增效的目标，走出了"金寨模式"的电商扶贫新路径。

2015年，金寨县获批国家级电子商务进农村综合示范县。县委县政府抢抓机遇，将电商脱贫作为实现脱贫攻坚战总体目标的十大举措之一，制定下发了《金寨县电子商务精准扶贫实施方案》，实行"五个一批"的帮扶措施，利用国家电子商务进农村综合示范县建设项目资金，以及县政府整合财政涉农资金安排项目，支持电商精准扶贫工作的开展。2015—2017年共安排发放了4500万元贴息贷款，支持小微电商企业参与到电商扶贫中去。

2017年，金寨县委县政府制定出台了《金寨县促进电子商务发展暨电商扶贫奖补办法》，安排240万元项目资金引导，电商企业结对帮扶建档立卡贫困户，带动贫困户脱贫增收。2018年，县财政安排1000万元扶贫资金用于电商扶贫，支持电商扶贫培训、电商扶贫物流支撑体系建设、电商特色小镇和示范村建设、电商收购贫困户产品奖补等四项工作。同时将农村电商发展纳入民生工程范畴，细化工作目标，明确时间节点，强化督查调度。

在县委县政府连续出台的政策的推动下，金寨县多家企业积极响应号召，投身到电商精准扶贫的热潮中去。安徽金寨县黑毛猪食品开发有限公司，通过打造"公司＋基地＋农户＋电商＋终端市场"的模式，形成了"从教养殖到包销售"的一条龙服务体系，累计带动近千户农民走上了脱贫致富之路。通过推广"乡亲计划"电商消费扶贫模式，金寨县"上街去网络科技有限公司"累计帮扶贫困户165户，促进户均增收4000元。"上街去"是金寨第一家提供农产品上行、工业品下行的专业电商平台，主营项目不仅是金寨独具特色的农产品，还有丰富的旅游产品，通过"上街去"

电商平台，可以对接当地的风景区和度假村。

"上街去"三个字，非常有意味。

金寨先徽农副产品开发有限公司，也探索出一套"电商＋基地（合作社）＋贫困户"电商扶贫模式，在带动贫困户就业的同时，实现了农产品线上线下、农户与客户的对接。关于这家公司和它的创始人李先辉，我们后面会有专门叙述。

2017年，为切实解决贫困户农产品信息发布、推广、销售等一系列问题，带动全县公务员、企业、个人积极参与电商扶贫，共同推广金寨县农副产品销售，金寨县委托金寨"上街去"公司打造了一款服务全县公务员、企业，面向全社会的线上交易平台——"金寨电商扶贫超市"。电商扶贫超市共设置了三大板块：扶贫超市、扶贫信息、扶贫小店。"扶贫超市"板块囊括了金寨县目前所有的农副产品；"扶贫信息"板块收录了金寨县数千条建档立卡贫困户的扶贫信息；"扶贫小店"板块为全县每个乡镇选择3～5个重点打造的村级店铺。在实践过程中，金寨县逐渐摸索出了一条"政府＋电商扶贫超市承办企业（金寨上街区）＋金寨电商扶贫超市村级站点＋贫困户/农户"的四级网销体系：政府监管部门由金寨县商粮局牵头负责；金寨"上街去"网络公司设立电商扶贫超市运营中心，承接扶贫超市运营、日常管理维护、农产品资源整合对接、农产品线上线下销售组织等工作；金寨电商扶贫超市村级站点采用合伙人制度，负责该村扶贫超市村级站点的日常运营，做好产品的审核；贫困户/农户为电商扶贫超市的最基本元素，是电商扶贫超市最直接的受益主体，电商扶贫超市免费帮助其销售农产品。

该体系的健全，让全县乃至全省的帮扶干部、爱心企业和爱心人士，可以直接和贫困户形成一对一、一对多的订单采购模式。同时，企业或个人还可以通过转发朋友圈、分享链接等多种形式，推广金寨的农副产品。

2017年5月16日，金寨县电商特色小镇创建暨百家电商认领结对扶贫启动仪式，在金寨县汤家汇镇豹迹岩村农民文化活动中心小广场举行。县政府出台的《金寨县电子商务精准扶贫实施方案》，明确要求电商企业从

2016年起，通过2年至3年的努力，结对帮扶1000户具备发展特色种养业条件的建档立卡贫困户，实现电商带动人均年增收1000元以上，确保按期脱贫。

截至目前，金寨县共有263家企业，结对帮扶贫困户1187户，各级电商主动参与扶贫，已经形成星火燎原之势。通过发展乡村旅游、旅游企业"1＋N"结对、生产旅游商品、入股参与旅游业发展和观光采摘农业分红等多途径，带动了贫困人口快速脱贫。

2018年，金寨县出台了《电商示范小镇和电商示范村创建工作实施方案》，明确要创建汤家汇镇、天堂寨镇两个电商特色小镇，创建10个电商示范村，并对相应建设标准，进行了严格要求和规范。

金寨县的脱贫攻坚一路高歌，突飞猛进。

第二节　以列宁的名义

走进汤家汇
一座几近完整的"苏维埃城"尽收眼底
全国仅存两所列宁小学中的一所
就坐落在这里

一

位于汤家汇瓦屋基小街的列宁小学，门额上仍然悬挂有"六区一乡列宁小学校"的牌子。

在上世纪 30 年代，鄂豫皖苏区有列宁小学上千所，金寨境内也有上百所，但保留下来的仅有两所，一所位于汤家汇，另一所在湖北省红安县。相比较而言，瓦屋基列宁小学保存得更为完好。

1929 年，红三十二师在金寨建立了中国工农武装割据政权。1930 年春，中共赤城县（商城县）县委和红三十二师，在汤家汇金刚台下瓦屋基村，创办了苏区的第一所小学——"六区一乡列宁小学校"，红三十二师师长周维炯、党代表徐其虚、副师长漆德玮、参谋长漆海峰等，亲自兼任学校的老师，培养出一大批红军骨干。

列宁小学的校址，原为当地周氏地主的庄园，始建于清光绪年间，有青砖小瓦房 76 间，这也可能就是"瓦屋基"村名的由来。旧时乡村，有如此一大片瓦屋的，十分少见。学校由乡苏维埃政府管理，校长由乡苏维埃主席周德谦担任，有专职教师 6 人，兼职教师 5 人，教学班 4 个，早晚识字班 1 个，学生 180 余人。共青团支部受乡苏维埃政府委托，负责学校的日常工作。学校成立有学生公社，下设总务、教育、卫生、宣传、音乐5个股。课程有国语、算数、常识、军事、音乐和体操。学生同时还要参加劳动，站岗放哨，开展政治宣传活动。

赤城"六区一乡列宁小学校"的前身，是亚湾识字班。当时，边区各乡都开办了"列宁小学"，贫苦农民的子弟入学不仅免交学费，而且所需笔墨纸砚、课本等等，也都由学校供给。

> 青的山，绿的水，灿烂的山河
> 美的衣，鲜的食，玲珑的楼阁
> 谁的功，谁的力，劳动的结果
> 全世界，工农们，联合起来啊
> ……

2020年5月19日下午，我再次来到汤家汇瓦屋基村，在这座以伟大的无产阶级革命家列宁的名字命名的学堂前，在大别山明亮的阳光下，重温列宁小学90年前的课文，耳边再次响起了红军时代，山区贫苦孩子们那朗朗的读书声。

列宁小学的课本用的是新编白话文，语文课文中有介绍马克思、恩格斯生平，讲解共产党主张和政策，号召打倒土豪劣绅、打倒帝国主义等内容。此外，还有一些农村应用文。在校史陈列室的展板上，我抄录下从第1课到第41课的全部内容，其中有些课文编写得非常科学，不仅文字优美，道理直白，而且朗朗上口：

> 课文八
> 打铃了，大家上课，
> 不要说话，不要唱歌！

> 课文九

田大红，不守规矩，
上课时，还在吃东西。
……

课文三十九
春季里，百花开，到处工农都起来；
夏季里，夏日长，从此以后不完粮；
秋季里，秋风凉，革命工作要紧张；
冬季里，天气寒，打倒地主和贪官！

列宁小学校歌，内容也特别有意义：

共产主义新，学校叫"列宁"。
青年姐妹穷苦儿童，个个都欢迎。
大家要读书，大家须革命，
手拉手儿向前进，向前进莫留停。
……

　　列宁小学后来也被称作"红军小学"，课本不仅供少年儿童使用，也用作红军、便衣队进行政治教育的教材。列宁小学的学生晏绍兴，当时是学生公社的宣传股长，有一次去给红军送信，走到一个名叫腊座石的地方，不幸被捕。任敌人怎么审问拷打，他都一口咬定是到商城县去走亲戚，最后被刺刀捅得浑身是血，在地上昏迷了两天两夜后，才苏醒过来。中华人民共和国成立后，晏绍兴任佛山大队书记，是这所学校的著名校友。
　　1947年秋，刘伯承、邓小平率晋冀鲁豫野战军挺进大别山。为了使人民群众知道解放军就是当年的红军，司令部和政治部通知：从司令员到战士，都要做"进出宣传"，即进门、出门、进村、出村宣传，并形成制度。有一天，刘伯承听说瓦屋基有一所红军时期创办的列宁小学，就一个人找了过来。但学校空无一人，仅有几间破房子。刘伯承坐在门槛上，掏出钢笔，在笔记本上，写下了一首快板诗：

> 蒋贼介石，罪恶昭彰，抗战八年，消极彷徨，
> 损兵失地，远遁川康，中华军民，愤起抵抗，
> 民友配合，日寇投降。抗战胜利，休息应当，
> 和平民主，举国渴望。谁料蒋贼，不顾民望，
> 假谈真打，别有心肠，好战成性，独裁魔狂，
> 压制民主，残害忠良，留驻美军，奉为天皇，
> 携起美械，横行猖狂，出卖祖国，盖世无双。
> 铲除独裁，紧跟共党，天下太平，国富民强。

写好后，让警卫员贴在学校的大门上，后来被当年的列宁小学学生周世芳收藏。

"六区一乡列宁小学校"是中国红色教育史上，一张耀眼的名片，也是金寨县引以为豪的红色历史遗存。1932年秋，红军主力战略转移后，列宁小学遭到了国民党军队的焚烧，原来的76间校舍几乎全部被烧毁，仅存门楼及边厢9间。如今，80多年岁月忽忽而过，修复后的列宁小学校舍旧址，青砖白墙鱼鳞小瓦的周家老屋，依然坐落在瓦屋基小街之上。院内小径石阶，层层递攀，一株圆柏，据说已有180岁，老干虬枝，格外苍劲沧桑。

58岁的管理员周其峰告诉我说，列宁小学第一任校长周德谦，就是他们老周家人，而且，"周祖培知道吧？周祖培也是我们瓦屋基人，做过宰相"。

我大吃一惊，这难道就是晚清名臣周祖培的家乡？

中国古代史中，我偏好清史，对晚清官场尤其熟悉，而对耿介朴直的周祖培，抱有相当的敬意。史书上说，周祖培生于河南商城的书香之家，饱受正统儒学的浸染，父兄"一门七进士"。周祖培26岁登科，仕宦42年间，历经四朝，出翰林院，进国子监，遍历"吏户礼兵刑工"六部，始终

能够尽职尽责，洁身自好。而商城周氏族望一方，立家塾、建书院、举义学，开商城重教之先河。周祖培是"同治"年号的建议者，"辛酉政变"的参与者，促成了两宫皇太后的"垂帘听政"，是晚清官场举足轻重的人物。过去只是从史书中，知道他是河南商城人，万没想到他的老家，竟是今日金寨县汤家汇的瓦屋基。

周其锋是瓦屋基村的村民，自打担任列宁小学管理员后，便全身心"以校为家"，为了便于管理，他不住街上自家新建的楼房，而是每晚都住在校区一侧搭建的几间棚子里。为了充实列宁小学展馆的文物陈列，周其锋利用空闲时间四处奔走，自费从汤家汇周边各村收集红军用过的子弹箱、扛子弹箱的垫肩、背水陶罐、水壶、大桌、灯盏等，以及4枚日军生产的重型机枪子弹壳。他还努力学习相关知识，自己担任讲解员，给来参观学习的人们，义务讲解列宁小学的历史，以及当地的民俗文化。他的事迹，还上了当地的报纸。

1932年秋，国民党军进犯大别山，列宁小学停办，大部分学生跟随红军西撤。村民程德燊和周百龙，机智地保存了"六区一乡列宁小学校"校匾，目前这块匾被评为国家重点文物。1957年，瓦屋基小学与泗道河小学合并，迁入列宁小学旧址，复名为"列宁小学"，1966年，附设了初中班。

经过了翻新和重建的列宁小学，保留了老房子青砖灰瓦的建筑风格，作为爱国主义教育基地之一，每年接待很多全国各地来参观学习的人们，其中有很大一部分是中小学生。1999年，因农村基础教育发展需要，列宁小学在离旧址不远的地方，兴建了教学楼和新校区。由于列宁小学坐落在金寨县汤家汇镇的占山、伏山、上塘、梅河、瓦屋基5个行政村中心地段，按照汤家汇镇教育发展规划，2007年，附近4个行政村的中高年级学生，也都集中在列宁小学就读。连同瓦屋基村，学校共辐射5个行政村8000多人口，办学规模逐年扩大。到2008年，学校学生已增至600余人，拥有12个教学班，成为规模较大、设施一流、质量一流的农村示范学校，但仍然沿用"列宁小学"的校名。

二

有必要来说一说苏区文化。

1929年5月，立夏节起义胜利后，红军和苏维埃政权即建立了一批宣传队，开展宣传工作。1931年7月，鄂豫皖第二次苏维埃代表大会决定：各级苏维埃、各群众团体要普遍组织宣传队，开展经常性宣传活动。宣传队是苏区一支精悍的群众组织队伍，多则十几人，少则三五人。他们广泛张贴标语，讲演革命道理，组织妇女编织草鞋，慰问红军将士，照料护理伤病员。在街头或群众集会时，他们自编自演，先是唱上几段歌曲，然后宣传革命道理。他们有时也会在苏区和白区交界的地方，向白区群众和国民党士兵做宣传，一般情况下都有武装保护，中间隔着一条河。

劝降歌

老乡老乡，不要打枪，
本是穷人，理应反蒋。
为蒋卖命，为的哪桩？
……

当时丁家埠苏维埃区政府，还设置了一个列宁俱乐部，主要任务：一是开展文娱活动，如唱歌、跳舞、演戏；二是组织演讲会，按期宣传演讲；三是定期举办识字班、读报班；四是慰问红军和伤病员；五是培植花木，美化苏区环境。1929年冬，苏区成立了属于少共六县六区区委领导的金家寨剧团，有演职员30多人，曾演出《独山暴动》《混战》《夺取政权》《新生活》等新剧目。除开展歌咏、跳舞、演戏活动外，剧团还抽时间帮助农民搞生产，经常到前线去慰问红军战士。1931年秋，金家寨剧团与红日剧团合并，扩大到70多人。第二年10月，大部分成员随红军主力撤离鄂豫皖根据地，进入川陕。

除剧团以外，苏区还成立了演讲所，又称演讲会，不仅是开展宣传工作的一种组织形式，也是培养宣传干部的场所。在工作上，它常常与俱乐部、宣传队密切配合；在方法上，除利用群众大会开展工作外，还在各种会议期间，进行精炼的富有鼓动的演讲或报告。

此外，苏区各县委、区委均设有宣传部，县、区、乡苏维埃设有文化教育委员会，组织领导文化宣传工作。新闻出版是革命根据地文化事业的重要组成部分，1930年1月，中共商城县委在吴氏祠开设红日报印刷厂，出版《红日》报和《咆哮》旬刊。不久《红日》报分三种形式出版：《红日》五日刊、《红日》半月刊、《红日画报》。共青团商城县委也于1930年1月，开始出版《少年先锋》杂志。这些报刊的内容极为丰富，有党的纲领路线、方针政策、工作任务和工作方法的宣传，有生产、支前消息，还有诗歌、漫画等文艺作品。当时的苏区文艺创作十分繁荣，广大工农兵群众以当地发生的事件为内容，运用传统歌舞的艺术形式，创作许多深受群众喜爱的文艺作品。如《工农革命歌》《歌唱立夏节暴动》《攻打金家寨》《打商城》《西镇暴动》《送郎当红军》等，由苏维埃政府成立的"新剧团"在苏区各地演出。

那一时期，群众性的革命歌咏活动空前活跃，苏区党政军民各行各业、男女老少，几乎人人学唱、人人会唱革命歌曲。当时，苏区无论是召开各种大小会议，行军打仗，还是田头地边生产，在小学、夜校学习，都有人教唱革命歌曲，《八月桂花遍地开》就是在这一时期创作并传唱开来的。

苏区的很多革命歌曲，都反映了当年的重要史实，具有革命的战斗性。如《立夏节暴动歌》：

　　五月六日真光荣，工农士兵齐暴动。
　　……
　　占领丁埠火德宫，革命势力如潮涌。

这首歌反映的就是1929年5月6日，立夏节起义的历史事件。老红军陈德仁，曾在他的《战地宣传》一文中说，当年他带人在夜里对着敌营唱《致白军士兵歌》《兵变歌》，敌人一开始还向着他们扫射，唱着唱着，枪声就停了下来，敌人内部传出了争吵和厮打的声音，结果在当天夜里，就有二十几个白军士兵投奔红军，可见革命歌曲的宣传鼓动作用。

　　苏区有很多革命歌曲，如《穷人离不开共产党》《拥护苏维埃》《鄂豫皖赞歌》《十二月大兵变》等等，都歌唱苏区的新变化，表达人民群众热爱新政权的感情。时光的流水，渐渐淹没了过往的一切，曾经响彻于这片红色土地上的很多红色歌曲，今天的人们差不多都不知道了。2020年的春夏之交，我有幸与它们相遇，特摘录如下：

盼到铁树开了花

红军来了笑哈哈，使得土地还了家。
千年万载真难盼，盼到铁树开了花。

誓死保卫苏维埃

青山流水陡石崖，为闹革命上山来。
敢与敌人拼到底，誓死保卫苏维埃。

党是我的亲爹娘

深山岩洞是我房，青枝绿叶是我床。
野菜葛根是我粮，党是我的亲爹娘。

问大雁

红军去了久不归，敌人来了屋成灰。

大雁大雁我问你，红军哥哥几时回？

三

出了瓦屋基，迎面就是金刚台。

金刚台在汤家汇的西北方向，远望林木苍茂。从金刚台山巅的平顶铺翻过去，就是河南省商城县。

金刚台又名石额山，东西长约16千米，南北宽约10千米，面积138平方千米，西北蜿蜒至河南商城县境，有海拔千米以上的山峰10余座，主峰海拔1584米。金刚台山势陡峻，双峰并峙，像一扇巨大的金刚石门，耸立在豫皖分界线上，自古为"峰峦罗列隐干戈"的兵家必争之地。

金刚台至今仍未开发，前不久刚修通一条登山健身步道，由汤家汇镇焦园村翻越金刚台平顶铺至梅河村，沿途有瀑布群、铁瓦寺和著名红色遗存"红军洞群"。红军主力撤出大别山后，1935年至1937年，红军留守部队金刚台妇女排和游击队，曾长时间驻守在金刚台的朝阳洞、女人洞、观音洞等洞穴之中，坚持艰苦的游击战，赢得"三年红旗不倒"的赞誉。各洞之间相距不远，散布于林间，幽深莫测，原始而神秘。

金刚台铁瓦寺堪称奇观，始建于清朝初年，主殿大顶全以铁瓦铺设，距今已有数百年历史。在人迹罕至的深山老林修建铁瓦寺，似乎是各名山大川的一种传统。金刚台主峰南侧，有一处异常平坦开阔的山顶，当地人称"平顶铺"，登临之上，豫皖两省尽收眼底。1931年，鄂豫皖苏维埃银行和皖西北特区苏维埃银行，在搬迁过程中途经金刚台，曾屡遭敌人的围追堵截，所运货币不得不全部藏于山中隐秘处。

金刚台下梅河村，与瓦屋基村、泗道河村相邻，与河南省商城县伏山乡交界，属于高寒山区村。为了强化金刚台景区开发建设，近年来，将其更名为金刚台村。这个村是国家电网安徽电力帮扶村，帮扶单位每年投入二三百万元，帮助村里进行基础建设，改造道路、宾馆、扶贫茶场、老茶园，等等。新建的村部非常漂亮，远远就能看见金龙玉珠的大幅广告，在村部前竖立。这里的茶园，属村集体所有，也是由金龙玉珠公司所承包。金龙玉珠公司除主打产品金龙玉珠之外，还创了一个小品牌"金刚毛峰"。安徽的名茶实在是多，像宣城的"敬亭绿雪"、绩溪的"金山时雨"等，几乎不为外界所知，但它们的品质，实在是好得不得了！

2016年10月16日，为了纪念长征胜利80周年，同时促进当地红色旅游业的发展，金寨县借助金刚台登山健身步道，举行了金刚台首届登山健身活动，来自全县各乡镇各行业的登山爱好者400余人，以焦园村为起点，途经瀑布群、铁瓦寺、平天铺、天梯、老鹰嘴、风洞到达终点。登山队员们身穿红军服装，手举写有"纪念长征胜利80周年""挺进大别山、千里走金寨，重走红军路"等字样的红旗，历时4~6小时，走完16千米全程。

从县体育局了解到，根据《金寨国家登山健身步道设计规划》，金寨县将打造全国最长、华夏最美的国家登山健身步道。步道规划设计方案覆盖金寨整个县域，通过登山步道、自行车骑行道、徒步道路等，形成贯穿联通全县的健身步道体系。自2005年国家推进新农村建设，到党的十九大提出乡村振兴战略，国家每年对乡村都有大量的建设资金投入，有大量的公共资产沉淀在乡村，极大地改变了广大农村的环境和面貌。金寨县以"红、绿、蓝"为三大主题，把全县范围内的红色人文景点、蓝色水域景点、绿色自然景点串联起来，形成了不同的健身步道系统；而金寨县更大的"野心"是，打造一条与美国"蓝岭公路"并驾齐驱的中国"红岭公路"，使它闻名全国。采访途中，我曾几次经过"红岭公路"标识牌，几次都忍不住停下来，久久不肯离开。尤其是傍晚时分，太阳一点一点落下去了，西天燃起照人的霞云，满目是跳跃的金色。落日熔金之中，大别山如十面埋伏一般，涌起金灿灿的大潮。真是太美太美了，美得无以言表。差不多每一次采访，我都是沿华东最美的"马丁公路"，穿越大别山脉。这是"红岭公路"中的"网红"路段，之所以被称作"马丁公路"，是因为它起止于马鬃岭自然保护区和丁埠老街。网上称它是一条可以媲美"西藏天路"的自驾游线路，180千米山路盘旋而上，一路要经历许多个险峻的弯道，不亚于穿越墨脱公路的惊心动魄。"红岭公路"作为一条特色旅游风景道，由500里山野丛林自驾线、红色征程主题线和马丁公路越野线三部分所组成，全程800千米，而因金寨独特的地形地貌，形成了迥异于美国蓝岭公路的特色景观。沿途不仅倚临梅山、响洪甸两大水库，串联红军广场、鄂豫皖纪念园、汤家汇红色小镇、立夏节起义旧址、大湾村、斑竹园红色小镇、刘邓大军千里跃进大别山前方指挥部、乌凤沟红军纪念园、六霍起义旧址、茅坪万人墓等著名红色文化景点，还串联了天堂寨、燕子河大峡谷、小南京乡村旅游扶贫示范区、大别山玉博园、马鬃岭自然保护区、茶山花海、龙津溪地、天水涧漂流、西庄温泉、金刚台、麦吉农场、望春谷、西茶谷等著名的自然生态景区。行驶于红岭公路上，耳边山风萧萧，林涛阵阵，时有险象环生的急转弯，时有云雾缭绕。当然最好是深秋，深秋是马鬃岭最美的季节，彼时的大别山万山红遍，层林尽染，高天流云，溪涧潺潺，群山和原野，都呈现出厚重而成熟的颜色。

四

倘佯在红军街周边，最不能错过的是一个个祠堂。

全国仅存的两所赤色邮局旧址之一的徐氏祠，曾是鄂豫皖苏区红军信件的汇聚地，是一座跨越百年的徽派建筑。立夏节起义之后，汤家汇成为鄂豫皖苏区的指挥中心，为了传递党的文件，加强苏区之间的来往，道区苏维埃设立了赤色邮政局。当时的邮资，平信为2分，挂号为4分，公务人员之间相互寄信不收费。信件分别由部队直属机关和当地政府盖章后，即可寄出。虽然，邮局的"生命周期"随着两年后党政机关的转移而终止，但镇内的许多遗址上，仍留有"赤城"邮政的印记。

另一座有名的祠堂易氏祠，位于汤家汇镇笔架山路左侧，始建于乾隆年间，至今仍保存完好。90年前，这里曾是红色"少共"的主要活动场所，同时也是鄂豫皖红军第二后方总医院，曾使大批红军伤病员重返前线。

曾作为赤城县苏维埃政治保卫分局的姚氏祠，始建于咸丰八年（1858年），有大小殿祠 18 间，前殿正屋 3 间，中殿正屋 3 间，东头后殿正屋 3 间，两边各有配殿。"电商达人"张传峰的店铺，与姚氏祠仅一墙之隔。1929 年 5 月，立夏节起义胜利后，商城县苏维埃政府在姚氏祠成立了商城县政治保卫分局，次年 1 月迁商城，不久又迁回汤家汇镇。保卫分局内设侦察科、审讯科、事务室、保卫队（含看守所），下辖 5 个区代办处，全局近百人，规模相当大。1932 年 2 月，保卫分局又再迁商城，9 月中旬转移至金刚台。1932 年 8 月设立赤南县后，原赤城县苏维埃政治保卫分局一区代办处，扩建为赤南县苏维埃政治保卫分局，设侦察、审讯、保管等科和保卫队，以及二、三、四区代办处，全局 130 余人，办公地点仍在姚氏祠。

中华人民共和国成立后，汤家汇乡政府、汤家汇公社医院，曾经在姚氏祠办公，直至上世纪 70 年代末。

在汤家汇地区，红色政权机构密集，而且建设早、运转时间长。曾为鄂豫皖省委会议旧址的胡氏祠，赤南县苏维埃政府遗址廖氏太守祠，商城县总工会遗址廖氏三柏祠，中共商城县委遗址何氏祠，红四军总经济处、赤南县一区一乡苏维埃政府遗址王氏祠，赤南县一区六乡苏维埃政府遗址曹氏祠，等等，都在小镇的街边默默伫立，每走一步，似乎都能跨越厚重的历史。此外，像赤南县游击队成立地旧址文昌宫，赤南县五区四乡苏维埃政府旧址银山畈村彭氏祠，红二十五军驻地旧址豹迹岩村胡家老湾，金寨县早期党组织诞生地笔架山农校，中共赤南县委、县苏维埃政府旧址陈氏祠，赤南县十二乡苏维埃政府旧址竹畈村张氏祠，赤南县赤卫队队部旧址雪山大庙，中共赤城县委、县总工会旧址钟氏祠，赤南县红军独立团团部旧址程氏祠，赤南县一区六乡苏维埃政府旧址舒氏祠，红军武器修配站旧址石氏祠，等等，遍布在汤家汇的山野和村落，行走其间，仿佛又回到那风云激荡、革命潮涌的红色岁月。

五

2020 年 5 月 21 日，一大早就驱车前往笔架山农校。太阳出来了，瞬间就光芒万丈，这和平原日出有很大不同，竟让我一时有些猝不及防。笔架山位于汤家汇镇东南部，属金刚台余脉，因形似笔架而得名，落星河绕山脚向东蜿蜒而去。笔架山农校是金寨县早期党组织的诞生地，出过很多大别山革命史上赫赫有名的人物。

辛亥革命以后，废科举，兴新学，在全国范围内掀起一股热潮。1915年，商城县知事梁玉书，带衙役武装驱散了笔架山大庙里的僧人，收回庙产，兴办了商城县乙种蚕科学校。1917年，更名为商城县笔架山甲种蚕科学校，当地人习称"笔架山农校"。我一直就想去这个大别山革命圣地看看，一直没能如愿，是因为道路实在太崎岖，太山重水复。农校是新式学堂，大约相当于今天的专科学校，开设物理、化学、生物等自然科学课程，前后开了14个班，培养出了600多名学生。关于首任校长郑养吾，已经很难找到关于他的个人资料，只约略知道他是秀才出身，河南省高等学校毕业，教学有方，学识渊博，受维新思潮的影响，是个新派人物。

1923年前后，詹谷堂从固始县志诚学校来到笔架山农校，以讲学为名，把《新青年》《共产党宣言》等进步读物带进农校，开展各种秘密活动。而周维炯和漆德玮，也于此时进入该校读书，在詹谷堂的影响下组织了"青年读书会"，探索救国救民的道路。1924年8月，詹谷堂在笔架山农校建立起全县第一个党组织，发展李梯云、周维炯、漆德玮、漆禹源、漆海峰、罗志刚等7人加入中国共产党，并成立党小组，由李梯云担任党小组组长。不久，党小组发展为党支部，李梯云任支部书记，罗志刚为副书记，漆德玮、漆禹源为委员，共有党员12人。1925年，农校党支部与同为詹谷堂设立的南溪党支部合并，成立了中共南溪支部，当年冬季扩大为特别支部。

这是以金寨为中心的皖西地区建立起的第一个党组织，其第一批党员后来都成为豫东南和皖西北革命的中坚力量，很多人如李书铭、李传铭、詹青岳、詹广仁、廖肇良、徐义岭等，都为革命英勇献身。而农校的很多毕业生，后来都去了广州和武汉，投入滚滚的革命洪流。周维炯、詹谷堂则在1929年领导了著名的立夏节起义，由此诞生了鄂豫皖边区第二支工农武装队伍——中国工农红军第十一军第三十二师。

现在我们走的这条路，5月刚刚通车，路宽3.5米，隔不多远就是一个会车点，属于"农村道路畅通工程"。2016年以来，金寨县共实施农村道路畅通工程1633.408千米，总投入10.65亿元。海拔一路飙高，越走越深，两边竹海松涛，如潮如涌。很难想象，当年大别山区的很多进步青年，就是在没有路的情况下，一步步走向大山深处的这所学校，最后又一步步走出大山，走向全国。

根据相关政策，通往笔架山的这条道路，建设标准是32万元/千米，其中上级补助资金24万元/千米，地方上需自筹8万元/千米，也就是只有修筑路面的资金由国家提供。所以"硬地基"建设，都是当地群众自愿出工，而且也都没要征地费用。"要想富，先修路"，大山里的老百姓，最能体会道路对于他们的重要性。

一块小小的盆地出现了，四周群山簇拥，有很多一小块一小块明晃晃的水田，青山和白云映照其间。笔架山行政村由原中铺、笔架山、楼房、彭畈四个村子合并而成，原有43个村民组，2008年调整为12个村民组，当时有11个自然村没通道路。村子的平均海拔在450米以上，属于史河上游，境内有17道大堰，在2005年的大洪水中，多道堰坝被冲垮。全村1255户4865人，建档在册贫困户166户462人。联系帮扶笔架山村的金寨县旅游委，结合该村地理条件、气候环境和传统种植养殖业，有针对性地引导和帮扶贫困群众，重点发展以生姜、茯苓、天麻为主的种植业，和以黑毛猪、土鸡为主的养殖业，以及周期短、效益高的特色产业，帮助笔架山群众实现脱贫增收。

1932年之前，这一带还属于河南省商城县，因笔架山大庙而闻名于豫皖两省。清康熙年间，有法号"恒光"的僧人云游至此，见山高水长，古木森森，遂多方化缘，兴建了这座庙宇。香火最鼎盛时期，笔架山大庙有田产300多亩，和尚70多人，房屋99间半，占地面积2200多平方米，雕梁画栋，气势恢宏。1925年3月28日，笔架山庙会期间，农校党组织决定利用这个群众聚集的机会开展宣传活动。周维炯带领学校的演剧社，连演了三天三夜，揭露封建礼教罪恶的剧目，轰动一时。笔架山农校的革命活动,也由此走向了半公开化。1932年,红军主力撤出大别山后,笔架山大庙被国民党军队放火烧毁。

村子很安静,几乎没有声音,很多很多的银杏树,叶片都还绿着,阳光下洒落一片绿荫。据说大庙所在的自然村,还有十几户人家居住,但也没看见什么人。大庙残断的石门石桌,没于荒草之中,大大小小雕工精细的石墩,散落在空阔的前殿后宇,足有上百个之多。典型的江淮传统风格建筑,高耸的屋脊,三进院落。推开一扇木门,一个两人合抱那么粗的巨大石缸置于门侧,上有"嘉庆七年(1802年)置"的字样。一些老砖瓦老构件散落在新材料之间,屋脊的蹲兽在蓝天白云下,有一种怪异的感觉。

当年,大别山革命的火种,就是从这里点燃,渐成燎原的大火。

六

从笔架山转往附近的豹迹岩村,已接近正午时分。

豹迹岩村位于汤家汇镇中西部,属于高寒山区,与泗道河村、斗林村、笔架山村相毗邻,从"豹迹岩"三字,即可知其山高林茂。豹迹岩村于2008年3月,由原豹岩村、高山村、枣林村三个村子合并而成,村部设在原枣林村。全村18个村民组,1080户4600人,中心村现有146户577人。2014年脱贫攻坚以来,结合美丽乡村建设、易地扶贫搬迁、加大对红色遗址和民俗文化的保护开发,豹迹岩村大力发展休闲农业、乡村旅游和特色产业,拓宽农民增收渠道,改善群众生产生活。豹迹岩村中心村,村居楼房为统一规划、统一建造,坡顶青瓦白墙,水泥路通到每家每户的门口。村头的宣传栏里,有关于胡氏祠红色历史的介绍。因胡氏祠属于国家级重点文物保护单位,因此在大别山区,豹迹岩村的知名度比较高。

胡氏祠是一座颇具徽派建筑风格的宗祠建筑,青砖小瓦,3进12间,建筑面积1200平方米,始建于清宣统元年,距今不过百多年的历史。而胡氏祠的意义,在于它曾是鄂豫皖省委会议旧址、红二十五军和红二十八军合编地。1934年4月16日,红二十五军和红二十八军在胡氏祠会师,次日，根据鄂豫皖省委4月13日"对红二十五军及二十八军两旧部合编为二十五军"的决定，红二十八军重新编入二十五军，军长徐海东，政治委员吴焕先，政治部主任郭述申，下辖2个师，全军3000人。1935年9月15日，红二十五军胜利到达陕北延川永坪镇，16日与刘志丹率领的红二十六军、红二十七军胜利会师，历时10个月，行程1万余里，成为红军长征到达陕甘革命根据地的第一支红军，被誉为"长征先锋"。

徐海东部驻守在胡氏祠期间，国民党"鄂豫皖三省边区剿匪总司令"刘镇华闻风丧胆，逃之夭夭。祠内右边的墙壁上，至今保存着红二十五军政治部书写的标语口号：活捉匪首刘镇华！

据村民介绍，胡氏祠的藻顶上，有一条木刻的盘龙，当年鄂豫皖省委就是在这条盘龙下召开会议，决定将红二十五军和红二十八军合编为新红二十五军。当地人认为正是这一条盘龙，使合编后的红二十五军战无不胜，攻无不克。

胡氏祠1981年被安徽省人民政府列为省级重点文物保护单位，2006年被列为国家级文物保护单位。

2001年春，徐海东将军的长女徐文惠，随中央电视台及《大将徐海东》电视剧摄制组，为寻访徐海东生前战场，不远千里，风尘仆仆来到胡氏祠，徘徊祠中，手扶古木，不禁泪如泉涌。

1955年9月27日，中国人民解放军首次授衔，共授开国将帅1042名，其中，出自红二十五军的有徐海东大将，刘震和韩先楚上将，陈先瑞等6名中将，以及刘华清等88名少将，合计97人。诞生于大别山的红二十五军，在血与火的革命战争中，走出了近百名将军。

胡氏祠的对面，就是新建成不久的红二十五军纪念广场。广场入口处一块巨石上，镌刻着徐海东大将之女徐文惠题写的"红二十五军纪念广场"几个大字。广场中央的纪念雕塑台上，立有吴焕先、徐海东的雕像，在他们的身后，红二十五军军旗高高飘扬。

红二十五军纪念广场，为徐文惠女士等红军后代所捐建，倚山面水，阶阶攀高，很有气势。

第三节　腾空而起

这是我此次采访中
见到的最年轻、最活跃
最时尚、最现代
最生机勃勃的企业和团队
代表着金寨的明天和未来

一

1986年12月出生的李先辉，看上去真的很年轻。

首先是衣着，他上身穿一件短袖白色波点的灰T恤，上面有显著的品牌标志：一只美洲豹腾空而起，非常具有视觉冲击力。

见我对衣服上的标志感兴趣，他主动解释说："我之前是这个品牌六安地区总代理，这是我的品牌店撤销时，剩余的商品。"

别看年纪轻，李先辉却有着相对复杂的人生经历。他出生于青山镇汤店村，在青山中学读完高中，出去读了大专。这让从未走出过重重大山的李先辉，长了胆量，见了世面。毕业后他回到家乡，先是在镇派出所干协警，后来又在镇上开饭店。他是2007年，在镇派出所工作期间入的党，是一个有着13年党龄的老党员。

但他不甘心年纪轻轻，就这样"窝"在山里，他渴望通过自己的努力，让家人过上好日子，也让自己挥洒青春的梦想得以实现。2013年他关掉饭店，从青山镇来到六安市，做起了一家服装品牌的六安地区总代理。

此举近乎一意孤行，因为作为地区总代理，需要一次性拿出四五百万元货款。在六安市里的几个大型商场，他都设有专柜，组建了一个20多人的销售团队，摊子铺得很大、很开。但那时电商对实体店经营的冲击，已经开始大起来了，只是他尚未意识到。市级代理是反季节订货，资金跟不上，销售也跟不上，几个合伙人一看势头不对，就都纷纷撤出来了，李先辉只得把剩下的货撂一撂，该送人的送人，该带回家的带回家，一下子赔了好几百万元。

衣服拉回青山的那一天，他一个人坐在屋外，流了整整一个晚上的眼泪，不敢让家里人看见。

仰望天空，大别山星河灿烂。李先辉想："我就这么认输了吗？就这么灰溜溜地跑回来？我还这么年轻，还不到30岁，我人生的道路还长着呢！既然电商平台这么厉害，能把我的实体店挤垮，我为什么不能利用电商平台，把自己的生意做大，把我们大别山的农产品，卖到全国各地去呢？"

李先辉一跃而起，如猎豹跃起于原野之上。

代理服装销售虽然失败了，但这一经历对李先辉影响至深。从某种意义上说，它已经化为一种强大的精神特质，贯穿他此后的创业，还将贯穿他一生的事业。

二

2015年对于李先辉来说，无疑是重要的一年。

这一年，李先辉在金寨县青山镇青山街道，创办了金寨先徽农副产品开发有限公司，开始了他的二次创业。一开始，就是一个小门面，没有团队，就他一个人，有什么卖什么，挂面、木耳、腊肉，都是大别山的土特产。这时淘宝已经火了，他就到淘宝上去卖。慢慢地发展到有重点、有针对性地从农户手中收购农副产品，由公司统一包装和销售，着力打造"先徽"品牌。先徽二字，来源于李先辉的名字。初涉电子商务，李先辉就特别具有品牌意识，网店经销的手工挂面、土蜂蜜、烟熏腊肉、香肠、干货等等，每一样他都精挑细选。

2015年3月，李先辉把小门面换成了1000多平方米的大厂房，7月份SC认证也下来了，于是聘了4位老师傅，1个出纳，装了1台电脑，9个人，先干了起来。2015年年底，商标也下来了。从没有许可、没有认证，到正规化注册、标准化大公司，花了将近一年的时间。那时从注册到"下标"，差不多要一年，现在虽然简化了，但走完全部流程，也仍然需要3个多月。SC是"生产"的汉语拼音首字母缩写，也就是人们通常所说的食品生产许可。对消费者而言，SC最大的好处就是能够实现食品的追溯。有了SC认证，李先辉拿到了政府贴息的50万元农村创业贷款，第一步算是迈出去了。

很快李先辉就发现，在所有的商品中，手工挂面的售罄率最高，线上一天就卖出去500多斤，而且这个数字，还在不断增加。他决定主攻大别山手工挂面销售，让它成为先徽公司的主打商品。纯手工制作大别山挂面，是金寨民间一门老手艺，早在唐宋时期就已问世，已有上千年的历史。手工挂面经擀、切、绕、醒、搓、盘、拉、折等36道工序制成，面体在自然环境中晾干，面质中空，风味独特。在食品市场日趋工业化、同质化的今天，手工挂面很能迎合人们的消费欲望和心理。但手工挂面生产全靠手工，4位老师傅就是手脚不停，也供不上线上线下的需求。当时六安叶集的空心挂面很有名，李先辉就想把手工挂面车间化、产业化，从室外搬到车间里来。于是到青山镇找了一个老挂面师傅，耐心地和他谈想法，听得老师傅直摇头。他死也不相信："农村的手工挂面，怎么可能搬到工厂车间里去做？不可能不可能！哎呀，我说不可能，就是不可能嘛！"

可李先辉不信这个邪，在他的坚持下，手工挂面车间化的研发开始了。正值夏季，天气十分炎热，面里如果不放盐，就挂不上去，一挂就断。如果放盐，该放多少为宜？研发小组一次次攻关，一次次失败，一次次挂上去，一次次断下来。从6月份开始，用了整整半年的时间，研发团队才把这一关给攻下来，最终把技术一步步完善。

把室外的传统工艺，搬到标准化车间里来，把个体手工作业，发展成批量流水作业，对于大别山手工挂面来说，这一改变，意义重大！

传统的挂面制作，是在打霜之后开始，一直持续到来年的正月。这正是大别山区天高云淡、秋光老熟的时候，而过了这一段时间，挂面就挂不上去了。也就是说，大别山手工挂面，受气候、季节的影响非常大。而工业化车间生产，则是不分晴天雨天，不受气候和季节的影响，在室内就能生产。虽说只是一把小小的挂面，可它把李先辉的野心给鼓起来了：把大别山手工挂面卖到山外去，卖向全国！

当时公司还没有自己的销售团队，几个人就用手机拍视频，通过微信公众号传播。也就是从那时起，李先辉意识到要想把企业做大做强，必须组建自己的团队，而且是组织一个年轻的团队！"你看一看，那，那，还有那！"他站起身来，指了指对面，"我的团队，都是90后、00后！"

果然都很年轻，很有朝气，穿着公司统一的服装，胸前绣有鲜明的先徽Logo。和一般的工作服不同，先徽工作服是T恤样式，使整个人看上去朝气蓬勃。我说："年轻人不是都不愿回到山里来吗？"李先辉说："嘿！那是老黄历了！"

三

2016年，李先辉的公司相继上市了数款精美的手工挂面礼盒及4款干货包装，同时组建了研发、生产、销售、电商、售后等专业团队。尽管刚刚创建两年左右的时间，但先徽公司已经发展为一家集手工挂面、茶叶、脱水蔬菜、食用菌、养生保健等地方特色生态农产品研发、生产、销售为一体的F2C"互联网＋"公司，李先辉的知名度，也慢慢大起来了。他开始考虑把公司开到金寨县城去，青山镇毕竟偏于一隅，有诸多不方便。正好2017年县里出台了"农村电商孵化基地"扶持政策，给了先徽公司两间店面。李先辉开始在全县范围内，公开招聘设计、美工、运营、销售、外宣方面的专业人才。这一年公司新研发了3种规格的产品，接着开了先徽旗舰店，又开了一家苏宁店，线上线下齐头并进，产品相继进驻京东、天猫、淘宝、阿里1688、有赞、拼多多、先徽商城等各大电商平台。

更重要的是，这一年公司生产的手工挂面，以生态、绿色、健康的高品质，得到安徽省最大连锁快餐品牌"老乡鸡"的认可，公司成为老乡鸡的长期战略合作伙伴。那时正赶上老乡鸡400家门店要更新产品，对方打电话咨询先徽挂面的生产规模和产品特色。400家门店的需求量，可不是一般的小作坊可以承担的。当时他们自己也有一个生产湿面的工厂，因此对挂面的质量和口感要求非常严。双方大致接洽了一下，公司把产品送到了对方的研发部门，然后就是漫长的等待。3个月后，突然接到电话，说是老乡鸡董事长的姐姐，要亲自到先徽考察，看看生产能力，老乡鸡是家族企业。李先徽有点紧张，也更加期待，因为如果能谈成，一年能为公司带来500万元的销售额，公司发展将会迈上一个大台阶。

先徽最终与老乡鸡达成合作，而现在的老乡鸡，已经发展到了800家门店。

2017年年底，李先辉从青山下来，把主要精力和时间，由青山镇老生产车间，转移到江店新城区的扶贫车间。2018年，他在江天路租了4000多平方米的场地，加上原有的老厂房，形成总共两万多平方米的挂面生产车间。这也是全国最大的纯手工挂面生产车间，每天，100多人同时进入车间，同时开始拉面，那场面十分震撼。拉面并不是一次拉成，而是前后有18道工序，拉一会，醒一会，再拉一会，再醒一会，慢慢拉伸延展。我到的时候，工人们刚刚收工，严格消毒的车间外人也不能随便进入，我只趴在窗玻璃上看了看。一排排挂面，灯光下亮闪闪如瀑布飞流直下，十分壮观。

江天路新址从2018年10月开始装修，到年底完成，花了400多万元。2019年正月初八公司迁入，同年开设了安徽先徽贸易有限公司、先徽食品公司及先徽时光西餐厅。公司团队还研发了"面面俱到"儿童面系列，并开设了天猫旗舰店。

在原味挂面的基础上，添加胡萝卜、南瓜、紫薯、菠菜等榨成的汁，开发创新"五彩面"，所遇到的技术难题，大大出乎李先徽的意料。很多彩面挂不出来，一挂就断。但再难也要开发，这是市场的需要，更是对研发团队的考验。李先辉要他的研发团队，专攻"彩面难挂"这个点。一次次试验，一次次失败；一次次失败，一次次重来。最后精确到多少分钟和面，多少分钟兑水，早几分钟晚几分钟，都有差别。研发团队技术攻关，攻了两个多月：多少万级磨的精细度、什么蔬菜磨成什么级的粉才最合适……最终，团队成功研发出了五彩面。接着就推出了"先徽挂面，面面俱到"系列挂面，2018年开始大规模生产。五彩面走的是高端消费的定位，主要面向餐饮连锁企业和高级会所。15元一斤的价格，超市是卖不动的，所以一上来，先徽就切断了这条线。销售团队专攻线上，所有的电商平台，全网上彩面。

现在，仅支柱产品手工挂面一项，先徽公司就先后研发了原味手工挂面、五彩手工挂面、面面俱到系列等7款产品，2019年又创新研发了儿童蔬菜营养手工挂面12款。截至目前，公司已拥有30余款先徽挂面系列产品。

四

金寨县注册了一个县域公共品牌"长寿金家寨"，授权给了先徽公司。先徽全额投资了金寨长寿农特旅游产品开发公司，百分百自主开发产品56款。长寿金家寨县域公共品牌旨在挖掘、整合、开发、推介、销售金寨系列特色产品，助力"小而散"农产品有序转化为品牌化、规范化、标准化的"精而美"网销产品。承接县域公共品牌长寿金家寨后，公司共设计研发出"长寿五珍""金寨四茶"等长寿金家寨系列产品60余款，先后在淘宝、京东、天猫、拼多多、有赞等线上平台开设了旗舰店，并开设了京东长寿金家寨"金寨特产馆"，金寨县优质产品全线入驻，共有十几个金寨特色品牌上线。通过"电商＋基地（合作社）＋贫困户"模式，公司与当地种植大户、合作社、贫困户等20余家100多户签订了收购合同，由公司统一分类、分拣、送检、烘干、包装、销售，一年最低收购金寨土特产500余万元。公司还在"有赞"线上平台，开发出一款"第三方开店功能"，公司的电商团队义务为贫困户、个体户、农产品经营者、微商群体，开设了个人店铺396家，其中农户店铺289家，贫困户店铺107家，同时，指导农户及贫困户进行电商创业。公司还提供免费拍照、详情页制作、上传产品、一件代发等具体的帮扶，免费授课2000多人次，从而带动了电商从业人员户均增收一万余元。"县域公共品牌＋电商＋基地（合作社）＋贫困户"的电商扶贫新模式，有力支撑了电商创业、促进了电商扶贫。长寿金家寨系列产品，2018年也被评为"全国电商扶贫重点推荐产品"。

先徽常年扶贫用工80人，现在均已脱贫。这80人中，有4人残疾。李先辉曾坦言，自己一开始也只是把扶贫当成一项"政治任务"，直到贫困户颜守忠的出现，才彻底改变了他的观念。颜守忠双腿有残疾，刚到公司的时候状态特别差，根本不像个20多岁的年轻人。通过工作和团队活动，颜守忠慢慢融入新环境中，走出了心理的阴影。他现在负责挂面的打包工作，一个月能有2000多元的收入，是企业帮扶为颜守忠打开了通往新世界的大门。他不仅加倍努力地工作，还利用休息时间，琢磨怎么在微信上卖货。他加了好多微信群，然后把公司挂面和土特产的图片做成相册，在朋友圈里展示。他用了半年的时间培养客户，现在每月卖货收入稳定在1000多元。颜守忠的成功，让李先辉认识到，电商企业参与扶贫，不仅是为贫困户提供一个工作岗位，更重要的是帮助他们实现了自我价值。

先徽扶贫模式，有常年用工、入股分红、培训指导、收购农产品等几种。李先辉和先徽的努力，也赢得了社会各界的认可与支持，公司及公司产品先后获得"安徽十大电商企业""安徽省创业创新十大诚信电商企业""六安市电子商务示范企业""安徽省名优特产食品""中国（安徽）优秀餐饮供应商""2019安徽餐饮好食材""六安市十佳好网货""安徽百佳好网货""安徽省餐饮行业协会副会长单位""六安市电商精准扶贫百家优秀企业"等荣誉称号，产品还入选"安徽旅游礼物"。李先辉本人也被评为"安徽新农人""2019年度十佳产业扶贫带头人""金寨县农村产业发展带头人""光彩之星""县级优秀共产党员""2019安徽餐饮业典范企业家""2019年度十佳徽商新锐人物"。

在江店新区公司本部的宣传栏上，我看到先徽公司的企业愿景，是"将传统味道传遍全世界"，企业使命是"用双手创造幸福，创造奇迹"，很是感动。李先辉和他的先徽团队，正在依靠自己的努力，一点一点接近这宏大的目标。

五

新冠肺炎疫情暴发以后，只能在网上看到李先辉的消息。

作为先徽食品有限公司党支部书记，他一直带领党员活跃在抗疫一线，以公司党支部的名义，捐赠县疫情防控总指挥部一次性医用口罩1.5万只，捐赠青山镇疫情防控部医用口罩0.5万只，捐赠县人民医院先徽挂面700斤，捐赠县中医院先徽挂面700斤，捐赠青山镇中心卫生院先徽挂面500斤，在县、乡、村各级防控物资奇缺的情况下，竭尽所能，多方寻求防护物资的购买渠道。先徽公司党支部现有正式党员5名，预备党员2名，在此次疫情防控阻击战中，表现突出。

不仅是李先辉，在这个"党员之家"中，他的父亲、弟弟、弟媳作为党员齐上阵，参与人员摸底、物资管理、舆情管控等工作。父亲李成祥是金寨县青山镇汤店村党支部副书记，疫情暴发后，从2020年大年初一早晨开始，他就带领志愿者值守在路口，组织志愿者对返乡人员进行摸排登记，设置劝返点，严格管理进出车辆，累计劝返200多人、近百辆车。在他的影响下，李先辉的弟弟李葵、弟媳陈娟，也都在路口卡点值勤，无论是雨天雪天还是深更半夜，始终在岗位上坚守。

每当中国面临重大危机，乡村都是危机软着陆的重要载体，如这一次的疫情危机，中国乡村以最低成本，实现了对疫情的群防群控。

金寨县汤家汇镇，是全县疫情最为严重的乡镇。2020年2月4日确诊第一例新冠肺炎感染者，是一名武汉军校返乡的学生。而全镇感染者14例，密切接触者340多人。但早在这之前，2020年1月25日，农历庚子年正月初一，汤家汇镇的书记、镇长就都已经在岗，一直到3月6日全县解封，日夜坚守。疫情防控期间,所有的镇干、村干全部上路,在056县道竹畈村天桥设卡口,按规定劝返外来车辆和人员,发现发热疑似人员按防疫程序处置。除056县道及一条镇村通道外,上畈银卧路、关银路、瓦屋基分水岭路、金刚台村孙山至河南路口、汤铁路、茅畈胜利至双河路、竹畈村至曾畈路、小泗路至铁冲通道路口,全部封闭,禁止通行。涉及生育、急诊等特殊紧急事项和各类物资运送保障车辆及人员,必须张贴"疫情防控公务车辆"标牌,经识别、查验后方可通行。

在全球防疫过程中,中国为什么能够快速有效地防止疫情?这是因为一个极为重要的防疫战场,是在中国的乡村。大疫恰值春节期间,打工回乡者居多,上亿人的流动使乡村变成防疫的主战场。而在乡村防疫资源和医药条件远不如城市的情况下,竟然能够让疫情止于村野,这一方面有赖于中国乡村传统社会所具有的自给、自足、自治的"三自"生活模式;而更重要的方面,是得益于基层政权的力量和基层党组织的领导,构筑起中国社会"大疫止于村野"的基础。这是中国最重要的防疫经验,虽然,这一经验很少被海外政治家和媒体所关注。

我写下这段文字,是在2020年8月21日早晨6时。查看疫情实时大数据报告,全球累计确诊22641357例,累计死亡789134例,是一个骇人听闻的数字。

结 语　　老区不老

一

每天60余列高铁列车，从金寨境内飞驰而过，借助于现代化交通体系，金寨老区已经汇入时代的滚滚洪流。

2020年春天，在金寨人民即将跨过贫困门槛的关键时刻，新冠肺炎疫情暴发了。受疫情影响，金寨的农业产业受到重创，尤其是畜禽产业，出现了产品滞销难卖的现象。为了降低"因疫返贫"的风险，县长汪冬、副县长蔡黎丽带头走进直播间，与全县200多名本土"网红"一起，帮助贫困户带货。县里第一时间组织参加全省滞销农产品促销采购行动，在县城超市设地产蔬菜土鸡销售专柜，并积极联系上了华润苏果超市，销售半成品白条鸡2.2万只。此外，县委机关食堂和大型企业也都积极采购农产品，县内超市销售蔬菜全部实现本地直供。通过农超对接、农社对接、直采直购、电商直播等多种销售渠道，金寨县家禽压栏的难题得以破解。南溪镇花园村贫困户胡泽婷养的番鸭，往年都是供不应求的抢手货，定点销往江西、浙江、江苏等地，但今年受疫情影响，有5000只番鸭压栏，把她愁死了。是政府在一周的时间内，帮她销出了3000多只鸭子，解了她的燃眉之急。据统计，整个疫情期间，金寨县委县政府帮助群众销售畜禽171吨，蔬菜89吨，肉蛋奶19吨，水果6.1吨，线上直销、电商直播功不可没。

为了让电商企业农产品在市场上站稳脚跟，金寨县由政府主导，在金梧桐创业园内利用近3000平方米的场地，购买农产品专业加工检测设备，为县内各类农产品提供专业的加工、包装、检测、SC认证等服务，集中打造区域优质农产品生产许可，叠加"长寿金家寨""长寿之乡"等区域公用品牌，集中收购贫困户农副产品，统一包装、统一上线，使近千家小微电商实现了长寿金家寨系列产品上线销售。金寨也因此跻身于"全国十大电商扶贫样板县"。2019年，金寨县电商交易额超过了30亿元，这是一个惊人的数字。它的意义不仅在于利用电子商务实现了经济发展上的"变道超车",更在于让老区人民享受到了时代发展的红利。

"后脱贫时代"的新金寨,跃然而出。

就在中国抗疫之战出现胜利曙光之际,全球新冠肺炎疫情却拉响了警报,日本、韩国、意大利、伊朗等国家和地区纷纷告急。与此同时,作为产业链布局最完整的世界第二大经济体,中国按下"暂停键"对世界经济的影响,也渐渐显露出来。疫情的全球扩散,加速了新一轮全球经济危机的到来。在中国应对前几轮全球经济危机的过程中,中国农村都扮演了重要角色,都为国内经济社会的发展释放出巨大空间,成为以最低成本应对全球化危机的最大载体。而在疫情打击之下,新近出现的资本回流、劳动力回流,也携带了更多新要素,进入乡村,为新一轮乡村振兴与发展,创造了新的条件和机遇。

近20年来,全球连续发生金融灾难:东亚金融风暴、俄罗斯金融危机、拉丁美洲金融灾难、华尔街金融海啸、南欧金融危机乃至欧洲金融危机,等等。所不同的是,包括2008年的金融危机在内,都是单纯的金融危机,而今天我们所面临的,却是全球化危机。疫情加速了全球化危机的爆发,随之而来的将是全球产业的区域一体化重构。好在我们在此次危机到来之前,就已于2017年提出了乡村振兴战略,而于更早的2005年,提出了新农村建设,提出"农业丰则基础强,农民富则国家盛,农村稳则社会安;没有农村的小康,就没有全社会的小康;没有农业的现代化,就没有国家的现代化"的发展理念。只要我们进一步推进乡村振兴战略,通过农民组织化进程和集体化经济的发展,撬动广大乡村山林湖海等资产的资本化,我们就将激活百万亿级的资产规模,从而使中国的金融资产在与美国的博弈中占据规模优势。新农村建设和乡村振兴战略,以及中国至今还没有被资产化、没有被货币化的庞大的乡村资产,将是我们应对全球化危机挑战的一块"压舱石"。新时代中华民族伟大复兴的根本性调整,是生态文明战略转型。所以从这个意义上说,我们怎样赞美乡村振兴、怎样赞美生态文明建设,都不过分。

此次疫情是对中国的大考，不仅是对中国共产党执政能力和治理能力的大考，也是对中国发展模式的大考。而金寨以一县一地，从局部和微观的层面上，给了我们信心和胆气。

二

结束全部的采访，是 2020 年 5 月 21 日上午，金寨县扶贫局 4 楼。当然，这以后可能还会有零零星星的补充。从对接安排我采访日程的陈伟处得知，刚结束不久的贫困县检查评估，金寨县的满意率达到了 99.96%。而按照相关规定，90% 就算合格。4 月 15 日至 20 日，由河北师范大学 36 人组成的检查评估组进入金寨，分 8 个小组，历时 7 天，以一天入户 680 户的速度进行抽查。总带队老师陈晓玉，是一个严肃严谨的女同志。同样是按照相关规定，要求在金寨抽查 1600 户的"两不愁三保障"，但评估组将这个数字扩大到了 1670 户。全县 23 个乡镇，除了铁冲、汤汇两个乡镇，其他 21 个乡镇都抽查到了，还外加一个经济开发区。满意率上来以后，后台做统计工作的 12 位同志——6 个老师 6 个学生——怎么也不敢相信，反复核对，将所有的数字都核对了 5 遍，结果仍然是 99.96%。

知道结果的那一刻，金寨县所有的扶贫干部，都激动得无以言表。

自 2014 年以来，很多扶贫干部都是睡在办公室，吃在办公室，半夜爬起来录入贫困户的资料。金寨招的扶贫专员，都是最优秀的。金寨把最优秀、最年轻、素质最高、最经得住考验的干部，都投到扶贫第一线去了。像陈伟、施海军，还有前面写到的储扬波、黄文新，就都是大学本科毕业。

在金寨县 71 个重点贫困村、149 个非重点贫困村，村村都有县上选派的扶贫工作队，队长分别由县处级干部、乡科级干部担任，并全部兼任村党组织第一书记。目前，金寨全县驻村帮扶干部达 484 人，实现了全县所有行政村的全覆盖。

2016 年 4 月 24 日，习近平总书记来到金寨县，同当地干部群众共商脱贫攻坚大计，并亲自对金寨县脱贫攻坚做出部署。而"绝不在建成全面小康的路上落下一名乡亲",是写进金寨县2017年政府工作报告中的文字,是向总书记做出的庄严承诺。为了实现这一承诺,金寨县结合贫困人口区域分布、产业资源和致贫原因,制定了《关于全力实施"3115"脱贫计划,坚决打赢脱贫攻坚战的实施意见》,并配套出台了35个支持脱贫攻坚工作方案,精准推进金寨县"十大脱贫工程"和"十个一工程",微观上因人因户制定措施,做到对症下药、靶向治疗,全县贫困户的户均扶持措施多达7个。针对各种致贫因素,综合采取就业扶贫、技能扶贫、社保扶贫、健康扶贫等措施,注重短、中、长结合。"短"就是针对直接经济上的困难,免、减、补、给,立竿见影;"中"就是在一定期限内提供稳定的岗位和收入来源;"长"则是使贫困人口获得长期自谋收入的能力,走上小康乃至富裕之路,不仅自己远离贫困,还引导其他贫困人口脱贫,产生脱贫示范效果。金寨县从上到下,竭尽全力,形成合力,各级政府各个部门包保225个贫困村和非贫困村,选聘225个村级扶贫专员专司脱贫攻坚工作,13061名干部联系到户,做到贫困户不脱贫,扶贫工作队不撤岗,构建了一个高密度、网格化脱贫攻坚责任网络。

三

  在给我整理相关数据时,陈伟接到了一个电话,情绪一下子变得有些低落。他定点帮扶的铁冲乡李桥村笆斗村民组贫困户华同春,2019年年底去世了,刚才就是他家人来的电话。我很吃惊,2019年11月下旬,我还随省扶贫办抽查小组,一同到华同春家进行入户调查,当时老人虽说已经79岁了,但除了腿部有点残疾,走路不方便,看上去还很健旺。他种了两亩地的生姜,专门有人开车,到他家上门来收,车就停在几十米外的岗头上。华家的房子,在很深的沟底,因此他希望政府能把路修到家门口。但修路有一个受益群体测算,不达到20户以上,不能立项。

  坡上停着一辆小三轮,华同春平常赶集上店,就骑着它。

  华家的大儿子在上海做装修工作,一个月除掉吃喝,还能净落个六七千块。大孙女在金寨一中读高中，小孙女在铁冲中学读初中，儿媳妇在乡中学陪读。儿媳妇是村里的生态护林员，公益岗。华家的房子，从最早的阜屋改瓦房，瓦屋顶改彩钢顶，一直没有挪过窝。门前是平整的水泥地面，屋里是天花板，四白落地，收拾得干净利索。华同春的老伴郑满英，比他小两岁，也77岁高龄了。在屋里时，老太太一直没有说话，但听说我想去她家的生姜窖看看，起身就给我带路。刚刚下了一场小雨，米粒般大的白菜苗，绿莹莹地冒了出来，鲜亮极了。总有两三个月没有下过雨了，庄稼旱得厉害。早上的霜很大，顺小路走到沟底，两边都是半人高的蒿草。草也厚，村子里人少了，草就厚了。华家的2亩姜，收了3000多斤，就按3元一斤来算，也是一笔不小的收入。还收了千把斤玉米，百把斤花生。花生就不打算卖了，留着自家吃，拿它到油坊里换花生油。水稻不种了，老头子腿脚不好，2018年又得了结核病，儿子、儿媳妇说了都不算，坚决不愿意去医院，非得陈伟说了，才肯去治疗。

一路上郑满英就这么慢声细语，一条一条地和我絮叨。窖是老头子年轻时候挖的，30多年了，宽1米，长3丈。山里的窖，都是顺着山体往里打，只能打到这个深度。我算了一下，1丈是3米多，3丈是10米多。老太太扯开窖口的稻草，引我往里看，里面黑咕隆咚，什么也看不清楚。这个窖原先一直是窖天麻，2019年没种天麻，里头就窖着几百斤山芋，反正有什么窖什么。

郑满英不识字，但认得自己的名字。她是17岁那年嫁过来的，河南商城人，说是说嫁过来，实际上是逃荒逃过来的。多少年都不回娘家，现在基本上是一年回去一趟。日子过好了，娘家就走动得勤一点，日子过得不好，回去做什么？哥嫂都过世了，两个弟弟还在，孙男娣女一大堆，总有20多口子。往年回去，都是地走，大路百十里，小路七八十里，早上走早一点，路上走快一点，能赶上傍响午的饭时。现在？现在当然是坐车了，从李桥上车，不到两个小时就到了。"今年9月，侄孙考上了大学，捎了信来，我和我儿媳妇两个人一起下去，喝的喜酒。噢，忘了说了，我娘家是河南商城河凤桥村水竹园生产队，现在都改叫村民组了。"

老太太看上去沉默寡言，没想到还挺能说。据陈伟说是因为我到的那天，她大儿子的儿子，她的长孙，考取了美国一所大学的研究生，当天从上海飞美国。老太太心里高兴，但在老头子面前，她习惯了沉默。

2019年的12月份，也就是我们走后不久，华同春骑电瓶车翻到了沟底，腿上划了一个大口子。他本身腿就有残疾，这次伤的口子又很深，但他死活不肯去医院，只让村医过来，处理了一下。华家人无奈，只得把陈伟喊过来。陈伟来了一看，非常生气，带他到医院重新清理了创口，缝了针。但从那以后，他就再没下过床，一直到去世。他家里有什么大事小情，都是给陈伟打电话。扶贫干部和贫困户，走动得都很勤，逢年过节像亲戚一样来往。

华同春的去世，让陈伟很是沮丧，他认为是自己没有尽到责任，感到很内疚。

陈伟2009年从安徽建筑大学毕业后，去了上海的一家公司工作。2011年母亲生病，他就回到家乡，考了事业编制。先是分到六安市叶集区的一家事业单位，2013年又参加了公务员考试，27岁进入公务员队伍。先在斑竹园，后到天堂寨，再后来提了铁冲乡副乡长，2019年5月13日上挂县扶贫局副局长。一直在乡镇工作，对家庭的影响比较大，没时间管孩子。他一儿一女，儿子8岁，女儿3岁；妻子在社区工作，也是整天不沾家。父亲也在天堂寨前畈村任扶贫工作队队长，从县城管行政执法局派出。虽说5月份的评估，满意率达到了99.96%，但全县的扶贫干部，谁也不敢大意，因为7月份还有一个普查。更重要的是，脱贫攻坚与乡村振兴无缝对接以后，还需要建立健全城乡融合的发展体制机制和政策体系，深化农村集体产权制度改革，以集体经济的再造，夯实农村经济的基础。

所以接下来的事情，还有很多很多。

2019年12月18日，江淮地区雨夹雪。当天，安徽省扶贫办官网发布了《安徽省2019年贫困县退出实施方案》。根据该方案，2019年拟退出的9个贫困县，分别是宿州市萧县、阜阳市临泉县、阜阳市阜南县、阜阳市颍东区、六安市霍邱县、六安市金寨县、池州市石台县、安庆市太湖县、安庆市望江县。而 9 个贫困县中，金寨县是安徽省最大的集老区、山区、库区为一体的贫困县。一边是"华东最后一片原始森林"和保障全国最大灌区 1000 万亩良田有效灌溉、保障省城合肥居民饮用水安全的几大水库，一边是人均耕地不足一亩、生态红线不能触碰的发展困境，生存与生态、环保与温饱问题交织，让金寨脱贫成为全省扶贫中的难中之难，重中之重。但金寨人民历经艰辛，奋力拼搏，用 6 年的时间，创造了又一个"10 万+"：从 2014 年到 2019 年，全县累计脱贫 38428 户 128096 人，全县 71 个贫困村全部"出列"，贫困发生率从 22.1% 降至 0.31%。

2020 年 4 月 29 日，经安徽省政府批准，金寨县正式甩掉"穷帽"，退出贫困县序列。

中国的乡村建设最早起步于 1895 年，那是源自 1894 年甲午战争失败的巨大国耻之下，朝野共同激起的"发愤图强"。民国之后，农村复兴的呼声再度涌起，上世纪 30 年代后蔚为大潮。以"社会运动"方式谋求农村复兴，是民国很多研究者和治理者的共识。而把"三农"问题置于近代以来的中国历史中审视则不难发现，它是一个多世纪以来中国需要面对的最重大最严峻的社会问题，但一直无法得到有效的解决。而 2017 年提出的乡村振兴战略，既是新农村建设实施 12 年后的升级版，也意味着对城乡关系的重塑；既是对新时期以来解决"三农"问题历史经验的总结和升华，也是对百年来中国农村历史困境的全面超越。

高速列车从大别山飞驰而过，两侧是林木茂密的峰峦沟壑。全县已累计建成茶叶、中药材种植等特色产业基地超过 100 万亩，一坡坡茶园，一行行栗树，一垄垄天麻，一片片元胡，绿野生金，生机勃勃。深居高寒山区的农民搬到了山下，发展起了"山口经济"；曾经人迹罕至的偏远山区，如今山门大开，投资 36 亿元修建、贯穿全县的旅游快速通道和镇村公路，随着高铁时代的到来，一起来到了大别山深处。2019 年，金寨县旅游人数突破 1200 万人次，是当地人口的 10 多倍。

中国是世界上最大的发展中国家，也是全球最早实现联合国千年发展目标中减贫目标的发展中国家。改革开放以来实施的大规模扶贫开发，使中国7亿多农村人口摆脱贫困，为全球减贫事业做出了重大贡献。1978年，中国农村贫困人口7.7亿，贫困发生率97.5%。2018年，中国农村贫困人口1660万，比1978年减少了7亿多；贫困发生率1.7%，比1978年下降了95.8个百分点，平均每年下降约2.4个百分点。伴随着全面建成小康社会目标的实现，2020年，绝对贫困将在中国消除，千百年来困扰中华民族的绝对贫困问题，即将历史性地画上句号。

过去40多年间，中国完成了卓越的经济转型，近8亿人成功脱贫，这在人类的发展史上，绝对具有里程碑式的意义。

巍巍大别山，在土地革命时期，创造了全国三大苏区之一的鄂豫皖根据地；在解放战争时期，曾映照过刘邓大军"千里跃进"的雄姿；今天，它又见证了老区人民波澜壮阔的"脱贫攻坚"之战，见证了老区人民如何百折不挠，最终"决胜2020"。

老区不老，老区的明天，必将更加灿烂，更加壮丽，更加美好！

2020年9月5日四稿
于合肥匡南

附录一　　主要采访笔记

1. 花石乡大湾村何家枝采访笔记
2. 花石乡大湾村余静采访笔记
3. 花石乡大湾村刘辉洪采访笔记
4. 花石乡大湾村陈泽申采访笔记
5. 花石乡大湾村肖细雨采访笔记
6. 花石乡蝠牌茶场采访笔记
7. 铁冲乡李桥村华同春采访笔记
8. 铁冲乡产业扶贫带头人王汉青采访笔记
9. 双河镇河西村洪贵柱采访笔记
10. 双河镇河西村詹广生采访笔记
11. 双河镇河西村冯纪耐采访笔记
12. 双河镇蔡先炎采访笔记
13. 双河镇大畈村朱永喜采访笔记
14. 双河镇大畈村王一超采访笔记
15. 双河镇大畈村叶秉友采访笔记
16. 双河镇大畈村徐启国采访笔记
17. 双河镇大畈村刘香采访笔记
18. 双河镇黄龙村扶贫工作队程富宽采访笔记
19. 双河镇大畈村扶贫工作队吴辰华采访笔记
20. 双河镇储扬波采访笔记
21. 南溪镇横畈村徐幼红采访笔记
22. 南溪镇横畈村曾宪新采访笔记
23. 南溪镇横畈村傅卫兵采访笔记
24. 南溪镇横畈村张家月采访笔记

25. 南溪镇门前村乐会玲采访笔记
26. 南溪镇门前村周世来采访笔记
27. 南溪镇门前村袁自新采访笔记
28. 南溪镇门前村汪光平采访笔记
29. 南溪镇门前村张家良采访笔记
30. 全军乡西楼村张功国采访笔记
31. 全军乡下楼村赵华采访笔记
32. 全军乡熊家河村蔡先军采访笔记
33. 全军乡全军村潘中洋采访笔记
34. 全军乡方观男采访笔记
35. "金龙玉珠"茶叶合作社采访笔记
36. "老吴家"金葛中药材种植专业合作社采访笔记
37. 青山镇尧塘村江贤华采访笔记
38. 青山镇尧塘村代勇采访笔记
39. 青山镇尧塘村王立朝采访笔记
40. 青山镇尧塘村皮华周采访笔记
41. 青山镇尧塘村江国石采访笔记
42. 青山镇尧塘村詹诗芳采访笔记
43. 青山镇尧塘村江儒茜采访笔记
44. 青山镇抱儿山村集体茶场采访笔记
45. 青山镇汤店中心村李贤林采访笔记
46. 青山镇汤店中心村蔡海艳采访笔记
47. 青山镇流波街余嗣松采访笔记
48. 青山镇流波街夏从芳采访笔记
49. 青山镇流波街江显香采访笔记
50. 青山镇流波街彭艳采访笔记
51. 青山镇流波街杜殿英采访笔记
52. 青山镇产业扶贫带头人张树声采访笔记

53. 青山镇产业扶贫带头人李先辉采访笔记

54. 青山镇分管扶贫书记黄文新采访笔记

55. 张冲乡沿河村周琴采访笔记

56. 斑竹园镇漆店村漆学荣采访笔记

57. 斑竹园镇漆店村漆学英采访笔记

58. 斑竹园镇沙堰村占世华采访笔记

59. 斑竹园镇沙堰村廖家菊采访笔记

60. 斑竹园镇沙堰村熊克清采访笔记

61. 斑竹园镇沙堰村扶贫工作队林承明采访笔记

62. 斑竹园镇长岭关村陈友明采访笔记

63. 斑竹园镇长岭关村产业扶贫带头人罗先平采访笔记

64. 高速公路长岭关服务区经理唐明明采访笔记

65. 斑竹园镇分管扶贫书记王文亚采访笔记

66. 汤家汇镇瓦屋基村周其峰采访笔记

67. 汤家汇镇笔架山村采访笔记

68. 汤家汇镇豹迹岩村采访笔记

69. 汤家汇镇电商达人张传峰采访笔记

70. 金寨县扶贫局陈伟采访笔记

71. 安徽大学经济学院程建华采访笔记

附录二   主要参考资料

1. 中共六安地委党史工作委员会编：《皖西革命史》，安徽人民出版社，1987年。

2. 朱永来：《寻淮洲将军传》，解放军出版社，1991年。

3. 中国人民政治协商会议安徽省金寨县委员会编：《金寨文史 第八辑》，1993年。

4. 中共安徽省委党史研究室编：《安徽之最》，中央文献出版社，2002年。

5. 金寨红军史编辑委员会编：《金寨红军史》，解放军出版社，2005年。

6. 中共金寨县委党史研究室编：《走进金寨》，安徽人民出版社，2007年。

7. 洪学智：《洪学智回忆录》，解放军出版社，2007年。

8. 宋洪远主编：《中国农村改革三十年》，中国农业出版社，2008年。

9. 汪志国：《近代安徽：自然灾害重压下的乡村》，安徽人民出版社，2008年。

10. 中共湖南省委党史研究室编：《共和国第一大将粟裕》，湖南人民出版社，2008年。

11. 方鹏骞：《中国农村贫困人口社会医疗救助制度研究》，科学出版社，2008年。

12. 周立：《中国农村金融：市场体系与实践调查》，中国农业科学技术出版社，2010年。

13. 安徽省水利志编辑室编：《安徽河湖概览》，长江出版社，2010年。

14. 黄细嘉、龚志强、宋丽娟：《红色旅游与老区发展研究》，中国财政经济出版社，2010年。

15. 韩俊等：《中国农村改革（2002—2012）：促进"三农"发展的制度

创新》，上海远东出版社，2012年。

16. 张品成：《方志敏》，百花洲文艺出版社，2012年。

17. 邹进泰、张爱虎编著：《激荡百年：大国农业》，中国法制出版社，2013年。

18. 中华人民共和国农业部：《农业部关于促进家庭农场发展的指导意见》，《中华人民共和国国务院公报》，2014年第17号。

19. 黄延信：《发展农村集体经济的几个问题》，《农业经济问题》，2015年第7期。

20. 温铁军、杨帅编著：《"三农"与"三治"》，中国人民大学出版社，2016年。

21. 王磊光：《呼喊在风中：一个博士生的返乡笔记》，复旦大学出版社，2016年。

22. 萧淑贞：《不是所有的故乡都在沦陷：走绛州》，商务印书馆，2016年。

23. 大别山干部学院编：《大别山革命简史》，中共党史出版社，2016年。

24. 黄承伟主编：《脱贫攻坚省级样本》，社会科学文献出版社，2016年。

25. 温铁军主编：《中国农业的生态化转型——社会化生态农业理论与实践》，中国农业出版社，2017年。

26. 陆益龙：《后乡土中国》，商务印书馆，2017年。

27. 金冲及：《转折年代：中国·1947》，生活·读书·新知三联书店，2017年。

28. 陈锡文、罗丹、张征：《中国农村改革40年》，人民出版社，2018年。

29. 陆汉文编：《脱贫攻坚战略与政策体系》，中国农业出版社，2018年。

30. 张禧、毛平、赵晓霞：《乡村振兴战略背景下的农村社会发展研究》，西南交通大学出版社，2018年。

31. 刘忱：《现代化进程中的中国乡村社会文化重建》，中国大百科全书出版社，2017年。

32. 李昌平：《村社内置金融与内生发展动力——我的36年实践与探索》，中国建筑工业出版社，2019年。

33. 夏慧、汪季石：《大别山红色文化的形成与发展》，《中国高校社会科学》，2020年第3期。

后 记

开始进入采访，我是随"第三方评估"一起入户，试图以入户采访为中心，建构起文本的"真实性"。在采访中，我并不过分关注扶贫工作本身，而是把重点放在生活、情感、家族史、村落史上，感受环境、氛围、气息，尤其是人的变化。中国农村的变化很大，但最大的变化是人的变化，是人展现出来的精神面貌，与过去时代有了很大的不同。入户是我采取的最主要的方式，它不仅仅使我获得在场感和当下性，它还以一种显性的方式，呈现在文本之中。

多年来，我在写作的同时，也一直在拍纪录片，所以我有一种置身现场的冲动。我常常想：报告文学的叙事冲动来源于哪里？当然是审美，但更大的冲动应该来源于现场，来自于对现实的感受。报告文学是兼具新闻性和文学性的文体，它必须具备故事性文本的特征。我最早是学术出身，感性、故事性先天不足，好在金寨的革命史为我提供了充足的故事资源。可以说每一个贫困户，他们的父兄，他们的家族，他们个人的命运，无不起伏跌宕、英勇壮烈，极富传奇性和故事性。但仅仅停留在故事层面，显然不行。作家需要把故事上升到一个更高的层面，上升到中国革命和中国共产党百年历史的层面，这就需要理性，要建立一个参照系，建构一个宏阔的背景。

中国几千年来，战争、瘟疫、水旱蝗灾、饥荒离乱不断，始终没能解决温饱问题。脱贫攻坚就是在这样一个大背景下进行，这是我们写作最大的一个参照系。中国自上世纪80年代开始至今，在短短40年的时间里，几乎走完了西方400年的发展历程，社会财富和家庭财富的增长，甚至连我们自己也不敢相信。采访中，我走进金寨任何一个贫困家庭，冰箱、彩电、洗衣机、电暖气、电磁炉、油烟机，样样俱全，更不要说吃的用的。在这个感性之上，我建立起改革开放40多年的参照系。大别山集老区、山区、库区为一体，在写水库移民扶贫时，我试图以淮河流域800年苦难史为参照，呈现新中国70年来经济社会的巨大成就。这些思考，或者说这些感触，都沉潜在整个事件的背后，作为故事和感性的支撑；包括几千年来，自然灾害重压下的中国乡村、农业从1.0到4.0时代的发展机遇、欧美的农业模式、解决金融危机的中国经验等等，都穿插散落在相关章节的叙述之中。我不希望写得太具体、太局部、太局限，我希望思想性和历史观，能够进入叙事的框架，存在并支撑整个文本。

中国正处于社会转型的剧变期，国家的前途与个人的命运，从未如此紧密地联系在一起。我们的文字，应该有回应这个时代的意志和能力。中国文学的一个重要传统，是家国之思、心忧天下，不重视个体生命和情感的表达。新时期的文学，把这个问题解决了，但同时又形成了一大病灶，那就是对社会、对现实、对世道人心的隔膜，过分关注小情感、小境界、小视野、小格局。从叙事学的角度说，"小叙事"是对新时期文学在文本上的一大贡献，但"小叙事"如何面对大时代？这是一个问题，也是一个考验。

因此，我希望在与世界分享中国故事的时候，站位能高一点，视野能开阔一点，不局限于一时一地、一人一物，同时避免主题写作的程式化，尤其避免成为政策的图解。我希望自己能建立一个广阔的、深远的、民族历史的、文化地理的大背景，在思想文化、社会发展的层面上，描写和讲述脱贫攻坚这一伟大的历史事件。我当然不否定故事性尤其是报告文学的文学性，但"最后的写作是思想的写作"，我坚信。

写下这段文字，已是深秋，天空有南归的雁阵，大别山马鬃岭一带枫叶一片酒红。

感谢中国作协、国务院扶贫办、安徽省委宣传部、安徽省扶贫办、安徽省委党史研究院、六安市委宣传部、六安市扶贫局、金寨县委宣传部、金寨县扶贫局、安徽教育出版社的朋友们，感谢所有的采访对象，感谢我的家人——没有他们的信任和支持，就不会有这本书。

潘小平

2020年秋于梅山